KAGE BAKER

Der Amboss der Welt

Steam Fantasy

Autorin: Kage Baker
Deutsch von: Bettina Ain
Lektorat: Constantin Künzl und Oliver Hoffmann
Korrektorat: Thomas Russow
Umschlaggestaltung: Oliver Graute

ISBN 978-3-86762-082-6

1. Auflage 2012
Gedruckt in Deutschland, Aalexx GmbH, Großburgwedel
Originaltitel: The Anvil of the World

Feder&Schwert im Internet:
www.feder-und-schwert.com

Für Linn Prentis,
ohne die mein erstes Buch von der vorderen Veranda nach Pismo Creek geworfen worden wäre, nur ein paar durchreisenden Stockenten zur Erbauung.

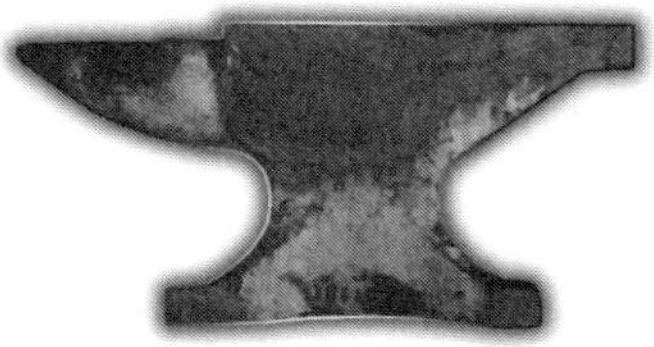

Troon, die güldene Stadt, lag zwischen hohen Mauern auf einer tausend Meilen weiten Ebene voll goldener Gerste.

Die Kornkammern Troons erhoben sich wie Giganten über der Stadt, höher noch als die sich endlos drehenden Windmühlen. Besonders im Monat des Roten Mondes legte sich Staub auf Troons Straßen und erfüllte seine Luft, wenn lange Reihen knarrender Karren, die noch mehr Staub aufwirbelten, der wie feiner Puder aus Gold auf jeder Kuppel und jedem Turm und der Hütte eines jeden Feldarbeiters lag, die Ernte von der Ebene brachten.

Alle Trooner litten unter chronischen Lungenemphysemen.

Doch Troon, das sich stolz als Brotkorb der Welt bezeichnete, erduldete die Emphyseme. Keuchen galt als kultiviert, und das gesellschaftliche Ereignis des Jahres war das Fest der Atemmasken.

Am fünften Tag des Monats der Spreustürme, als ein kalter Wind mit Spelzen und Hülsen gegen die Mauern Troons prasselte, saß ein Mann mit einer Fischmaske an einem Tisch im städtischen Festsaal und wünschte sich, er wäre woanders.

Er gehörte zu den Kindern der Sonne, und wie bei anderen seines Volkes waren seine Haut und sein Haar von der Farbe des Sonnenaufgangs. Sie waren ein tatkräftiges, lebhaftes, handwerklich begabtes Volk, das seine Herkunft auf eine Verbindung zwischen einem Schmiedegott und einer Feuergöttin irgendwo in den Tiefen der Zeit zurückführte. Sie neigten folglich zu Umweltsünden (die Schlackehaufen ihrer Schmelzen waren gewaltig) und waren streitsüchtig (ihre Fehden waren legendär).

Es war eine ganz besonders hässliche Fehde, die den Mann mit der Fischmaske ins ferne Troon hatte fliehen lassen, und er saß nun allein an einem Tisch und beobachtete die maskierten Tänzer, während er verdrießlich sein Bier durch einen langen Strohhalm schlürfte. Es war nicht seine Art von Feier, aber sein Vetter (zu dem er geflohen war) bestand auf seiner Teilnahme. Der Maskenball fand in der letzten Nacht nach einer Woche atemloser Feierlichkeiten statt, und jeder, der in der Gesellschaft Troons Rang und Namen hatte, war anwesend.

„Äh – Schmied?"

Der Mann mit der Maske wandte den Kopf und blickte durch die gewölbten Linsen der Fischaugen. „Schmied" war ein Deckname, der letzte von vielen, die er benutzt hatte. Er erhob sich unbeholfen, als er sah, dass sein Vetter zu ihm kam. Das Kostüm seines Vetters war fein und aufwendig, eine Robe aus rotgoldenem Brokat und eine Feuerefritenmaske. Nicht weniger aufwendig war das Kostüm der Dame, die sein Vetter mit sich zog: Schmetterlingsflügel aus grüner und violetter Folie und eine Schmetterlingsmaske aus demselben Material.

„Das, Madame, ist Schmied. Mein Karawanenführer", erklärte sein Vetter. „Ein extrem erfahrener Veteran des Transportwesens. Ein Mann, dessen geübten Händen Ihr die seltenste Ware anvertrauen könnt."

Das war nicht ganz wahr. Schmied hatte noch nie in seinem Leben eine Karawane geführt, aber der Fracht- und Passagierbetrieb seines Vetters hatte am Tag von Schmieds plötzlicher Ankunft in Troon den vorigen Führer in einer Blutfehde verloren, und somit erlernte Schmied nun das Geschäft.

„Wie gut, Euch zu treffen", sagte die Frau mit der Maske und entrollte eine schwarze, sich kringelnde Zunge. Schmied erschrak, aber die Zunge war nur Bestandteil der Maske, denn sie war hohl, und die Dame steckte sie gerade in ein Punschglas.

„Ehre Eurem Haus, meine Dame", brummte Schmied.

Sein Vetter räusperte sich und sagte: „Schmied, das ist Dame Sieben Schmetterlinge vom Atelier Sieben Schmetterlinge. Du hast die Ehre, ihre berühmten Kunstwerke zu transportieren!"

„Ich bin höchst erfreut", sagte Schmied mit einer Verbeugung. „Verlasst Euch auf mich, Madame."

Aber Madame Sieben Schmetterlinge hatte das Interesse an ihm verloren und flatterte zur Punschschale. Sein Vetter beugte sich zu ihm und packte seine Schulter. Ihre Pappmascheegesichter stießen aneinander, als er zischelte: „Sehr wichtige Kundin! Kurz davor, einen Kontrakt zu unterzeichnen, der uns die ausschließlichen Transportrechte zusichert! Beauftragte sonst Stein und Sohn, bis bei ihnen unterwegs Ware zerbrach. Unerlässlich, dass wir uns den Ball schnappen, Vetter!"

Schmied nickte sachlich. „Klar. Was befördern wir für sie?"

„Ein Gros Glasschmetterlinge, was sonst?", entgegnete sein Vetter ungeduldig und drehte sich um, um der Dame zu folgen. Schmied setzte sich wieder. Es war gut, dass seine neue Arbeit von ihm verlangte, viel auf offener Straße zu sein. Er glaubte nicht, dass die Leute in Troon genug Sauerstoff bekamen.

Er musterte die Tänzer eine Weile bei ihren herrschaftlichen Pavanen, beobachtete die symmetrischen Muster, die ihre Brokatschleppen in den dichten Staubschichten auf dem Boden hinterließen und brütete über der Ereignisfolge, die ihn hierher gebracht hatte. Begonnen hatte alles mit einem unschuldigen Spaziergang zur Ecke, wo er sich eine Portion gebratenen Aals hatte holen wollen.

Dass er die Zeit im Leben erreicht hatte, in der gebratener Aal mindestens so anregend war wie Romantik, ließ das nachfolgende Missgeschick noch unerwarteter erscheinen. Er war auch nicht besonders attraktiv. Selbst die Brüder des Mädchens hatten zugeben müssen, dass jemand im Irrtum gewesen sein musste, auch wenn sie nicht bereit waren, ihren Eid, Schmieds Kopf auf eine Pike zu setzen, zurückzuziehen. Auch ohne die Vorzüge heißblütiger Jugend oder körperlicher Schönheit hatte er drei ihrer Angehörigen ins Leichenhaus geschickt.

Er seufzte, schwenkte sein Bier und bemerkte angewidert die feinen Ablagerungen am Glasboden. Er überlegte, ob er einen Kellner heranwinken sollte, aber sein Vetter kam wieder herangeeilt, jemand anderen im Schlepp.

„... vollstem Vertrauen, mein Fürst. Der Mann ist ein altbewährter Veteran der Straßen. Äh – Schmied! Ich habe die große Ehre, den edlen Fürsten Ermenwyr vom Haus Eisvogel deiner Obhut anvertrauen zu dürfen."

„Ehre Eurem Haus, mein Fürst", sagte Schmied, der sich erhob, obgleich er noch nie etwas vom Haus Eisvogel gehört hatte.

Fürst Ermenwyr krümmte sich in einem Hustenanfall. Als er sich aufrichtete und mit einem bestickten Taschentuch die Lippen betupfte, sah Schmied einen schmalen, jungen Mann. Ein pomadisierter, verzierter Bart war unter seiner Halbmaske zu sehen, die einen Einhornkopf darstellte. Er hatte das Einhornthema auf einen aufwendigen Lendenschurz ausgeweitet, von dem sich ein silbernes Horn suggestiv nach oben wand. Die Augen hinter der Maske hatten einen fiebrigen Glanz.

„Hallo", schnarrte er. „Ihr seid also der Typ, der mich nach Salesh-an-der-See bringt? Ich hoffe, Ihr hattet auch eine Ausbildung zum Seelengeleiter. Ich erwarte, unterwegs zu sterben."

„Seine Durchlaucht ist gerne humorvoll", sagte Schmieds Vetter händeringend. „Sein Herr Vater hat sehr viel für seine Reise zur Kur in Salesh bezahlt, und ich habe ihm geschrieben und ihm mit deutlichsten Worten versichert, dass Fürst Ermenwyr sicher dort ankommen wird."

„Wirklich?", sagte Fürst Ermenwyr. „Dann seht mal." Er streckte die Spitze seines Schuhs aus und zeichnete eine Zielscheibe in den Staub. Er trat ein paar Schritte zurück, hustete und spie in einem sauberen Bogen einen Blutklumpen in die Mitte des Ziels.

„Seht ihr?", sagte er fröhlich, als Schmied und sein Vetter darauf starrten. „Absolut sterbenskrank. Macht euch aber keine Sorgen; ich habe Einbalsamierungssachen in meinem Gepäck, und Papa wird mein frühes Ableben nicht so sehr stören, egal was er geschrieben haben mag."

Schmieds Vetter schloss den Mund und sagte dann hastig: „Es sind lediglich die Unbilden unseres hiesigen Wetters, mein Fürst. Ich selbst habe vor nicht einer Stunde etwas Blut gehustet. Es vergeht mit den ersten Winterregen!"

„Ich werde in der Hölle oder in Salesh sein, wenn sie beginnen, das hoffe ich aufrichtig", knurrte der junge Mann. Er warf einen strengen Blick auf Schmied. „Also, Karawanenführer, ich nehme an, wir starten zu gottloser Stunde am Morgen? Wenn ich beim Hahnenschrei noch immer auf meinem unbequemen Diwan stöhne, werdet Ihr ohne Zweifel ohne mich abreisen?"

„Die Karawane bricht eine Stunde vor Sonnenaufgang vom zentralen Sammelpunkt am Westtor auf, mein Fürst", sagte Schmieds Vetter hilfsbereit.

„Toll", sagte Fürst Ermenwyr und drehte sich schwankend auf dem Absatz um. „Dann werde ich mich mal flachlegen lassen, solange ich noch unter den Lebenden weile." Er taumelte in die Menge, zog seine geschmückte Strumpfhose hoch, und Schmied blickte zu seinem Vetter.

„Hat er was Übertragbares?", verlangte er zu wissen.

„Nein! Nein! Anfällige Lunge, das ist alles", schwafelte sein Vetter. „Ich glaube, der genaue Ausdruck, den sein Herr Vater benutzt hatte, war ...“ Aus den Tiefen seiner Brokatrobe zog er ein schweres, gefaltetes Pergament hervor, an dem ein wuchtiges Siegel aus schwarzem Wachs hing. „Hier steht es. ‚Zartes Pflänzchen‘. Jedenfalls wird der junge Fürst mit einer persönlichen Pflegerin und einem ausreichenden Vorrat an Medizin reisen, deine einzige Sorge wird es also sein, ihn in einem Stück nach Salesh-an-der-See zu geleiten.“

„Was, wenn er stirbt?“, fragte Schmied.

Sein Vetter schauderte, und nachdem er aufgeregt auf den Brief gesehen hatte, als könnte der ihn belauschen, faltete er ihn wieder zusammen und steckte ihn weg. „Das wäre in der Tat äußerst misslich. Sein Vater ist ein mächtiger Mann. Er hat viel für diese Reise bezahlt.“

Schmied seufzte.

„Der Junge wird den ganzen Weg über in einer Sänfte sein“, fügte sein Vetter hinzu, als würde das alles beantworten. „Du wirst ihn in null Komma nichts hingebracht haben. Eine Routinefahrt. Die erste von vielen, da bin ich mir sicher, für die dauernde Ehre und den Ruhm unseres Hauses. Ah! Entschuldige mich – ich muss mit jemandem reden ...“ Er wandte sich um und floh in die Menge, auf der Jagd nach weiteren herausgeputzten Kunden.

Schmied setzte sich wieder und nahm einen weiteren Schluck Bier, ehe er sich an den Dreck am Glasboden erinnerte.

Der Gong der Wasseruhr in Schmieds Kaninchenbau von einem Zimmer weckte ihn, und in kurzer Zeit war er aufgestanden und hatte seinen Mantel angezogen. Er hielt inne, ehe er sich rüstete, und betrachtete den Bestand seiner Handwaffen. Er entschied sich für ein Paar Stiefelmesser und eine Machete; mehr würde er für eine Routinefahrt zur Küste sicherlich nicht brauchen.

Er war dementsprechend überrascht, als er seinen Vetter am Westtor im vormorgendlichen Dunkel mit einem Paar Bogenpistolen und einem Boltergurt antraf.

„Hast du so etwas schon einmal benutzt?“, fragte sein Vetter, als er den Gurt über Schmieds Schulter warf und festschnallte.

„Ja, aber – du hast gesagt ...“

„Ja, ich weiß, es ist reine Routine, die leichteste Strecke, die es gibt, aber betrachte das einfach als Absicherung, ja – außerdem lässt es einen Mann gefährlich und kompetent wirken, und das wollen die Passagiere in einem Karawanenführer sehen“, erklärte sein Vetter. „Fertig! Welch bedrohliche Gestalt. Hier ist die Frachtgut- und Passagierliste.“ Er schob Schmied eine offene Schriftrolle zu. Schmied nahm sie und las, während sein Vetter losrannte und den Trägern Befehle zurief, die etwas auf einen der Transportkarren luden, das wie eine Ladung riesiger, amethystfarbener Eier aussah.

Es gab in der Tat ein Gros Glasschmetterlinge, das vom Atelier Sieben Schmetterlinge zu Madame Katmile vom Haus Silberamboss in Ward'b transportiert wurde. Mit ausgesprochener Vorsicht zu behandeln.

Es gab zwanzig Säcke außerordentlich feinen Kuchenmehls der Alten Troonmühlen, die für eine Bäckerei in Niedersalesh bestimmt waren. Es gab dreißig Kisten mit Mineralpigmenten aus dem Tagebau Hintertroons, die zum Atelier Sternenfeuer in Saleshbergen geliefert werden sollten. Allerdings keine Eier, amethystfarben oder andersfarbig.

Auf der Passagierliste standen Lytan und Demara Schmied und Familie, Goldschmiede aus Saleshbergen; Parradan Schmied, Bote, aus Flammenbergstadt und Fürst Ermenwyr aus dem Hause Eisvogel nebst Diener. Alles Kinder der Sonne.

Ebenfalls gelistet war ein gewisser Ronrishim Blühendes Ried, Kräuterkundiger, aus Salesh-an-der-See. Seinem Namen nach gehörte er höchstwahrscheinlich zum Waldvolk der Yendri. Die

Yendri führten sporadisch wegen dem, was sie für maßloses Holzfällen hielten, Guerillakriege gegen die Kinder der Sonne.

Schmied sah zum Einstiegsbereich und entdeckte den Yendri, der größer als die anderen Passagiere war und weniger Bekleidung trug. Er stand mit einem Ausdruck der Unnahbarkeit im Gesicht ein Stück von ihnen entfernt. Die Yendri hatten Haut, deren Farbe von einem leichten Olivton bis zu einem richtigen Knallgrün reichte. Sie waren schlank, anmutig und alles, was man von einem waldbewohnenden Volk erwarten würde. Die Kinder der Sonne hielten sie für arrogant, unzivilisiert, unaufrichtig und sexuell unersättlich (wenn nicht völlig verweichlicht). Sie behaupteten dasselbe von den Kindern der Sonne.

Die anderen Reisegäste waren genauso leicht zu erkennen. Die Schmieds waren eindeutig das junge Paar mit dem schreienden Säugling, vor dessen Gesicht sie mit einer Zuckerstange und einem Spielzeug zum Kuscheln wedelten, während ihre anderen Kinder fröhlich hin und her rannten und den schwitzenden Trägern in den Weg liefen. Parradan Schmied musste der gutgekleidete Mann sein, der sich gegen einen Zeitungsladen lehnte und einen Katalog las. Fürst Ermenwyr, der offensichtlich über Nacht nicht gestorben war, saß ein wenig abseits der anderen auf einem von vielen teuer aussehenden Koffern, die neben einer mit Vorhängen versehenen Sänfte aufeinandergestapelt waren.

Er hatte sein Einhornkostüm gegen einen dunklen Mantel und kniehohe Stiefel eingetauscht und die Pailletten aus seinem Vollbart gekämmt. Es gelang ihm nicht, weniger wie der blasse Junge auszusehen, der er war, aber seine Züge waren wohlgestaltet und ansehnlich. Der Blick seiner Augen war beängstigend scharf und mit völlig überraschender Boshaftigkeit fest auf den schreienden Säugling gerichtet. Er sah hoch, entdeckte Schmied und sprang auf.

„Ihr! Karawanenführer. Wird dieses verteufelte Balg die ganze Fahrt über plärren? Wird es?“, verlangte er zu wissen, die Arme vor der Brust verschränkt, als Schmied sich ihm näherte.

„Ich glaube nicht“, sagte Schmied, während er Fürst Ermenwyr in die Augen sah. Dessen Pupillen waren Pünktchen; die Ursache mochte sein, welche Droge auch immer der junge Lord aus der langen Jaderöhre rauchte, die er gerade zwischen seinen Zähnen stecken hatte. Sie stieß Schwaden veilchenblauen Rauches aus, die leicht süßlich rochen. „Solltet Ihr wirklich ...“

„Rauchen? Das ist meine Medizin, gottverflucht noch mal! Wenn das Kind nicht sofort still ist, bin ich nicht für die Folgen verantwortlich. Ich bin ein kranker Mann ...“

„Herr, Ihr tobt wieder“, sagte eine seidene Stimme hinter den Vorhängen der Sänfte. „Hört augenblicklich auf.“

„... und wenn ich in ein frühes Grab fahre, oder sollte ich früheres Grab sagen, dann, Karawanenführer, werdet Ihr dafür bezahlen, auf Arten, die Ihr Euch gar nicht ...“

„Ammchen hat Euch gewarnt“, sagte die Stimme, und ein Arm schoss zwischen den Vorhängen hervor und umschlang Fürst Ermenwyrs Knie. Mit einem Schrei verschwand er rückwärts in den Tiefen der Sänfte, und es erklangen Geräusche eines heftigen Kampfes, während die Sänfte auf ihrem Sockel schaukelte. Schmied wich schnell zurück.

„Äh – Schmied!“, rief sein Vetter. „Du solltest deine Angestellten treffen.“

Schmied wandte sich um und sah eine Gruppe Karawanenarbeiter, denen es offenkundig missfiel, als seine Angestellten bezeichnet zu werden. Sie warfen ihm einen einstimmig sauren Blick zu, als er sich ihnen näherte.

„Darf ich dir die angesehenen Schlüsselmänner vorstellen? Schlüsselmann Tiegel, Schlüsselmann Schmied, Schlüsselmann Balgen, Schlüsselmann Ritzel, Schlüsselmann Schmied.“

Sie waren wie alle Schlüsselmänner gedrungene Gestalten mit ausgesprochen dicken Armen und kräftigen Beinen und sahen einander so ähnlich, dass sie Fünflinge hätten sein können.

„Freut mich", sagte Schmied. Sie grunzten.

„Das ist deine Läuferin." Sein Vetter legte seine Hände auf die Schultern eines sehr jungen, sehr schlanken Mädchens. Sie trug die scharlachrote Uniform und die Trompete ihres Berufs, aber sie war weit davon entfernt, so kurvenreich und sportlich zu sein, wie Schmied sich Läuferinnen vorstellte. Sie blickte finster zu Schmieds Vetter hoch.

„Nehmt Eure Finger von mir, oder Ihr hört von meinem Mutterhaus", sagte sie. Schmieds Vetter zog die Hände zurück, als wäre sie eine glühende Kohle.

„Die junge Hellbrenn hat ihr vollständiges Zertifikat noch nicht, aber sie hofft, es sich in unserem Dienst verdienen zu können", sagte er bedacht. „Soll heißen, wenn alles gut geht ... und hier, Schmied, ist deine kulinarische Künstlerin! Darf ich vorstellen: die zweimalige Gewinnerin des Troonschen Gemeindebackwettbewerbs, Frau Schmied."

Frau Schmied war groß und nicht sonderlich jung, aber sie hatte einen gewissen würdevollen Habitus. Sie blickte unfreundlich zu Schmied.

„Kocht Ihr gebratenen Aal?", fragte Schmied.

„Möglicherweise", sagte sie. „Mit der entsprechenden Motivation. Mit den entsprechenden Pfannen." Sie spie das letzte Wort mit verblüffender Bosheit aus und richtete ihren wütenden Blick auf Schmieds Cousin.

Er rang die Hände. „Also, liebe Frau Schmied – ich bin mir sicher, dass Ihr auch ohne die zusätzlichen Utensilien zurechtkommt, dieses eine Mal. Es war nötig."

„Die Hälfte meiner Küche zurückzulassen wegen dieser vermaledeiten Dinger?", fragte Frau Schmied mit Nachdruck und wies auf die Karren, die mit den riesigen Eiern beladen waren.

„Sie nehmen dreimal so viel Platz ein wie eine herkömmliche Lieferung! Was war an den gewöhnlichen Kisten verkehrt, würde ich gerne wissen!"

„Zusätzlich zu ihren anderen Talenten ist Madame Sieben Schmetterlinge ein Genie des innovativen Verpackens und Dämmens", sagte Schmieds Vetter ernst. „Sie ist von der Natur selbst inspiriert, seht Ihr. Was ist schließlich die vollkommene Schutzform, die die Natur entworfen hat? Das Ei natürlich …"

„Hokuspokus", sagte Frau Schmied.

„… mit seiner ovalen Form, elegant einfach und dennoch kräftig, eine ganzheitliche Lösung, die genügend Dämmraum für die zerbrechlichsten Kunstwerke bietet …"

„Wie soll ich meine Jungs füttern, geschweige denn die Gourmetgenüsse für die Passagiere servieren, die in Euren Flugzetteln so hochtrabend angepriesen werden, Ihr Schwachsinniger?", rief Frau Schmied.

„Wir werden uns etwas einfallen lassen", sagte Schmied und trat zwischen die beiden. „Seht, ich reise mit wenig Gepäck. Vielleicht können wir ein paar Eurer Pfannen im Führungswagen verstauen?"

Frau Schmied betrachtete ihn, eine Braue erhoben. „Ein intelligenter Vorschlag", sagte sie besänftigt, während Ritzel und Tiegel eine riesige Kiste mit der Aufschrift KÜCHE aufhoben und damit zu Schmieds Karren eilten. „Wir könnten miteinander auskommen, junger Schmied."

„Selbstverständlich werdet ihr das", sagte Schmieds Vetter und entfloh.

Es war fast hell geworden. Die Diensthabenden kamen gähnend und schwankend zum Westtor und beugten sich über die Speichen der großen Hebewinde. Das Tor hob sich langsam in seinen Spurrillen, und ein kalter Wind wehte von der Ebene herein und sandte blassrosa Staubwirbel in die Luft. Ein Trompeter bestieg den Turm am Tor und verkündete mit einem Stoß, ein neuer Handelstag habe begonnen, sei es ein guter oder ein schlechter, und Hellbrenn antwortete mit einer Fanfare, um den Passagieren zu sagen, dass es Zeit war, an Bord zu gehen.

Die Schlüsselmänner erkletterten ihre Posten und begannen, die gewaltige Ansammlung an Rädern und Federn in jedem Führungskarren anzukurbeln. Die Passagiere nahmen ihre Sitze ein, und der Schmiedsäugling schrie noch immer untröstlich, während die Träger die letzten Gepäckstücke verluden. Es gab einen wackeligen Augenblick für Fürst Ermenwyrs Sänfte, bis sie angehoben und an Ort und Stelle über seinem Gepäck festgeschnallt war. Veilchenblaue Rauchwolken drangen zwischen den flatternden Vorhängen hervor, sodass es offensichtlich war, dass er da drinnen noch lebte, wenngleich er weiterhin mürrisch schwieg.

Frau Schmied erkletterte einen Sitz neben Tiegel, zog eine Staubbrille über ihre Augen, holte gelassen-majestätisch eine Rauchröhre hervor und stopfte sie mit einem besonders beißenden Gemisch des Bernsteinblatts. Sie hielt ein pfiffiges kleines Gerät, das einen Feuerstein auf ein Stück Stahl schlug, an die Spitze und schützte es vor dem Wind, als sie versuchte, den Bernsteinblatt zu entzünden.

Hellbrenn hastete an die Spitze der Reihe, ging rückwärts durch das Tor und rief den Trägern Anweisungen zu, als sie die Räder des Führungskarrens in die Spurrillen der roten Straße hievten, die durch Zeit und Benutzung tief und abgenutzt waren. Schmieds Vetter faltete die Hände und betete, wie er es an diesem Punkt einer Reise immer tat, und Schmied, der verspätet bemerkte, dass er im Führungskarren neben Ritzel sitzen sollte, rannte los und sprang auf seinen Sitz – oder versuchte es, denn die Kiste mit der Aufschrift KÜCHE nahm bereits diesen Platz ein.

Ritzel sah ihn nur an, tief über die fest gespannte Windung gebeugt. Schmied kletterte, entschlossen zu beweisen, dass er zu allem bereit war, hinauf und setzte sich unbeholfen auf die Kiste. Er sah zu Hellbrenn und winkte.

Sie hob die Trompete und blies das Stakkato zur Abfahrt. Dann wandte sie sich um und flitzte vorwärts, flink wie ein Vogel, denn hinter ihr zogen die Schlüsselmänner die Auslösebolzen und die Karawane ruckte polternd durch das Tor, spät wie immer. Ein Dutzend angekoppelter Wagen, angetrieben von Schwungfedern, folgten den Spurrillen und trugen ihre ungleiche Ladung.

Frau Schmied schaffte es schließlich, ihre Röhre anzuzünden, und lehnte sich zurück, während sie sie gewandt zwischen den ersten zwei Fingern ihrer linken Hand hielt und eine Rauchfahne, groß wie ein Banner, ausatmete. Im Karren hinter ihr hustete der Yendri und wedelte fluchend den Rauch weg. Das Licht der aufgehenden Sonne gleißte auf Hellbrenns Trompete.

Weg waren sie.

„Das ist recht einfach“, bemerkte Schmied nach der ersten Reisestunde. Troon war eine ferne Ansammlung von Türmen hinter ihnen. Vor ihnen lagen zu allen Seiten weite, gelbe Felder, nur unterbrochen vom gelegentlichen Fleck eines fernen Erntedorfs. Die tiefrote Straße erstreckte sich vor ihnen, zwei gefugte Rillen, die nach Westen dem unendlichen Horizont entgegenliefen, zwei Parallelen, die nach Osten führten. Hellbrenn hatte ein paar hundert Meter vor ihnen ihren Schritt zu einem Dauerlauf verlangsamt.

„Ihr glaubt, es sei einfach, ja?“, sagte Ritzel, während er dem Schlüssel einen sanften Stoß versetzte, um die nächste Feder in Gang zu setzen. Sobald die erste Windung sie in Fahrt brachte, erhielten die Schlüsselmänner die Bewegung durch regelmäßiges Kurbeln aufrecht.

„Nun ja“, sagte Schmied. „Seht es Euch an! Flach wie ein Brett. Soweit das Auge reicht ist keine Stelle, an der ein Räuber sich verstecken könnte. Keiner befindet sich im Krieg, also müssen wir uns keine Gedanken über eine Armee machen, die auf uns zugestürmt kommen könnte. Nichts zu tun, außer dahinzutuckern, nicht?“

„Bis ein Sandsturm kommt“, sagte Ritzel. „Was sie gewöhnlich tun, jetzt, wo die Ernte eingefahren ist. Ich habe in meiner Zeit ein paar Orkane gesehen, kann ich Euch sagen. Selbst die gewöhnlichen Winde können die Spurrillen in der Straße mit Staub füllen, und wenn das kleine Mädchen da vorne es nicht rechtzeitig sieht, könnten wir alle in ein Feld rasseln oder einen Stein mit voller Geschwindigkeit treffen und alle unsere Räder verlieren – das wäre ein großer Spaß.“

„Oh“, sagte Schmied. „Geschieht das oft?“

„Häufig genug“, sagte Ritzel und drehte den Schlüssel noch einmal.

„Zumindest klingt es nicht, als würde ich die hier brauchen“, sagte Schmied und sah auf seine Bogenpistolen.

„Wahrscheinlich nicht“, gab Ritzel zu. „Bis wir die Grünlande erreichen.“

„Was ist in den Grünlanden?“

Ritzel schwieg einen Moment.

„Ihr seid ein Stadtjunge, nicht?“, sagte er dann.

„Das war ich“, sagte Schmied, der seine Haltung auf der Kiste änderte. „Sagt, was ist in den Grünlanden? Abgesehen von einer Menge Yendris“, fügte er hinzu und blickte nach hinten zu ihrem einzigen Yendripassagier, der einen Schal um seine Nase und seinen Mund gewickelt hatte und die anderen ignorierte.

„Zunächst habt Ihr dort echte Räuber“, sagte Ritzel, „und keine neben der Straße herrennenden und bedrohlich rufenden Räuber. Ich rede von die Straße unter einem Erdrutsch begrabenden und die Beute ausbuddelnden Räuber, seht Ihr? Dann gibt's noch die Grünies, wie den da", fuhr er fort und zeigte mit dem Daumen in die Richtung des Yendri. „Sie bekennen sich vielleicht zur Gewaltfreiheit, aber sie sind verantwortlich dafür, dass Steine und Äste und alles Mögliche an Müll auf der Straße aufgestapelt liegt, weil sie es uns übel nehmen, wenn wir einen ihrer verdammten Haine fällen, um eine Wegstation oder so etwas zu bauen."

„Hm." Schmied sah bestürzt zu dem Yendri.

„Natürlich sind sie nicht das Schlimmste", fügte Ritzel hinzu.

„Gewiss nicht."

„Es gibt wilde Tiere."

„Die gibt's aber überall."

„Nicht wie in den Grünlanden, und selbst die sind nichts im Vergleich zu den Dämonen."

„Schon gut", sagte Schmied, „Ihr versucht, mir Angst zu machen, nicht? Ist das eine Art Initiation?"

„Nein", sagte Ritzel ärgerlich, obwohl er in der Tat versucht hatte, Schmied Angst zu machen. „Will Euch nur einige Dinge klarmachen, Karawanenführer. Ich sähe es ungern, wenn Ihr so voller Mut wärt, dass Ihr uns alle am ersten Tag schon das Leben kostet."

„Danke", sagte Schmied. Die Karawane rumpelte weiter, die eintönigen Felder zogen vorbei, und einen Augenblick später blickte Schmied wieder zu Ritzel hinunter.

„Ich habe eine Geschichte über die Grünlande gehört, jetzt, wo ich so drüber nachdenke", sagte er. „In einer Bar am Chadravacstrand, vor zirka sechs Monaten. Irgendwas über einen Dämonenfürsten. Man soll ihn den Herrn des Berges nennen?"

Ritzel erbleichte, aber seine Miene änderte sich nicht. Er schüttelte den Kopf und trat widerwillig in die Pedale.

„Darüber weiß ich nichts", sagte er hölzern und schwieg.

Den ganzen Tag fuhren sie über das gelbliche Land. Mit der Sonne als einzigem Begleiter gelangten sie am Abend zu einer Raststelle, die ein Ring aus weißen Steinen markierte.

Es war ein weiter, runder Bereich neben der Straße, mit Fugen, auf denen die Karren hinunter- und wieder herauffahren konnten. Es gab eine winzige Steinhütte, überragt von einer Windradpumpe, in der ein Becken stand, in das ein Rinnsal tröpfelte, das tief aus der Erde unter der Ebene hochgepumpt wurde. Kaum waren sie von der Straße in den Kreis gerollt, sprang der Yendri von seinem Karren und taumelte zu dem Pumpenhaus. Er besetzte es für die nächste Viertelstunde, zum großen Ärger der anderen Reisegäste, die sich hinter der Hütte anstellten und ethnisch beleidigende Bemerkungen machten, während sie warteten.

Zumindest beschäftigte sie die Ablenkung, während Schmied den Aufbau des Nachtlagers beaufsichtigte. Er hatte wenig zu tun. Die Schlüsselmänner, erfahren in dieser Kunst, hatten die Wagen schnell in einen Kreis gezogen und machten sich daran, im Kreis Zeltquartiere aufzubauen. Hellbrenn und Frau Schmied bauten eifrig den Küchenpavillon auf und deuteten höflich an, er sei nur im Weg, wenn er zu helfen versuchte.

Schmied bemerkte, dass Fürst Ermenwyr nicht unter den Nörglern an der Wasserpumpe war, und fragte sich, ob er nicht nachsehen sollte, ob der junge Lord schließlich doch gestorben war. Als er sich der Sänfte näherte, teilten sich die Vorhänge, und eine Frau glitt mit der Eleganz einer Schlange heraus und landete leichtfüßig auf dem Boden.

Schmied stockte der Atem.

Dass sie hübsch war, war beinahe nebensächlich. Sie hatte eine Präsenz. Ihr Körper war verführerisch, groß, makellos, mächtig.

Ihr Mund war voll und kirschrot, und ihre schlehdornschwarzen Augen hätten düster wirken sollen, funkelten aber stattdessen gutgelaunt träge, als sie sah, wie Schmied sie anstarrte.

„Guten Abend, Karawanenführer", sagte sie, und die Stimme passte zum Körper: feurig, doch mit einem unbestimmbaren Akzent, der Bildung und gute Herkunft verriet.

Schmied nickte nur und sammelte sich so weit, um sagen zu können: „Ich bin gekommen, um mich nach dem Befinden des Fürsten zu erkundigen."

„Wie bezaubernd. Es freut mich, sagen zu können, dass seine Durchlaucht noch immer unter uns weilt." Sie neigte den Kopf zu einer Seite und beschäftigte sich einen Augenblick damit, ihr Haar zu flechten, welches schwarz und so dick wie ein Ballen Seide war. Nachdem sie es zu einem geschmackvollen Haarknoten hochgebunden hatte, zog sie, scheinbar aus ihrem Ausschnitt, zwei nadelspitze Stilette und stach sie durch die glänzenden Locken.

„Ich … äh … ich bin froh, das zu hören. Wir bauen gerade die Zelte auf, falls er sich ausruhen will", sagte Schmied.

„Das ist wirklich umsichtig von Euch, aber mein Fürst hat seinen eigenen Pavillon", entgegnete die Frau, als sie einen der Koffer öffnete und ein Bündel schwarzen Stoffs hervorzog, der mit silbernen Schädelchen bestickt war.

„Kann ich Euch irgendwie helfen, Fräulein ..."

„Balnshik", sagte die Frau schmunzelnd. „Danke, Karawanenführer."

„Was für ein exotischer Name", dachte Schmied benommen, als er den Stapel Zeltstoff entgegennahm, während Balnshik sich über den Behälter beugte und nach Zeltstangen kramte. Etwas an dem Namen ließ ihn an Steinmesser und Rosenöl denken, vielleicht auch an dunkles Leder … obwohl sie sittsam in weißes Leinen gekleidet war. Er zwang sich, sich der Tatsache zu entsinnen, dass sie schließlich eine Pflegerin war. Sie zog eine Zeltstange hervor und drehte sie rasch. In ihren geschickten Händen wuchs die Stange, von Federn getrieben, zur doppelten Länge.

„Ich bin – Schmied“, sagte er.

„Natürlich seid Ihr das, mein Lieber“, sagte sie ihm. „Breitet das einfach auf dem Boden aus.“

Er half ihr, den Pavillon aufzustellen, der recht groß und kostbar war. Dann gab es noch eine Menge faltbarer Möbelstücke, die es aufzustellen galt, also dauerte es eine Weile, ehe Schmied daran dachte, ihr mitzuteilen: „Wir werden in Kürze die Erfrischungen servieren, wie versprochen. Wir können seiner Durchlaucht ...“

„Oh, macht Euch um ihn keine Sorgen; der Bengel kann nichts Festes behalten“, sagte Balnshik frohgemut, während sie eine Handvoll Räucherwerk auf ein Kohlenbecken warf.

„Ich höre jedes Wort, weißt du?“, drang Fürst Ermenwyrs Stimme aus der Sänfte. Er klang erzürnt.

„Wie wäre es mit klarer Bouillon, Liebling?“

„Nein. Ich bin noch reisekrank, und sie wäre vermutlich ohnehin vergiftet.“

Balnshiks Augen blitzten, und sie wandte sich mit einem charmanten Lächeln, das viele weiße, strahlende Zähne entblößte, an Schmied. „Entschuldigt uns bitte. Ich muss mich um meinen Herrn kümmern.“

Kaum hatte sie das gesagt, sprang sie in die Sänfte, verschwand hinter den Vorhängen, und Schmied hörte den unmissverständlichen Klang einer schallenden Ohrfeige, und die Sänfte begann wieder zu schaukeln und zu wackeln. Zu gehen schien eine gute Idee zu sein.

Er wanderte zum Küchenpavillon, wo Frau Schmied mit magischer Geschwindigkeit ein Feuer gemacht, Stieltöpfe zum Kochen gebracht hatte und jetzt geschäftig Kaviar auf kleine Kräcker verteilte.

„Könnt Ihr eine klare Bouillon zubereiten?“, fragte er.

„Für den Grünie?“ Sie blickte boshaft zu Ronrishim Blühendes Ried, der endlich die Hütte freigegeben hatte und jetzt vor einem Zelt saß und augenscheinlich meditierte. „Verdammte Vegetarier. Ich verabscheue es, für diese Leute zu kochen. ‚Oh, bitte, ich brauche nur ein Regenwassergericht, genauestens außentemperiert mit einem Tropfen Muttermilch am Rand, und wenn es nicht zu große Mühe macht, könntet Ihr ein paar Veilchen darauf schwimmen lassen?‘ Pfui!“

„Nein, für Fürst Ermenwyr.“ Schmied sah über seine Schulter zur Sänfte, die sich nicht mehr bewegte.

„Oh. Der Kranke?“ Frau Schmied drehte sich um und schielte zum Pavillon. „Himmel, was für ein piekfeines Zelt. Er ist ein grauenhafter kleiner Kerl, muss ich schon sagen, aber da er im Sterben liegt, schätze ich, müssen wir uns die Mühe machen. Eine gute, gehaltvolle Kapaunenbrühe und Wein, denke ich.“

„Parradan Schmied ist ein Bandenmitglied“, teilte Hellbrenn ihnen mit, als sie näher kam und sich einen Kräcker schnappte.

„Lass die liegen, Kind. Was meinst du damit?“

„Ich habe geschaut, als er sich wusch, und er hat Tätowierungen einer Geheimgesellschaft am ganzen Körper“, sagte Hellbrenn, während sie aus der Reichweite von Frau Schmieds Tranchiermesser wich. „Er hat einen Kasten dabei, den er fast nie aus den Augen lässt, und Messer.“

„Woher weißt du, dass es Tätowierungen einer Geheimgesellschaft sind?“ Schmied war bestürzt.

„Weil er aus Flammenbergstadt ist und ich auch von dort komme. Ich weiß, wie die Zeichen der Blutfeuers aussehen“, sagte sie schlicht. „Ihr Todfeind ist Haus Kupferhammer. Wenn die sich bekriegen, findet man an den bizarrsten Orten Körperteile. In der ganzen Stadt.“

„Nett“, grunzte Frau Schmied.

„Auf der Liste steht er als Bote", sagte Schmied, der zu dem Mann sah, der im Eingang eines Zeltes saß und seine Schuhe putzte. Hellbrenn nickte wissend.

„Bringt jemandes Diebesgut irgendwohin, seht Ihr. Ich wette, er hat ein Vermögen in dem Behälter. Es sei denn, es ist eine Tarnung, er steht unter Vertrag, einen der anderen Passagiere zu ermorden und wartet nur noch ab, ehe er ihn tötet!", fügte sie mit strahlendem Gesicht hinzu.

„Elende Geschöpfe. Mich lässt er besser in Ruhe; ich reise nie unbewaffnet", sagte Frau Schmied, als sie ihr das Tablett mit den Appetithäppchen reichte. „Geh, stell das auf den Buffettisch und sag den Gästen, dass das Hauptgericht in einer halben Stunde serviert wird. Gegrillte Wachteln, mit Akazienhonig glasiert und mit Wildpflaumen gefüllt."

Es schmeckte so gut, wie es klang. Selbst der Säugling der Schmieds hörte eine Weile mit dem Schreien auf, da er einen Schlegel mit Soße zum Nuckeln bekommen hatte.

Als das Zwielicht hereinbrach, tauchte Balnshik aus der Sänfte auf, trug Fürst Ermenwyr wie eine schlaffe Stoffpuppe in ihren Armen und brachte ihn in den prächtigen Pavillon, ehe sie rauskam und sich selbst einen Teller und eine Schüssel mit Brühe für ihren Herrn holte. Sie hinterließ auf die anderen männlichen Mitglieder der Gruppe einen ebenso tiefen Eindruck wie auf Schmied. Selbst die zwei kleinen Pimpfe der Schmieds hörten auf zu kauen und beobachteten mit runden Augen, wie sie über den Platz ging.

Sie schien die Aufmerksamkeit, die sie auf sich zog, nicht zu bemerken, war gesittet und höflich. Schmied glaubte zu sehen, wie sie einen Seitenblick auf den Yendri warf, in dem amüsierte

Geringschätzung glänzte, ehe ein verdrossener, schwacher Ruf aus dem Pavillon drang und sie zurück zu Fürst Ermenwyr eilte.

„Sie hält offensichtlich nicht viel von Herrn Blühendes Ried“, sprach Frau Schmied und zog an ihrer Rauchröhre. Sie machte es sich mit einem Getränk am Feuer gemütlich, als die Schlüsselmänner das Geschirr und alles andere vom Abendessen für sie wegräumten.

„Nur dass die Yendri einen wirklich grandiosen, ähm, ihr wisst schon, haben sollen“, sagte Hellbrenn. Frau Schmied zuckte die Achseln.

„Hängt davon ab, was du mit grandios meinst, meine Liebe.“

„Ich denke, wir sind heute recht gut vorangekommen“, sagte Schmied. „Keine Schicksalsschläge oder so. Findet Ihr nicht auch, dass es verhältnismäßig gut lief?“

„Ganz annehmbar“, sagte Frau Schmied. „Zumindest gab es diesmal keine Zwischenfälle. Ich kann die Stunden, die ich an Straßenrändern auf Ersatzteile gewartet habe, gar nicht zählen.“

„Seid Ihr schon lange bei der Karawane?“, fragte Schmied.

„Werden nächsten Frühling zwanzig Jahre“, entgegnete sie.

„Viel durch die Grünlande gefahren?“

„Viel zu häufig. Was ist mit Euch? Apropos, habt Ihr einen Vornamen?“

Schmied schielte zu Ritzel, der eine Schale mit Sand ausrieb, und senkte die Stimme, als er sagte: „Ich war hier und da und ja, ich habe einen Vornamen. Aber …“

Frau Schmied hob die Brauen. „So ist das, ja? Reizend unpersönlicher Name, Schmied. Mag ihn selbst ziemlich gern. Worauf wolltet Ihr hinaus?“

„Habt Ihr je von jemandem gehört, einem Dämon oder so etwas, der sich Herr des Berges nennt?“

Frau Schmied sah ihn scharf an, und Hellbrenn zuckte zusammen und machte eine Gebärde zum Schutz gegen das Böse. „Augenscheinlich“, sagte Frau Schmied, „seid Ihr nicht aus dem

Inland. Ihr stammt von den Inseln, wette ich, oder Ihr wüsstet von ihm."

Schmied war nicht erpicht darauf, dass irgendwer erfuhr, wo er geboren war, also sagte er nur: „Ist er in den Grünlanden? Ist er ein Dämon?"

Frau Schmied deutete mit ihrem Getränk auf den Yendri, der sich gerade in sein Zelt zurückzog. „Der könnte Euch wahrscheinlich mehr darüber sagen, obwohl ich bezweifle, dass er das wird, egal wie nett Ihr fragt. Ihr habt noch nicht vom Herrn des Berges gehört? Halb Dämon und halb etwas anderes, heißt es. Ein Yendri wahrscheinlich, auch wenn man es nicht glauben mag, so wie sie ihn hassen. Er hat ihnen allerdings auch ausreichend Gründe dafür gegeben."

„Was für Gründe?" Schmied beugte sich vor, denn sie senkte die Stimme. Sie rückte ihren Klappstuhl ein Stück näher zu ihm und wies in die Nacht hinaus, Richtung Nordwesten.

„Ihr werdet es sehen, in einer Woche oder so, wie er hinter dem Horizont hervorragt: ein schwarzer Berg, wie ein Haifischzahn, ungeheuer riesig. Das ist seine Bastion, und er kann von dort oben auf jeden Zoll der Grünlande blicken, und Ihr könnt wetten, dass er beobachten wird, wie wir auf der winzigen Straße vorbeikriechen. Wenn wir Glück haben, wird er sich nicht die Mühe machen, selbst herunterzukommen, um zu fragen, wie es uns geht.

Ich weiß nicht, wie lange er schon dort oben ist; zwei Generationen mindestens. Es gibt Gerüchte, nach denen er ein Söldner war. Auf jeden Fall ist er eine Art mächtiger Zauberer. Dämonenarmeen stehen ihm zur Verfügung, Spitzel in jeder Stadt, all so was. Dieser Tage begnügt er sich damit, hin und wieder herabzustürmen und unsere Karawanen zu überfallen. Aber es gab eine Zeit, da hatte er es bei seinen schlimmsten Plünderungen auf sie abgesehen." Frau Schmied wies auf das Zelt des Yendris.

„Keine Ahnung warum. Man möchte nicht glauben, sie hätten irgendwas, das zu stehlen sich lohnt, nicht wahr, in ihren bizarren, kleinen Unterholzdörfern? Scheint eher etwas Persönliches zu sein.

Jedenfalls – Ihr wisst, dass die Yendris einst Sklaven waren? Nein, nicht unsere – das ist zumindest eine Sache, für die man uns nicht die Schuld geben kann. Das war woanders, und jemand anderes hat sie versklavt, bis sie ihre Herren stürzten und flohen. Es gab eine Art Wunderkind, dessen Geburt den Sklavenaufstand entfachte. Einer ihrer Grüniepropheten hat sie wie eine Gallionsfigur vor sich hergetragen, und sie alle sind hierher ausgewandert. Als sie aufwuchs, wurde sie zu ihrer Heiligen. Heilt Kranke, weckt Tote, schönste Frau der Welt und so weiter. Ihr habt noch nie von der Grünen Heiligen gehört?

Nun, die Yendris siedelten sich hier also als freies Volk an, ohne Probleme, außer dem Herrn des Berges, der ihre Dörfer mit furchtbarer Freude überfiel, was er, wie ich höre, beinahe wöchentlich tat, und dann, oh Schreck, nahm er die Grüne Heilige selbst gefangen!

Allerdings habe ich gehört, dass sie sich selbst ihm angeboten hat, wenn er aufhören würde, so schrecklich böse zu sein", fügte Frau Schmied wie beiläufig hinzu. „Wie auch immer, es geschah – sie zog bei ihm auf seinem Berg ein, und auch wenn sie ihn nicht ganz zu einem rechtschaffenen Leben bekehrte, hörte er doch auf, die Zelte der armen Grünies über ihren Köpfen zu verbrennen. Nicht, dass sie dankbar gewesen wären. Sie waren tatsächlich außer sich vor Wut, besonders als er und sie eine riesige Menge recht gemischter Kinder zeugten. Behaupteten, es wäre ein Sakrileg."

„Ein Dämon und eine Heilige, die Kinder haben?", grübelte Schmied. „Verrückt."

„Nicht für die Yendris", sagte Frau Schmied.

„Lasst uns von etwas anderem reden", beschwor Hellbrenn sie.

Also wechselten sie das Thema. Nur wenig später löschten sie das Feuer, und alle zogen sich für die Nacht zurück, mit Ausnahme des Schmiedsäuglings, der noch eine gute Stunde lang schrie.

Der nächste Tag war, nachdem sie das Lager abgebaut hatten, genau wie der vorige. Stundenlang rollten sie durch leere Felder, und obwohl Schmied den Horizont beobachtete, sah er dort keine bedrohliche Finsternis, nicht an diesem Tag und auch nicht an den folgenden. Der Schmiedsäugling schrie, der Yendri blieb distanziert, Parradan Schmied brachte niemanden um, und Fürst Ermenwyr starb nicht, blieb aber in seiner Sänfte, während sie reisten, und der veilchenblaue Rauch seines Missbehagens zog rückwärts im Wind davon.

„Mama!“, rief der jüngere Bub der Schmieds und zeigte hinter sie. „Drachen!“

Es war der fünfte Tag, und die Schmiedkinder erreichten ein kritisches Maß an Langeweile.

„Sei nicht albern, Liebling“, sagte seine Mutter, die den schreienden Säugling auf ihrer Schulter wiegte, müde.

„Bin ich nicht! Sie fliegen hinter uns, und sie werden uns schnappen! Guck!“

Niemand machte sich die Mühe nachzusehen außer Schmied, der sich auf seiner hohen Kiste umwandte, um einen Blick über die Schulter zu werfen. Zu seinem Erstaunen sah er fünf oder sechs geflügelte Gestalten in der Luft hinter ihnen, in einer Entfernung von nicht mehr als einer oder zwei Meilen. Er wandte sich ganz um, drückte die Füße gegen den Rand des Karrens und beschattete seine Augen, um besser sehen zu können.

„Die Drachen werden uns schnappen!“, sagten die anderen Schmiedkinder zusammen und begannen, zu klagen und zu weinen.

„Nein, nein, werden sie nicht“, rief Schmied hilfsbereit, als er in ihren Karren hinabsah. „Drachen tun euch nicht weh, und ich glaube auch nicht ...“

„Der Fürst im schwarzen Zelt hat gesagt, dass sie das machen“, widersprach der kleine Junge. „Ich bin rein, als die große Frau rauskam, um zu essen, damit ich sehen konnte, ob er wirklich ein Vampir ist, wie die Läuferin sagt, und er hat gesagt, er ist es nicht, sei aber von einem Drachen gebissen worden, als er klein war, weil er zu viel Lärm gemacht hatte, und das hat ihn für immer halbtot gemacht, aber er hatte Glück, denn die meisten Drachen vertilgen Kinder, die zu viel Krach machen, sie fliegen über ihnen, mit großen Flügeln, und schnappen sie und verzehren sie wie Käfer!“

„Also, Wolkin ...“, sagte sein Vater.

„Ich habe dir gesagt, du sollst den Mann nicht stören!“, sagte seine Mutter.

„Nun, das ist nicht wahr“, rief Schmied, der Fürst Ermenwyr im Innern verfluchte. „Drachen tun so was nicht, ja, Junge? Sie sind zu klein. Ich habe sie gesehen. Sie fliegen nur über Wasser und fangen Fische. Sie bauen ihre Nester auf Klippen. Die Leute machen Schirme aus ihren Flügeln. Was wir hier haben, sind Gleiter.“ Er wies auf die geflügelten Gestalten, die schon viel näher waren.

„Ja, Wolkin, siehst du, vollkommen ungefährlich“, sagte sein Vater.

„Nur ein paar Leute, die sich große Flügel angeschnallt haben“, erläuterte Schmied. „Irgendwie. Sie befördern manchmal Briefe.“

„Sie haben, äh, Flugvereine und Wettkämpfe“, fügte sein Vater hinzu. „Nichts, wovor man Angst haben müsste.“

„Natürlich nicht", nickte Schmied. „Seht ihr, da kommen sie. Lasst uns winken."

Die Kinder winkten skeptisch.

„Seht", sagte das kleine Mädchen der Schmieds. „Sie haben Bogenpistolen, wie Ihr, Karawanenführer."

„Was?", sagte Schmied, als ein Bolzen in seinen linken Oberschenkel schlug.

Die Gleiter nahmen die Karawane unter Bolterbeschuss. Die Folge waren lautes Chaos und ein Gegenfeuer der Karawanenarbeiter. Schmied, der aus beiden Waffen schoss, erhaschte einen Blick auf Parradan Schmied, der aufstand, brummte und sich ausbalancierte, als er eine Boltersalve aus einem scheinbar unerschöpflichen Magazin in den nächsten Gleiter abgab. Er sah Balnshik sich aus der Sänfte lehnen, ihre Füße gegen eine riesengroße, alte Jagdwaffe drücken und mit tödlicher Präzision schießen.

Es war in Sekundenschnelle vorbei. Die nächsten der Gleiter drehten ab, ließen etwas neben der Straße fallen und stürzten in einem Durcheinander aus brechenden Streben und einknickendem, grünlichem Stoff ab. Die anderen flohen. Sie hoben ab und glitten gen Osten, wo sie rasch verschwanden. Das Ding, das die ersten fallengelassen hatten, hustete, wirbelte Staub auf und explodierte so, dass es flüssiges Feuer in alle Richtungen warf. Zum Glück waren die Wagen zu dem Zeitpunkt bereits außer Reichweite.

„Stopp", schnaufte Schmied, aber die Schlüsselmänner bremsten schon. Die Wagen kamen zitternd zum Stehen, ihre Eisenräder rieben in den Steingleisen und sandten flammende Funken die Länge der Karawane entlang. Er sprang von seinem hohen Sitz und fiel, wobei er sich das verwundete Bein hielt. Unter Schmerzen rappelte er sich auf und sah, dass Parradan Schmied bereits abgestiegen war und zu dem gefallenen Gleiter rannte, während er eine frisch gespannte Waffe über seinen Kopf hielt.

Hellbrenn hatte sich umgedreht und rannte panisch zu ihnen zurück.

„Ist irgendwer verletzt?“, schrie Schmied, der sich gegen einen Wagen lehnte und versuchte, das an seinem Bein herabfließende Blut zu stillen.

Es dauerte einige Momente, ehe er eine verständliche Antwort erhielt. Zum Glück war er der einzige mit einer Wunde. Einer der Schlüsselmänner Schmied war von einem Bolzen, der seine stählerne Kesselhaube gestreift hatte, aber von der breiten Krempe abgeprallt war, etwas benommen; ein weiterer Schuss hatte als Querschläger Schlüsselmann Tiegel seitlich am Oberarm getroffen und eine handballgroße Prellung hinterlassen. Fürst Ermenwyr war unverletzt, aber sein Gepäck war von mindestens einem Dutzend Bolzen durchlöchert worden Er selbst war aus der Sänfte gesprungen und schrie mit überraschend fester Stimme Drohungen gegen die verbliebenen Gleiter, die jetzt nur noch ferne Punkte am Horizont waren.

„So viel dazu, dass er ein Vampir sein soll“, brummte Schmied vor sich hin. Er verband sich das Bein mit einem Stofffetzen, als Parradan Schmied sich ihm mit versteinertem Gesicht näherte.

„Seht Euch das besser mal an“, sagte er.

„Ist er tot?“, fragte Schmied, als er loshumpelte. Parradan nickte.

Der Gleiterpilot war eindeutig tot. Sein Genick war gebrochen, als sein Fluggerät abgestürzt war, und sein Kopf stand in einem unnatürlichen Winkel ab; aber es war offensichtlich, dass er schon weit vor dem Aufprall tot gewesen war. Sein wattierter Fluganzug war an einem Dutzend Stellen zerfetzt und blutbefleckt.

„Verdammt“, sagte Schmied.

„Das sind meine Bolzen“, sagte Parradan Schmied und zeigte auf ein paar Verletzungen mit schwarzer Mitte. „Maßgefertigt. Die beiden sind vermutlich Eure.“

„Du bist ein glücklicher, glücklicher Mann“, sagte Fürst Ermenwyr zu dem Leichnam, als er zu ihnen kam, um ihn böse anzustarren. „Wenn du noch am Leben wärst … nach dem, was du mit meinen besten Hemden gemacht hast – nun, ich würde nicht gern in deiner Haut stecken, das ist alles.“ Er stieß mit seinem Stiefel gegen den Leichnam. „Keine Waffen. Ich schätze, er war dazu bestimmt, das Brandgerät abzuwerfen.“

„Wahrscheinlich.“

„Gut, dass Ammchen ihn durchbohrt hat, ehe er dazu kam.“ Er trat gegen den linken Arm des Mannes, aus dem ein großes, stacheliges Geschoss ragte.

„Dann sind das auch ihre?“ Parradan Schmied zeigte auf zwei weitere, eines im rechten Bein des Toten und eines zwischen seinen Rippen.

„Ja. Sie sind so gefertigt, dass sie Elche abschießen können.“

„Diese sind meine, und diese sind vom Karawanenführer, also …“ Parradan Schmied bückte sich und zog drei gefiederte Pfeile aus dem Körper. „Wer zur Hölle hat diese abgeschossen?“

Fürst Ermenwyrs Augen weiteten sich, schienen in der Tat bald aus seinem Kopf zu treten.

„Ich wär vorsichtig damit, wenn ich Ihr wäre“, sagte er schwach.

Es waren Röhrchen aus Ried, mit Dornen an der Spitze, schien es, und befiedert mit kleinen, sich kringelnden, grünen Federn.

„Vergiftet?“, fragte Schmied.

„Sind nicht alle Pfeile, die auf geheimnisvolle Art aus dem Nichts auftauchen, beschmiert mit tödlichem Gift?“, fragte Fürst Ermenwyr. Parradan Schmied warf sie weg.

„Wisst Ihr, wer sie abgeschossen hat?“

„Nein!“

„Nun, jemand hat sie abgeschossen“, sagte Schmied. „Was ich gerne wüsste, ist, was der da und seine Freunde hier wollten.“

„Mich töten, offensichtlich“, sagte Fürst Ermenwyr.

„Habt Ihr Feinde, mein Fürst?“

„Dutzende“, entgegnete Fürst Ermenwyr, „und sie sind nichts im Vergleich zu Papas Feinden. Tatsächlich würde ich Papa das durchaus zutrauen. Er mochte mich noch nie.“ Seine Wut war schnell verraucht, er war blass und begann zu zittern.

„Seid nicht albern, Herr“, sagte Balnshik, die unerwartet hinter ihnen erschien. Sie sah mit kaltem Blick zu der Leiche hinab. „Ihr wisst, Ihr wärt längst tot, wenn Euer Vater Euch tot sehen wollte.“ Sie bückte sich und zog ihre Stahlbolzen aus dem Leichnam. Ein Teil der Kleidung zerriss, als sie den letzten herauszog, und Schmied beugte sich mit einem Ausruf vor.

„Seht mal, er hat eine Tätowierung!“

„Hat er.“ Balnshik blickte darauf. „Eine dieser grauenhaften kleinen Assassinenbanden, nicht wahr? Seht Ihr, Herr? Nichts, worüber man sich Sorgen machen müsste.“

„Nichts, worüber man sich Sorgen machen müsste?“, rief Ermenwyr, dessen Augen wieder hervortraten. „Wenn ich von Bolzen hätte durchlöchert werden können und verbrannt noch dazu? Bei den neun Höllen, was denkst du, worüber man sich Sorgen machen sollte?“ Seine Stimme erhob sich zu einem Schreien. „Du wirst mich sterben lassen in dieser schrecklichen, eintönigen Wildnis, und ich werde kein Grab haben, nicht einmal eine vernünftige Beerdigung ...“

Er brach mit einem „Uff“ ab, als Balnshik sich ihn schnappte und über die Schulter warf.

„Ihr werdet seine Durchlaucht entschuldigen müssen“, sagte sie. „Es ist Zeit für seinen Schuss. Komm, Schatz.“ Sie wandte sich um und ging zurück zur Karawane.

Schmied starrte ihr nach; dann richtete er seine Aufmerksamkeit wieder auf die Leiche, über die sich Parradan Schmied beugte und methodisch seine Bolzen aus den Wunden pulte.

„Ist das eine Assassinentätowierung?“, fragte er.

„Woher soll ich das wissen?“, sagte Parradan Schmied tonlos, ohne aufzusehen.

Sie hoben ein Grab im trockenen Boden aus und bedeckten den Körper mit einer dünnen Erdschicht und Steinen. Die grünen Flügel legten sie darüber.

Ihre Geschwindigkeit war, nachdem sie wieder gestartet waren, begrenzt, da Schlüsselmann Tiegels Arm angeschwollen war und schmerzte. Weit nach Einbruch der Dunkelheit konnten sie endlich ihr Lager aufschlagen; zu dem Zeitpunkt pochte Schmieds Bein und war ebenfalls recht geschwollen. Als die Feuer brannten und die Zelte aufgebaut wurden, humpelte er langsam zu der Hütte und wartete darauf, dass Ronrishim Blühendes Ried auftauchte.

„Ihr seid Kräuterkundiger, nicht wahr?“, sagte er, als der Yendri herauskam.

Blühendes Ried betrachtete ihn mit Geringschätzung von oben bis unten.

„Werdet Ihr mich um Heilung bitten?“, fragte er.

„Wenn Ihr mir helfen könnt.“

„Bei der unbefleckten Tochter“, sagte er. „Ich werde sauberes Wasser brauchen. Sagt Euren Lakaien, sie sollen welches holen.“

Die einzige Person in der Nähe, die ein Lakai sein konnte, war Hellbrenn, die gehorsam einen Eimer Wasser von der Pumpe holte und blieb, um zu sehen, wie Schmied sich vor Blühendes Rieds Zelt legte und zuließ, dass sein Hosenbein aufgeschnitten wurde.

„Wollt Ihr sie nicht ausbrennen?“, fragte sie zusammenzuckend, als Blühendes Ried Schmieds Wunde untersuchte. Schmied grunzte und wandte das Gesicht ab.

„Benutzt Ihr ein Schwert, um Blumen zu schneiden?“, antwortete der Yendri, als er den Bolzen entfernte und kritisch betrachtete. „Ah, aber ich vergaß; Ihr benutzt eins. Es mag Euch überraschen, dass die gewalttätigste Lösung für ein Problem nicht immer die beste ist.“

„Ich hab nur gefragt, Grundgütiger!“, sagte Hellbrenn und stürmte davon.

„Habt Ihr was gegen die Schmerzen?“, fragte Schmied mit zusammengepressten Zähnen. Blühendes Ried schüttelte den Kopf.

„Ich habe keine Rauschgifte für meinen persönlichen Gebrauch“, sagte er. „Ich glaube, es ist besser zu lernen, unabwendbares Leid zu ertragen.“

„Verstehe“, sagte Schmied.

„Wenn Ihr und Eure Leute lernt zu verstehen, werden Frohlocken und Erstaunen die Welt erfüllen“, sagte Blühendes Ried.

Schmied ertrug still die Reinigung seiner Wunde, und der Yendri zog eine in der Nase beißende Heilsalbe aus seinem Bündel und rieb damit die Wunde ein. Als Schmied sich bewegte, damit Blühendes Ried den Verband um sein Bein legen konnte, sah er zu diesem.

„Was haltet Ihr von dem Angriff heute?“, fragte er.

Blühendes Ried zuckte erneut die Achseln. „Eine der endlosen Meinungsverschiedenheiten zwischen Euren Leuten. Schmutz erschlug Schmutz, und so schrie Schmutz nach Rache.“

Schmied befand, es habe keinen Sinn, die Blutfehde als Teil seines kulturellen Erbes zu verteidigen. „Was denkt Ihr, hinter wem sie her waren?“

„Ich habe weder eine Ahnung noch irgendwelches Interesse an der Sache“, sagte Blühendes Ried. „Aber wenn ich mir die Mühe machte, über so etwas Vermutungen anzustellen, würde ich damit beginnen, mir anzusehen, wer sich am heftigsten verteidigte.“

Er verknotete die Bandage und Schmied setzte sich unbeholfen auf. „Parradan?"

„Möglich. Andererseits ist Euer Volk immer bereit, Gewalt gegen andere zu gebrauchen. Er könnte auch einfach der am besten Vorbereitete gewesen sein."

„Gut, eine unbefangene Meinung zu hören", sagte Schmied, als er aufstand.

„Lasst mich allein. Ich muss ein Gebet sprechen und mich reinigen."

„Viel Spaß." Schmied hinkte davon, und Hellbrenn kam gerannt, damit er sich auf ihre Schulter stützen konnte.

„Ist er nicht furchtbar?", flüsterte sie. „Jetzt wird er die Nase in die Luft recken und darüber meditieren, wie viel besser als alle anderen er ist."

„Zumindest war er bereit, mein Bein zu versorgen", sagte Schmied.

„Nur, weil Ihr gefragt habt. Sie müssen, wenn man sie fragt; das ist Teil ihrer Religion oder so. Erwartet nicht, dass er es von sich aus angeboten hätte."

„Du magst die Yendri nicht, was?"

„Sie vergewaltigen dauernd Läuferinnen", erzählte Hellbrenn ihm. „Nicht so oft Karawanenläuferinnen wie mich, aber Solos, Fernbotinnen, die ganze Zeit."

„Das habe ich gehört, aber ich dachte, es wären nur Geschichten", sagte Schmied. „Da sie so gewaltfrei sein sollen."

Hellbrenn schüttelte aufgebracht den Kopf.

„Sie sagen, es sei ein Akt der Hingebung, nicht der Gewalt, und ihre Mädchen verstehen es als Kompliment, warum sollten wir also nicht? Arrogante Mistkerle. Wir haben im Mutterhaus alle möglichen Arten der Verteidigung gelernt."

„Gut zu wissen", sagte Schmied. „Wie geht es Tiegels Arm?"

„Er ist riesig und verfärbt sich erstaunlich", sagte sie. „Ich glaube nicht, dass er morgen kurbeln kann. Das heißt, Ihr müsst seinen Platz am Schlüssel einnehmen. Das tun Karawanenführer."

„Oh", sagte Schmied, der sich darauf gefreut hatte, einen Tag ausgestreckt auf der Mehlladung der Alten Troonmühlen zu verbringen.

„Schon seltsam, das mit dem toten Gleiter", sagte Hellbrenn.

„Was war seltsam an ihm?"

„Er stammte aus Troon." Sie half ihm zu einem Platz am Feuer. „Ich habe ihn erkannt. Er hing gewöhnlich im Brennenden Rad ab. Das ist die Gaststätte, wo die Spieler alle hingehen."

„Du glaubst, Fürst Ermenwyr ist ein Spieler und ein Vampir?", fragte Schmied spöttisch.

Sie errötete. „Was? Ich habe ihn bis heute immer nur in der Dunkelheit gesehen, sonst nicht, und er isst nie etwas und sieht einfach nur furchtbar aus! Aber er ist kein Glücksspieler. Er ist jemandes Gesandter, habe ich gehört, und man hat ihn abberufen, weil er krank ist, also schicken sie ihn in die Bäder. Was, glaubt Ihr, die Gleiter waren hinter ihm her?" Sie wirkte verblüfft.

„Er glaubt es."

„Hmm." Ihr Gesicht funkelte vor Neugierde. Dann rief Frau Schmied nach ihr, und sie rannte in den Küchenpavillon.

Keiner schlief sonderlich gut in jener Nacht. Der Schmiedsäugling schrie zwei Stunden statt der üblichen einen. Schmied teilte sich die Nachtwache mit den Schlüsselmännern und übernahm die erste Schicht, sodass er ohnedies bis spät auf den Beinen war und immer steifer und durchgefrorener wurde, ehe Schlüsselmann Balgen ihn ablöste. Gerade als Schmied betrunken genug war, um sich einzureden, sein verletztes Bein gehöre jemand anderem, sodass er eindösen konnte, fand er sich aufrecht sitzend wieder, mit pochendem Herzen. Er wandte den Kopf und starrte Richtung Westen, über den Karrenkreis hinaus. Eine hauchzarte Berührung auf seinem Gesicht, eine Spur Feuchtigkeit in der Luft, ein Geruch, so mächtig und deutlich wie der der See, aber ganz eindeutig nicht die See.

Ihm gegenüber am Feuer stützte sich Frau Schmied auf ihrer Schlafmatte auf einen Ellbogen.

„Der Wind hat sich gedreht", brummte sie. „Das sind die Grünlande. Wir werden ihn morgen sehen."

Schmied legte sich wieder hin und fragte sich, was sie meinte. Dann erinnerte er sich an den dunklen Berg.

Er hatte es am nächsten Morgen im Dunst seines Brummschädels und der Verwirrung ihres Aufbruchs vergessen. Er übernahm Schlüsselmann Tiegels Platz am Schlüssel und hockte sich neben ihn, während Tiegel in die Pedale trat. Die Anstrengung des Aufziehens für den Start allein war genug, Schmieds Bizeps schmerzen zu lassen. Als sie drei Stunden unterwegs waren, hatte er Schlüsselmann im Geiste von der Liste seiner möglichen Karrieren gestrichen.

So beschäftigt sah Schmied erst zum Horizont, als das Mittagsmahl herumgereicht wurde, und dann erblickte er es: einen waldigen Hügel im Nordwesten und darüber einen schwarzen, gezackten Kegel. Er schien nicht sehr groß zu sein, bis sein Verstand die Entfernung erfolgreich ermittelt hatte. Dann wollten seine Augen nicht hinnehmen, wie riesengroß er sein musste.

Er verdrängte den Gedanken aus seinem Kopf und versuchte, sein Mittagsessen mit einer Hand auszupacken. Es war eine Teigrolle, gefüllt mit delikatem Fleisch. Er kaute methodisch, als er die Reihe der Wagen hinter sich entlang blickte und sich erneut fragte, was der Angriff der Gleiter zu bedeuten hatte.

Ein Raubüberfall schien unwahrscheinlich zu sein, zumindest einer, der es auf die Ladung abgesehen hatte. Das Wertvollste, das sie geladen hatten, waren Madame Sieben Schmetterlings ganzheitliche Eier, und das geistige Bild eines Trupps Gleiter, die versuchten, mit einem Netz voller großer, amethystfarbener Eier zu fliegen, ließ ihn unwillkürlich grinsen.

Was, wenn einer der Reisegäste etwas hatte, das sie wollten? Die Tatsache, dass der tote Mann eine Assassinentätowierung gehabt hatte, hieß nicht unbedingt, dass er kein Dieb war. Ein Mann konnte in seinem Leben viele Berufe ausüben, wie Schmied nur zu gut wusste.

Er blickte zu dem Wagen, auf dem die Schmieds fuhren. Sie waren Goldschmiede; hatten sie etwas von ihrer Ware dabei?

Er blickte zurück zu dem Wagen, den sich Parradan Schmied und der Yendri teilten. Sie fuhren in einvernehmlicher Stille. Parradan Schmied musterte den östlichen Horizont. Blühendes Rieds kühler Blick ruhte auf dem schwarzen Berg im Nordwesten. Schmied schloss den Yendri aus, der sehr wenig Gepäck und keinen einzigen Koffer hatte. Sein Volk verschmähte persönlichen Besitz und stellte nichts her, was irgendwer haben wollte. Es handelte mit nichts anderem als medizinischen Kräutern und gelegentlich mit Süßwasserperlen.

Parradan Schmied hingegen trug als Bote etwas bei sich. Was? Der Behälter, den er bei sich hatte, schien nicht schwer genug, um mit Gold gefüllt zu sein, wie Hellbrenn vermutet hatte.

Blieb noch Fürst Ermenwyr. Drogen, Geld, Schmuck: Der junge Adlige hatte zweifellos genug, was einen Dieb interessieren würde.

Schmied drehte erneut am Schlüssel, musterte den Himmel. Zumindest keine Flügel.

Aber der dunkle Gipfel wurde größer, als die Stunden vergingen; am übernächsten Tag, als sie an die Weggabelung kamen und die nördlichen Schienen nahmen, ragte er genau vor ihnen auf.

„Schmied."

Er öffnete müde die Augen. Es schien ihm, als hätte er sie gerade erst geschlossen; aber im Osten wurde es heller. Er drehte sich um und sah zu Frau Schmied, die neben ihm kauerte.

„Wir hatten letzte Nacht einen Gast, Schmied, zumindest scheint es so. Ist noch da. Ich wüsste Eure Hilfe beim Beseitigen zu schätzen."

„Was?" Er setzte sich auf und sah sich um, während er sich an seinem Stoppelbart kratzte.

Sie zeigte mit ihrer Rauchröhre auf etwas. Er folgte mit seinem Blick der Bewegung und sah in der Mitte des Lagers eine Masse auf dem Boden, schwach beleuchtet vom Kochfeuer des Frühstücks.

„Was zur Hölle ...?" Schmied kroch aus seinem Schlafsack und stand mit etwas Mühe auf, während er auf das Ding stierte. Es lud nicht zu einer genaueren Untersuchung ein, aber er taumelte näher und sah genau hin. Dann übergab er sich.

Wenn man eine graugestreifte Katze genommen und ihr die durchschnittliche Größe und Gliedmaßenanordnung eines Menschen verliehen, sie dann lebend gehäutet und ihr abgezogenes Fell in langen Streifen über der Tierleiche verteilt hätte – dann hätte man etwas gehabt, das dem nahekam, was Schmied im blassen Morgenlicht sah. Man hätte auch eine Katze mit grünem Sekret in den Venen und bemerkenswert großen Klauen und Zähnen finden müssen.

Es war ein Dämon, einer der ursprünglichen Bewohner der Welt. So erzählte man es sich zumindest; es hieß, sie stammten aus dem urzeitlichen Durcheinander am Beginn der Zeit.

Nach allem, was Schmied je hatte erfahren können, mochte das die Wahrheit sein. Sie hatten eindeutig rohe Kräfte, und man glaubte, sie könnten jede beliebige Gestalt annehmen. Das hatte sowohl Vor- als auch Nachteile. Sie konnten sterbliche Genüsse erfahren, sogar Kinder zeugen. Sie konnten auch sterben.

Schmied taumelte zurück und wischte sich den Mund. Die Augen des Dings waren wie Berylle, noch immer in zornigem Blick erstarrt, aber es war eindeutig tot.

„Das ist schlimm", ächzte er.

„Könnte schlimmer sein", sagte Frau Schmied, als sie den Teekessel aufsetzte. „Ihr könntet dort mit herausgerissener Leber liegen."

„Seine Leber ist herausgerissen?" Schmied wandte den Blick ab.

„Leber und Herz, wie es aussieht. Scheint aber keinen von uns erwischt zu haben. Ich habe nichts gehört, Ihr?", flüsterte Frau Schmied. Schmied schüttelte den Kopf.

„Aber was ist das? Ein Dämon?"

„Nun, es stehen keine Stämme katzenköpfiger Menschen in den Reiseführern", antwortete Frau Schmied. „Das Wichtigste ist jetzt, diese vermaledeite Leiche außer Sicht zu schaffen, ehe die Gäste sie sehen, würdet Ihr mir da nicht zustimmen?"

„Stimmt", sagte Schmied und humpelte zu den Wagen, um ein Seil zu holen.

Gemeinsam zogen sie den Kadaver hinaus auf die Ebene. Es gab dort nicht viel, um ihn zu verbergen. Sie kehrten zurück, und Schmied fand eine Schaufel und wollte gerade ein Grab ausheben, als er sah, dass der Körper am Boden sich verkrampfte. Er hielt inne, bereit, um sein Leben zu rennen, verletztes Bein hin oder her. Der Körper leuchtete grün auf und brach in unrein aussehende Flammen aus. Es wurde zu hell, um noch hinsehen zu können, grünliche Funken sprühten, dann erhob sich etwas Grelles schreiend aus dem Feuer, schoss nach oben und zog nach

Westen davon, als wäre es ein Komet, der sich in den letzten Resten der Schatten der Nacht verstecken wollte.

Die Flammen erstarben und hinterließen nichts als schwarze Asche, die der Morgenwind über die Ebene wehte.

„Das war eindeutig ein Dämon“, informierte Frau Schmied ihn, als er sich auf die Schippe stützend zurückkehrte. „So wie er abging wie ein Knallfrosch am Herzogstag. Sie machen so was, wisst Ihr.“ Sie gab ihm eine Blechtasse Tee.

„Was wollte er hier?“ Schmied nahm die Tasse und wärmte seine Hände.

„Verdammt will ich sein, wenn ich es wüsste. Man sieht sie für gewöhnlich nicht so weit draußen auf der Ebene“, sagte Frau Schmied, während sie Fladenteig auf ein Backblech löffelte. „Wir können annehmen, dass er herkam, um einen oder alle von uns zu zerfetzen und zerreißen. Wir können uns nur darüber wundern, warum er erfolglos war.“

„Oder wer ihn tötete“, fügte Schmied benommen hinzu. „Oder wie.“

„In der Tat.“

„Nun, nun, nun, was für ein reizender Beinahe-Morgen“, sagte Fürst Ermenwyr, als er aus seinem Pavillon auftauchte und schnell auf sie zuschritt. Er wirkte ein wenig bleicher als sonst und blies genügend Rauch aus, um sich selbst zu verbergen. „Ich sollte wirklich manchmal zu dieser Stunde aufstehen. Was gibt es zum Frühstück?“

„Reis-Mandelmehl-Fladen mit Rosenaprikosensirup“, teilte Frau Schmied ihm mit.

„Wirklich“, sagte er, als er zur Reihe der Zelte blickte. „Wie delikat. Ich, äh, nehme nicht an, dass Ihr auch Fleisch serviert?“

„Ich könnte Würstchen braten, mein Fürst“, sagte Frau Schmied.

„Würstchen? … ja, das wäre gut. Viele? Blutig?“

„Würstchen gibt es nur auf eine Art, mein Fürst.“

„Oh. Ist das wahr? Was ist mit Blutwurst?“

„Selbst Blutwurst gibt es nur gut durch“, erklärte Frau Schmied. „Nicht viel Feuchtigkeit in einer Wurst.“

„Oh.“ Einen Moment lang wirkte Fürst Ermenwyr ganz so, als würde er anfangen zu weinen. „Nun – habt Ihr dennoch eine Blutwurst?“

„Ich habe importierte Entenblutwurst“, sagte Frau Schmied.

„Entenblut?“ Fürst Ermenwyr wirkte bestürzt. „In Ordnung – ich möchte die ganze Entenblutwurst, die Ihr da habt, und einen dieser Fladen mit jeder Menge Sirup, bitte und Tee.“

Frau Schmied warf ihm einen Seitenblick zu, brummte aber: „Sofort, Durchlaucht.“

„Euch ist letzte Nacht nichts Merkwürdiges aufgefallen, oder, Durchlaucht?“, fragte Schmied, der ihn beobachtet hatte, während er an seinem Tee nippte. Fürst Ermenwyr drehte sich abrupt um.

„Wem? Mir? Was? Nein! Habe geschlafen wie ein Stein“, rief er. „Weshalb? Ist etwas passiert?“

„Es gab ein kleines Ärgernis“, sagte Schmied. „Etwas schlich hier herum.“

„Oh Graus, was für ein Gedanke! Ich schätze, es gibt keine Möglichkeit, an Tempo zuzulegen, sodass wir etwas schneller von dieser Ebene weg kommen?“

„Nicht, wenn einer unserer Schlüsselmänner nicht arbeiten kann, fürchte ich“, antwortete Schmied.

„Dann müssen wir einfach auf der Hut sein, nicht wahr?“, sagte Fürst Ermenwyr.

„Wisst Ihr, mein Fürst“, sagte Frau Schmied, während sie die Würste auf den Grill legte, „Ihr müsst nicht hier stehen und auf Euer Frühstück warten. Ihr könnt es Eure Krankenschwester holen lassen, wenn es fertig ist.“

„Oh, mir ist heute Morgen danach, mein Frühstück selbst zu holen, danke.“ Fürst Ermenwyr zuckte zusammen und entblößte die Zähne, als der Säugling der Schmieds sein morgendliches Wehklagen begann.

„Verstehe“, sagte Frau Schmied. Schmied sah zu ihr hin.

Er beobachtete, wie die Schlüsselmänner und Gäste einer nach dem anderen heil und lebendig aus ihren Zelten auftauchten. Parradan Schmied reckte die Nase vorsichtig in die Luft, zuckte die Achseln und ging sich waschen. Hellbrenn kroch aus ihrem Lager, gähnte und kam zum Küchenpavillon, wo sie versuchte, Rosenaprikosensirup aus der Flasche zu trinken, bis Frau Schmied ihr mit einem Holzlöffel auf die Finger schlug. Die Kinder der Schmieds kamen, gingen schnurstracks zu der Masse aus grünem Schleim und Fellstreifen, die der Körper des Dämons gewesen war, und stocherten mit ihren Fingern darin herum.

Ronrishim Blühendes Ried kam aus seinem Zelt, sah die Masse und wirkte angewidert. Er kam durch den Kreis zum Küchenpavillon.

„Wäre es denkbar, eine Tasse sauberen Wassers zu bekommen“, fragte er, „und habt Ihr Rosenextrakt?“

„Hellbrenn, hol dem hübschen Mann sein Wasser“, sagte Frau Schmied. „Ich habe keinen Rosenextrakt, Herr, aber wir haben Rosenaprikosensirup.“ Hellbrenn hielt ihn zuvorkommend hoch.

Blühendes Rieds Lippe kräuselte sich.

„Nein, danke“, sagte er. „Einfacher Rosenextrakt war alles, worum ich bat. Wir sind ein Volk des einfachen Geschmackes. Wir finden es müßig, unseren Appetit mit verfälschten, ausschweifenden Empfindungen zu überladen.“

„Aber es ist solch ein Spaß“, antwortete Fürst Ermenwyr ihm. Blühendes Ried blickte ihn mit Geringschätzung an, nahm seine Tasse Wasser und stolzierte schweigend davon.

Fürst Ermenwyr trug sein bestelltes Frühstück, als es fertig war, direkt zu seiner Sänfte und kroch damit hinein. Er tauchte nicht wieder auf, bis das Lager abgebrochen wurde, als er selbst herauskam und seinen Pavillon abbaute.

„Geht es Frau Balnshik gut?", fragte Schmied, als er hinüberging, um zu helfen, da der junge Fürst auf beunruhigende Art keuchte.

„Ja, ausgezeichnet", versicherte Fürst Ermenwyr mit hervorquellenden Augen. „Seid so gut und haltet das andere Ende, ja? Danke. Ammchen hat lediglich, äh, Kopfschmerzen. Zweifellos die Änderung des Luftdrucks, während wir uns dem Hochland nähern. Sie wird später wieder wohlauf sein. Ihr werdet sehen."

Tatsächlich tauchte sie erst wieder auf, als sie am Abend ihr Lager aufschlugen, allerdings wirkte sie so heiter und hinreißend wie eh. Frau Schmied beobachtete sie, als sie herzhaft das nächtliche Hauptgericht aß, das aus gebackenem Wildschweinschinken mit Soße aus in Branntwein gekochten Zitronen und Rosinen bestand.

„Das sind zwei Mordversuche", sagte Frau Schmied, als das Feuer zu Asche heruntergebrannt war und alle Gäste sich zurückgezogen hatten.

„Ihr glaubt also auch nicht, dass es Raubüberfälle waren", sagte Schmied. Sie atmete eine Rauchwolke aus und schüttelte den Kopf.

„Nicht, wenn ein Dämon zum Einsatz kam", sagte sie, „und diesen hat uns jemand auf den Hals geschickt, verlasst Euch drauf."

„Ich dachte nicht, dass es in Troon Hexenmeister gibt", sagte Schmied.

„Was lässt Euch glauben, er sei aus Troon gekommen?", fragte Frau Schmied zweifelnd. Er erzählte ihr, dass Hellbrenn den Gleiter erkannt hatte. Sie nickte.

„Ihr glaubt doch nicht, die zwei Angriffe hätten nichts miteinander zu tun, oder?", fragte Schmied. „Glaubt Ihr, der Dämon könnte von ..." Er wies in die Dunkelheit zum schwarzen Berg. Frau Schmied schwieg einen Moment lang.

„Ist normalerweise nicht sein Stil", sagte sie schließlich. „Aber ich schätze, alles ist denkbar. Das würde die Angelegenheit sicher verkomplizieren."

„Ich mag Ärger simpel", sagte Schmied. „Sagen wir, es ist jemand aus Troon. Ich denke, dann ist er entweder hinter Parradan Schmied oder dem jungen Fürsten her. Hätte man ihn in Troon erwischt, wäre es offensichtlich Mord gewesen, also haben seine Gegner gewartet, bis wir weit genug auf der Ebene waren, um nicht nach Hilfe schicken zu können. Hm?"

„Scheint logisch."

„Aber der erste Angriff hat nicht geklappt, da es mehr Leute hier gibt, die sich wehren können, als sie gedacht hätten", überlegte Schmied. „Jetzt bewegen wir uns immer weiter außer Reichweite, und sie werden verzweifelt, also heuern sie jemanden an, der einen Dämon schickt. Das kostet viel. Ich wette, ihnen stehen nicht mehr Mittel zur Verfügung, und wir werden von jetzt an unsere Ruhe haben."

In den nächsten zwei Tagen schien es, als sollte er recht behalten, obwohl die Reise nicht ohne Zwischenfall verlief. Den Schmiedkindern wuchs graues Fell auf den Händen, und nichts – weder Rasieren noch Auszupfen oder Enthaarungscreme – konnte es entfernen. Schlimmer noch, zur Bestürzung ihrer Eltern begann es, sich auszubreiten, und bei Einbruch der Nacht des zweiten Tages saßen sie wie ein Trio trauriger Kätzchen da, während ihre Mutter hysterisch wurde und Schmied anflehte, etwas zu unternehmen.

Sie veranstaltete solch einen Tumult, dass Fürst Ermenwyr sich aus seinem Bett wagte, finster um sich blickte und nach Stille verlangte; als er aber die Kinder sah, heulte er vor unmäßigem Gelächter, und Balnshik musste kommen und ihn wieder nach drinnen zerren, während sie ihn streng schalt. Sie kam später wieder heraus und bot eine Salbe an, die wie Tonerde aussah und das Fell erfolgreich entfernte, auch wenn die Kinder jammerten und sich beklagten, dass es brannte.

Allerdings war das Fell auch am nächsten Morgen nicht zurückgekehrt.

Die Grünlande erhoben sich jetzt vor ihnen, Erhebung um waldige Erhebung. Dahinter ragte der dunkle Berg auf, so riesengroß, dass er wie eine andere Welt erschien, vermutlich eine, die diese gefährlich nah umkreiste. Sein anderes Gelände, seine dunklen Wälder und Täler, seine Felsen, hier und da erhellt von glitzernden Flüssen und von durch Regenbögen überbrückten Nebeln, wurden mit jeder Stunde immer deutlicher und schienen weniger wirklich.

Obwohl die Straße die Erhebungen an den meisten Stellen umging, stieg der Boden an, und die Schlüsselmänner grunzten vor Anstrengung, während sie in die Pedale traten. Schmied arbeitete so hart, dass sich seine Wunde wieder öffnete und Schlüsselmann Tiegel ihm mit seinem guten Arm beim Kurbeln helfen musste. Die Luft war feucht und roch nach grünen Dingen, und als sie ihr Lager an ihrem ersten Abend auf einer baumumstandenen Lichtung aufschlugen, war nicht mehr die geringste Spur von Troons Staub in ihren Mündern.

Nach zwei Tagen in den Grünlanden kam der nächste Angriff.

Sie hatten schweißgebadet eine Erhebung erklommen und sahen einen langen, geraden Abhang, der sich bis zu einem sanft beschatteten Weg erstreckte, der durch sich golden und rot färbende Eichen führte. Hellbrenn stieß einen erleichterten Freudenschrei aus und lief vor der Karawane die Straße hinab, während diese ihr hinterher ratterte. Die Schmiedkinder brachen in lärmenden Jubel aus, als die Karren an Geschwindigkeit zulegten und helle Blätter in der Brise wirbelten, als sie hinab fuhren.

Aber am Fuß des Hanges lagen unerwartet sehr viele Blätter und Eicheln, und dann lag ein ganzer Baum auf der Straße. Ein sehr großer, ziemlich hässlicher Mann trat hervor und stand grinsend vor ihnen.

Er tat das natürlich des Eindrucks wegen. Er trug die Schärpen, den goldenen Ohrring und die Messer, die sich an einem Räuber fanden, und hatte zudem die Stoßzähne und die Gewitterwolkenhaut, die zu Dämonenmischlingen gehörten. Er hatte es nicht nötig, „Halt! Das ist ein bewaffneter Überfall!" zu rufen. Mit seinen Stoßzähnen wäre es ihm wohl ohnedies schwer gefallen, das auszusprechen. Seine Aufgabe war es, Schrecken zu verbreiten und die Karawane zu entmutigen, und er war dafür gut gerüstet.

Es war aber keine gute Idee, ein kleines Mädchen zu erschrecken, das ohne Rast fünfzig Meilen am Tag rennen konnte. Hellbrenn schrie, tat aber, aufgrund ihres Schwungs unfähig, anzuhalten, was man ihr im Mutterhaus für Läuferinnen in Flammenberg eingetrichtert hatte: Sie sprang in die Luft und landete mit den Fersen voran im Gesicht des Räubers. Er fiel, und sie mit ihm, landete aber auf ihren Füßen. Sie tanzte eifrig auf seinem Kopf, als die Karren hinter ihr entgleisten und andere Räuber vor ihr heulend aus dem Wald kamen.

Es war auch keine gute Idee, das Überraschungsmoment zu verlieren. Schmied und die anderen waren zu dem Zeitpunkt, als sie auf den Baum zurasten, gewarnt genug, um sich vorbereiten zu können. Als der Augenblick des Aufpralls kam, waren sie zum Absprung bereit. Schmied landete schwer auf seiner Hüfte, schaffte es aber, ein Paar seiner Bolzen in den Banditen zu jagen, der auf ihn zustürmte, was ihm genug Zeit verschaffte, auf die Füße zu kommen und seine Machete zu ziehen. Die Schlüsselmänner hatten aus dem Nichts etwas gezogen, das wie verbeulte Schilde und Macheten aussah, und griffen in Formation an, eine mit Kesselhauben bewehrte Wand aus leicht angerostetem Stahl.

Einer der Bolzen hatte Schmieds Gegner in den Hals getroffen, sodass er ihn nach kurzem Augenblick fällte. Als er ausholte, um einem weiteren schreienden Angreifer zu begegnen, erhaschte er einen Blick auf die gestürzte Reisegesellschaft. Die Schmieds versuchten verzweifelt, ihre Kinder in den Schutz eines umgekippten Gefährtes zu bringen, und ein Räuber, der sich ihnen näherte, fand seinen Kopf plötzlich von einer schweren Pfanne eingeschlagen, die Frau Schmied führte. Riesige, amethystfarbene Eier rollten überall hin, als sie aus ihrem Warennetz fielen, und Balnshik trat sie beiseite, als sie vorsprang, ein Stilett in jeder Hand. Sie hieb nach einem Banditen, der hastig vor ihr zurückwich, obwohl es schwer zu sagen gewesen wäre, ob er eher von den gefährlichen, kleinen Messern oder dem Schimmer ihrer weißen Zähne eingeschüchtert war, die in einem Knurren aus blutdurstiger Freude entblößt wurden.

Fürst Ermenwyr war erstaunlicherweise auf den Beinen und hatte gerade einem Räuber mit einem Säbel den Kopf abgetrennt. Parradan Schmied hatte seine Bogenpistole geleert und dabei wenigstens fünf Angreifer getötet, und ein sechster hatte ihn in einen Nahkampf verwickelt. Das war alles, was Schmied klar erkennen konnte, ehe er mit seinem eigenen Überleben zu beschäftigt war, um noch weiter zu beobachten.

Sein Gegner war nicht ekelhaft wie der mit den Stoßzähnen. Er war beweglich, schlank und schön; abgesehen von den Bockshörnern, die sich von seinen Schläfen nach hinten bogen, und der Tatsache, dass seine Haut die Farbe von Blitzen hatte, hätte er das Sofa eines jeden Lustknaben in den elegantesten Städten geziert. Das beeindruckte Schmied nicht, aber der Junge kämpfte wie ein Dämon, und das beeindruckte ihn schmerzlich.

Klinge parierte Klinge – schwupps, ein Dolch lag in der Hand des Jungen, und er hatte Schmieds Mantel über dem Herzen aufgeschlitzt. Schmieds Hand bewegte sich zu schnell, um ihr mit Blicken zu folgen, und hätte dem Jungen den Kopf abgeschlagen, aber er war plötzlich magisch vier Schritte von dem Ort entfernt, an dem er hätte sein sollen. Er grinste Schmied an und machte wieder einen Satz vor, und Schmied, der zurücksprang, war nicht in der Lage, sein Stiefelmesser zu befreien, ehe ihre Klingen wieder aufeinandertrafen. Der Jüngling hatte den Vorteil unmenschlicher Geschwindigkeit und Stärke, und Schmied bekam langsam das kalte, sichere Gefühl in den Eingeweiden, dass er diesmal verlieren würde.

Alles, was er dem Jungen entgegenzubringen hatte, war Gewicht, und er warf es in einen Vorstoß. Er schaffte es, den anderen weit genug zurückzudrängen, dass er endlich sein Messer ziehen konnte, und sie umkreisten einander, der Jüngling tänzelnd, Schmied hinkend. Er wusste vage, dass es für die Räuber im Kampf schlecht aussah, aber sie hätten in einer anderen Welt sein können. Seine Welt war der geschlossene Kreis, winzig und kleiner werdend, und die Augen seines Gegners waren der Mond und die Sonne.

Der Dämonenjunge wusste auch, dass er gewinnen würde, und ließ vor Freude ein paar extravagante Sprünge in seine Beinarbeit einfließen, verlagerte sein Gewicht von den Fersen auf die Zehen, schwang die Dolchspitze wie ein Metronom, um

Schmieds Blick einzufangen und festzuhalten, während er ihn durchbohrte ...

Aber er durchbohrte ihn nicht, denn sein Blick blieb an einer Gestalt hängen, die sich auf Schmieds rechter Seite näherte.

„Hallo, Eshbysse“, sagte Frau Schmied.

Das Antlitz des Jünglings erschlaffte vor Sprachlosigkeit. In seinen Blick schlich sich Beklommenheit, dann wachsende Angst.

„Ja“, sagte Frau Schmied. „Fenallise.“

Er wich zurück. „Fenallise? Aber – du ...“

„Es ist dreißig Jahre her, Eshbysse“, sagte sie.

„Nein!“, schrie er weiter zurückweichend. „Nicht so lang! Du lügst!“ Er wandte den Blick von ihr ab, ließ die Waffen fallen und schlug die Hände vor sein Gesicht. Es war noch immer glatt, noch immer vollkommen.

„Dreißig Jahre und keinen Tag weniger“, versicherte sie ihm.

„Ich glaube dir nicht!“, jammerte Eshbysse. Er drehte sich um und floh klagend, stieg in die Luft und rannte über die Baumwipfel, und die roten und goldenen Blätter flatterten um seine geschwinden Knöchel, als wären sie bereits gefallen. Als sie sahen, dass der Kampf sich gewendet hatte, nahmen seine überlebenden Anhänger auf dem Boden mit gleicher Schnelligkeit die Beine in die Hand.

Schmied ließ seine Waffen fallen und beugte sich vor, schnappte nach Luft, die Hände auf den Schenkeln.

„Worum zur Hölle“, sagte er, „ging es gerade?“

„Wir waren einst ein Paar“, sagte Frau Schmied, als sie in die Flut des Herbstlaubs blickte. „Ihr würdet nicht glauben, ich wäre je ein kleines Mädchen gewesen, das ein dämonischer Liebhaber aus einem Kloster raubte, nicht wahr? Aber wir haben furchtbare Dinge zusammen getan, er und ich.“

„Wovor ist er davongelaufen?“, fragte Schmied.

Sie schüttelte den Kopf.

„Er hatte immer schon Angst vor der Zeit“, sagte sie geistesabwesend. „Sie erwischt seine Art nicht so schnell wie unsere, aber sie erwischt sie früher oder später. Mich zu sehen hat ihn daran erinnert. Eines Tages wird er nicht mehr hübsch sein; das erträgt er nicht, wisst Ihr.“

Schmied blickte sie an und sah in ihrem Antlitz das Mädchen, das sie einst gewesen war. Sie wandte sich um und überblickte die Folgen des Kampfes.

„Gottverdammter Mist“, sagte sie. Parradan Schmied stolperte auf sie zu, leichenblass, gestützt von Blühendes Ried.

„Er ist verletzt“, schrie Blühendes Ried.

Sie schlugen ein notdürftiges Lager am Straßenrand auf und begutachteten den Schaden.

Parradan war in der Tat verletzt, hatte eine Stichwunde in der Brust, und auch wenn sie nicht mal in der Nähe seines Herzens war, stand er unter Schock und schien auf der linken Seite geschwächt zu sein. Blühendes Ried riet dazu, ihn zum gegenwärtigen Zeitpunkt nicht zu bewegen, also machten sie es ihm in einem der Zelte so bequem, wie es ging.

Hellbrenn hatte ein paar blaue Flecken und weinte aufgewühlt, war aber ansonsten unversehrt. Schmieds Rippen waren angekratzt, und die Schlüsselmänner hatten einige Schnittwunden, keine davon ernst. Die Schmieds und ihre Kinder waren unversehrt. Balnshik war unverletzt, Fürst Ermenwyr ebenfalls. Es gab allerdings neun tote Banditen, die auf einen Haufen geschleppt und durchsucht werden mussten, und es gab eine Eiche, die von der Straße gebracht werden musste, ganz zu schweigen von den hundertvierundvierzig riesigen Eiern, die gesammelt, und einem Dutzend Karren, die aufgestellt und wieder auf die Gleise gebracht werden mussten.

„Vielen Dank, Herr des Berges“, brummte Schmied, als Frau Schmied ihm die Rippen verband. Sie schüttelte den Kopf.

„Habt Ihr Euch die Leichname gut angeschaut?“, fragte sie. „Drei davon sind unsere eigenen Leute. Die anderen sehen aus wie Mischlinge. Der arme Eshbysse hat sich eine Bande heruntergekommener Söldner und Räuber zusammengesucht. Wenn der alte Mann angreift, dann wisst Ihr es; seine Leute sind alles Dämonen und wesentlich professioneller als diese unbrauchbaren Kreaturen. Gegen ihn hätten wir keine Chance gehabt.“

„Das ist ermutigend“, brummte Schmied.

„Ist das zu fassen?“, sagte Fürst Ermenwyr fröhlich, als er sich ihnen mit einem Armvoll amethystfarbener Eier näherte. „Nicht eins dieser verdammten Dinger ist zerbrochen!“

Frau Schmied blickte verdrießlich. „Ich schätze, der Unsinn über die perfekte, ganzheitliche Form enthielt ein Körnchen Wahrheit.“

„Sollen sie eine perfekte, ganzheitliche Form haben?“ Fürst Ermenwyr wirkte interessiert. Er warf die Eier in die Luft, und ehe Schmied Zeit hatte, etwas zu rufen, jonglierte er geschickt mit ihnen.

„Durchlaucht, darf ich Euch darum bitten, sie zurück in den Karren zu legen?“

Fürst Ermenwyr warf die Eier eins nach dem anderen in den Karren, sobald es aus dem sich drehenden Kreis kam. „Darf ich mich freiwillig für die Durchsuchung der Leichname anmelden? Könnte die eine oder andere Geldtasche dabei sein.“

„Glaubt Ihr, der Herr des Berges hat sie geschickt?“, fragte Schmied.

Fürst Ermenwyr lachte laut auf. „Sehr unwahrscheinlich! Seine Leute tragen alle Kettenhemden und ihre Tracht. Habe ich gehört.“

„Warum wissen alle mehr darüber als ich?“, fragte sich Schmied, als der junge Fürst losstiefelte, um die Leichen zu plündern.

„Nun, Ihr seid nicht von hier, nicht, mein Lieber?“ Frau Schmied befestigte seine Bandage. „Wenn Ihr nicht aus Schwarzfels oder woher auch immer wärt, hättet Ihr diese Geschichte Euer Leben lang gehört.“

Schmied war nicht geneigt, ihr zu sagen, ob er aus Schwarzfels war oder nicht, also sah er zu Schlüsselmann Balgen, der salutierte, als er näher kam. „Wie geht's voran?“, fragte er.

„Die Wagen stehen wieder, Karawanenführer, und die Reifen und Geräte sind unbeschädigt. Der alte Schmied und der neue Schmied tragen die Achsen gerade zur Straßensperre. Parradan Schmied fragt nach Euch.“

„In Ordnung“, sagte Schmied, stand auf und zog seinen zerschlissenen Mantel an. „Mal sehen, was er will. Sagt ihnen, sie sollen ein Massengrab ausheben, wenn sie mit dem Baum fertig sind.“

Als er die Zeltklappe beiseiteschlug und hineinsah, war sein erster Gedanke, er blicke auf einen toten Mann. Aber Parradan Schmieds Augen drehten sich, und ihre Blicke begegneten einander.

„Mit Euch reden“, sagte er.

„Er sollte nicht sprechen“, sagte Blühendes Ried, der neben ihm saß. Parradan zeigte dem Yendri die Zähne.

„Raus“, sagte er.

„Ganz ruhig!“ Schmied zog den Kopf ein und betrat das Zelt. „Ihr solltet gehen; ich passe auf, dass er sich nicht überanstrengt“, sagte er zu Blühendes Ried, der eingeschnappt schien und wortlos ging.

Als sie allein waren, wies Parradan Schmied unbeholfen auf die Bandentätowierung auf seiner Brust. „Kennt das?“, keuchte er.

„Ihr seid von den Blutfeuern", entgegnete Schmied.

Er nickte. „Bote. Habe Schulden in Troon eingetrieben. Er hat versucht, es wiederzubekommen."

„Wer?" Schmied beugte sich näher zu ihm. Parradan rang um Atem.

„Fürst Zinndocht. Glücksspieler. Seine Gleiter." Er beobachtete Schmieds Antlitz genau, um zu sehen, ob dieser verstand.

„Die Gleiter haben versucht, Euch zu ermorden und zurückzuholen, was Ihr eingetrieben hattet?"

Parradan nickte. Er tastete nach seinem Behälter. Schmied zog ihn zu ihm heran. Er drückte Schmied einen Schlüssel in die Hand.

„Öffnen."

Schmied bearbeitete das komplizierte Schloss, öffnete den Behälter und hielt den Atem an. Darin ruhte in einer an seine Form angepasste Verpackung ein edelsteinbesetzter Pokal von erlesener Pracht, augenscheinlich sehr alt.

„Erbstück. Alles, womit er zahlen konnte. Mein Fürst will es dringend. Ihr übergebt ..." Parradan sah Schmied in die Augen. „Sagt ihm. Gute Zahlung. Fürst Kashban Schlagblech. Anwesen in Salesh. Findet ihn."

Ein Schatten huschte über die Zeltwand und wieder weg. Parradan folgte ihm mit dem Blick und lächelte bitter.

„Er lauscht nicht mehr", sagte er.

„Ihr seid nicht so schwer verletzt", sagte Schmied, der das Gefühl hatte, er sollte etwas Aufmunterndes sagen. „Wir können Euch sicher nach Salesh bringen."

Parradan sah wieder zu ihm.

„Dreht mich", befahl er.

„Was?", fragte Schmied, aber gehorchte und hob und drehte den Mann halb. Ihm stockte der Atem; auf seinem Rücken war eine tiefrote Schwellung, wie ein Insektenstich, aber riesig. Sie begann, Blasen zu werfen, und in ihrer Mitte war ein dunkler Fleck.

„Seht Ihr?“, keuchte Parradan. „Vergiftet.“

Schmied sagte etwas Unanständiges. Er zog sein Messer, schabte vorsichtig, und das dunkle Ding kam aus der Wunde. Er drehte Parradan Schmied wieder auf den Rücken, hielt den Gegenstand auf der Messerklinge hoch und starrte darauf. Es sah aus wie die Spitze eines Stachels und war nicht einmal einen Viertelzoll lang.

„Das sieht aus wie die Pfeile, die wir aus dem Gleiter gezogen haben“, sagte er.

„In meinem Rücken“, sagte Parradan. Schmied ächzte.

„Jemand aus der Gruppe hat auf Euch geschossen“, sagte er. „Möglicherweise ein Unfall?“

Parradan wirkte ungeduldig und holte Luft, als wollte er Schmied etwas zu Offensichtliches erklären; aber er atmete kein zweites Mal und starrte Schmied mit leeren Augen an.

Schmied seufzte. Er schloss und verschloss den Behälter. Blühendes Ried kam zu ihm, als er das Zelt verließ, und er sagte: „Er ist tot.“

„Er hätte überlebt, wenn Ihr auf mich gehört hättet“, sagte der Yendri verärgert.

„Das glaube ich nicht“, sagte Schmied und ging, um den Behälter an einen sicheren Ort zu bringen.

Später ging er zu Fürst Ermenwyr, der Schleier violetten Kräuterrauchs ausblies, während er zusah, wie die Schlüsselmänner das Grab aushoben.

„Wir müssen reden, Durchlaucht“, sagte er.

„Mein Herr braucht Ruhe“, sagte Balnshik, die wie aus der Luft neben ihm erschien.

„Mein Bedürfnis, mit ihm zu reden, ist größer als seines nach Ruhe", sagte Schmied kratzbürstig. Fürst Ermenwyr winkte beschwichtigend.

„Natürlich werden wir uns unterhalten, und Ammchen kann mit einem langen Messer daneben stehen, falls die Dinge eine unangenehme Richtung einschlagen", sagte er. „Obwohl ich glaube, dass wir diese Bande von Halsabschneidern zum letzten Mal gesehen haben."

„Hoffen wir's mal, mein Fürst", sagte Schmied, als er ihn beiseite zog. Balnshik folgte ihnen dicht und warf ihr Haar auf unverschämte Art zurück. Ihr Hemd war im Kampf zerrissen worden und bot ihnen einen Blick auf Brüste wie helle Melonen, und es war schwierig für ihn, seine Aufmerksamkeit zurück auf ihren jungen Herrn zu lenken. „Ihr habt sehr gut gekämpft, wenn ich das sagen darf."

„Ihr dürft", sagte Fürst Ermenwyr selbstgefällig. „Allerdings habe ich auch viel Erfahrung damit, um mein Leben zu kämpfen. Üblicherweise gegen Heilkünstler. Das war eine willkommene Abwechslung."

„Euer Wohlbefinden scheint sich gebessert zu haben."

„Ich werde ja auch nicht länger in dieser gottverdammten Staubschüssel drangsaliert, nicht wahr?" Fürst Ermenwyr blies einen Rauchring. „Banditen hin oder her, die Grünlande bieten frische Luft."

„Was habt Ihr in Troon gemacht?", fragte Schmied. Balnshik streckte sich ausgiebig, was eine Brustwarze wie einen dunklen Stern durch den Riss in ihrem Oberhemd blitzen ließ. Schmied wandte sein Gesicht ab und konzentrierte sich auf Fürst Ermenwyr, der antwortete: „Ich habe mich um Vaters Geschäfte gekümmert. Seine Interessen bei den Alten Troonmühlen und den anderen Gerstenmagnaten vertreten, wenn Ihr es denn wissen müsst. Habe auch verteufelt gute Arbeit geleistet, ehe diese Lungenfäule begann."

„Spielt Ihr, mein Fürst?"

„Zur Hölle, nein." Fürst Ermenwyr blickte finster. „Eine Freizeitbeschäftigung für Idioten, es sei denn, man hat einen nicht nachweisbaren Weg zum Betrügen. Ich brauche das Geld nicht, und ich brauche bestimmt nicht den Nervenkitzel, vielen Dank. Ich habe zu viel Zeit damit verbracht, mich zu fragen, ob ich meinen nächsten Geburtstag erleben werde."

Schmied nickte. „Der einzige Grund, warum Ihr Troon verließt, war Eure Gesundheit?"

„Ja."

„Ihr habt Euch dort keine Feinde gemacht?"

Fürst Ermenwyrs Augen blitzten auf. „Das habe ich nicht gesagt", brummte er. „Auch wenn es nicht meine Schuld war. Ich habe eine sehr interessante Entdeckung gemacht."

„Herr", sagte Balnshik auf die sanfteste vorstellbare Weise, aber es war dennoch eine Warnung.

„Wusstet Ihr", sagte Fürst Ermenwyr mit kaum unterdrückter Freude, „dass wohlhabende Witwen, wenn man ihnen sehr viel Aufmerksamkeit entgegen bringt, einen geradezu dafür bezahlen, dass man mit ihnen schläft? Sie machen einem Geschenke! Sie gehen mit einem elegant essen! Grundgütiger, ich hätte ein Kätzchen an der Leine sein können, und ich musste dafür nur ..."

„Ich bin sicher, das interessiert den Karawanenführer nicht, mein Fürst", sagte Balnshik, legte ihm zärtlich den Arm um den Hals und presste ihn gegen seine Luftröhre.

„Wie alt ist er?", fragte Schmied.

„Sechzehn."

„Fünfundzwanzig!", sagte Fürst Ermenwyr, als er ihren Arm wegschob. „Bestimmt!"

„Sechzehn", wiederholte Balnshik.

„Siebzehn", beharrte Fürst Ermenwyr. „Wie auch immer, das einzige Problem ist, dass die Damen neidisch werden und ihr Spielzeug nicht teilen wollen. Es gab einen Vorfall. Eine Frau versuchte, mir mit einer Haarbürste Leid zuzufügen. Ich bin da nur heil rausgekommen, weil ich vorgab, einen Anfall zu haben, und dann erzählte ich ihr, dass ich sterben würde, was ich auch tue, aber nicht gerade dann, und …"

„Sein Herr Vater hielt eine Luftveränderung für das Beste", endete Balnshik für ihn.

Schmied rieb sich das Kinn und kratzte seine Stoppeln.

„Also … wäre eine dieser Frauen aufgebracht genug, um eine Bande Söldner anzuheuern, um Euch hier draußen aufzulauern?", sagte er ohne große Hoffnung.

„Nun, ich weiß nicht – Dame Fristia war eher …"

„Nein", sagte Balnshik, „und jetzt hoffe ich, dass Ihr uns entschuldigt? Es wird Zeit, dass seine Durchlaucht seine Drogen bekommt." Sie hob Fürst Ermenwyr hoch, warf ihn sich über die Schulter und trug ihn davon, während er protestierte:

„Es hätte Madame Fristia sein können, wisst Ihr! Sie war von mir besessen …"

Sie bestatteten Parradan Schmied in einer eigenen Grube und stapelten auf Hellbrenns Anraten hin ein paar Steine zu einem Hügel auf, um es zu kennzeichnen, da sie am ehesten die Bräuche der Banden in Flammenbergstadt kannte. Ihnen gefiel es nicht, ihn im Schatten des schwarzen Berges zurückzulassen. Aber man konnte nicht viel für die Toten tun, ohne einer von ihnen zu werden.

Zwei weitere Tage rollten sie voran, angsterfüllt bei jeder unüberschaubaren Biegung, aber der feuerfarbene Forst lag ganz ruhig unter dem hellblauen Himmel. Keine pittoresken Banditen sprangen hinter moosbedeckten Baumstämmen hervor oder tauchten hinter den grünen Farnen auf.

Am dritten Tag berichtete Tiegel Schmied: „Heute kommen wir an ein Rotes Haus. Deren Schmied sollte mal einen Blick auf die Hinterachse werfen."

„Rotes Haus, gut", nickte Schmied. „Das gehört wohl zu der Wegestationskette? Ich habe eins auf der Landkarte gesehen. Das wird eine Erleichterung sein."

Tiegel lachte krächzend. „Ihr habt deren Bier noch nicht getrunken", sagte er.

Am Nachmittag, als die langen Schatten sich hinter den Eichen neigten, sahen sie das Rote Haus. Es stand auf einem Hang über der Straße auf einer dicht mit Baumstümpfen besetzten Rodung, ein Gebäude mit hohen, fensterlosen Wänden aus rotem Mauerputz und mit vier Türmchen an den Ecken, in denen Wachmänner mit Kesselhauben lehnten. Hellbrenn verkündete die Ankunft der Karawane auf ihrer Trompete, aber man hatte sie bereits aus der Ferne gesehen. Als die Schlüsselmänner bei der Weiche abbremsten, öffneten sich die großen Tore schon.

Auch wenn es befestigt war, hatte man sich Mühe gegeben, dem Roten Haus eine gastfreundliche Erscheinung zu verleihen. Über das Tor hatte man ein hübsches Mansardendach aus Schiefer gebaut, das ein Schild aus rotem Glas trug, das in der Dunkelheit von Laternen angestrahlt war: RASTET HIER, FRÖHLICHE REISENDE stand darauf. In jeden Torpfosten waren riesengroße Figuren der Volkshelden Prashkon der Ringer und Andib der Axtschwinger geschnitzt, die so finster auf den Weg hinabblickten, dass es wohl Dämonen oder andere böswillig Auflauernde außerhalb der Tore verscheuchen sollte. Als sei das noch nicht genug, kam der Hausherr selbst gerannt, als die Karren herein ratterten, und schrie: „Willkommen! Willkommen im Roten Haus, Gäste!“

„Danke“, sagte Schmied vorsichtig, während er vom Wagen kletterte und sich umsah. Sie standen in einem offenen Hof mit einem Bodenbelag aus Backsteinen. Auf einer Seite stand eine Halle mit hohem Gewölbe, aus deren zentralem Schornstein blauer Rauch aufstieg. Hinter der gegenüberliegenden Wand lagen weitere lange Räume: Es mochten Abstellräume und Quartiere für die Wachmänner sein. Es gab auch eine Schmiede, in der ein Feuer brannte, das an die dunkle Wand den dunkleren Schatten des Schmieds warf, der träge auf ein glühendes Stück Eisen schlug.

„Ihr seid aus Troon, habe ich recht, Karawanenführer?“, fragte der Hausherr, als er an ihn heran trat und ihm herzhaft gegen den Arm schlug. Schmied zuckte zusammen.

„Stimmt“, entgegnete er, „und es war keine einfache Reise. Zweimal hat man uns angegriffen. Nein, dreimal, und wir haben einen Reisegast verloren.“

„Ah! Dämonen, nicht?“ Der Hausherr schauderte. „Furchtbar, furchtbar! Aber hier seid Ihr sicher. Wir sind ein heller Fleck der Sicherheit in einem feindseligen Land. Arzneien für Eure Blessuren und Freude für Euer Herz. Alles für die Reisenden. Eine Schmiede, ein Handelsposten mit einmaligen Kuriositäten, Speisehalle mit edlen Delikatessen, prächtige Quartiere! Sogar Bäder. Wasser wird hier nie knapp. Ihr werdet mit mir essen, nehme ich an?“

„Ja, danke.“ Schmied warf einen Blick auf die Karawane, aber die Schlüsselmänner rollten den Führungskarren schon zur Schmiede, deckten die Ladung ab und verstauten alles mit geübter Leichtigkeit. „Aber zuerst ein warmes Bad für alle, denke ich. Habt Ihr einen Mediziner hier? Einige von uns sind verletzt. Es gibt einen Yendripassagier, der ein wenig ausgeholfen hat, aber ...“

„Wie es der Zufall will“, sagte der Hausherr, wobei er die Stimme senkte, „ist unser Arzt ein Yendri. Ihr werdet Euch an ihm nicht stören, das verspreche ich. Famoser Bursche, kennt seinen Platz, kennt all die geheimnisvollen Mittelchen, die seine Leute benutzen. Extrem zuverlässig. Viele von ihnen sind das, wisst Ihr. Wir haben ihn schon seit Jahren. Nicht ein Missgeschick. Ich werde ihn Euch ins Badehaus schicken, ja?“

Das letzte, was Schmied im Augenblick wollte, war, sich mit einer weiteren hochmütigen, grünen Person auseinanderzusetzen, aber sein Bein schmerzte schlimm, also nickte er bloß und sagte: „Klasse.“

Er saß in einem langen Steinbottich mit warmem Wasser und wünschte sich, es wäre tief genug, dass er darin untertauchen konnte, als der Yendriarzt die schmale Kammer betrat und sich ihm langsam näherte. Wie Blühendes Ried war er groß und wirkte würdevoll, aber er trug eine einfache, weiße Robe und schien nicht ganz so überlegen zu tun.

„Ihr seid der Verletzte?“, fragte er, während er einen Korb abstellte.

„Vorwiegend ich“, sagte Schmied und setzte sich aufrecht hin. „Aber die Schlüsselmänner sind wichtiger. Sie haben ein paar böse Schnittwunden. Im Namen der unbefleckten Tochter, werdet Ihr sie zusammenflicken?“

Der Yendri hob die Brauen. „Der unermüdlichen Mutter zuliebe“, sagte er und legte eine eigenartige Betonung auf den Titel, „habe ich sie versorgt. Sie baten mich, als nächstes nach Euch zu sehen. Euer Bein hat ein Bolzen getroffen?“

Schmied nickte und hob sein Bein. Der Yendri sog scharf die Luft ein, als er die Wunde sah.

„Sie eitert. Trocknet euch ab und kommt zum Massagetisch.“

Er zog sich zurück, und Schmied stieg hastig aus dem Bottich und trocknete sich mit einem Handtuch ab. Als er aus dem

Gemach trat, sah er, dass der Yendri einige unangenehm aussehende Werkzeuge und Flaschen ausgebreitet hatte.

„Ihr könnt einfach einen Balsam und einen Verband drauf packen“, schlug er unbehaglich vor.

„Nicht, wenn Ihr Euer Bein behalten wollt“, antwortete der Yendri, als er ihm auf den Tisch half. Schmied legte sich auf den Rücken, biss die Zähne zusammen und dachte in den nächsten Minuten ganz fest an eine behagliche kleine Bar in einer Küstenstadt, wo man von einem Fenstertisch aus die blaue Abenddämmerung über den Hafen hereinbrechen und gelbliche Laternen eine nach der anderen an den Schiffen und entlang des friedlichen Kais aufleuchten sehen konnte …

Nach viel zu langer Zeit legte der Yendri eine Bandage an und sagte ihm: „Der Schnitt auf Eurem Oberkörper wird leicht verheilen, aber Ihr müsst das Bein erhöht halten. Kann man für Euch ein Lager auf einem der Wagen einrichten?“

„Ich denke schon“, sagte Schmied, der seine Kiefer nur mit Mühe voneinander löste. „Es war nur eine Fleischwunde. Musstet Ihr wirklich so darin herumwühlen?“

„Sie hat sich ...“ Der Yendri hielt beim Bandagieren inne und sah ihn an. „Hm. Lasst es mich so erklären: Es gibt kleine Dämonen, die sich von Verletzungen ernähren. Sie sind so klein, dass Ihr sie nicht sehen könnt, aber sie können in eine Schnittwunde eindringen und Euch sehr, sehr krank machen, versteht Ihr?“

Schmied fand, das klinge wie der dümmste Aberglaube, nickte aber. „Kleine Dämonen. Klar – und was soll es helfen, wenn ich mein Bein hochhalte?“

„Nun, es gibt – hm – winzige Krieger in Eurem Herzen, seht Ihr, und sie kämpfen gegen die Dämonen, wenn sie sie erreichen können, aber wenn ihr den – hm – den Fluss Eures Blutes staut, sodass sie mit ihren winzigen Kriegsschiffen nicht dort lang rudern können ...“ Der Yendri warf die Hände in die Luft, als er Schmieds Gesichtsausdruck sah. „Lasst uns einfach sagen, Ihr müsst ruhen und dürft nicht herumlaufen, genügt das? Vielleicht wird es nicht zu schlimm vernarben."

„Ich bin zu alt, um mich um Narben zu sorgen", sagte Schmied, als er sein Bein rieb.

„Dann habt Ihr Glück", sagte der Yendri, der ihn kritisch betrachtete. „Wenn man sich die Zahl der Narben ansieht, die ihr habt. Ihr seid Söldner?"

„Ich war einer", antwortete Schmied vorsichtig.

„Ihr habt vieles überlebt. Ihr solltet vernünftig genug sein, um dem Rat eines Mediziners zu folgen." Der Yendri packte seine Geräte wieder ein.

„Ich gebe mein Bestes", sagte Schmied. „Danke. Auch dafür, dass Ihr so freundlich wart. Blühendes Ried klang, als hoffte er, ich würde in die Grube fahren, selbst als er die Bandage anlegte."

Der Yendri sah ihn streng an. „Ein anderer meines Volkes hat Euch behandelt?"

„Er ist einer unserer Reisegäste."

„Hm. Könnte es sein, dass Ihr von ihm den Ausdruck ‚unbefleckte Tochter' gelernt habt?"

„Ja. Ich dachte, es wäre etwas, das wir sagen müssen, damit ihr uns behandelt."

„Nein", flüsterte der Yendri. „Jeder wahre Anhänger der fraglichen Dame muss die Erkrankten und Verletzten heilen, ob sie sich auf Ihren Namen berufen oder nicht und unabhängig davon, wer sie sind. Guten Abend, Karawanenführer."

Er nahm seinen Korb und ging. Schmied zog sich an und humpelte aus dem Badehaus. Es herrschte Zwielicht, mit einem Stern am purpurnen Himmel über den weinroten Wänden, und das Licht des Schmiedefeuers malte seinen zitternden Schatten schwarz neben ihn, während er über den Hof zur Haupthalle ging.

„Karawanenführer!“, rief der Hausherr, der mit einem Getränk in jeder Hand zu ihm herunterkam. „Kommt, setzt Euch. Ihr habt Euer Bad genossen, und Euer Bein ist versorgt? Hervorragend. Genießt unser Freigetränk und unsere außerordentliche örtliche Küche, während Ihr in der glühenden Wärme unseres Feuers entspannt.“

„Klingt großartig“, sagte Schmied benommen.

Er ließ sich zu einem Platz an der Feuerstelle in der Mitte führen und sank dankbar seufzend auf den Sitz, während man ihm ein Getränk in die Hand drückte. Vollkommenes Glück. Seine Euphorie hielt an, bis er einen Schluck von seinem Getränk genommen hatte.

„Was – was ist das?“, keuchte er, sich ungläubig an den Hausherrn wendend.

„Das ist unser Eichelbier“, sagte der ein wenig abwehrend. „Es wird nur hier gebraut. Wir brauen nicht einmal genug, um es zu exportieren.“

„Es ist recht ungewöhnlich“, sagte Schmied.

„Ihr würdet es mögen, wenn ihr die Möglichkeit hättet, Euch dran zu gewöhnen“, sagte der Hausherr. „Es hat ein erstaunliches, subtil-komplexes Bouquet.“

„Wie eine brennende Scheune“, dachte Schmied. Er schwenkte das säuerliche Zeug und sagte: „Ein zarter Hauch von Kohlensäure.“

„Genau“, sagte der Hausherr und nahm einen herzhaften Schluck. „Nicht wie Euer grässlich blubberndes dunkles Flachlandbier!“ Er wischte sich mit dem Handrücken den Mund und beugte sich mit einem Leuchten im Blick zu Schmied. „Obwohl mich Nachrichten vom Flachland immer interessieren, Ihr versteht. Wir haben fast alles hier – frische Luft, gutes Wasser, hervorragende Gesundheit – natürlich ist es zu Beginn ein wenig einschüchternd, wenn man andauernd über die eigene Schulter auf den, äh, Berg dort oben blickt, aber daran gewöhnt man sich schnell – aber wir sind nicht gerade auf dem Laufenden, muss ich zugeben. Ich vermisse das Flachland manchmal."

„Wirklich", sagte Schmied und nahm noch einen Schluck Bier, in der Hoffnung, es würde sich mit zunehmender Erfahrung verbessern. Tat es nicht.

„Ja", sagte der Hausherr ins Feuer starrend. „Nicht so sehr zu dieser Jahreszeit – der Wald ist nicht so schlimm, die Blätter wirken jetzt wie Flammen, und bald werden die Zweige frei sein, sodass man Dinge sehen kann, gute, reine, ehrliche, offene Flächen. Nicht wie im Sommer, wenn es diese lästige Decke aus dichtem Grün gibt und alles sich darin verstecken könnte, alles könnte sich hinter einem anschleichen und – im Sommer wird man ein wenig nervös, ja. Ist schließlich Dämonenland."

Schmied nickte. „Werdet Ihr häufig angegriffen?"

„Nein, nicht hier, das ist ein schön sicherer Außenposten. Immer wieder mal ein Dämon vor der Mauer, aber ich glaube, die wollen nur unser Bier."

Schmied hielt das für sehr unwahrscheinlich.

„Man möchte nur nicht vor die Mauern gehen, in all das – Grün", sagte der Hausherr und erschauerte. „Nun! Berichtet mir von Euren Fahrten, Karawanenführer. Berichtet mir das Neueste aus Troon."

Schmied tat ihm für die nächste Viertelstunde den Gefallen, und während er erzählte, sah er sich in der hohen Halle um. Weitere Gäste des Roten Hauses, eine buntgemischte Menge an Kindern der Sonne, Yendris und Mischlingen, die er nicht zuordnen konnte, saßen hier und da, aßen, tranken oder zogen sich für die Nacht zurück.

Gegenüber der Feuerstelle saßen die Schlüsselmänner auf einer langen Pritsche aufgereiht und badeten in glücklichem, einvernehmlichem Schweigen in der Wärme. Im Speisebereich saßen Frau Schmied und Hellbrenn an einem Tisch, auch wenn sie nicht speisten: Frau Schmied hatte ihr volles Tablett weggeschoben und rauchte zornig, während sie es finster beäugte. Hellbrenn sägte angestrengt an einem Stück Fleisch. Es schien so zäh zu sein, dass es immer wieder von ihrem Schneidbrett rutschte, aufgespießt und mit Gewalt zurückgeschleift werden musste.

Im stillen Bereich im hinteren Teil der Halle hatten die Schmieds ein paar Bettstätten aufgestellt. Die Kinder saßen aufrecht in einem der Betten und schwatzten wie Stare, während ihre Mutter im anderen den schreienden Säugling wiegte und ihr Vater versuchte, einen behelfsmäßigen Vorhang zu errichten, um sie vom Licht des Feuers abzuschirmen. Andere Gäste, die sich schon hingelegt hatten, erhoben sich gelegentlich auf ihre Ellbogen, um der kleinen Familie drohende Blicke zuzuwerfen.

Ronrishim Blühendes Ried saß allein an einem Tisch, eine Kanne mit etwas, das wie Regenwasser aussah, vor sich. Schmied blickte verlangend darauf und spülte sich den Mund mit mehr Bier aus. Während er dem Hausherrn ausführlich die Kostüme beschrieb, die er auf Troons Maskenball gesehen hatte, beobachtete Schmied, wie ein Fremder mit Kapuze sich von seinem Platz in den Schatten erhob und sich Blühendes Ried näherte.

Der Fremde beugte sich über ihn und flüsterte ihm etwas zu. Blühendes Ried blickte neugierig auf und antwortete. Der Fremde setzte sich ihm gegenüber und breitete einen langen, zusammengerollten Umschlag aus weichem Leder, den er hervorgezogen hatte, auf dem Tisch aus, um irgendwelche kleine Waren zu zeigen, die darin eingepackt waren.

„Aber die Damen", sagte der Hausherr. „Erzählt mir von den Frauen in Troon. Ich träume von distinguierten Grazien, wisst Ihr, tagein, tagaus, wenn die Karawanen kommen und gehen. Frauen und ihre Brokatkleidung. Ihr Duftwasser. Ihre winzigen, juwelenbesetzten Sandalen. Ihre kultivierte Aussprache!"

„Nehmt bloß nicht diese vermaledeite gemischte Grillplatte, was immer Ihr auch tut", murmelte Frau Schmied aus dem Mundwinkel, als sie sich schwer auf den Stuhl neben Schmied fallen ließ. „Die ist außerordentlich widerlich." Sie stopfte mehr Bernsteinblatt in ihre Rauchröhre und zündete sie sich vorgebeugt an der Feuerstelle an.

„Ich dachte, Inlandmänner hätten viele Yendrimätressen", sagte Schmied zum Hausherrn. „Oder Halbdämoninnen oder so was. Wilde Waldmädchen, die ihre Kleider nicht anbehalten können, mit Brüsten wie …" Er stockte, als ein Bild von Balnshiks Busen vor seinen Augen auftauchte.

„Erzählt mir nicht, das Ding war eine Niere", grollte Frau Schmied, während sie eine Rauchwolke ausblies. „Gegrillter Handballen wohl eher – und diese Sahnewalderbsen! Ungenießbar!"

Der Hausherr schüttelte unglücklich den Kopf. „Oh, Karawanenführer, ich sehe, Ihr seid fremd in den Grünlanden. Die Yendrifrauen bleiben unter sich, und was Waldmädchen betrifft, nun, zunächst müsstet Ihr sie davon überzeugen, regelmäßig zu baden, und dann habt Ihr besser immer eine Waffe unter dem Kissen – und wenn ihr das Pech habt, Euch eine zu angeln, die Gestaltwandlerblut hat ... nein, nein, man lernt schnell, dass ein weibliches Wesen und eine Dame nicht zwangsläufig ein und dasselbe sind. Wie ich mich nach dem Anblick einer wahren Dame sehne! Die eleganten Knöchel. Die feine Unterwäsche. Die Kosmetika ..." Er musste innehalten, um sich Speichel vom Mundwinkel zu wischen.

„Damen", sagte Schmied zum Hausherrn. „Nun, wir transportieren Ware für Madame Sieben Schmetterlinge."

„Sieben Schmetterlinge!" Der Hausherr war verzückt. „Was für ein schöner Name. Ist sie so chic und rein, wie der Name vermuten lässt?"

„Ich schätze mal“, sagte Schmied, der sich an die Maske mit der dunklen Zunge erinnerte. „Ich konnte sie wegen ihres Kostüms nicht sonderlich gut sehen. Aber es war ein bezauberndes Kostüm.“ Er wurde abgelenkt, als Balnshik die hohe Halle betrat. Augenscheinlich kam sie frisch aus dem Bad. Ihr nasses Hemd hing an ihren Brüsten, die stolz aufragten, während sie auf ihrem Kopf eine aufwendige Konstruktion aus Holz und Tuch trug, beide Hände erhoben, um es zu stützen.

Hinter ihr schritt Fürst Ermenwyr, dessen nasses Haar sich über dem Spitzenkragen seines langen Nachthemdes kräuselte. Er trug bestickte Puschen und eine passende Nachtmütze und brachte eingerolltes Bettzeug. Seine lange Rauchröhre klemmte noch zwischen seinen Zähnen.

Balnshik wählte eine zweckdienliche abgelegene Stelle der Halle aus und stellte ihre Last dort ab. Einen Augenblick später hatte sie alles auseinandergefaltet und hingestellt: ein Reisebett von gewitztem Bau mit einem eigenen hauchdünnen Moskitonetz und einem vergoldeten Engelchen, das eine winzige Trompete blies, obenauf. Zumindest sah es aus wie ein Engelchen. War das ein Schwänzchen? Fürst Ermenwyr reichte ihr das Bettzeug, und während Balnshik sich zwischen die Vorhänge beugte, um es auf dem Bett auszulegen, wanderte er zum Feuer herüber.

„Guten Abend allerseits“, sagte er und blies einen langen Streifen veilchenblauen Kräuterrauchs aus, der sich für einen Augenblick mit Frau Schmieds weißem Bernsteinblattrauch vermischte und sich kränklich lavendellila verfärbte, ehe er im Abzug über der Feuerstelle verschwand. „Ausgezeichnete Bäder, Hausherr. Nicht tief genug, um zufriedenstellenden Sex darin zu haben, aber alles, was man an heißem Wasser verlangen konnte.“

„Wer ist der junge Mann?“, erkundigte sich der Hausherr ein wenig beleidigt.

„Dies ist Fürst Ermenwyr aus dem Haus Eisvogel“, erklärte Schmied, und der Hausherr sprang auf.

„Mein Fürst! Ehre, Ehre, alle vorstellbaren Ehren Eurem Haus! Höchst erfreut, Euch im Roten Haus begrüßen zu dürfen. Bitte, hier ist ein Kissen, setzt Euch ans Feuer. Ein Getränk für den Fürsten!", rief er zur Bar.

„Äh – er ist sehr jung", sagte Schmied, „und nebenbei krank. Ich glaube nicht, dass Bier eine gute Idee wäre."

„Oh, wenn er kränklich ist, muss er unser Eichelbier probieren", sagte der Hausherr ernst, als er Fürst Ermenwyr auf seinen eigenen Sitz schob und die Kissen um ihn richtete. „Es hat viele gesundheitsfördernde Eigenschaften. Sehr tonisch und, vergebt mir, Karawanenführer, aber jeder mit einem Bart ist sicherlich alt genug für ein kräftiges Wässerchen."

„Natürlich bin ich das", sagte Ermenwyr herablassend. „Bitte, Karawanenführer, sorgt Euch nicht. Ist das das weltbekannte Eichelbier?" Er nahm den Becher von der Magd entgegen, die herbeigeeilt war, um ihn ihm zu geben. „Danke. Auf Eure Gesundheit, Hausherr", sagte er und trank.

Schmied erschauerte innerlich, als er zusah, wie Fürst Ermenwyrs Augen sich weiteten. Er schluckte, entblößte die Zähne, wandelte die Grimasse in ein fürchterliches Lächeln um und sagte: „Wie eigenartig. Ich frage mich – könnte ich ein Fass davon erwerben? Es wäre das bestmögliche Geschenk für meine älteren Brüder."

Freudentränen bildeten sich in den Augen des Hausherrn. „Oh! Die Ehre, die Ihr uns damit erweist! Mein Fürst, wir haben nicht viel auf Lager, aber für Euch ..."

„Nennt mir Euren Preis", sagte Ermenwyr.

„Bitte, nehmt es als Geschenk und gewährt uns lediglich die Ehre, Euch unseren Mäzen nennen zu dürfen", sprudelte es aus dem Hausherrn heraus. Fürst Ermenwyr runzelte die Stirn, und ein Teil der glitzernden Garstigkeit wich aus seinem Blick.

„Ihr habt meine Gunst", sagte er ernsthaft. „So. Seht zu, dass das Fass mit meinen Koffern verladen wird, ehe wir aufbrechen."

Der Hausherr schnatterte so sehr, dass Schmied fürchtete, er würde mit den Armen flattern und in die Dachsparren fliegen. Frau Schmied beobachtete die Szene skeptisch, bis Hellbrenn verzweifelt zu ihnen gewandert kam.

„Ich finde mein Bettzeug nicht“, sagte sie. „Ich glaube, einer der Fremden hat es genommen. Kommt und helft mir suchen.“

„Sie werden dich nicht bedrängen, Herrgott noch mal“, sagte Frau Schmied. „Nicht inmitten so vieler Leute.“

„Aber sie sehen wie Banditen aus“, jammerte Hellbrenn und rang ihre Hände. „Bitte?“

Grummelnd und rauchend erhob sich Frau Schmied und stapfte mit Hellbrenn davon. In dem Moment betrat der Yendriarzt mit seinem Korb den Raum und ging zum Essbereich, wo ein Gast sich wegen einer Magenverstimmung krümmte. Schmied nickte dem Mediziner zu, der es nicht bemerkte, da sein Blick durch den Raum schweifte, während er ging. Er entdeckte Blühendes Ried. Schmied glaubte, er blicke angewidert, und fragte sich kurz, ob die Yendri einander so sehr verachteten, wie sie alle anderen Völker zu verachten schienen.

Der Blick des Mediziners löste sich von Blühendes Ried, und er wandte sich um, um weiterzugehen, hielt aber nochmals inne, als er Ermenwyr sah, der über etwas lachte, was der Hausherr gesagt hatte, und den Kopf in den Nacken legte, um einen Rauchring auszuatmen. Der Mediziner blieb stehen und starrte ihn lange an, ehe er zu seinem Patienten ging.

Schmieds Aufmerksamkeit wurde abgelenkt, als eine Magd mit einem Tablett herbeieilte.

„Endlich Euer Abendessen, Karawanenführer“, sagte der Hausherr. „Ich bin stolz, Euch unsere regionale Spezialität servieren zu dürfen: Jägers gemischte Grillplatte mit Sahnewalderbsen!“

„Oh. Danke“, sagte Schmied. Er setzte sich auf, stellte sein Getränk freudig beiseite und nahm das Tablett und eine gerollte

Serviette mit Besteck von der Magd entgegen. Als er sich nach einem Platz umsah, wo er die Sachen abstellen konnte, sah er aus dem Augenwinkel, wie der Mann mit Kapuze ihn anstarrte. Er wandte sich um, um seinem Blick zu begegnen. Der Mann sprang auf und kam auf ihn zu.

„Ihr! Ihr seid der Karawanenführer. Das sind Eure Leute, richtig? Könnt Ihr ihnen nicht befehlen, den verdammten Säugling zur Ruhe zu bringen?"

„Nun – ich kann es versuchen, aber ...", sagte Schmied, der die Utensilien unbeholfen hielt und dachte, der Fremde schreie lauter als der Säugling.

„Moment mal. Ich kenne Euch", verkündete der Fremde, die Stimme weiter hebend, als er näher kam. „Ihr seid der Einbrecher, den sie diesen Sommer in Karkateen gesucht haben!"

„Was?" Schmied stierte den Fremden an, der so schnell auf ihn zugekommen war, dass sie einander jetzt von Angesicht zu Angesicht gegenüber standen. „Nein. Ihr irrt. Ich war noch nie Karkateen ..."

„Nennt Ihr mich einen Lügner?", schrie der Fremde. Sein Arm schoss vor, und Schmieds Tablett flog davon, als er versuchte, ihn zu parieren, aber es lag keine Waffe in der Hand des Fremden. Stattdessen lag ein kleiner Beutel aus violett gefärbtem Leder in der Handfläche, und der Fremde ließ es aussehen, als löse er etwas von Schmieds Gürtel und hielt den Beute hoch, als ob er ihn gerade erst losgerissen hätte. „Das ist meiner! Verdammt, das ist mein Zeichen!"

Er spielte das Spiel einen Augenblick zu lang, als er den Beutel in rechtschaffener Entrüstung hochhielt, sodass alle ihn sehen konnten, denn Schmied bekam mit, wie er mit der anderen Hand nach seinem Messer griff. Das gab Schmied Zeit, dem Fremden seine Gabel ins Bein zu jagen und aus seinem Sessel zu rollen, unter der Abwehr seines Gegners hinweg. Er stand hinter ihm auf, als der Fremde sich umdrehte, und stieß ihn mit der Hüfte vorwärts, sodass er krachend über Schmieds leeren Sessel flog.

„Ich bin kein Dieb, ich war nicht in Karkateen, und ich habe Euch den Beutel nicht weggenommen, denn Ihr hattet ihn die ganze Zeit in Eurer Hand“, sagte Schmied, als er seine Bogenpistolen zog und zurücktrat. „Was zur Hölle geht hier vor sich?“

Aber als der Fremde sich umdrehte und die Gabel mit einem blutgierigen Blick aus seinem Bein zerrte, wusste Schmied, was vor sich ging. Hellbrenn schrie im Schlafbereich, als vier dunkle Gestalten aufsprangen und vortraten. Erstaunlich für Männer, die sich zum Schlafen hingelegt hatten, war, dass sie alle angezogen und mit gespannten Bogenpistolen bewaffnet waren.

Schmied schluckte und zog sich einen weiteren Schritt zurück, als der vorderste Fremde sein Messer zog und sich auf ihn warf. Schmied wich der Klinge aus, feuerte dem Fremden beide Bolzen in die Brust und konnte sich nicht vorstellen, warum der Mann so verblüfft wirkte wie er selbst, als er fiel.

Dann pfiffen Bolzen durch die Luft auf ihn zu. Schmied warf sich flach hinter einen Tisch und Stühle, hörte die Bolzen ins Holz und in Putz schlagen und weitere Schreie und undeutliche Rufe; der lauteste kam vom Hausherrn, der nach seinen Wachen rief.

Die Waffen nachladend schielte Schmied zwischen den Tisch- und Stuhlbeinen hindurch und sah, dass Fürst Ermenwyr vernünftigerweise einen Tisch umgeworfen und auf Händen und Knien dahinter gekrochen war. Balnshik war dabei, zu ihm zu laufen, und sprang über das verstreute Mobiliar. Schmied richtete sich auf, um zu sehen, wo seine Angreifer waren und sah zu seiner Überraschung, dass einer am Boden lag, von hinten von Frau Schmied und Hellbrenn niedergerungen, die wie ungleiche Furien schrien und Tabletts auf seinen Schädel schlugen. Die Schlüsselmänner hatten sich wie ein Mann erhoben, sich eine lange Bank geschnappt und nutzten sie als Schild, als sie zwei der anderen Unruhestifter blockierten.

Der vierte Mann kam angerannt, während er die Waffe nachlud, machte einen Bogen um die Schlüsselmänner und sprang tatsächlich über die Feuerstelle, um zu Schmied zu gelangen. Schmied sprang hoch und trat einen Stuhl in Richtung des Mannes, um seine Beine zu behindern, wenn er landete. Der Fremde schaffte es, dem Stuhl auszuweichen, stolperte aber über seinen gefallenen Kumpan. Schmied schoss auf ihn, ein Bolzen ging in das Gewühl, und einer schlug in die Seite des Mannes.

Sein Angreifer fluchte, sprang aber dennoch auf und zog ein Kurzschwert. Er zauderte und wedelte damit vor Schmied herum, sein Gesicht aber war leichenblass. Schmied nahm den Stuhl, schwang ihn wider den Mann und schlug ihm das Schwert aus den Händen. Ein weiterer Schlag mit dem Stuhl, und der Mann brach aus dem Mund blutend rückwärts zusammen.

Schmied wich zurück, als er Krawall hörte, der von den ankommenden Wachmännern des Roten Hauses stammen konnte. Er sah auf und war erstaunt, dass zwei der verbliebenen Fremden sich von den Schlüsselmännern abgewandt hatten, Balnshik angriffen und versuchten, sie festzuhalten. Es gelang ihnen nicht; in der Tat hörte Schmied den eindeutigen Klang brechender Knochen und einen gurgelnden Schrei eines der Männer, aber sie hatten erfolgreich ihre Aufmerksamkeit auf sich gelenkt.

Hinter ihr bewegte sich Blühendes Ried lautlos an der Wand entlang. Sein Gesicht sah seltsam aus. Hatte er etwas im Mund – und was für ein fremdartiger Ausdruck in seinen Augen lag, deren Blick fest auf Lord Ermenwyr gerichtet war, der sich selbst so klein machte, wie er konnte, und dessen Lippen sich bewegten wie zu einem – Gebet? Aber er konnte nicht sehen, wie Blühendes Ried sich ihm näherte.

Schmied begriff plötzlich die Wahrheit, ohne sie zu verstehen. „Mein Fürst!“, donnerte er, rannte um den Tisch herum, um Blühendes Ried den Weg zu versperren, und zog seine Machete.

Etwas Weißliches flog mit erstaunlicher Geschwindigkeit von links auf ihn zu. Der Yendriarzt? Etwas kam geräuschvoll hinter ihm näher. Blühendes Ried sah Schmied mit reinstem Hass im Blick an und grinste trotz der Röhre zwischen seinen Zähnen.

Dann lag Schmied am Boden. Er war getroffen und schien sich den Kopf an etwas gestoßen zu haben, denn er schmerzte heftig. Es gab noch eine Verletzung, aber eine kleine, ein leichtes Stechen in seinem Arm. Schmied wandte seinen Kopf und sah drei gefiederte Pfeilchen in seinem Handgelenk stecken. Er wusste, dass er die Dornen entfernen musste, und hob seine Machete, um sie abzuschaben; aber der Raum verschwamm in blutiger Dunkelheit, ehe er sagen konnte, ob es ihm gelungen war. „Oh“, dachte er, „ich bin tot.“

Er hörte Fürst Ermenwyr reden, geschmeidig, überzeugend, und was für eine seidenglatte Art er an den Tag legen konnte, wenn er wollte!

„… Assassinen, ohne Zweifel von meines Vaters Rivalen angeheuert. Experten, gekonnt verkleidet. Ihr hattet keine Ahnung, dass sie nicht einfache Händler waren, oder?“

Der Hausherr stöhnte Entschuldigungen.

Schmied öffnete die Augen und sah zu dem Yendriarzt hoch, der ihm die Kopfhaut nähte. Zumindest sah es so aus. Schmied spürte weder das Stechen der Nadel noch irgendetwas anderes. Er versuchte, etwas zu sagen, und entdeckte, dass er auf das Flattern mit den Lidern beschränkt war. Der Yendri bemerkte seine Angst.

„Ihr könnt Euch nicht bewegen, weil die Geschosse in Eurem Arm vergiftet waren. Wir haben sie entfernt und Euch ein Antitoxin gegeben. Die Lähmung wird mit der Zeit vergehen. Ihr hattet Glück“, sagte er und fuhr mit seiner Arbeit fort.

„Wirklich viel Glück“, stimmte Balnshik zu, die neben dem Ellbogen des Arztes auftauchte. „Beeilt Euch mit der Besserung, Karawanenführer. Ich werde Euch persönlich für Eure Heldentat danken.“ Sie streichelte ihn auf eine Art, die in der Tat etwas sehr Nettes versprach, und Schmieds Herzschlag beschleunigte sich.

„Ist er bei Bewusstsein?“ Ermenwyr beugte sich von der anderen Seite über ihn. „Bravo, Karawanenführer! Ihr wollt mit Sicherheit nicht sterben, ehe sie Euch persönlich gedankt hat. Ammchen ist ziemlich begabt. Habt Ihr je vom Tanz von Zwei Federn und einem Stück Seil gehört?“

Balnshik lächelte sanft, legte eine Handfläche auf das Gesicht des Fürsten und schob ihn zurück. Der Mediziner wirkte entsetzt. Sie beugte sich weit in Schmieds Gesichtsfeld, und er fühlte beinahe das Gewicht ihrer Brüste.

„Ihr habt den Dank seines Herrn Vaters“, zirpte sie und küsste Schmied. „Ausgerechnet jetzt gelähmt zu sein“, dachte er. Das war alles, was er eine Zeit lang wusste.

„Die Jungs haben Stein und Bein geschworen, dass Ihr seit Jahren schon unser Karawanenführer seid und dass Ihr noch nie in der Nähe von Karkateen wart, also wurde der ganze Unsinn über eine Anklage wegen Diebstahls fallen gelassen“, erzählte Frau Schmied ihm Rauch ausatmend.

„Was ist mit Blühendes Ried?“, fragte Schmied, dem das Reden schwer fiel.

„Keine Spur von ihm“, entgegnete sie angewidert. „Ist wie eine Otter in die Nacht gekrochen und muss wie ein Schatten über die Mauer geklettert sein. Vermaledeiter, tückischer Grünie. Wir können nicht sagen, ob er Euch die Assassinen auf den Hals geschickt hat, da sie alle tot sind, aber es scheint möglich. Ihr habt Euch im Laufe Eures Lebens ein paar Feinde gemacht, nicht wahr, mein Lieber?“

„Sie waren alle Kehlschneider, wusstet Ihr das?“, sagte Hellbrenn. „Ich habe ihre Tätowierungen gesehen. Sie kosten außerordentlich viel, wenn man sie anwirbt. Deshalb denke ich nicht, dass sie hinter Euch her waren, seht Ihr; sie müssen hinter dem her gewesen sein, was Parradan Schmied in seinem Kasten hatte!“

„Haben sie in die Wagen eingebrochen?“

Frau Schmied schüttelte den Kopf. „Die Jungs haben sich umgesehen. Alles ist sicher. Keiner außer Euch verletzt, und Euch blieben wenigstens die gemischte Grillplatte und die Sahnewalderbsen erspart.“

„Seht Ihr? Ist noch mal alles gut gegangen“, schloss Hellbrenn freudestrahlend. „Der Yendri sagt, Ihr seid in ein oder zwei Tagen wieder auf den Beinen, und wir können weiter – und denkt nur, wie viel mehr Platz wir jetzt in den Karren haben werden, wo wir zwei Passagiere weniger sind!“

Ein einzelner Reisender kam allerdings an dem Tag auf sie zu, an dem es Schmied gut genug ging, dass er weiterreisen konnte. Der Fremde buchte eine Fahrt nach Salesh-an-der-See. Seinen Name gab er als Amook an, sein Beruf als den eines Söldners, sein Volk als unbestimmbar, und er nannte keine Adresse. Er war sehr groß und sagte wenig. Er nahm einen Platz in dem Karren vor Fürst Ermenwyrs Gepäckkarren und setzte sich lässig darauf, verschränkte die Arme, und auch das Schreien des Schmiedsäuglings schien ihn nicht im Mindesten zu stören.

Schmied wankte hinaus zu den Wagen, wobei er sich auf den Yendriarzt stützte, der ihm zu einer Art Liege rauf half, die die Schlüsselmänner aus den Mehlsäcken der Alten Troonmühlen gemacht hatten.

„Ihr müsst den Aufguss bis zum Neumond jeden Abend trinken“, sagte der Arzt. „Eure Köchin hat die Mischung; sie versprach mir, ihn Euch zuzubereiten. Wenn Ihr in Salesh ankommt, geht zu den heißen Bädern in der Ankerstraße und fragt nach Levendyloy Erlenholz. Sagt ihm, Ihr braucht eine Entgiftung, eine komplette Behandlung. Danach sollte es Euch besser gehen.“

„Was wird das kosten?“, fragte Schmied ärgerlich, während er versuchte, eine bequeme Lage zu finden. Er hatte gerade erst die Rechnung mit dem Hausherrn beglichen und war sehr froh, dass sein Vetter einen Freibrief für Geschäftsausgaben hatte.

„Ihr könnt hiermit bezahlen“, entgegnete der Arzt und drückte Schmied etwas in die Hand. Schmied sah darauf. Es war eine Art Anhänger, eine Tonscheibe an einer gewebten Schnur. Er hängte ihn sich um.

„Danke“, sagte er.

„Passt auf Euch auf“, sagte der Mediziner.

„Das werde ich“, beteuerte Schmied. „Blühendes Ried ist immer noch da draußen. Wisst Ihr, bei all dem Gerede Eures Volkes darüber, um wie viel freundlicher ihr seid als wir, dachte ich immer, Ihr hättet wahrscheinlich recht. Es ist eine wahre Enttäuschung zu sehen, dass ihr genauso Heuchler unter Euch habt wie wir. Oder erlaubt Eure Religion Mord?“

Der Mediziner verzog das Gesicht. „Hm. Nicht meine Religion, Karawanenführer.“

„Wie wird ein Mann wie Blühendes Ried dann zum Meuchelmörder?“

Nach langem Schweigen antwortete der Mediziner traurig: „Wer weiß, was in seinem Herzen vorgeht? Aber Liebe kann mehr Tod mit sich bringen als noch so intensiver Hass.“

Schmied nickte. Er hatte diese Lektion vor langer Zeit an einem anderen Ort gelernt.

„Geht in Frieden, Karawanenführer“, sagte der Mediziner und berührte kurz segnend Schmieds Stirn.

Die Wagen ruckten vorwärts, als die Schlüsselmänner sie auf die Gleise hievten. Die Wächter bearbeiteten die Winden der Tore. Es gab ein kurzes Gedränge, als die Nachzügler aufsprangen. Hellbrenn trompetete ihre Abreise vom Roten Haus. Sie rollten in den Wald aus hellen Blättern und ließen den Ort aus Rauch und Tod hinter sich.

Es war eine raue Fahrt, hügelauf und hügelab, und die Schlüsselmänner traten in die Pedale, bis ihre sich wölbenden Waden schier zu platzen drohten. Die tiefrote Steinstraße war hier und da auch uneben, oder von Baumwurzeln ausgebeult und aufgerissen und nur unsauber mit Zement geflickt worden. Mal führte sie in Haarnadelkurven über hohe Berge und knapp an atemberaubend tiefen Felsschluchten vorbei. Mal führte sie durch Talböden und folgte Flüssen, und kühle Luft umwehte sie, während sie zwischen Weiden dahin fuhren, die sich im Frost dunkel färbten.

Der dunkle Berg ragte noch immer über den roten Blättern empor. Schmied, der ihn Meile um Meile von seiner erhöhten Position aus beobachtete, hatte das beklemmende Gefühl, dass er ihn auch beobachtete. Manchmal glaubte er, er könne Aufbauten an seinem Gipfelpunkt ausmachen, wenn keine schiefergrauen Wolken sie verbargen: schwarze Wände und Zinnen, spitze Obsidiantürme, megalithische Giganten, die blind ins

Sonnenlicht starrten. Manchmal konnte er nichts anderes als Schotter erkennen, eine Ebene aus Basalt und gefallenen Sternen hoch über der Baumlinie.

Aber niemand kam jaulend aus der immensen Höhe herab, und wenn sie nachts ihr Lager aufschlugen, umhüllte sie tiefe Stille. Selbst der Säugling der Schmieds schien schwermütig zu sein. Schmied schlief tagsüber, so viel er konnte, damit er nach Einbruch der Dunkelheit die Schatten hinter den Bäumen beobachten konnte. Nur einmal, in einer Nacht, ertönte ein ferner Schrei, der jäh abriss. Es hätte ein Tier sein können. Als sie am nächsten Morgen das Lager abbauten, gab es kein Zeichen dafür, dass etwas Böses geschehen wäre.

Weder sagte noch tat Herr Amook etwas Verdächtiges, sondern fuhr in gleichmütiger Stille. Er hatte keine Tätowierungen, die Hellbrenn entdecken konnte, egal wie sehr sie neben den Wasserhütten lauerte. Sie war halb wahnsinnig vor Neugier auf ihn.

Der Tag kam, an dem der Fahrweg wieder abwärts führte, ein wenig verborgen unter Blättern, und durch die uralten Äste gelangten unbestreitbar mehr Licht und Luft. Nicht nur das, hinter ihnen begann der dunkle Berg kleiner zu werden. Sie konnten den Dunst ferner Städte auf der Ebene unter sich erkennen und in der Ferne einen geraden Horizont, so perfekt, dass es nichts anderes als die See sein konnte.

Hellbrenns Trompete riss Schmied aus seinem ruckelnden Nickerchen. Er stützte sich auf einen Ellbogen, schielte die Straße entlang und suchte in seinem Gedächtnis nach der Signalchiffre.

Als sie erneut trompetete, erkannte er die Nachricht: andere Karawane gesichtet. Im nächsten Augenblick sah er sie auch, wie sie durch das Tal raste, in das sie gerade hinabfuhren.

Sie war riesengroß, ganze sechzig Karren lang, und kam mit Geschwindigkeit und Kraft. Die Läuferin, die im Schritt davor herlief, war eine schmale, muskulöse Göttin, die Helme der Schlüsselmänner (und es gab Dutzende davon) waren poliert, die Karren frisch mit dem Logo eines fliegenden Drachen gestrichen und beladen mit Waren aller Art. Selbst die Reisegäste wirkten wohlhabend, als sie mit kühler Gleichgültigkeit durch saubere Staubbrillen blickten.

Sie jagten ungehindert den Hügel hinauf auf Schmieds Karawane zu, scheinbar ohne jede Mühe, und da war ihr Karawanenführer, der groß im vordersten Karren saß, die Arme auf der Brust seines langen Staubmantels verschränkt. Keine Bogenpistolen für ihn; ein Langbogen lag in einer eigenen Halterung an der Seite seines hohen Sitzes, und ein Köcher, gerade so über der Schulter zu sehen, zeigte die scharlachroten Federn professioneller Jagdpfeile. Schmied starrte, und der Karawanenführer grüßte ihn mit einem majestätischen Kopfnicken, als sie an ihnen vorbeirasten.

Die Schmiedkinder schrien aufgeregt und winkten. Selbst Amook wandte den Kopf, um hinzusehen. Keiner konnte den Blick von dem großen Spektakel nehmen, schien es; und so sah jeder den letzten Wagen auf sie zurasen, mit seiner überlangen Ware, Konstruktionsbalken, die quer auf den Karren gebunden waren und über die Seite hinaus ragten, gerade weit genug, um das daraus hervorlugende Warennetz voller violetten Eier auf ihrem letzten Karren zu erwischen.

„He ...“, sagte Schmied, der über seiner Schulter erschrocken zusah, und dann passierte es.

Mit dem Geräusch einer reißenden Bogensehne verhakte sich das Netz, der Karren wurde von seinen Gleisen gezerrt und hielt in einem Winkel, der ihn umkippen ließ, und wurde auf der Seite liegend funkensprühend von der Karawane mitgeschleift; die Eier, die er transportiert hatte, fielen, hüpften und rollten heraus und die Böschung hinab.

„Halt!“, rief Schmied, aber die Schlüsselmänner hatten es bereits gesehen und bremsten mit ganzer Kraft. Die andere Karawane hatte inzwischen die Spitze des Hügels hinter sich gelassen und war sorglos weitergerast. Das Warennetz wehte an ihr wie ein Taschentuch, das Lebewohl winkte.

Sobald die Wagen zum Stehen gekommen waren, glitt Schmied von seinem Lager und taumelte stöhnend, als er das Ausmaß des Schadens sah. Madame Sieben Schmetterlings ganzheitliche Behälter rollten sich überschlagend den Hügel hinab ins Gehölz. Der Wagen lag auf der Seite und spuckte noch immer ein Ei nach dem anderen aus. Unter seinen Rädern lag ein zerquetschtes Ei plattgedrückt auf der Straße. Schmied hinkte hin und hob es auf. Stücke hellen Glases fielen heraus, Stücke eines schillernden Flügels, zerbrechlich wie ein trockenes Blatt, bunt wie ein Regenbogen.

Schmied sagte etwas Undruckbares. Er sackte gegen den Wagen und starrte auf die Trümmer.

Tiegel und die anderen Schlüsselmänner sprangen von ihren Sitzen und kamen zurückgerannt, um den Wagen zu untersuchen, während sie ihn aufrecht hievten.

„Passt auf die Eier auf!“, rief Frau Schmied, als sie die Straße entlangkam. „Oh nein, sind sie zerbrochen? Gottverfluchter Mist.“

„Das war's“, brummte Schmied. „Wir haben Waren auf dem Transport zerbrochen. Mein Vetter wird das Atelier Sieben Schmetterlinge als Kunden verlieren. Zwei Reisegäste und einen Kunden verloren! So viel zu diesem Broterwerb.“

„Na, na, junger Schmied, so etwas passiert ständig“, sagte Frau Schmied, aber in ihrem Gesicht lag ein gewisses Staunen, als sie die Verwüstung betrachtete. Sie holte ein Fläschchen hervor, öffnete es, nahm einen tiefen Schluck und reichte es Schmied. „Trinkt, mein Lieber. Widerwärtige Linie des Fliegenden Drachen! Ich habe gesehen, wie sie diese Streben geladen hatten. Unfassbare Unachtsamkeit."

„Hängt Euch noch nicht selbst, Karawanenführer", sagte Ermenwyr, der in einer Wolke veilchenblauen Kräuterrauchs näher kam. „Ihr findet schnell ein anderes Arbeitsgebiet."

„Danke", sagte Schmied benommen und nahm einen Schluck aus der Flasche. Das Feuerwasser brannte wohlig in seiner Kehle, mit einem Hauch von Honig und Kräutern.

„Lasst uns einfach dieses Durcheinander einsammeln, ja?", sagte Fürst Ermenwyr, während er seinen Gehrock auszog. Er hängte ihn über den vorletzten Wagen und ging die Böschung hinab, drehte sich um und blickte unheilverkündend zu den Passagierkarren. „Ihr! Ihr furchtbaren kleinen Kinder. Erhebt euch von euren Kinderhintern und macht euch nützlich. Wir müssen für den armen Karawanenführer alle Eier finden!"

Mit Jubelrufen sprangen die älteren Schmiedkinder vom Wagen und hasteten befehlsgemäß zu ihm den Abhang hinab. Hellbrenn kam zurückgerannt, um ihnen zu helfen. Sie begannen, im Gebüsch nach den verbliebenen amethystfarbenen Eiern zu jagen, von denen die meisten bereits aufgehört hatten, herumzurollen.

„Der Radaufhänger ist unbeschädigt, Herr", berichtete Tiegel. „Beide Achsen sind heil, aber die Anhängerkupplung ist entzwei." Er hielt eine Haken-und-Seil-Vorrichtung hoch, die gebogen war wie Salesher Süßweinreben. „Wir haben natürlich Ersatzteile. Wir werden sie einfach ersetzen, Herr, ja?"

„Tut das", sagte Schmied. Er nahm einen weiteren Schluck aus Frau Schmieds Flasche und beobachtete, wie die Kinder Fürst Ermenwyr wie kleine Welpen folgten. Er hatte das Oberhemd ausgezogen, und sie legten alle Eier, die sie fanden, hinein. „Das ist gutes Zeug. Was ist es?“

„Es ist ein Kräuterlikör der Abtei Kemeldion“, erzählte Frau Schmied ihm. „Nach dem Privatrezept des Abtes persönlich. Wir haben es gemeinsam entwickelt, er und ich, als wir noch viel jünger waren und weniger spirituell veranlagt, als wir es jetzt sind.“ Sie kramte in ihrer Tasche nach ihrer Rauchröhre und zündete sie an. „Netter Mann. Schickt mir an den Festtagen ein Fass. Es gibt auf Reisen kein besseres Stärkungsmittel, finde ich.“

„Glaubt Ihr, es kann Glasschmetterlinge wieder zusammenkleben?“, fragte Schmied. „Vielleicht, wenn wir viel beten?“

„Beten könnte nicht schaden. Macht Euch keine Sorgen.“ Frau Schmied küsste ihn auf die Wange. Sie roch nach Bernsteinblatt, Nahrung und einem guten Getränk. Es war ein tröstlicher Geruch. „Was immer auch geschieht, ich bereite Euch gebratenen Aal zu, wenn wir in Salesh sind. Ihr habt es eindeutig verdient.“

„Mein Vetter wird anders denken“, sagte Schmied missmutig und trank noch einen Schluck, als Fürst Ermenwyr die Böschung zu ihnen herauf kletterte, begleitet von den Schmiedkindern, deren Arme voll waren mit amethystfarbenen Eiern. Er trug eine große Anzahl an Eiern in seinem Hemd. Seine bloße Haut war blass und zart wie die eines Mädchens, auch wenn er ansonsten recht sehnig und männlich war.

„Wisst Ihr, Karawanenführer, ich glaube, es ist nicht so schlimm, wie wir erst dachten“, sagte er. „Keines der Eier scheint zerbrochen.“

„Also ist vielleicht nur dieses eine entzwei?“ Schmied fühlte, wie seine Stimmung sich hob, vielleicht war es auch der Kräuterlikör.

„Ich habe in Flammenbergstadt gesehen, wie einem Mann mal in einer Wagenspur sein Fuß zerquetscht wurde, und da war nicht mal genug übrig, das hätte abgenommen werden können“, sagte Hellbrenn aufmunternd. „Kein Wunder, dass das Ei zersplittert ist! Ich wette, die restlichen sind in Ordnung."

„Vielleicht rettet uns mal Madame Sieben Schmetterlings schwachsinnige ganzheitliche Verpackungsmethode", sagte Frau Schmied.

Fürst Ermenwyr warf den Kopf zurück und lachte jaulend wie ein Fuchs auf, wie er es an sich hatte. Schmied fühlte, wie Frau Schmied neben ihm erstarrte und den Atem anhielt. Er sah zu ihr, aber sie hatte den Kopf gedreht und starrte den jungen Mann eingehend an, während er sein Hemd voll Eier in den aufgerichteten Karren leerte. Als er die Beiträge Hellbrenns und der Schmiedkinder hinzugefügt hatte, gingen sie wieder den Abhang hinab, um mehr zu suchen, und Schmied beugte sich vor und murmelte: „Was ist los?"

„Bemerkenswerte Sache", sagte Frau Schmied mehr zu sich selbst als zu ihm. Sie folgte Fürst Ermenwyr mit ihrem Blick, als er durch das Gebüsch watete und den Kindern Befehle zubellte. „Ist eventuell nicht wichtig. Ich erzähle es Euch später."

Zu Schmieds großer Erleichterung stellte sich heraus, dass nur das Ei zerbrochen war, das unter die Rädern gekommen war. Die verbliebenen violetten Eier, alle hundertdreiundvierzig von der Böschung gesammelt, erwiesen sich als ganz, ohne jeglichen Sprung. Der Wagen war repariert, ein Ersatzwarennetz über die überlebenden Eier gespannt worden, und sie machten sich wieder auf ihren Weg.

In dieser Nacht, als alle Passagiere sich zurückgezogen hatten und das Feuer begann, zu Kohle herunterzubrennen, rückte

Schmied zu Frau Schmied. Sie saß da, betrachtete schweigsam die Herbststerne und nippte an ihrem Getränk. Sie war den ganzen Abend lang außerordentlich still gewesen.

„Was habt Ihr heute gesehen?", fragte Schmied leise.

Sie musterte ihn von der Seite. „Es beschäftigt mich schon die ganze Reise, um ehrlich zu sein", erzählte sie. „Dieses große, schneidige Weib. Dieser schreckliche junge Mann. Ein ganz merkwürdiges Gefühl, sie schon einmal gesehen zu haben, auch wenn ich ganz und gar nicht sagen konnte, was mir an ihnen so vertraut war. Heute Nachmittag fiel mir alles wieder ein."

„Was denn?"

Ehe sie antwortete, zog sie ihre Rauchröhre hervor, stopfte sie geübt mit einer Hand und zündete sie an. Rauch ausatmend sagte sie: „Es muss fünfzehn Jahre her sein. Ich habe damals für die Linie Goldene Kette gearbeitet; wir sind die Dreieickstrecke gefahren, von Salesh über Schwarzfels nach Konen Feyy-in-den-Bäumen und wieder nach Salesh. Also gerade so an den Grünlanden vorbei, seht Ihr? Nah genug, dass dieser Berg die Hälfte der Reise auf uns herabstarrte.

Wir haben in Konen Feyy neue Reisegäste aufgenommen. Eine Familie. Ganz wie die Schmieds da drüben, irgendwie. Vater, Mutter und eine Handvoll Kinder, eines ein Säugling. Wollten auch nach Salesh-an-der-See. Aber diese Leute waren recht reich. Ein ganzes Gefolge aus Pflegern, Dienern und Wachleuten hatten sie bei sich. Dutzende an Koffern und einen eigenen Pavillon, der geradezu unverschämt luxuriös war.

Sie nannten sich Silberspitz. Er war ein großer, bärtiger, dunkler Mann, hat nicht viel gesprochen, aber Ihr hättet sehen sollen, wie seine Diener beim kleinsten Wort gesprungen sind, und sie war – nun, sie war einfach die schönste Frau, die alle in der Karawane je gesehen hatten. Sie trug einen Schleier, aber trotzdem verliebte sich die Hälfte der Männer der Gruppe in sie. Selbst mit einem kleinen, schreienden Kind, das sie den ganzen Weg lang auf der Schulter hatte."

„Ihr Kind hat auch geschrien?"

„In einem fort", sagte Frau Schmied mit einem grimmigen Blick in das Feuer. „Die halbe Nacht lang, jede Nacht. Bis er ganz zu atmen aufhörte."

„Er starb?"

„Beinahe. Vier- oder fünfmal während der Reise. Ich weiß nicht, was mit dem armen, kleinen Erdenwurm los war. Vielleicht war er einfach nicht kräftig. Ein krankes, käsbleiches Ding mit schlaffen Locken war er. Mit großen, weiten Augen, die einen ansahen, als wisse er, dass er nicht lange auf der Welt bleiben würde und als sei ihm die Ungerechtigkeit dessen vollkommen klar.

Es war die fünfte Nacht unterwegs, als es geschah. Das Kind hatte eine Art Anfall, lief blau an und entschlief. Keinen Atemzug tat es mehr. Ihre Diener heulten wie von Sinnen, zogen ihre Messer und stachen auf sich selbst ein! Die anderen Kinder wachten auf und weinten, und ihre Mutter streckte eine Hand nach ihnen aus, aber eher auf geistesabwesende Art, da sie betete, ziemlich gelassen, ihrem Gesichtsausdruck nach zu urteilen.

Ich war wach – das halbe Lager war es, bei diesem Tumult, aber ich war aufgestanden und wollte nachsehen, ob man etwas tun konnte, und ich sage Euch, ich sah, wie der Vater von wo immer er gerade gewesen war herbeirannte, sich ein Messer von einem Diener schnappte, sich mit der Schulter seinen Weg zum Pavillon der Dame bahnte und seinem eigenen Sohn den Hals aufschnitt.

Ich dachte, ich würde auf der Stelle ohnmächtig. Aber ehe ich schreien konnte, erzitterte das Kind, strampelte und atmete tief ein, ein widerlich pfeifendes Geräusch. Die Mutter beugte sich über es, und ich konnte nichts mehr sehen, aber ich hörte, wie es schwach zu schreien anfing. Die Diener warfen sich alle in den

Staub und stöhnten. Ich wich zurück, aber nicht, ehe der Vater mit dem Messer in der Hand herauskam. Ich werde nie den Blick in seinen schwarzen Augen vergessen. Er sagte keine zwei Worte, aber eine der Zofen sprang sofort auf und rannte, um eine Wasserschüssel und eine Kiste aus ihrem Gepäck zu holen.

Sie war ein großes Mädchen, die Dienerin. Drall. Haare so schwarz wie ein Rabenflügel. Herrlich anzusehendes Wesen", sagte Frau Schmied, das Wort ‚Wesen' betonend. „Nun, es gab nichts weiter zu sehen, wie die Stadtwache so gerne sagt. Ich kroch in mein Bett und hatte Angstträume. Am nächsten Morgen war das Kind so missgelaunt wie eh und je, wenngleich ein gutes Stück leiser, während es an der Bandage um seinen kleinen Hals zupfte. Kein Wort über das, was geschehen war, von den Eltern, obwohl die Dame sich für den ganzen Lärm entschuldigte.

Wir brachten sie zu ihrem Hotel in Salesh, wie es im Vertrag stand. Das Letzte, was ich von dem Kind sah, war, wie es mit diesen großen Augen über die Schulter der Dienerin starrte und so aussah, als dächte es darüber nach, noch einen Wutanfall zu haben und mit seiner kleinen Faust an ihrem schwarzen Haar zu zerren.

Sie ist um keinen Tag gealtert. Ein paar weitere Einzelheiten haben sie auch verraten. Ich verwette ein Monatsgehalt, dass sie beim Kampf gegen dieses Katzenwesen verletzt wurde. Sie ist eine Dämonin; und ich kenne nur einen Mann auf der Welt, der die Macht hat, Dämonen verlässlich zu binden.

Das Kind ist groß geworden und nennt sich jetzt Eisvogel; aber es hat immer noch die Narbe an der Kehle", fügte Frau Schmied hinzu. „Ich habe sie heute Nachmittag gesehen, als er lachte."

„Ich hätte mein Oberhemd anbehalten sollen", sagte eine weiche Stimme aus den Schatten.

Schmied erschrak. Frau Schmied stellte ihren Tee ab und zog vorsichtig und behutsam eine Bogenpistole aus ihrem Mantel. Sie war größer als die Schmieds und der Größe ihrer Vorrichtung nach zu urteilen durchschlagskräftiger.

„Nun, ich bin sicher, dass es keinen Grund für Unannehmlichkeiten gibt", sagte Fürst Ermenwyr, als er in den Lichtkreis des Feuers trat. „Sind wir nicht alle Freunde? Sind wir nicht gemeinsam Reisende? Habe ich irgendetwas Böses getan?"

„Ihr seid der Sohn des Herrn des Berges", sagte Frau Schmied, wobei sie mit der Schusswaffe auf ihn zielte. Im schwachen Feuerschein hatte seine Haut eine unirdisch grünliche Blässe, denn er hatte die Magie, die ihn tarnte, abgelegt. Mit weiten Augen streckte er die offenen Hände aus.

„Kann ich etwas dafür? Lasst uns rational sein. Ihr habt ein bemerkenswertes Gedächtnis, liebe Frau Schmied; könnt Ihr Euch entsinnen, dass Papa und Mama etwas anderes waren als absolut gesetzestreue Passagiere? Ich bin sicher, dass wir sogar ein hübsches Trinkgeld gegeben haben, als wir die Karawane verließen."

Ein dunkler Nebel schwebte aus der Nacht über den Boden und begann, in vertrautem Umriss hinter ihm zu wirbeln.

„Sicher habt Ihr das, bei jener Fahrt", stimmte Frau Schmied zu. „Aber Eure Familie hat einen ziemlichen Ruf unter den Karawanen, und nicht für ihre generösen Trinkgelder."

„Oh, Papa hat seit Jahren keine Karawane mehr überfallen", sagte Fürst Ermenwyr. „Wirklich. Mutter hat dafür gesorgt, dass er damit aufhört. Ich kann nicht beschwören, dass meine Brüder nicht dann und wann an kleinen Überfällen beteiligt sind, einer dieser dummen männlichen Initiationsriten, schätze ich, aber das sind Grobiane, was kann man erwarten?"

Hinter ihm in der Dunkelheit materialisierte sich Balnshik und musterte Frau Schmied und Schmied aus Augen wie Kohlen. Auch sie hatte die Magie abgelegt. Ihre Haut war wie eine

Gewitterwolke, strahlte in Geisterfarben, anmutig, aber nur schwer anzusehen.

„Senkt Eure Waffe", sagte sie.

Frau Schmied sah sie nachdenklich an.

„Sicher, wenn Eure Durchlaucht sein Wort gibt, dass uns kein Leid geschieht", antwortete sie.

„Ihr habt mein Wort als Sohn meines Vaters, dass weder ich noch die Meinen Euch schädigen werden oder Euren Tod in irgendeiner Weise beabsichtigen", sagte Fürst Ermenwyr sofort. Frau Schmied legte die Bogenpistole weg.

„Das ist die Formel", erläuterte sie Schmied. „Wir sollten sicher sein. Es freut mich, zu sehen, dass ihr es geschafft habt, trotz allem erwachsen zu werden, mein Fürst."

„Danke", entgegnete er. „Es war mehrmals knapp, wie Ihr seht, aber ich bin zurechtgekommen." Seine Rockschöße nach hinten werfend setzte er sich im Schneidersitz ans Feuer und zog seine Rauchröhre hervor. Balnshik blieb stehen und hielt sich wachsam in seiner Nähe. Er fuhr fort.

„Versucht mal, das Leben eines normalen jungen Mannes zu führen, wenn Euch dauernd Leute eine Falle stellen und versuchen, Euch umzubringen. Es ist ungerecht", klagte er.

„Verbessert mich, wenn ich mich irre, aber seid Ihr nicht ein Dämon?", fragte Schmied.

„Nur ein Viertel", erklärte der junge Fürst, der seine Rauchröhre wie einen Zeigestock schwenkte. „Zur Hälfte, höchstens. Vater war ein Findelkind, wisst Ihr, also sind wir nicht sicher. Aber was heißt das schon? Alles in allem bin ich nicht so verschieden von Euch. Wisst Ihr, warum wir zu jener denkwürdigen Zeit nach Salesh gereist sind, Frau Schmied? Vater wollte mit uns Urlaub am Meer machen. Mit Eimer, Schaufel, Sandburgen und dem ganzen Zeug."

„Wie unschuldig", sagte Frau Schmied mit wohlberechnetem Spott.

„Das war es, und Mutter dachte, die Seeluft würde mir gut tun. Wir waren wie jede andere Familie auch, von ein paar Sachen abgesehen, wie Vaters Schädelsammlung und der Tatsache, dass die halbe Welt uns tot sehen will."

„Deshalb war Blühendes Ried hinter Euch her", erkannte Schmied. „Er wusste, wer Ihr seid."

Ermenwyr seufzte. „Es ist nicht leicht, eine Abscheulichkeit zu sein. Heilige sollten nicht heiraten und Kinder bekommen, wisst Ihr. Es ist lästerlich. Jeder, der eine wandelnde Gotteslästerung wie mich töten kann, erhält große spirituelle Vergünstigungen, soweit ich verstanden habe. Natürlich hasste Blühendes Ried es, diese Aufgabe selbst zu übernehmen; er wollte sich seine reinen Hände nicht schmutzig machen. Aber seine gedungenen Mörder versagten ständig, dank Euch und dem verstorbenen Parradan Schmied, die Ihr uns so vortrefflich verteidigt habt", fügte er hinzu und blickte Schmied mit Zuneigung an.

„Hat ihm Blühendes Ried deshalb in den Rücken geschossen?"

„Genau. Grässliche kleine Dornen. Blühendes Rieds Leute leugnen jede Schuld, indem sie sagen, das Gift auf dem Dorn töte, nicht sie selbst. Nett, nicht?"

„Aber der Grüniearzt war Euch gegenüber recht ehrerbietig", protestierte Frau Schmied. „Sogar demütig."

„Nun, Madame, es gibt Grünies und Grünies. Blühendes Ried gehört einer besonders gefährlichen, fundamentalistischen Sekte an, die sich geschworen haben, die, äh, Besudelung meiner Mutter mit allen Mitteln zu rächen." Fürst Ermenwyr zündete seine Rauchröhre mit einem kleinen, blauen Feuerball an und zog daran. „Mutters Jünger andererseits waren bereit zuzugeben, dass sie wusste, was sie tat, als sie Vater geheiratet und uns halbgöttliche, halbdämonische Bälger auf die Welt gebracht hat." Er blies Rauch aus seinen Nasenlöchern.

„Ich bin wissensdurstig, junger Mann“, sagte Frau Schmied. „Sind Eure Eltern glücklich verheiratet?“

„Ich schätze schon“, entgegnete er. „Ich sage nicht, dass sie nicht ihre Auseinandersetzungen hatten, aber die Liebe überwindet alle Hindernisse. Ich glaube, das war Mutters Argument, als sie mit dem alten Bastard ins Bett ging.“

„Ihr seid despektierlich, Herr“, girrte Balnshik, die ihre Hand in sein Haar grub. „Ihr wisst, das ist nicht gestattet.“

„Au! Schon gut. Wie auch immer – Ihr seht, es gibt keinen Grund, von meiner Anwesenheit in Eurer Karawane beunruhigt zu sein, nicht wahr? Ich will nur nach Salesh-an-der-See, für einen langen Besuch in einem Kurort, sodass ich zurückgewinnen kann, was als meine Gesundheit gelten mag“, versicherte Fürst Ermenwyr ihnen.

„Euer Vater soll der mächtigste Zauberer sein, der je gelebt hat“, sagte Schmied. „Kann er Euch nicht einfach gesund hexen?“

„Mutter kann heilen und die Toten wecken, aber nichts, was sie versucht, funktioniert bei mir“, erwiderte Fürst Ermenwyr. Er heulte protestierend, als Balnshik ihn am Kragen packte und auf die Füße zerrte.

„Im Herzen meines Herrn kämpft das Blut zweier Ebenen“, erzählte sie ihnen. „Das macht ihn anfällig. Ungestüm. Rüpelhaft. Aber es hat Vorteile, unter seinem Schutz zu stehen, liebe Kinder der Sonne, und bringt furchtbare Nachteile, ihm auch nur ein Haar seines boshaften, kleinen Kopfes zu krümmen. Ihr versteht, nicht wahr?“

„Kümmert Euch nicht um die Morddrohungen“, sagte Fürst Ermenwyr. „Es ist ihre Aufgabe, mich zu schützen. Ich bin sicher, dass Ihr nie so etwas Dummes tun und mich an meine Feinde verraten würdet.“

„Nein“, sagte Schmied eilig.

„Ich auch nicht. Aber ich nehme davon Abstand, weil ich die Liebesheirat Eurer Eltern ganz süß finde (gelegentlich sollte zumindest irgendjemand glücklich verheiratet sein) und nicht" – Frau Schmied blickte streng zu Balnshik auf – „wegen Eurer Drohungen, mein Mädchen."

Balnshik lachte und zeigte ihre strahlenden Zähne.

„Madame, ich bin siebentausend Jahre alt", sagte sie.

„Nun, ich fühle mich siebentausend Jahre alt", antwortete Frau Schmied. „Belassen wir es dabei, ja, und bleiben Freunde?"

„Ihr seid so klug, wie Ihr begnadet in der Kunst des Kochens seid", versicherte Fürst Ermenwyr. „Ihr werdet es nicht bereuen – und nun entschuldigt mich bitte. Die Nachtfeuchtigkeit schlägt sich nieder. Katastrophal für die Lunge, wisst Ihr."

„Sagt gute Nacht, Herr", sagte Balnshik, als sie ihn hinter sich her zog.

„Tschüss!", rief er und winkte ihnen mit seiner Rauchröhre.

Schmied sackte bebend nach hinten.

„Was zur Hölle machen wir jetzt?", brummte er.

„Oh, wir sind ziemlich sicher", sagte Frau Schmied, als sie ihren Tee wieder aufnahm. „Solange wir friedfertig sind. Ich kenne Dämonen."

Nichts hatte sich geändert. Am nächsten Morgen waren Balnshik und Fürst Ermenwyr zu ihren gewöhnlichen Erscheinungen zurückgekehrt und sprachen nicht einmal über die Unterhaltung der vergangenen Nacht. Es gab Frühstück, das Lager wurde abgebaut, die Karren wurden wie gewöhnlich wieder auf die Gleise gebracht. Es war so banal, dass Schmied, als er sich wieder auf die Mehlsäcke legte, sich fragte, ob er nicht einen absonderlichen Alptraum gehabt hatte.

An diesem Tag verließen sie die Grünlande und kamen auf die Ebene. Die Karawane schien wie ein Vogel dahinzugleiten, während sie meilenweit über das Flachland dahinraste. Sie entdeckten Metropolen, deren Türme sich über schützenden Mauern erhoben, Straßen, die in die Ferne führten und sogar ihren Fahrweg kreuzten, und gelegentlich kamen sie an Karawanen vorbei, die an unbekannte Ziele fuhren, oder an glanzlosen Händlerkarren, die dahin ratterten. Die Schmiedkinder winkten und riefen ihnen allen freudestrahlend zu. Meile um Meile ließen sie hinter sich, und jede Meile brachte die grauen Hügel Saleshs-an-der-See näher, die einzige Unterbrechung des sich ausbreitenden stählernen Horizonts.

Sie verbrachten eine letzte Nacht in einer Wegestation, die so palastartig war, dass dieser Name kaum passte. Es gab ein Geschäft, das Süßigkeiten und Obst, Brötchen und Wein verkaufte; es gab ganze drei Wasserhütten (kein Warten!); es gab sogar einen Stand mit einem Schreiber, der gegen Bezahlung eine Karte des unmittelbaren Ziels zeichnete, garantiert sorgfältig für jeden Stadtbezirk. In der Nacht wechselte die Windrichtung und brachte ihnen den starken Salzgeruch der Tiden. Schmied fühlte sich, als wäre er heimgekommen.

Saleshs Stadtmauer war, wie bei den meisten Hafenstädten, nur ein Halbkreis, eine mächtige Wand aus weißem Feuerstein auf der Landseite. Sie leuchtete in der Sonne wie eine Anhöhe aus Muscheln, wenn der dichte Nebel sich hier und da lichtete und das Sonnenlicht durchließ. Damit endete auch schon die Ähnlichkeit mit so etwas Formlosem wie einem Hügel, denn die Mauer war dicht mit Wachkastellen besetzt, die von Wächtern patrouilliert wurden, deren Rüstung mit einem Muster emailliert waren, das wie Fischschuppen aussah. Innerhalb der

Mauer lag die Stadt wie ein Fächer aus langen Straßen, die alle am Strand endeten.

Das Stadttor stand weit offen, als sie ankamen, und Hellbrenn trompetete fröhlich ihre Ankunft und hielt nur inne, um ihre Erlaubnis und das Ladeverzeichnis der Stadtwache zu zeigen. Sobald sie durchgewinkt wurden, sprang sie in den Führungswagen neben Ritzel und riss beide Fäuste in die Luft.

„Wir haben es geschafft", rief sie vor Freude tanzend. „Wir sind in Sicherheit! Ich bin toll, ich bin die schnellste Läuferin der Welt, und Flammenbergstadt ist klasse!"

„Oh, setz dich hin und pass auf, was du sagst", sagte Ritzel, aber auch er schmunzelte. Er lenkte sie glänzend die lange Erhebung hinab, mit angezogener Bremse, sodass die Eisenräder Funken wie Feuerwerk sprühten, ganz als feierten sie ihre Ankunft. Er fuhr sie gekonnt um die enge Kurve in der Ankerwindenstraße, und sie rumpelten in die riesige, widerhallende Halle des Karawanenbahnhofs.

Er war überfüllt und sehr laut, da kurz vor ihnen eine andere Karawane angekommen war. Träger standen in Reih und Glied in den Säulengängen und zeigten ihre Muskeln, während sie auf eine Anstellung warteten. Die Läuferinnen hatten einen ganzen Säulengang nur für sich und saßen oder lehnten dort, schwatzten miteinander, ein Leuchten roter Uniformen in den Schatten. Sekretäre arbeiteten sich mit Verladungsprüflisten an den Karren voran, erfassten die Ankunft der Waren und beaufsichtigten, wie sie abgeladen wurden. Schmied glitt eilig von den Mehlsäcken und stieß beim Umdrehen mit den Schmieds und ihrem Säugling zusammen.

„Da sind wir endlich", sagte er.

„Endlich", stimmte ihm Herr Schmied zu, „und ich muss sagen, ich – Kinder! Kommt sofort wieder her! Ich muss sagen, ich habe noch nie so einen tapferen Karawanenführer erlebt.

Meine Söhne haben beide gesagt, sie wollen wie Ihr sein, wenn sie groß sind, nicht, Jungs?"

„Nein", sagte der kleinere der Jungs. „Er wird dauernd verletzt."

„Der Mann da stiehlt unsere Koffer!", rief das kleine Mädchen.

„Nein, das ist unser Gepäckträger! Meefa, hör auf, den netten Mann zu treten! Ich – entschuldigt. Vielen Dank", sagte Herr Schmied und lief davon. Hinter ihm schulterte Herr Amook seine Tasche. Er glitt in die Menge und verschwand.

„Endlich im sicheren Hafen, was?", sagte Fürst Ermenwyr, der aus seiner Sänfte auftauchte und gähnte. „Gutes altes Salesh-an-der-See. Welche Erinnerungen an unschuldige Kindheit! Die eigenen Brüder im Sand begraben. Die nackt Badenden beobachten. Wie ich es liebte, zu ihnen zu watscheln und auf ihre Hintern zu klopfen! Man kommt ungestraft davon, wenn man drei ist", fügte er reuig hinzu.

„Herr, die Träger sind da", verkündete Balnshik, die mit wiegenden Hüften am Kopf einer Reihe rüstiger Kerle schritt, die ihr mit benommenen Mienen folgten.

„Gut. Ihr! Vier von Euch an die Sänftenstangen, alle von derselben Größe, bitte, und wenn Ihr es schafft, mich zur Kur zu bringen, ohne dass mir übel wird, bekommt ihr ein Aufgeld. Passt auf die Koffer auf! Also, Karawanenführer", sagte Fürst Ermenwyr, als er sich wieder zu Schmied drehte. „Das ist für Eure Mühen in Ausübung Eurer Pflicht." Er nahm Schmieds Hand und legte einen Beutel hinein, eine für ihre Größe recht schwere Geldbörse. Dann beugte er sich vor und flüsterte: „Werdet Ihr für Eure Mühen jenseits Eurer Pflicht heute Nacht Gast in meinem Heilbad sein? Nachtmahl, Weine und ganz allgemein Spaß. Ja? Balnshik würde Euch noch immer gern persönlich Ihren Dank aussprechen, wisst Ihr." Er stieß Schmied bedeutungsvoll mit dem Ellbogen an.

„Ehre Eurem Haus, mein Fürst", sagte Schmied. Fürst Ermenwyr johlte spöttisch.

„Wo wir gerade von Undenkbarem sprechen! Ich sollte Euch von damals erzählen ..."

„Herr, wir wollen die Männer nicht warten lassen", sagte Balnshik. Sie packte ihn am Kragen und Hosenboden und half ihm mit Gewalt in die Sänfte, die vier schwerfällige Träger auf ihre Schultern gehievt hatten. Nachdem sie ihn hineingeschoben und die Vorhänge hinter ihm geschlossen hatte, wandte sie sich mit einem überwältigenden Lächeln an Schmied. „Bitte, kommt heute Nacht."

„Ja, edle Dame", stotterte Schmied.

„Bis heute Abend dann", sagte sie, drehte sich zu den Trägern um, befahl ihnen mit einer Stimme wie ein Peitschenknall, ihr zu folgen, und schritt aus dem Karawanenbahnhof, die Brust herausgestreckt. Sie folgten ihr selbstverständlich.

Schmied starrte ihr nach, bis ein näherkommender Sekretär seine Aufmerksamkeit auf sich lenkte.

„Karawanenführer", – der Sekretär blickte über seine Brille auf die Liste –, „Schmied? Was höre ich da über beschädigte Ware?"

„Es ist nur eine Einheit einer Lieferung", erläuterte Schmied. „Das Mehl und die Mineralpigmente sind in Ordnung."

„Ja, wir haben sie längst abgeholt. Aber die Sendung für Madame Katmile?"

„Es gab ein Unglück", sagte Schmied, der leicht transpirierte, als er sich umdrehte und in seinen Besitztümern nach dem zerbrochenen Ei suchte. „Eine kleine Karambolage. Nicht unsere Schuld. Nur dieses eine, seht Ihr? Aber alle anderen sind einwandfrei!" Er deutete auf die hundertdreiundvierzig amethystfarbenen Eier, die unter ihrem Warennetz ruhten.

„Eier?" Der Sekretär runzelte die Stirn. „Über alle Maßen ungewöhnlich. Wer in aller Welt hat solche Verpackungen gestattet?"

„Die Versenderin, wenn Ihr es wissen müsst“, sagte Frau Schmied, die zu Schmieds Rettung eilte. „Alles ihr eigener Entwurf. Wir haben damit nichts zu tun. War auf der ganzen Fahrt ein vermaledeites Ärgernis. Sie hat Glück, dass es nur das eine ist!“

„Wir wurden mehrmals angegriffen, Herr“, erzählte Schmied dem Sekretär. Die Augen des Sekretärs weiteten sich hinter seiner Brille, welche den Anblick enorm vergrößerte.

„Ihr füllt besser ein Überfall-, Schadens- und Verlustformular aus“, sagte er.

„Er wird erst mal die Füße hochlegen und sich etwas zu trinken genehmigen“, erklärte Frau Schmied, als sie ihren Arm mit Schmieds verschränkte. Hinter ihr versammelten sich die Schlüsselmänner und Hellbrenn, um den Sekretär finster anzustarren. „Nicht wahr, Karawanenführer? Wenn uns jemand sprechen will, wir sind im *Demontierten Zahnrad* da drüben.“ Sie wies auf eine dunkle Eingangstür, die einladend im hinteren Teil eines Säulenganges stand.

„Stimmt“, sagte Tiegel. „Das hier ist ein Verletzter, wisst Ihr.“

„Wenn er stirbt, gibt es jede Menge Ärger, denn er ist der Vetter des Besitzers“, sagte Hellbrenn, die sich entschlossen vordrängelte. „So, jetzt habt Ihr's.“

„Kommt, Jungs“, sagte Frau Schmied und ging mit Schmied im Schlepp zum *Demontierten Zahnrad*, während Hellbrenn und die Schlüsselmänner sie flankierten. „Ihr werdet diese bezaubernde kleine Kneipe mögen. Versucht nicht, einem schales Bier anzudrehen, und vermietet überdies seine Zimmer recht günstig.“

„Wir bekommen unsere eigenen vermaledeiten Sänften“, sagte Hellbrenn, was für Schmied gar keinen Sinn ergab, bis sie durch die dunkle Tür gegangen waren und er die Nischen sah, die so gebaut waren, dass sie aussahen wie große Sänften, vollständig mit Vorhängen und dick gepolsterten Sitzen. Von dieser kleinen

Theatralik abgesehen war das *Demontierte Zahnrad* alles, was eine Bar sein sollte: gemütlich, dunkel, aber nicht zu dunkel, um einen Angreifer zu bemerken, voll, aber nicht zu laut für Unterhaltungen. Schmied merkte, wie seine Laune sich hob, als die Schlüsselmänner sich einer nach dem anderen in die Nische schwangen und ihn mit sich zogen. Frau Schmied und Hellbrenn folgten.

„Ich zahle", sagte er.

„Nein, nein; zumindest nicht die erste Runde", ermahnte ihn Frau Schmied. „Bitte, lasst uns. Wir sind sehr zufrieden mit Euch, nicht wahr, Jungs?"

Die Schlüsselmänner stimmten im Chor zu.

„Seid im letzten Augenblick gekommen, nachdem der arme, alte Schmelzmann den Bolzen abgekriegt hat", sagte Ritzel.

„Wenn man bedenkt, dass es Eure erste Fahrt war und so", stimmte einer der anderen Schmieds zu.

„Ich hatte Zweifel, aber Ihr habt durchgehalten", sagte Tiegel. „Ihr seid kein Feigling, so viel kann ich sagen."

„Ein guter Kämpfer", sagte Balgen.

„Ich habe noch nie jemanden so bluten und es überleben sehen wie Euch", meinte Hellbrenn. In dem Augenblick kam der Gastwirt.

„Frau Schmied! Schön, Euch wiederzusehen", sagte er mit einer Verbeugung. Sie streckte hoheitsvoll eine Hand aus, und er küsste sie.

„Höchst erfreulich, wieder hier zu sein, Herr Fassung. Sechs Eures besten Salesher Bernsteins für die Herren, eine Pfirsichmilch für die junge Dame, und ich nehme einen trockenen Windstärke Neun mit Schuss", sagte sie. „Später werden wir nach einer geeigneten Unterkunft für die Nacht nachfragen."

Er lief davon und kehrte nach angenehm kurzer Zeit mit ihren Bestellungen wieder. Als er wieder weg war, hob Hellbrenn ihre Pfirsichmilch. „Auf unseren Karawanenführer", rief sie und schlug mit ihrer kleinen Faust auf den Tisch. „Tod unseren Widersachern!" Sie stießen an und tranken.

„Ich habe von diesem Augenblick geträumt", sagte Frau Schmied, während sie ihre Rauchröhre entzündete und die Nische sofort mit Bernsteinblattrauch füllte. „Ich werde mir eine Aufführung an der Glänzenden Meile ansehen."

„Ich gehe zur Zwinkernden Zitze", sagte Tiegel, und die anderen Schlüsselmänner nickten alle bedeutungsvoll.

„Gibt es solche Plätze auch für Damen?", erkundigte sich Hellbrenn.

„Nicht in deinem Alter, dummes Ding", sagte Frau Schmied. „Du wirst zum hiesigen Mutterhaus gehen, um deine Laufleistung bestätigen zu lassen. Du solltest bald dein Zertifikat bekommen. Was werdet Ihr tun, Karawanenführer?"

Schmied hatte verwirrt über die Zwinkernde Zitze nachgedacht, riss sich aber zusammen und sagte: „Ich habe noch was, das ich abliefern muss, also schätze ich, werde ich das zuerst machen. Heute Nacht soll ich Fürst Ermenwyr besuchen, wo er logiert."

„Auch Pflegerin Balnshik?" Ritzel stieß ihm in die Seite.

„Ihr bestellt lieber ein paar Austern", kicherte Balgen.

„Ihr wisst, was Ihr zuerst machen solltet", sagte Frau Schmied und zeigte auf die Scheibe, die Schmied um seinen Hals trug. „Ihr solltet zu den Badeanstalten in der Ankerstraße gehen und das Ding einlösen, das Euch der Grüniearzt gegeben hat. Ihr werdet Euch danach besser fühlen, gestärkt für die Liebe oder was immer ihr nach Einbruch der Dunkelheit vorhabt."

„Gute Idee", stimmte Schmied zu, der an heißes Wasser und saubere Handtücher dachte. „Ich habe immer noch Troonstaub an Stellen, über die ich nicht nachdenken will."

„Es ist furchtbar schwer, ihn aus den Ohren zu bekommen", sagte Hellbrenn ernst.

In dem Moment blickte Schmied zur Tür und sah, dass der Sekretär mit einer anderen Person in die Bar gekommen war und sich umsah. Er entdeckte Schmied und die anderen und zeigte auf sie, und die andere Person folgte mit ihren Blicken seiner Geste. Dann ging sie auf Schmied zu, und die furchtbare Wut in ihrem Gesicht dämpfte ihr ansonsten attraktives Äußeres.

„Äh ...", sagte Schmied.

„Karawanenführer! Wie könnt Ihr nach solch einem Betrug hier sitzen und schamlos trinken?", zischte sie. Jeder in der Nische wich vor ihr zurück. Sie war ihrem bestickten Gewand nach zu urteilen offenkundig wohlhabend. Ihr Haar war zu einem aufwendigen Knoten hochgebunden und wurde von juwelenbesetzten Nadeln gehalten. Man hätte sie beim Sänftenkauf oder in einer Loge im Theater erwartet, nicht in eine Nische im *Demontierten Zahnrad* gebeugt, und schon gar nicht mit zorngeschwollenen Adern am Hals.

„Madame Katmile vom Haus Silberamboss?", riet Schmied. „Seht, es war nur ein Schmetterling. Unfälle passieren und ..."

„Wenn es nur einer wäre!", schrie sie, und der Sekretär rang seine Hände.

„Schaden erheblicher als berichtet", sagte er. „Wir haben den Inhalt vor einem vereidigten Zeugen untersucht. Jedes geöffnete Ei enthielt zerbrochene Ware. Wir schätzen, dass die halbe Lieferung in indiskutablem Zustand ist."

„Was meint Ihr mit Schaden?", rief Frau Schmied. „Keines dieser verdammten Dinger hatte auch nur einen Kratzer, außer dem einen, das wir zerdrückt haben!"

„Die äußeren Hüllen waren unversehrt", gab der Sekretär zu. „Aber der Inhalt ..."

„Was habt Ihr getan? Handball mit ihnen gespielt?", verlangte Madame Katmile zu wissen. Schmied schloss die Augen und erinnerte sich an Balnshik, die im Rennen amethystfarbene Eier aus dem Weg trat, erinnerte sich an Fürst Ermenwyr, der mit ihnen jongliert hatte, erinnerte sich, wie sie die hohe Böschung hinuntergefallen waren. Er sagte etwas Unanständiges.

Madame Katmile bäumte sich wie eine Schlange auf, die gleich zubeißen würde.

„Ihr vernichtet mit böser Absicht unwiederbringliche Kunstgegenstände und besitzt die Unverschämtheit, solche Worte in den Mund zu nehmen?“, sagte sie. „Nun. Diese Affäre kommt vor die Transportbehörde, Karawanenführer, dass Ihr mich ja versteht! Ich werde Euch das Zertifikat entziehen lassen. Ich werde Euren Angestellten die Zertifikate entziehen lassen. Ich werde Eurem Besitzer Haus, Ländereien und bewegliches Hab und Gut nehmen. Kein Feind der Wüste hat genug Durst, um das Meer Eurer Schuld auszutrinken!“

Sie wandte sich um und stürmte hinaus, wobei sie sich ihren Fellmantel um die Schultern warf. Der Sekretär blieb lange genug, um mit dem Finger drohend auf sie zu zeigen. Er flüsterte: „Es wird augenblicklich Beschwerde eingereicht“, und huschte Madame Katmile nach.

Benommenes Schweigen herrschte am Tisch.

„Soll das heißen, sie wird uns auch feuern lassen?“, sagte Balgen schließlich.

„Das hat sie gesagt“, sagte Schmied.

„Aber – das kann sie nicht tun. Wir haben eine Vereinigung!“, sagte er.

„Das wird Euch nicht viel nützen, wenn sie Eure Zertifikate für ungültig erklären lässt“, sagte Schmied. „Oder wenn mein Vetter aus dem Geschäft ist. Beides scheint jetzt ziemlich denkbar.“

„Ich habe mein Zertifikat noch nicht mal“, rief Hellbrenn und begann zu weinen. Sie ließ sich gegen Frau Schmied fallen, die mit fast körperlich spürbarer Melancholie vor sich hin starrte.

„Verdammt seien sie alle“, sagte sie schließlich. „Ich wollte mich ohnedies bald zur Ruhe setzen. Das kann ich genauso gut hier. Ich habe etwas Geld gespart. Vielleicht eröffne ich ein Gästehaus. Verzweifelt nicht. Wir werden uns etwas einfallen lassen."

„Könntet Ihr eine Botenläuferin gebrauchen?", fragte Hellbrenn, die sich die Nase am Ärmel abwischte.

„Möglicherweise. Sie werden mit Euch am härtesten umspringen, junger Schmied." Frau Schmied wandte sich ihm zu. „Tut mir leid."

„Halb so schlimm", sagte Schmied, noch immer benommen vom Schreck. „Es ist ja nicht so, als ob ich Geld hätte. Ich kann einfach wieder verschwinden."

„Wieder?" Tiegel hob den Kopf vom Tisch.

„Das ist eine lange Geschichte", sagte Schmied. Ihm kam eine Idee. „Seht, Parradan hat mir was gegeben, dass ich für ihn abliefern soll ..."

„Wir haben Diebesgut transportiert, nicht wahr?" Hellbrenn wirkte fasziniert.

„Ich könnte eine Belohnung bekommen. Die könnt Ihr für die Hoteleröffnung haben. Ich nehme nur so viel, wie ich für ein Billett nach – wo immer ich als nächstes hingehe brauche", sagte Schmied.

„Das ist außergewöhnlich gut von Euch", flüsterte Frau Schmied, während sie Asche auskippte.

„Bei den neun Höllen", sagte Tiegel. „Warum sterben die besten Karawanenführer oder verlassen das Geschäft?"

Schmied erinnerte sich an den Beutel, den Fürst Ermenwyr ihm gegeben hatte, und zog ihn hervor. „Hier. Ich geh die Ablieferung erledigen. Ihr besorgt uns hiermit Zimmer, holt unser Zeug aus den Wagen und verstaut sie, ehe die Transportbehörde sie in Beschlag nimmt. Ich komme heute Nacht zurück, wenn ich seine Durchlaucht besucht hab."

„Vielleicht hilft er uns!", sagte Hellbrenn.

„Verlass dich nie auf einen Gefallen der Großen, Kind“, sagte Frau Schmied. Sie zog die Börse zu sich und warf einen Blick hinein. „Selbst wenn sie auffallend generös sind. Also! Wir sind entschlossen. Ich werde mal rübergehen und mit Herrn Fassung sprechen. Jungs, springt vor und rettet, was unser ist. Hellbrenn, bleib hier und schnäuz dir die Nase, um Himmels willen.“

Sie stand majestätisch in der Nische. „Ihr, junger Schmied – wenn Ihr in der Lage seid, Euch wieder zu uns zu gesellen, es gibt eine Hintertür hier in der Fischstraße, die im Dunkeln selten bewacht wird. Wenn die Umstände es aber nicht zulassen sollten ...“, sie beugte sich vor und tätschelte seine Wange, „werde ich Euch den gebratenen Aal ein andermal kochen. Geht jetzt, mein Lieber.“

Nachdem er Parradan Schmieds Behälter geholt hatte, fragte Schmied einen der Träger, wo er Fürst Kashban Schlagblechs Villa fände. Sobald er herausgefunden hatte, dass sie im Wohngebiet der Ankerstraße lag, ging er einen Häuserblock weiter und die lange Erhebung hinab. Er konnte auf die Dächer der luxuriösen Häuser hinabsehen, fast in ihre privaten Gärten blicken, obwohl um ihn herum die nervöse Geschäftigkeit des Armenviertels der Straße herrschte. Fischverkäufer mit ihren Handwagen priesen lautstark ihre Waren an, Bettler humpelten oder rollten vorbei und hielten Schilder, die berühmte Kriege auflisteten, in denen sie verschiedene Körperteile verloren hatten. Heruntergekommene Männer gingen in Absteigen und Schiffsbedarfsläden oder verließen sie.

Hinter der ganzen Armut glänzte die See unter einem nebelfreien Streifen Himmel. Weiße Segel bewegten sich am Horizont auf den Ward'b gegenüber der Förde zu. Schmied dachte daran, dass er höchstwahrscheinlich am Morgen selbst in diese Richtung gehen und auf einem Schiff anheuern würde, vorzugsweise auf einem, das auf eine lange Reise gehen würde, unter einem neu angenommenen Namen. Feuerstein? Heizer? Eisenstiefel?

Ein frischer Wind traf ihn, durchdrang seine abgetragene Gewandung, ließ seine Wunden schmerzen und vor seinen Augen ein mohnseidenes Banner flattern. Er sah die Schrift darauf. Yendrischriftzeichen, die etwas bewarben.

Als er sich umwandte, sah er, dass der Laden, der das Banner aufgehängt hatte, ein großes Schild trug, auf dem BÄDER stand. Er tastete nach der Tonscheibe und fand sie an ihrer Schnur unter seinem Hemd.

„Warum nicht?“, sagte er und ging hinein.

Die lauwarme Luft traf ihn wie aus einem Kamin kommend, aber sie fühlte sich göttlich an, reich an Dampf und Yendriparfümen, die ihn an wilde Waldmädchen denken ließen, die ihre Bekleidung nicht anbehalten konnten. Schmied vernahm irgendwo das Plätschern eines Springbrunnens. Er ging zur Theke, die fast unter Gefäßen mit Farnen und Bromelien verschwand. Ein Yendri in silbernem Ornat lehnte daran und las eine lokale Zeitung. Er sah nicht auf, als er fragte: „Ihr seid wegen eines Bades gekommen, Herr?“

„Eigentlich ...“ Schmied zog die Tonscheibe über seinen Kopf. „Ich soll Levendyloy Erlenholz aufsuchen und um eine, äh, Entgiftung bitten. Eine komplette Behandlung.“ Er hielt die Scheibe hin. Der Yendri sah auf und blickte ihn scharf an.

„Ich bin Erlenholz“, teilte er Schmied mit. „Ihr wart erkrankt? Ihr wart, hm, verletzt.“ Er beugte sich vor und nahm die Scheibe. Er hielt sie sich unter die Nase und blickte ernst. „Vergiftet. Hm. Bitte. Tretet ein.“

Er führte Schmied hinter den Ladentisch in einen Umkleideraum mit Regalen. „Eure Gewandung und Besitztümer hier rein“, sagte er. Er verschwand hinter einem Vorhang, als Schmied sich auszog und ein Regal füllte, all seine Messer in seinen rechten Stiefel schob und Parradan Schmieds Kasten mit großer Vorsicht auf den Stapel stellte. Als er auch die Bandagen ablegte, betrachtete er seinen geschundenen Körper und seufzte. „Eines Tages“, sagte er zu sich selbst, „werde ich nicht schnell genug sein.“

Als der Yendri zurückkehrte, trug er einen Teekessel und ein Tässchen. „Hier entlang“, sagte er, wies mit der Tasse den Weg, und Schmied folgte ihm durch den Vorhang und in einen gefliesten Gang. Sie gingen an gebogenen Eingängen mit Becken voll heißen und kalten Wassers vorbei, in denen andere Leute schwammen oder sich im Wasser räkelten und dabei redeten. Der Yendri führte ihn zu einem Raum mit einer schweren Tür, reichte ihm Teekessel und Tasse und benutzte das Ventilschloss, das die Tür öffnete. Dampf quoll heraus, heiß genug, um die Halle im Vergleich dazu eisig erscheinen zu lassen. Schmied sah hinein und erhaschte einen flüchtigen Blick auf Felsblöcke und wirbelndes Wasser.

„Geht hinein“, sagte der Yendri, „setzt Euch und trinkt den Tee. Alles, so schnell Ihr könnt. Er wird Euch reinwaschen. In einer Stunde hole ich Euch heraus.“

„In Ordnung“, sagte Schmied und betrat wachsam den Raum. Die Tür schloss sich hinter ihm, und einen Augenblick lang lichtete sich die Luft genug, um zu sehen, dass der Raum beckenartig geformt war und einen Abfluss in der Mitte hatte. Wasser brauste aus einer Öffnung in der Decke, floss die Steinwände hinab, die starke Hitze abstrahlten, und spritzte von den Felsen ehe es schließlich den Abfluss hinabkreiste. Es gab einen gebogenen Steinsitz, auf dem man unbequem saß.

„Trinkt den Tee“, sagte eine wesenlose Stimme. Schmied blickte auf und sah ein Gitter in der Wand, hoch oben. Er konnte gerade so das Antlitz des Yendris dahinter sehen.

„Ihr werdet mich beobachten?“, fragte er.

„Manchmal werden Eure Leute ohnmächtig", antwortete Erlenholz. „Den Tee."

„Schon gut." Schmied nippte verdrießlich daran, fand ihn aber erstaunlich gut, heiß und würzig. Er trank alles, und erst als er den Kessel geleert hatte, bemerkte er den Nachgeschmack.

„Das ist kein Abführmittel, oder?", fragte er.

„Doch", entgegnete der Yendri. Schmied ächzte.

In der nächsten Stunde floss viel unangenehmes Zeug den Abfluss hinab, einschließlich ein paar alter Tätowierungen, abgesondert von seiner gereizten Haut wie dunkler Sirup. Schmied sah Dreck von jedem Ort, an dem er je gelebt hatte, an die Oberfläche kommen, den gelben Staub Troons, den roten Flammenbergstadts und ein paar graue Rückstände, über die er nicht nachdenken wollte. Gelegentlich schoss heißes Wasser von der Decke und wusch den Dreck den Abfluss hinab, spülte Schmied beinahe mit weg. Er klammerte sich an den Steinsitz und verfluchte den Yendri ununterbrochen. Der beobachtete ihn ungerührt, stellte am Ende der Stunde das Wasser ab und kam, um Schmied herauszulassen.

Schmied hatte vor, ihn in dem Moment zu erdrosseln, in dem er ihn erreichen konnte, brach aber über ihm zusammen. Er ließ sich von dem Yendri stützen und durch die Halle zu einem Raum mit einem Schwimmbecken mit lauwarmem Wasser zurückführen. Der Yendri kippte ihn hinein und hieß ihn schwimmen. Schmied entschied sich zu ertrinken, entdeckte aber zu seiner Überraschung, dass seine Kraft zurückkehrte und mit ihr ein außergewöhnliches Wohlgefühl. Nachdem er eine Weile gebadet hatte, kamen zwei massige Bademeister, um ihn herauszuziehen, ihm kalte Handtücher überzuwerfen und ihn jede Menge Wasser trinken zu lassen.

Schließlich führten sie ihn in eine Massagekammer, wo er eingeseift, abgewaschen, eingeölt und geknetet wurde. Dann legten sie ihm frische Bandagen an.

Zu dem Zeitpunkt fühlte Schmied sich glänzend und hatte nicht mehr das Bedürfnis, jemanden umzubringen. Das machte die Ereignisse der nächsten Augenblicke umso folgenschwerer.

Nachdem die Diener mit ihm fertig waren, bedeuteten sie ihm, sich wieder anzuziehen. Er schwebte zum Umkleideraum, scheinbar zehn Jahre jünger, als er gewesen war, als er ihn verlassen hatte.

Ein kräftiger Mann in sehr feiner Kleidung zog sich darin aus, und drei weitere Männer warteten ihm auf, nahmen ein Kleidungsstück nach dem anderen entgegen und falteten es mit großer Sorgfalt. Schmied nickte ihnen im Vorbeigehen zu und ging zu seinem Regal. Ihm fiel erst auf, dass er einen der Männer kannte, als seine Hand auf seiner Kleidung lag. Offensichtlich fiel es dem anderen Mann im selben Augenblick auf.

Schmied hörte den geflüsterten Ausruf und griff verzweifelt in seinen rechten Stiefel. Er wandte sich mit einem Messer in der Hand gerade rechtzeitig um, um zu sehen, dass der andere Mann sich ihm näherte, während er eine Klinge zog, die fünfundzwanzig Zentimeter lang war.

„Das ist für meine Vettern, du Tier", knurrte der Mann, als er zum Schlag gegen Schmied ausholte. Ehe er ihn aber ausführen konnte, handelte Schmied ohne nachzudenken und warf sein Messerchen.

Handeln ohne nachzudenken war etwas, das er für gewöhnlich in Situationen wie der, in der er sich gerade befand, tat. Die Einzelheiten mochten verschieden sein, das Ergebnis war immer dasselbe: eine Leiche zu seinen Füßen und jede Menge Ärger.

Er sah auf den Körper hinab, dem sein Messergriff aus der linken Augenhöhle ragte, und dann zu den anderen drei Männern. War das sein Puls, der von den gefliesten Wänden widerhallte? Der Kampf hatte in fast völliger Stille stattgefunden.

„Tut mir leid", schnaufte er. „Ich bin tot, oder?"

Der Dicke nickte, als er ihn mit mildem Erstaunen fixierte. „Aber gute Arbeit“, sagte er. „Fechter war einer meiner besten.“ Er machte eine Geste, und seine verbliebenen Vasallen ergriffen Schmied und zwangen ihn auf die Knie. Er wandte sich um und zog eine Klinge aus seiner Gewandung. Schmied entdeckte eine Tätowierung auf seinem bloßen Rücken.

„Ihr seid ein Blutfeuer“, stotterte er. „Ihr seid nicht zufällig Fürst Kashban Schlagblech?“

„Der bin ich“, antwortete der Fürst, während er sich mit einer gebogenen Ritualklinge zu Schmied umdrehte.

„Ich habe etwas für Euch!“

„Ich hingegen werde in einer Minute etwas von Euch haben.“ Fürst Kashban griff ihn beim Schopf.

„Nein! Hört mir zu“, rief Schmied und erklärte eilig, was mit Parradan Schmied geschehen war.

„Das ist sein Behälter da im Regal“, sagte er und neigte seinen Kopf mit einigen Schwierigkeiten in die Richtung. „Ich habe versprochen, ihn Euch zu bringen. Er hat gesagt, Ihr zahlt gut. Ich war auf dem Weg zu Euch, das schwöre ich.“

Der Fürst hielt inne und wirkte nachdenklich. Er nahm den Behälter vom Regal und öffnete ihn. Fürst Zinndochts Kelch glänzte ihn an. Er nahm ihn hoch, prüfte ihn, überprüfte die Inschrift am Fuß.

„Was habt Ihr mit Parradans Leichnam gemacht?“, fragte er.

„Er liegt in einem Steinhügelgrab auf der Nordseite der Straße von Troon, etwa eine Zweitagesreise von dem Roten Haus, das dort liegt“, sagte Schmied.

„In Ordnung“, sagte Kashban. Er sah zu Schmied hinunter und musterte ihn genau. „Ihr habt eine Zeit lang in Chadravac gearbeitet, nicht? Wart Ihr nicht ein Kehlschneider?“

„Nicht ganz“, sagte Schmied elendiglich. „Ich war eine Art Ratgeber für sie. Ein Experte.“

„Ja, das wart Ihr", stimmte der Fürst zu, und Ehrfurcht stahl sich in sein Gesicht, auch wenn seine Stimme gelassen und ruhig blieb. „Künstler wohl eher. Bei den neun Höllen! Niemand hat Euch je kommen sehen. Sie behaupteten, Ihr könntet aus einem geschlossenen Raum verschwinden. Was macht Ihr, flieht Ihr vor jemandem?"

„Ich wollte es nicht mehr tun", erklärte Schmied. „Nur weil ein Mann gut in etwas ist, heißt das nicht, dass er Spaß daran hat."

Fürst Kashban schüttelte den Kopf. „Unbegreiflich. Also gut; Parradan sagte, ich würde Euch auszahlen, also werde ich das. Ihr habt Euer Leben. Lasst ihn los", sagte er seinen Männern, die Schmieds Arme sofort fallenließen.

„Ehre Eurem Haus", sagte Schmied, als er schwankend auf die Füße kam. Er nahm seine Gewandung und zog sie an.

„Was machen wir mit Fechter, mein Fürst?", wollte einer der Männer wissen.

„Was machen wir mit Fechter?" Fürst Kashban zog an seiner Lippe. „Gute Frage. Ich habe einen guten Mann verloren. Also gut, wickelt ein Handtuch um seinen Kopf und stützt ihn zur Sänfte. Sagt dem Grünie, er sei krank. Wir werden ihm heute Abend ein hübsches Begräbnis im Garten zuteil werden lassen. Ihr." Er sah zu Schmied. „Habt Ihr schon genug vom Ruhestand? Seid es Leid, heruntergekommen auszusehen? Es schmerzt mich, einen Mann mit Euren Begabungen in der Gosse zu sehen. Ihr könntet für mich arbeiten."

„Ihr ehrt mich ungemein, mein Fürst", sagte Schmied hoffnungslos. „Aber ich habe ein paar andere Probleme, um die ich mich kümmern muss, und ..."

„Verständlich", sagte Fürst Kashban mit wegwerfender Handbewegung. „Ihr müsst Euch nicht sofort entscheiden. Aber denkt darüber nach, verstanden, und kommt zu mir, wenn Ihr bereit seid. Ihr wisst, wo ich lebe. Hier", sagte er und wandte sich zu seinen Männern, die Fechters Leiche zwischen sich trugen und sich darauf vorbereiteten, sie rauszutragen. Er ließ den Kasten mit Fürst Zinndochts Kelch auf Fechters Brust fallen. „Bringt den auch heim und schließt ihn ein. Ich werde zur Behandlung gehen."

Schmied zog hastig seinen Mantel an und ging als erster. Er eilte durch den äußeren Raum, die beiden, die den Toten trugen, dicht hinter sich, und der Yendri drehte sich um und sah zu ihnen. Seine Augen weiteten sich, aber er gab keinen Ton von sich; er schüttelte nur traurig den Kopf, als sie auf die Straße traten.

Da er nicht zusehen wollte, wie sie die Leiche in Fürst Kashbans Sänfte verstauten, verschwand Schmied in der Menge und brachte eine gewisse Entfernung zwischen sich und das Badehaus. Es wurde dunkel, jene blaue Stunde des Zwielichts, die er immer beruhigend fand, und gelbliche Lampen wurden in jeder Straße und an der Strandpromenade entlang angezündet. Er fand darin jetzt allerdings nur wenig Trost.

Er verabscheute den Gedanken, Fürst Kashbans Angebot annehmen zu müssen, aber es war die Antwort auf seine missliche Lage. Er könnte aufhören davonzulaufen, er wäre vor dem Gesetz geschützt. Er hätte Zahlungsmittel. Mehr als genug, um Frau Schmied und die anderen für den Verlust ihrer Broterwerbe zu entschädigen. Alles, was er tun musste, war, Leute umzubringen, auch wenn er sich geschworen hatte, so nie wieder seinen Lebensunterhalt zu verdienen.

Nicht, dass ein gesellschaftliches Stigma mit dem beruflichen Töten verbunden gewesen wäre, zumindest unter den Kindern der Sonne. Tötung im Namen einer Blutfehde war ehrenhaft, und Mord im Dienste des eigenen Fürsten, dem man die Treue geschworen hatte, war ein sicherer Weg für eine kluge, junge Person, aufzusteigen. Andere Völker hatten Probleme, diese kulturelle Tradition zu verstehen, obwohl ein verdrossener Yendriphilosoph einmal die Meinung geäußert hatte, dass es, da die Kinder der Sonne unfähig schienen, irgendeine Art der Geburtenkontrolle anzuwenden, vielleicht das Beste wäre, sie ihr Bedürfnis ausleben zu lassen, sich gegenseitig abzuschlachten, sozusagen als ein Mittel, ihre Bevölkerungszahlen überschaubar zu halten.

Schmied respektierte die Tradition genauso wie jeder andere auch. Er mochte es nur nicht zu töten.

Aber es war, worin er am besten war, und er sah keine andere Möglichkeit.

Von einem Nachtmahl mit Dämonen abgesehen.

Er hatte beinahe den Fuß des Hügels erreicht und war in der Nähe der großen Hotels und der anmutigen Privathäuser mit Blick auf das Meer. Kalte Wellen schlugen gegen den leeren Strand, aber an der Glänzenden Meile hätte es Sommer sein können, so viele Lichter waren an, so viele gut gekleidete Menschen waren draußen und lustwandelten auf der Strandpromenade oder wurden in offenen Sänften von einem schicken Ort zum nächsten getragen.

Schmied eilte zwischen ihnen hindurch, den Kragen seines abgetragenen Gewandes aufgestellt und auf der Suche nach dem Heilbad. Es war leicht zu finden: Es war mehrere Häuserblocks lang. Alles war im großen Stil gehalten, mit viel weißem Marmor und hoch aufragenden Obelisken und Kuppeln. Die Haupteingangshalle erleuchteten fassgroße Laternen, hell genug, um Schiffen hoch auf See zu leuchten, und Schmied fühlte sich schrecklich auffällig, als er aus der Nacht hinein huschte. Der Mann am Empfang starrte ihn kritisch an.

Zum Glück erwartete man ihn, und so führte ihn der Bedienstete durch den duftenden Garten zur prachtvollsten Suite im Gebäude. Sie sah von außen wie ein Tempel aus. Sie sah auch von innen wie ein Tempel aus, wie Schmied feststellen durfte.

„Es ist unser alter Freund, der Karawanenführer, Ammchen", jaulte Fürst Ermenwyr erfreut, als er die riesigen Türen weit aufriss. Der Angestellte erblasste und floh in die Nacht. Fürst Ermenwyr war splitternackt, abgesehen von einem flatternden Schlafrock aus violettem Brokat und was eine Frauenunterhose zu sein schien auf seinem Kopf. Seine Rauchröhre steckte in einem wilden Grinsen, und seine Pupillen waren winzig. Hinter ihm versuchte eine Prostituierte, unauffällig zu verschwinden, offensichtlich nicht glücklich darüber, ein bestimmtes Teil ihrer Kleidung nicht zu haben.

„Willkommen!" Der junge Fürst warf seine Arme um Schmied. „Meine Güte, Ihr riecht viel besser. Kommt rein, es ist angerichtet, wisst Ihr das nicht? Jede Menge reizender Exzesse. Was?", blaffte er das Mädchen an, das schüchtern an seinem Ellbogen gezogen hatte. „Oh, du bist so gar nicht phantasiereich."

Er riss sich die Unterhose herunter und gab sie ihr, wandte sich dann gelassen um, nahm Schmieds Arm in seinen und zog ihn aus dem Gang. „Seht Euch das an", sagte er, als er mit einer Hand zur gewölbten Decke und dem Bild mit den flatternden Engelchen wies. „Ziemlich protzig nach all den Nächten in der erbärmlichen Wildnis, nicht? Natürlich würde ein Yendri seine heuchlerischen Lippen kräuseln und sagen, dass die herrliche Grenzenlosigkeit der Sterne ein viel besseres Gewölbe für die Erholung ist, aber wisst Ihr, was ich dazu sage?" Er prustete verächtlich und feucht. „Oh, ich liebe, liebe, liebe dekadenten Überfluss! Seht!"

Er ließ Schmieds Arm los, rannte zum riesigen, überdachten Bett und warf sich auf die Mitte der roten Tagesdecke, wo er auf und ab hopste. Die Überdachung war gute viereinhalb Meter über ihm und wurde von einer vergoldeten Kreuzblume gehalten, sodass er nicht Gefahr lief, dagegen zu springen.

„Ich – verachte – die – Natur“, schnaufte er. „Juchhuu!“

„Herr, habt Ihr das arme Kind bezahlt?“ Balnshik kam in den Raum, in eine sittsam geschlossene weißliche Robe gekleidet. „Ihr habt die Tür offen gelassen, Schatz. Hallo, Schmied.“ Sie drehte sich um, nahm seinen Kopf in die Hände und gab ihm einen Kuss, der seine Knie weich werden ließ. „Stört Euch nicht an ihm. Er ist überdreht. Ihr habt ihm nicht mal etwas zu trinken angeboten, oder, Ihr kleine Bestie?“

„Huch! Wo hab ich nur meinen Kopf?“ Ermenwyr stieg vom Bett und raste in den nächsten Raum, aus dem er nur einen Augenblick später mit einer Flasche und einem Glas zurückkam. „Da, Schmied. Der kostet furchtbar viel Geld. Ihr werdet ihn mögen.“ Er goss das Glas voll und bot es Schmied mit einer tiefen Verneigung an.

„Danke“, sagte Schmied. Hinter sich hörte er, wie Balnshik die große Tür zuschlug und verriegelte und merkte, dass es viel zu spät war, um wegzurennen. „Was soll’s“, dachte er und probierte den Wein. Er schäumte und schmeckte wie die Sterne. Fürst Ermenwyr trank aus der Flasche.

„Mm, gut. Kommt, lasst uns essen“, sagte er und zog Schmied in den nächsten Raum.

„Oh“, sagte Schmied und ging widerstrebend vorwärts. Er hatte seit Stunden nichts gegessen und war sich dessen beim Anblick des Festbanketts auf dem Tisch plötzlich bewusst. Es gab ein paar riesige Rostbraten, ein Huhn, Austern, einen ganzen gebackenen Fisch in Weinsoße, verschiedene abgedeckte Terrinen, warmes Brot und Butter in verschiedenen Farben, noch mehr Flaschen, eine Pyramide reifen Obstes und eine andere aus süßen Brötchen und Meringen sowie einen großen Kuchen, der in einer Likörlache ruhte. Wie bei Festgelagen üblich, war nahezu alles mit kandierten Kumquats und Kirschen verziert.

„Zimmerservice“, sagte Fürst Ermenwyr verträumt, als er den Deckel einer Terrine hob. „Schneeeier! Meine Lieblingsspeise.

Haltet Euch nicht mit Tischsitten auf, Schmied.“ Er steckte den Kopf in die Terrine, nur um von Balnshik am Kragen wieder herausgezerrt zu werden.

„Setzt Euch und nehmt ein Mundtuch, Herr“, befahl sie. „Seht Euch nur an, Ihr habt Meringe im Bart. Einfach ekelhaft. Bitte, setzt Euch, lieber Schmied, und beachtet seine Durchlaucht nicht. Ich werde Euch bedienen.“

Das tat sie, schnitt das Fleisch und stellte einen Teller vom Besten von allem für Schmied zusammen, die besten Stücke, das beste Obst, und ignorierte Ermenwyr, der freudestrahlend Vanillesoße aus der Schüssel trank. Dann belud sie sich selbst einen Teller, füllte Schmieds Weinglas und ihr eigenes und setzte sich ihm gegenüber, als wären sie allein.

„Ihr seid dem Rat des Mediziners gefolgt, wie ich sehe, und wurdet entgiftet“, sagte Balnshik, als sie ihre Serviette ausschüttelte. „Eine gute Idee. Das Gift an diesen Dornen ist grässlich, ganz wie seine Erfinder. Tückisch. Lauernd. Es kann im Fleisch ruhen, selbst wenn man ein Gegengift nimmt, und später plötzlich ins Blut übergehen.“

„Also – entschuldigt die Frage, aber – Ihr seid also wirklich eine Pflegerin“, sagte Schmied, der versuchte, nicht mit vollem Mund zu sprechen.

„Ich weiß eine Menge über den Tod“, gab sie zu. „Das hilft, seht Ihr.“

„He! Er kann mich nicht einfach ignorieren“, beschwerte sich Ermenwyr verspätet, als er seinen tropfenden Bart aus der Schüssel hob. „Er ist mein Gast.“

„Es sollte andersherum sein, Schatz“, teilte Balnshik ihm mit. „Ihr solltet ihn beachten.“

„Oh. Wie ist das Essen, Schmied?“

„Delikat, danke“, sagte Schmied ernst.

„Ihr solltet sehen, was wir für das Gelage danach haben." Fürst Ermenwyr lachte. „Vorzüglichen Salesher blassrosa Knöterich. Was für ein Spaß!" Er steckte den Kopf wieder in die Schüssel.

„Ich muss mich für das Verhalten seiner Durchlaucht entschuldigen", sagte Balnshik. „Es ist eine Reaktion. Die Reise war für ihn ziemlich beschwerlich."

„Ich schätze, wir haben Glück, dass wir noch am Leben sind", sagte Schmied. „Haben diese Leute zuvor schon mal versucht, ihn zu erwischen?"

„Mm." Sie nickte und nippte an ihrem Wein. „Aber selten so nachdrücklich. Sein Vater hatte keine Ahnung, dass sie die Dreistigkeit besitzen würden, es so nahe an seinem eigenen Haus zu versuchen. Es wird höchstwahrscheinlich recht schreckliche Vergeltungsmaßnahmen geben. Was auch immer mein Herr sagen mag, sein Vater liebt ihn."

„Sind die anderen Nachkommen auch so?"

„Zum Glück nicht." Balnshik wirkte amüsiert. „Mein Herr ist einmalig."

Fürst Ermenwyr fiel krachend vom Stuhl.

„Entschuldigt mich einen Augenblick, ja?", bat Balnshik, als sie aufstand und ein Kissen nahm, das sie seiner Durchlaucht unter den Kopf schob, wo er bewusstlos lag. Sie nahm ihm die Schüssel aus der Hand und stellte sie auf den Tisch.

„Ist alles in Ordnung?", fragte Schmied bestürzt.

„Es ist nur der Zucker, der mit den Rauschgiften reagiert. Er wird eine halbe Stunde schlafen, dann wird er wieder auf sein und herumhüpfen", sagte Balnshik gelassen, setzte sich wieder hin und nahm ein Stück Knochen, an dem sie mit beunruhigender Tüchtigkeit nagte. Schmied bemerkte, dass auf ihrem Teller nur Fleisch lag, blutiges noch dazu.

„Äh … ohne unhöflich sein zu wollen, aber … wenn er so jung ist und so krank, warum hat man ihn da überhaupt nach

Troon geschickt?", fragte Schmied. „Sollte er nicht daheim bleiben?"

Balnshik rollte mit den Augen.

„Ein Streich geriet außer Kontrolle. Einer seiner Brüder und mehrere seiner Schwestern versuchten, ihn umzubringen. Nicht sehr, wisst Ihr, aber genug, um furchtbare Kämpfe in der Halle der Dienstboten hervorzurufen. Wenn man einen Eid geleistet hat, jeden niederzumetzeln, der einen der Abkömmlinge des Herrn Vaters angreift, und dann die kleinen Vaterskinder sich gegenseitig angreifen – nun, was soll man machen? Es stürzt die Semantik des eigenen Geas-Eides ins Chaos. Äußerst taktlos von ihnen, und ihre Mutter" – Balnshik verbeugte sich unwillkürlich – „hat ihnen das auch gesagt. Wir alle waren sehr dankbar.

„Jedenfalls dachte sein Vater, die Belastung einer diplomatischen Mission würde ihm gut tun. Mein Herr hat seine Aufgabe auch gut gemeistert, aber nachdem er sie erledigt hatte, wurde ihm langweilig." Sie blickte mit zärtlicher Geringschätzung zu ihm hinüber. „Er bekam Probleme, dann wurde er krank. Aber da ihm noch nicht erlaubt war, nach Hause zurückzukehren, wurde er hierher geschickt."

Schmied fühlte Mitgefühl für den jungen Fürsten in sich aufsteigen. „Es ist die Hölle, wenn man nicht heim kann. Sie sollten es sich noch mal überlegen."

„Das wird sich alles wieder legen." Balnshik zuckte die Achseln. „Er liebt Salesh-an-der-See. Es gibt so vieles, was man hier tun kann."

„Gut", sagte Schmied. „Aber sollte er wirklich so viel zu trinken, Drogen und Sex haben, wie er will? Vielleicht ist sein Problem nur, dass er verhätschelt ist."

„Das und dass er mehrfach von den Toten zurückgeholt wurde", entgegnete Balnshik. „Ihr habt keine Ahnung, wie schwierig es dadurch ist, einem Kind die richtigen Werte zu vermitteln."

Sie aßen eine Weile stumm. Trotz seiner unglaublichen Größe war der Speisesaal warm, und Balnshiks Robe verbarg nicht viel von ihren Brüsten, wenn sie sich vorbeugte. Als sein anderer Appetit befriedigt war, sann Schmied über Fleischeslust nach.

Wenn er zu sehr darüber nachdachte, wer und was sie war, fing sein Hirn an zu brabbeln und hieß ihn austrinken, ihr danken und so schnell wie möglich gehen. Er entdeckte, dass er seinen Intellekt ignorieren konnte, wenn er ihr in die Augen sah und sie sein Weinglas nachfüllen ließ. Nach dem dritten Glas hatte sein Verstand aufgehört zu brabbeln und lag in verschwiegener Benommenheit in seinem Schädel, was ihm ganz recht war.

„Mmm." Balnshik schob ihren Teller zurück, streckte sich ausgiebig und stand auf, während sie zu Schmied herablächelte. „Ich meine, mich zu entsinnen, Euch ein Versprechen gegeben zu haben, Karawanenführer. Wollen wir uns ins Nebenzimmer zurückziehen? Ich würde gerne sehen, ob Ihr auch ein Könner in anderen Aufgaben seid."

„Stimmt ja, die Orgie!", rief Fürst Ermenwyr, der sich plötzlich aufsetzte. Er kam auf die Füße und schwankte ins angrenzende Zimmer. Balnshik und Schmied folgten ihm. Schmied hielt inne und stierte.

Dies war der private Gesundheitstempel, der in jeder Suite bereitstand, wie die Broschüren des Heilbades versprachen. Es war ein länglicher Raum mit Kuppeldecke aus Glas, durch die die Sterne aus der Ferne leuchteten. Weitere weiße Marmorsäulen hielten die Kuppel, und zwischen ihnen standen große Buntglasfenster, geheimnisvoll und undurchsichtig, es sei denn, jemand ging im Garten dahinter mit einer Laterne vorbei. In der Mitte schimmerte sanft ein ultramarinblaues Becken, dem feine, schwefelige Dämpfe entstiegen.

Um dem Geruch entgegenzuwirken, hingen Weihrauchfässer von den Laternen und ließen lange, blaue Fäden parfümierten Rauchs aufsteigen. Der ganze Dampf und die Süße ließen es unwahrscheinlich erscheinen, dass jemand die Übungsgeräte benutzen würde, die man pflichtbewusst am entfernten Rand des Beckens aufgestellt hatte. Auf der ihnen näheren Seite, dem flachen Ende, lagen seidene Kissen gestapelt, und eine Wasserpfeife stand daneben.

„Juchheisa trala!“ Fürst Ermenwyr wand sich aus seiner Robe und sprang ins Becken. „Mach die Blubberpfeife an, teuerstes Ammchen.“

„Mach sie selbst an“, befahl Balnshik, wandte sich mit einem Ausdruck strahlender Zärtlichkeit an Schmied und öffnete sein Hemd. „Ich habe eine Belohnung zu vergeben, Ihr undankbarer, kleiner Trunkenbold.“

„Das hast du ganz sicher“, entgegnete Fürst Ermenwyr anzüglich grinsend, beugte sich aus dem Wasser und entzündete die Pfeife mit einem weiteren blauen Feuerball.

Schmied war sich schwer seiner vielen Schnittwunden bewusst, aber nachdem Balnshik ihr Gewand abgelegt hatte, vergaß er seinen eigenen Körper völlig. Sie gesellten sich zu Fürst Ermenwyr im Becken und teilten mit ihm die Wasserpfeife. Danach wurden die Dinge etwas verwirrend, aber recht angenehm, wenn man nicht leicht zu erschrecken war.

Fürst Ermenwyr wurde schnell berauscht und lief Gefahr zu ertrinken, weigerte sich aber, vom Becken auf die Seidenkissen zu wechseln. Stattdessen rief er eine Beschwörungsformel, und aus dem sich plötzlich trübenden Wasser erschien eine Schwimmblase von der seltsamen Art, die man üblicherweise Kindern zur Verfügung stellte. Aber statt ein Schwan oder Seepferd zu sein, war es eine Nixe mit riesigen, pneumatischen Brüsten. Er enterte ihre Arme, dümpelte eine Weile vor sich hin und machte flegelhafte Bemerkungen, ehe er ohnmächtig wurde. Nur der nabelschnurähnliche Schlauch der Wasserpfeife, den er fest in der Faust hielt, band ihn an ihre Seite.

„Also dann, mein allerliebster Schmied", wisperte Balnshik, als sie mit ihm zum fernen Ende des Beckens glitt. Sie legte die Arme um ihn, küsste ihn, und sie sanken in einer langen Umarmung zum Beckenboden. Schmied hätte auf der Stelle freudig ertrinken können, aber sie trug ihn wieder an die Oberfläche und lehnte ihn an den Beckenrand.

„Lehnt Euch an, Liebling, lasst Eure Arme dort", riet sie ihm. Sie küsste seinen Hals, sie küsste seine Brust, sie küsste sich ihren Weg zur Wasseroberfläche. Dann tauchte sie.

Glücklich stöhnend lehnte er den Kopf zurück und schloss die Augen. Zusätzlich zu ihren anderen Begabungen war Balnshik augenscheinlich in der Lage, unter Wasser zu atmen.

Allerdings offenbar nicht, unter Wasser zu hören, weshalb Schmied der einzige war, der den Kampf hinter dem nächsten Buntglasfenster bemerkte.

Er löste seine Aufmerksamkeit äußerst widerwillig von den süßen Freuden und öffnete die Augen. Ja. Selbst angeheitert wie er war konnte er noch erkennen, dass da draußen unmissverständlich gekämpft wurde. Schwert schlug gegen Schwert, das Schlurfen von Schuhen, ein unterdrückter Fluch. Er starrte zu den Sternen an der Decke und fragte sich, ob er eingreifen sollte, als die Frage sich selbst beantwortete.

Etwas verdeckte die Sterne, und dann brach die Glaskuppel nach innen ein, als zwei verhüllte Gestalten wie Spinnen an Seilen hindurch fielen. Ehe Schmied reagieren konnte, brach etwas anderes durch das Fenster hinter ihm und sandte blaues, grünes und violettes Glas in alle Richtungen. Schmied schluckte, denn ihm wurde bewusst, dass er keine Waffen bei sich hatte.

Aber es schien, als brauche er keine.

Das Wasser trübte sich erneut, und etwas kam donnernd an die Oberfläche. Es war keine Spielzeugmeerjungfrau. Es war riesengroß, schlangenartig, geschuppt, sich windend, monströs und von der Farbe einer Gewitterwolke. Seine Schneidezähne waren dreißig Zentimeter lang. Es brummte die Männer an, die durch die Decke gekommen waren, und betrachtete sie mit Augen, die wie Kohlen glühten. Sie schrien.

Schmied schwamm um sein Leben zum flachen Ende des Beckens, wo Fürst Ermenwyr noch immer bewusstlos auf dem Wasser trieb.

„Los! Los! Raus!", rief er zusammenhangslos und griff das erste, was er zu fassen bekam, den Bart des jungen Fürsten. Er löste sich in seiner Hand, locker geworden von seiner langen Versenkung in Vanillesoße und Badewasser. Er stand da und starrte dümmlich darauf. Fürst Ermenwyr öffnete empört die Augen. Dann blickte er über Schmieds Schulter, sah, was geschah, und sein kleines, nacktes Schelmengesicht zeigte Schrecken.

„Ihr tragt einen falschen Bart", sagte Schmied verdutzt.

„Es ist ein Gesichtstoupet", versetzte Fürst Ermenwyr wütend und rollte zur Seite, als hinter ihnen etwas durch die Luft zischte. Es schlug in eine Brust der Nixe, aus der die Luft zu entweichen begann. Schmied sah nach unten und erblickte einen gefiederten Pfeil.

Er wandte sich um und sah Ronrishim Blühendes Ried, der für einen weiteren Schuss Luft holte. Ein Verletzter schleppte sich über den Beckenrand hinter Blühendes Ried her und stach nach dem Knöchel des Yendris.

Schmied reagierte, ohne zu denken. Er hatte einen falschen Bart statt eines Messers in der Hand, also war die Wirkung nicht so dramatisch wie sonst, aber trotz allem ausreichend. Die nasse Masse klatschte mit solcher Kraft in Blühendes Rieds Gesicht, dass sie ihm das kleine Blasrohr in die Kehle schob. Er würgte und fiel um. Der Mann auf dem Beckenrand griff nach ihm, zog ihn zu sich und jagte ihm das Messer mehrfach in den Körper. Eine Welle brach über den Beckenrand und verbarg die Männer unter blutigem Schaum. Schmied versuchte, nicht zu sehen, was am tiefen Ende des Beckens geschah.

Fürst Ermenwyr war wasserspritzend herausgekommen und rannte zum Speisesaal, und Schmied lief ihm hinterher. Er schaffte es gerade noch hindurchzukommen, ehe die Doppeltür zuschlugen. Fürst Ermenwyr lehnte dagegen und rang um Atem.

„Es ist besser, Balnshik allein zu lassen, wenn sie arbeitet", sagte er.

„Wie alt seid Ihr? Zehn?", fragte Schmied. Fürst Ermenwyr sah ihn nur empört an.

Nach einer Weile hörte der schreckliche Lärm auf, und sie öffneten die Tür weit genug, um zu sehen, wie Balnshik den Verwundeten hochhob. Es gab kein Anzeichen von Blühendes Ried oder den anderen Eindringlingen.

„Verbandszeug, jetzt", keuchte sie, und Schmied schnappte sich Servietten vom Tisch. Sie trug Herrn Amook (denn er war es) in den Schlafraum und verband seine Seite. Fürst Ermenwyr stand daneben und rang die Hände.

„Bitte, sterbt nicht", flehte er Herrn Amook an. „Ich kann Euch nicht zurückholen, wenn Ihr krepiert!"

Amook versuchte, etwas Beruhigendes zu sagen, aber verlor stattdessen das Bewusstsein.

Es erschallten donnerndes Hämmern und Rufe von der Vordertür. Fürst Ermenwyr jaulte auf und rannte, um sich einen frischen Bart anzukleben. Schmied, der dabei war, seine Hose anzuziehen, stolperte in die Halle und traf dort auf den Mann vom Empfang und einige Soldaten der Stadtwache.

„Wird auch Zeit, dass Ihr kommt", improvisierte er. „Wir haben gerade die Einbrecher verjagt. Was ist das nur für ein Hotel?"

Nachdem man sich übermäßig entschuldigt und Berichte zum Tathergang verfasst, Fürst Ermenwyrs Gepäck in eine andere Suite gebracht und nach einem Yendriarzt in der Ankerstraße geschickt hatte, der sich Herrn Amook ansehen sollte, saßen Schmied, Balnshik und Lord Ermenwyr um einen kleinen Tisch, unterschiedlich verkatert und erschöpft.

„Ihr versprecht, dass Ihr niemandem etwas von dem Bart erzählt?“, fragte Fürst Ermenwyr zum zehnten Mal.

„Ich schwöre es bei allen Göttern“, wiederholte Schmied entkräftet.

„Er wird mir sehr bald wachsen, wisst Ihr, und er wird genauso beeindruckend wie Papas“, versicherte ihm Fürst Ermenwyr. „Ihr habt Vaters Bart natürlich noch nicht gesehen, aber – jedenfalls, was ist ein Magier ohne Bart? Wer würde mich noch akzeptieren?“

„Verdammt soll ich sein, wenn ich das weiß.“

„Zum Glück ist es unwahrscheinlich, dass die Augenzeugen es verraten. Dieser schreckliche Blühendes Ried ist endlich tot, und was für ein Trost das ist, und die anderen beiden haben mich vermutlich gar nicht gesehen, und selbst wenn, sie sind sowieso tot. Du bist sicher, dass sie tot sind, Ammchen?“

„Oh ja.“ Sie schloss die Augen und lächelte glücklich. „Ziemlich tot.“

„Dann bleibt nur noch Ihr, Karawanenführer, und Ihr sagt einfach nichts.“

„M-hm.“

„Ihr werdet es nicht bereuen. Versprochen. Gibt es irgendetwas, das Ihr schon immer wolltet und nie hattet? Persönliche Probleme, bei denen man helfen könnte? Ihr hättet viel früher etwas von euren ‚speziellen Talenten‘ berichten können! Vater braucht immer fähige Assassinen, er würde Euch sofort einstellen", plapperte Fürst Ermenwyr, dessen Verstand wie eine Ratte in der Falle raste.

Schmieds Geist allerdings erwachte jäh mit gelassener Unerschütterlichkeit.

„Tatsächlich", sagte er, „gibt es etwas, wobei Ihr mir helfen könntet. Ich brauche viel Geld und einen guten Anwalt, um mich vor der Transportbehörde zu verteidigen."

Fürst Ermenwyr jubelte und hüpfte in seinem Stuhl. „Ist das alles? Vater gehört die Transportbehörde! Es gibt mehr Möglichkeiten, Geld mit Karawanen zu verdienen, als sie auszurauben, wisst Ihr, selbst wenn man gezwungen ist, sich ans Gesetz zu halten. Vorwiegend jedenfalls. Nennt die Anklage, und sie wird fallengelassen."

„Es ist schwieriger als das", sagte Schmied. Er machte es sich in seinem Stuhl bequem und erzählte ihnen die lange Geschichte, was vorgefallen war, nachdem sie sich von ihm am Karawanenbahnhof verabschiedet hatten.

„Abendbrot auf der Terrasse mit einem ausgezeichneten Blick aufs Meer", sagte Frau Schmied grüblerisch, während sie mit einer Hand in Richtung einer nackten Zementfläche winkte. Sie zog an ihrer Rauchröhre und atmete aus. „Wir werden es entzückend schmücken und ein Gitterwerk mit Trompetenblumen aufstellen, um es anmutig zu gestalten. Tafeln und gestreifte Sonnenschirme." Sie wandte sich um und betrachtete das alte Backsteingebäude hinter ihnen. „Natürlich wird es einen Speisesaal drinnen geben, für Tage, an denen das Wetter schlecht ist, mit passend nautischer Dekoration."

„Seid Ihr sicher, dass Ihr dieses Grundstück wollt?", fragte Fürst Ermenwyr. Hinter ihm schritten die Schlüsselmänner planvoll die Raumgrößen ab.

Hellbrenn steckte ihren Kopf aus einem der oberen Fenster und rief: „Ihr solltet die Aussicht von hier sehen! Wenn wir die Löcher im Dach stopfen und ein paar Wände einbauen, wird das hier einmalig!" Sie wedelte mit einem kleinen, toten Drachen, der flach und mumifiziert war. „Seht mal, was ich in einer Ecke gefunden hab! Wir könnten ihn über die Straßentür hängen und uns *Zum Toten Drachen* nennen!"

Fürst Ermenwyr erschauerte.

„Nein, dummes Kind, es wird das *Gästehaus Seeblick*. Abendspezialität: Gebratener Aal", entschied Frau Schmied.

„Der Immobilienmakler sagte, es gäbe eine viel bessere Liegenschaft in der Windseitenallee", sagte Fürst Ermenwyr. „Gewiss wollt Ihr Euer Haus an einer etwas weniger abbröckelnden Stelle gründen?"

„Ich mag es. Es hat Potenzial", versicherte ihm Schmied.

„Manche Leute mögen die Herausforderung, Herr", sagte Balnshik zu Fürst Ermenwyr, als sie ihm einen Pelzmantel um die Schultern legte.

„Aber es ist so verrottet", sagte er besorgt.

„Ich würde sagen, es hat Charakter", sagte Frau Schmied. „Mit Charakter kommt man weit. Würdet Ihr nicht auch sagen, Herr Schmied?"

„Ja", sagte er, legte einen Arm um sie und sah zu einer unwahrscheinlichen Zukunft hinauf, die in den Wolken leuchtete. „Das würde ich sagen."

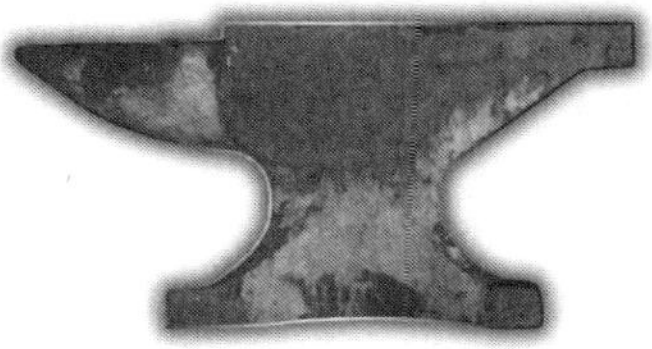

Wie schön ist Salesh, die weiße Stadt an der See, zur Festzeit!

Ihre breiten Straßen sind mit gläsernen Laternen behangen, und Banner in Purpurviolett und Karminrot wehen an ihren hohen Türmen. Die schlanke Jugend rennt in goldenen Sandalen durch ihre Gärten, pflückt wohlriechende Rosen, um ihre Blütenblätter zu verstreuen, und das Alter liegt gesättigt auf Kissen bei ihren Weinpressen und sucht mit der Zunge im Kelch des Lebens nach dem letzten Tropfen des Genusses. Dämpfe süßen Räucherwerks erheben sich aus ihren Kohlepfannen, erheben sich mit der Musik von Handrasseln, Zithern, Säulentrommeln, Leiern und Trompeten mit Messingklang. Hier kommen Liebende wie Bienen zur Wabe und wälzen sich im Honig ungezügelter Freuden, denn in der Festzeit in Salesh ist nichts verboten. Der Gott des Fleisches hebt seinen Stab in zärtlichem Segen über seine Verehrer, und süßes Vergnügen führt den fröhlichen Tanz!

So heißt es in den Broschüren, die die Festgilde verteilt. Es ist überflüssig zu sagen, dass es schwer ist, in jener Zeit des Jahres ein Hotelzimmer in Salesh zu finden.

In Erwartung der arbeitsamen Feiertage reinigte Schmied die Abflüsse des Hotels Seeblick.

Es war das erste Mal in den Monaten, seit er der Hotelinhaber war, dass er das tat. Die Kinder der Sonne neigten dazu, in den kleinen wie großen Angelegenheiten des Haushaltes vergesslich zu sein, und er war die ganze Zeit damit zufrieden gewesen, den Abfall des Seeblicks den Hauptabfluss hinab zu spülen, ohne sich je zu fragen, wo er hinfloss.

Als er allerdings eine Nachricht erhalten hatte, dass dem Seeblick seine erste Sicherheitsinspektion bevorstand und bemerkte, dass die Abflussrohre an erster Stelle auf der Liste der zu inspizierenden Dinge standen, fiel ihm ein, dass er sie sich besser vorher einmal ansehen sollte. Nachdem er die Eisenklappe vor der Hotelküche aufgestemmt hatte, stellte er erstaunt fest, dass das fassbreite Rohr darunter fast vollständig verstopft war mit festem, grünlichem Schlamm, der nicht viel mehr Platz für das Abfließende ließ als ein normaler Strohhalm.

Schmied kniete sich auf die Pflastersteine und starrte erstaunt hinab, während sein Personal wenig hilfreich herumstand und hinsah.

„Wisst Ihr, einige der Damen und Herren haben sich beschwert, dass die Wannen langsam abfließen“, sagte Tiegel. „Ich wette, das war deswegen.“

„Was mache ich jetzt?“, klagte Schmied. Er sah zu den Trägern. „Ich schätze, wir müssen ein paar Kratzer holen und es abwechselnd ausheben.“

Die Träger traten gleichzeitig einen Schritt zurück.

„Das geben unsere Trägergewerkschaftszertifikate nicht her“, sagte Tiegel. „Wir sind sowieso schon auf zehnjähriger Bewährung, weil wir aus der Schlüsselmännergewerkschaft ausgestiegen sind.“

„Wir würden ohnehin nicht mit den Schultern in das Rohr kommen“, fügte Ritzel hinzu, „und Ihr auch nicht.“

„Jemand kleines und dünnes könnte es“, fügte Balgen hinzu, und sie wandten sich um und starrten Hellbrenn an. Sie wich zurück und wirkte empört.

„Es gibt auch eine Botenläuferinnengewerkschaft“, protestierte sie, „und ich würde da auch nicht reinpassen! Ich habe jetzt Brüste, wisst Ihr, und Hüften!“

Was stimmte; ihr waren jüngst diese Körperteile gewachsen, und sie füllten ihre scharlachrote Uniform so passgenau aus, dass männliche Gäste sie anstarrten, wenn sie durch die Hotelbar raste.

„Bei den neun Höllen“, brummte Schmied und kam auf die Füße. „Ich kratze es raus, so weit ich kann. Wo ist die Schippe?“

„Worüber habt Ihr gerade geredet?“, fragte Frau Schmied Hellbrenn, als sie aus der Küche kam. Sie wischte die Hände an ihrer Schürze und sah das offene Rohr hinab. „Grundgütiger! Was für eine abscheuliche Sauerei. Kein Wunder, dass die Abflüsse träge sind.“ Sie zog eine Rauchröhre hervor und stopfte sie mit duftendem Bernsteinblatt.

„Wir müssen es säubern, ehe die Sicherheitsinspektoren kommen“, sagte Schmied, der eine Schippe gefunden hatte und sie jetzt probeweise in den Schlamm steckte. Der Schlamm, der ungefähr die Konsistenz harten Käses hatte, wehrte sich.

„Oh, so werdet Ihr das nie los“, riet Frau Schmied, als sie mit dem Feuerstein-Stahl-Gerät klickte, mit dem sie ihr Bernsteinblatt anzündete. Sie zog daran, wedelte den Rauch weg und erläuterte: „Es gibt eine fürchterlich ätzende Chemikalie, die Ihr kaufen könnt. Ihr schüttet sie nur in das Rohr, lasst sie alles auflösen und Simsalabim! werden unsere Rohre am Morgen flüsterfrisch sein. Zumindest behaupten das die Apotheker.“

„Führt das Rohr nicht ins offene Meer?“, fragte Tiegel.

„Ich habe nicht die geringste Ahnung“, sagte Frau Schmied. Sie beäugte Hellbrenn. „Du bist jung und geschickt; hüpf da rauf, Kind, und sieh nach.“

Hellbrenn erkletterte die Brüstung, hängte sich mit dem Oberkörper darüber und sah die Klippe hinab.

„Ja!“, rief sie. „Ich sehe, wo es herauskommt! Eine große Schleimspur führt geradewegs ins Meer!“

„Kein Problem also!“, sagte Schmied heiter und stellte die Schaufel zurück. „Können wir das Zeug in großen Mengen kaufen?“

Am Nachmittag hatten die Träger zehn Fässer aus Hartglas gebracht, auf denen SCHEUERBLECHS SCHÄUMENDES WUNDER stand; darunter in etwas kleineren Buchstaben war eine Bedienungsanleitung schabloniert und noch kleiner folgte einem roten Schädel mit gekreuzten Knochen die Worte: „Gift. Mit Vorsicht benutzen. Nicht in Verbindung mit Suppen, Eintöpfen oder Kasserollen verwenden.“ Schmied mixte die für besonders alte Verstopfungen empfohlene Menge zusammen und schüttete sie in den Abfluss. Er wurde sofort mit leuchtend grünem Schaum belohnt, der emporstieg, als wolle er aus dem Rohr entkommen, dann zurücksank und unheilvoll blubberte. Er stellte das geöffnete Fass neben die neun ungeöffneten neben den Werkzeugschuppen des Hotels und kehrte gut gelaunt in die Küche zurück.

„Sieht aus, als würde das Zeug wirken“, sagte er zu Frau Schmied, die damit beschäftigt war, einen kleinen, gerupften und entbeinten Vogel in die klaffende untere Körperöffnung eines größeren zu stopfen. „Was ist das?“

„Besondere Spezialität des heutigen Abends“, schnaufte sie. „Hartgekochtes Ei in einer Wachtel in einer Henne in einer Ente in einer Gans in einem Seedrachen, und das Ganze geröstet und glasiert in Fruchtsirup und serviert mit einer Brotsoße. Elend schwierig in der Herstellung, aber es wird zur Festzeit erwartet, und übrigens" – sie schob ein letztes Mal und der kleinere Vogel verschwand endlich – „man munkelt, eine Art Reporter habe für diesen Abend einen Tisch bestellt, und es zahlt sich immer aus, die Restaurantkritiker zu beeindrucken."

Schmied nickte. Das Gästehaus Seeblick war ein altes Gebäude mit unsicheren Leitungen in einem merklich unbeliebten Viertel der Stadt, aber sein Restaurant hatte eine stetig wachsende Feinschmeckerkundschaft, die das Geschäft am Leben hielt. Das war allein Frau Schmieds Begabung zu verdanken, eine Wurst oder eine Handvoll Haferflocken in ein Gericht zu verwandeln, das jedermanns Gottheiten schmecken würde, von den Feinschmeckern in einem Küstenbadeort ganz zu schweigen.

„Hellbrenn muss für mich in diesen Yendriladen rennen und mir einen Sack dieser seltsamen, kleinen, gelben Pflaumen holen, da sie in die Augenhöhlen des Drachen passen werden, nachdem er gekocht wurde, und ihn fürchterlich lebensecht erscheinen lassen", fügte Frau Schmied hinzu.

„Ich schicke sie los", sagte Schmied, der ein Stück lecker gebratenen Aals von einem Teller mauste und dann Hellbrenn suchen ging.

Er erwartete ein gewisses Maß an Wehklagen. Er hatte recht.

„Ich hasse es, ins Grünieviertel zu müssen!", heulte Hellbrenn. „Sie sehen mich immer seltsam an! Sie sind alle ein Haufen notgeiler Wilder."

„Sie werden nicht über dich herfallen", sagte Schmied. „Sie müssen einen Eid leisten, dass sie nichts dergleichen tun werden, ehe sie in unseren Städten Läden aufmachen dürfen."

„Nun, sie lauern dauernd an den Bergstraßen und vergewaltigen unsere Langstreckenbotinnen", behauptete Hellbrenn. „Im Haus für Läuferinnen in Flammenbergstadt ..."

„Kennst du irgendeine, der das schon mal passiert ist?"

„Nein, aber alle wissen ..."

„Du kannst auf dem Rückweg rennen", sagte ihr Schmied, legte ihr ein Geldstück in die Hand und schob sie gutmütig zur Hoteleingangstür.

„Warum kann nicht Schmied oder Balgen oder einer von denen gehen?" Hellbrenn ließ nicht locker.

„Weil sie zum Karawanenbahnhof gegangen sind, um Fürst Ermenwyrs Gepäck zu holen", sagte Schmied.

„Bäh", sagte Hellbrenn und rannte zur Tür hinaus.

Sie mochte auch Fürst Ermenwyr nicht besonders, trotz der Tatsache, dass er der Schirmherr des Gästehauses Seeblick war. Hellbrenns gegenwärtige Abneigung hing damit zusammen, dass Fürst Ermenwyr ihr während seiner regelmäßigen Besuche beständig Angebote von ungebührlicher Art machte, und sie hielt ihn für einen gruseligen kleinen Mann, Schirmherr oder nicht.

Schmied warf einen Blick in die Bar, um zu sehen, ob alles seinen Gang ging, machte einen kurzen Umweg durch den Innenbereich des Restaurants (so still wie ein Tempel zu dieser Stunde, erwartungsvoll gedeckt mit gefalteten Servietten und Gläsern) und schlüpfte hinter seinen Schreibtisch, um das Gästebuch durchzusehen. Das Seeblick war komplett ausgebucht, wie er für die Feiertage gehofft hatte. Sein Blick fiel auf den Namen genau unter Fürst Ermenwyrs: Sharplin Kupferschnitt.

Schmied runzelte die Stirn in der Meinung, der Name sei ihm bekannt. Eine Art Reporter? Möglicherweise der Restaurantkritiker, den Frau Schmied erwartete? Während er sich das fragte, huschte ein kleiner Schatten über den Eingang, und ein magerer, geschmackvoll gekleideter Mann folgte ihm. Hinter ihm kämpfte ein städtischer Träger mit einem gewaltigen Koffer.

Der elegante Mann bewegte sich so leise wie sein Schatten, kam direkt zur Rezeption und sagte mit sanfter Stimme: „Sharplin Kupferschnitt."

Schmied blinzelte ihm einen Augenblick zu. „Oh!“, sagte er verspätet. „Ihr habt eine Reservierung. Stimmt, hier: Zimmer 2. Es ist nur die Treppe rauf, Herr, die erste Tür links. Ihr seid hier, um Spaß auf dem Fest zu haben, nicht wahr?“

„Ich hoffe es doch“, sagte Kupferschnitt, als er sein Hauszeichen in das Buch stempelte. Er legte das Siegel in sein Schmuckkästchen zurück und musterte die Halle mit einem durchdringenden Blick. „Habt Ihr eine Läuferin?“

„Ja, Herr, wir sind ein komplett ausgestattetes Gästehaus. Wir können Eure Nachrichten in die ganze Stadt bringen lassen. Sie ist für einen Augenblick draußen, aber ich werde sie mit Freuden hinaufschicken, sobald sie wieder zurück ist, Herr“, bot Schmied an.

„Bitte, tut das“, sagte Kupferstich und zeigte seine Zähne. Er war auf der Stiege so leise wie bei allem anderen, was er tat, aber der Träger polterte und plagte sich hinter ihm und fluchte unter dem Gewicht des Koffers.

Dann folgte ein Tumult ganz anderer Art, denn durch die Eingangstür kamen zwei der größten Männer, die Schmied je gesehen hatte. Sie waren wie Steintürme gebaut. Dass sie es schafften, Seite an Seite durch die Tür zu kommen, war außergewöhnlich; es schien nötig, Zeit und Raum dafür zu krümmen. Sie mussten allerdings Seite an Seite hereinkommen, denn auf ihren breiten Schultern trugen sie den vorderen Teil einer teuer wirkenden Sänfte. In die Eingangshalle kam sie, und zwei weitere Riesen, die den hinteren Teil trugen, zogen die Köpfe ein, um folgen zu können. Ihnen folgte ein großer Yendri, der die einfache, weiße Robe eines Arztes trug. Hinter ihm kamen die Träger Tiegel, Ritzel, alter Schmied, Balgen und neuer Schmied, die alle nicht weniger als drei Koffer trugen.

„Schmied“, zischelte eine Stimme in der Sänfte. „Ist die Halle leer?“

„Im Augenblick ja“, entgegnete Schmied.

Als Antwort darauf teilten sich die Vorhänge, und Ermenwyr glitt heraus, flink wie ein Wiesel. Er richtete sich auf und sah sich misstrauisch um. Er trug schwarze Kleidung, die scharf mit der unnatürlichen Blässe seiner Haut kontrastierte. Er trug auch einen geölten Bart und einen gelockten Schnauzer, und zwischen seinen Zähnen klemmte eine Jaderauchröhre, aus der kränklich grüner Rauch aufstieg.

„Endlich sicher", murmelte er. „Hallo, Schmied; wir reisen inkognito, wie Ihr seht, ich meine, mehr noch als sonst, daher dieses ganze nacht-und-nebel-artige Verhalten. Ich nehme nicht an, dass Ihr meinen Schlüssel schon bereithaltet, Schmied?"

„Ich habe ihn hier, mein Fürst", sagte Schmied und reichte ihn über den Tresen. Fürst Ermenwyr nahm ihn und sauste zur Treppe, die Schöße seines Mantels wehten hinter ihm her. Seine Sänftenträger starrten ihm nach. Dann, nachdem sie Blicke ausgetauscht hatten, hoben sie die Sänfte hoch und gingen zur Treppe. Sie trugen sie in den Gang, mit nur wenigen Zentimetern Spielraum, wobei sie ungeschickt an ihr zogen. Der Yendri verbeugte sich verzeihungheischend vor Schmied.

„Seine Durchlaucht ist ein wenig aufgeregt", sagte er.

„Schon gut", versicherte ihm Schmied. „Sobald Ihr ihm seinen Schuss gebt, wird er sich beruhigen."

Der Yendri wirkte alarmiert. Schmied bemerkte, dass er ein recht junger Mann war, schlank, mit glattem Gesicht, und auch wenn seine Züge unzweifelhaft so scharfkantig sein würden wie die anderer seines Volkes, hatte er im Moment ein gewisses dichterisches Aussehen. Seine gestammelte Entschuldigung unterbrach ein Schrei von oben:

„Weidenspeer! Um der Hölle willen, meine Medizin!"

„Seht Ihr?", sagte Schmied. Der Yendri lief hinauf.

„Was sollte das?", fragte Frau Schmied, als sie mit einem Stirnrunzeln aus der Küche kam und ihre Hände an ihrem Kittel abwischte.

„Fürst Ermenwyr ist angekommen“, erklärte Schmied.

„Oh“, sagte sie. „Nach wem hat er geschrien?“

„Er hat einen Mediziner bei sich“, sagte Schmied.

„Statt Balnshik? Ich habe in meinem Leben noch nie einen solchen Hypochonder gesehen“, bemerkte Frau Schmied. „Denkt Ihr, der Mediziner weiß von …?“

„Das sollte er, oder?“, sagte Schmied. „Übrigens, ich glaube, Euer Restaurantkritiker ist da.“

„Ah!“ Frau Schmied schlich seitwärts hinter den Schreibtisch, um ins Register zu sehen. „Mal sehen … Kupferschnitt?“ Sie blickte mürrisch. „Nein. Der verfasst keine Restaurantkritiken. Weit davon entfernt. Er ist ...“

„Da sind wir!“, jubelte Fürst Ermenwyr und rutschte das Treppengeländer herunter. Die vier Riesen eilten ihm nach, nahmen aber die Stiege, und ihnen folgte mit etwas Abstand der Yendriarzt.

„Mein Fürst ...“, schnaufte er.

„Alle wieder vereint!“ Fürst Ermenwyr landete krachend und rutschte durch die Halle. Seine Pupillen waren stecknadelkopfgroß. „Guter, alter Schmied! Ihr habt den Abfluss gereinigt, seit ich das letzte Mal hier war, nicht wahr? Frau Schmied, wie reizend, Euch wiederzusehen! Ammchen lässt Euch grüßen, sie wäre hier, aber Mutter hatte noch ein gottverdammtes Kind“, – hier verbeugten sich die Riesen und der Yendriarzt unwillkürlich –, „und Ammchen vergöttert Säuglinge, ist von diesen schrecklichen, kleinen Dingern in ihrer Spitze und Wolle und was weiß ich besessen – ich warne alle ständig davor, dass sie eines Tages eine Krippe voller kleiner, abgenagter Knochen finden werden, aber keiner hört auf mich. Schmied! Gut, Euch zu sehen! Habe ich mich schon angemeldet?“

„Nein, Herr“, erinnerte ihn einer der Riesen mit einer erschreckend tiefen Stimme und etwas merkwürdiger Aussprache.

Schmied sah rasch zu ihm und tauschte einen Blick mit Frau Schmied.

„Wie gedankenlos von mir." Ermenwyr holte sein Siegel hervor und stempelte an fünf Stellen „Haus Eisvogel" auf die Registrierungsseite. „Ich habe noch niemanden vorgestellt, nicht wahr? Schmied, Frau Schmied, das sind meine Leibwächter: Schnitt, Quetsch, Stich und Qual. Sind das nicht einmalige Namen? Das ist mein Leibarzt." Er deutete mit einer Hand auf den Yendri. „Agliavv Weidenspeer. Ein Mann, der seine Antidepressiva kennt!"

Weidenspeer verneigte sich.

„Ja, ich weiß, er ist ein Grünie, aber er ist vollkommen vertrauenswürdig", sagte Fürst Ermenwyr in einem bühnenreifen Flüsterton. „Kenne ihn schon mein ganzes Leben. Mutter hilft immer wehrlosen Waisen, ach. Wie auch immer, ich musste ihn herbringen; er ist einer von Mutters Jüngern und ist auf einer Visionssuche oder so was, nicht wahr, Weidenspeer?"

„Das kann man so sagen, mein Fürst", sagte Weidenspeer.

„Eine Visionssuche nach Salesh zur Festzeit?", sagte Frau Schmied und musterte ihn eindringlich.

„Ja, Madame." Weidenspeer richtete sich auf und begegnete ihrem Blick. „Mein Vater, Hladderin Weidenspeer ..."

Hellbrenn betrat den Raum, ein Beutelchen in der Hand, das vermutlich gelbe Pflaumen enthielt, und als sie Fürst Ermenwyr am Schreibtisch entdeckte, versuchte sie, möglichst leise auf Zehenspitzen unbeobachtet zur Küche zu gelangen. Etwa drei Schritte weiter heftete sich ihr Blick aber auf Weidenspeer. Ihr fiel die Kinnlade herunter, aber sie gab keinen Ton von sich und bewegte sich weiter vorwärts, ihr Blick jedoch ruhte auf dem Yendri. Die Folge war, dass sie in einen Stuhl lief und krachend hinfiel.

Alle wandten sich um und starrten sie an.

„Da ist ja die kleine Hellbrenn!“, jauchzte Fürst Ermenwyr, sprang über den Diwan, landete neben ihr und zog sie auf die Füße. „Bei den Neun Höllen, dir sind ja Titten gewachsen! Wann ist das passiert?“

„Es heißt ja, Mädchen wachsen über Nacht“, erklärte Frau Schmied, als sie sich schnell zwischen sie stellte, gefolgt von Weidenspeer.

„Nicht wahr? Hellbrenn, meine liebste Läuferin, du wirst morgen zu mir kommen und mir die neuesten Nachrichten vortragen, ja?“ Ermenwyr sah sie an Schmied vorbei lüstern an. „Nichtöffentliche kleine Unterhaltung in meinem Zimmer? Ich mag den Morgenbericht bei schwarzem Tee und Gebäck. Ich frühstücke im Bett. Würde es dir nicht gefallen ...“

„Ihr Knie blutet“, stellte Weidenspeer fest.

Hellbrenn wandte zum ersten Mal ihren Blick von ihm und sah benommen auf ihr Bein. „Oh“, sagte sie. „Das tut es.“

„Also!“, rief Fürst Ermenwyr. „Ich leihe dir die Dienste meines Leibarztes, der sich darum kümmert, wie steht's damit? Ab in die Küche mit ihr, Weidenspeer, flick ihr hinreißendes Bein und stell sicher, dass das andere unversehrt ist, wenn du schon dabei bist. Sie verdient damit schließlich ihren Lebensunterhalt.“

„Das wäre wundervoll – äh – ich meine, nett“, sagte Hellbrenn.

„Sobald er fertig ist, hast du einen Kunden. Zimmer 2“, sagte Schmied.

„Gut“, sagte sie mit großen Augen, als Weidenspeer ihre Hand nahm und sie wegführte.

„Ich rede zu viel, nicht wahr?“, sagte Ermenwyr, der sich mit einem plötzlichen Stimmungswechsel umsah. „Oh Gott, ich muss mich flachlegen lassen. Ist aber nicht sicher. Schmied, können wir uns gemütlich in der Bar unterhalten? Nur Ihr, ich und die Leibwächter? Es gibt da ein paar Sächelchen, die Ihr wissen müsst.“

Frau Schmied rollte mit den Augen. Schmied brummte ein leises Gebet an seine Vorfahren, sagte aber: „Natürlich, mein Fürst.“

In dem Augenblick kam ein weiterer Gast mit gewissem Aufwand an, eine wohlhabende Dame, die ihr Festkostüm offensichtlich schon früh angezogen hatte und der blauen Körperfarbe und strategisch platzierten Pailletten nach zu urteilen als Geist des Wassers zu gehen schien. Zwei glotzende städtische Träger folgten ihr mit Koffern, die wahrscheinlich die Sachen beinhalteten, die sie nicht trug.

Schmied machte sich darauf gefasst, dass Fürst Ermenwyr einen weiteren Sofasprung veranstalten würde. Zu seiner großen Erleichterung warf der junge Fürst der Frau einen seltsam flüchtigen Blick zu und zog an Schmieds Ärmel.

„Ich gehe einfach in die Bar, wenn es Euch nicht stört“, brummte er. „Gesellt Euch zu mir, sobald Ihr Zeit habt.“

Er schlich davon, und seine Leibwächter stießen gegeneinander, als sie versuchten, ihm dichtauf zu folgen.

Schmied ging hinter seinen Schreibtisch, um den Geist des Wassers einzutragen, oder Madame Shanriana aus dem Hause Golddorn, wie sie hieß, wenn sie ihre eigene Kleidung trug. Frau Schmied blieb noch, scheinbar unwillig, schon in ihre Küche zurückzukehren.

Als Madame Shanriana auf ihrem Weg die Treppe hinauf in ihr Zimmer war, beugte sich Frau Schmied vor und sagte leise: „Das sind Dämonen, die der junge Fürst bei sich hat.“

„Das dachte ich mir“, antwortete Schmied. „Mit einem Zauber auf ihnen, nehme ich an.“

„Ich kann immer sagen, wenn jemand um Stoßzähne herum spricht, egal, wie unauffällig sie sind. Der Akzent ist unverkennbar“, sagte Frau Schmied. „Aber möglicherweise benehmen sie sich. Balnshik war in der Lage, sich zivilisiert zu verhalten, wenn ich mich recht entsinne.“

Schmied erschauerte angenehm, als er sich an das Verhalten erinnerte, zu dem Balnshik fähig gewesen war.

„Sie hatte keine Stoßzähne", sagte er zusammenhangslos.

In dem Augenblick kehrten Hellbrenn und Weidenspeer aus der Küche zurück. Sie schien sich unangemessen schwer auf seinen Arm zu stützen, so winzig, wie das Wundpflaster auf ihrem Knie war.

„Ich habe noch nie gehört, dass man heißes Wasser und Seife für eine Wunde benutzt", sagte sie außer Atem. „Es scheint so einfach! Aber Ihr habt wahrscheinlich auch eine Art Zauber darauf gesprochen, nicht wahr? Denn es tut überhaupt nicht weh ..."

„Da bist du ja, Weidenspeer", sagte Ermenwyr, der plötzlich wie gehetzt aus der Bar auftauchte. „Du musst meinen Puls messen. Wo ist Schmied?"

„Schon unterwegs, mein Fürst", sagte Schmied und kam hinter der Theke vor. „Hellbrenn? Du musst auf Zimmer 2."

„Oh. Stimmt", sagte sie und stieg unsicher die Treppe hinauf.

Schmied und Weidenspeer folgten Fürst Ermenwyr in die Bar, wo er sich in die hinterste, dunkelste Nische setzte und bedeutungsvoll zwischen Schmied und dem Schankkellner hin und her blickte. Schmied verstand den Wink.

„Sieben Glas Schwarzschiff-Starkbier, Niet, und dann passt du ein wenig auf den Empfang auf", sagte er. Niet wirkte verdattert, folgte aber den Anweisungen.

Als sie in der Nische saßen (ohne die Leibwächter, die ohnehin nie hineingepasst hätten, aber eine solide Wand davor bildeten), trank Fürst Ermenwyr einen Schluck aus seinem Glas, beugte sich in die Finsternis und sagte: „Ich fürchte, ich bin ein wenig in Schwierigkeiten, Schmied."

Schmied stöhnte innerlich, nahm aber zur Beruhigung einen Schluck aus seinem eigenen Glas und sagte bloß: „Schwierigkeiten, sagt Ihr."

„Ja, und es ist erforderlich, dass ich … äh … eine Weile untertauche. Deshalb bin ich hier."

Schmied dachte, dass seine Durchlaucht kaum einen öffentlicheren Ort hätte wählen können, um unterzutauchen, als ein Hotel in einem Kurort, aber er hob eine Augenbraue und sagte: „Wirklich?"

„Ja, ja, ich weiß, was Ihr denkt, aber ich habe meine Gründe!", blaffte Fürst Ermenwyr. „Ich erkläre es besser. Ich gehöre bestimmten, sagen wir, professionellen Organisationen an. Erbliche Mitgliedschaften, dank Vater. Die UBE, die WHV, TGNE, BWP …"

„Und wer sind die?"

„Uralte Bruderschaft der Erzmagier", erklärte Fürst Ermenwyr ungeduldig. „Welthexenmeistervereinigung, Totenbeschwörergesellschaft der neunten Ebene, Bündnis der Weisen und Propheten. Um nur ein paar zu nennen. Ich, ähm, scheine mir jemanden zum Feind gemacht zu haben.

Es begann alles, als ich an diesem Galadiner teilnahm und alle Insignien aller Gruppen trug, bei denen ich Mitglied bin. Nun, offensichtlich gehört das nicht zum guten Ton, da einige der Organisationen sich nicht miteinander verstehen, aber ich bin neu in dem Geschäft, woher hätte ich das also wissen sollen? Einige Leute waren beleidigt, weil ich den Orden der Knochensterne auf derselben Seite meiner Brust trug wie das Höllische Topaskreuz und den Obsidianstab in der linken Hand hatte.

Nur ein dummes, kleines Missverständnis, seht Ihr. Aber ein Herr war etwas stimmgewaltiger als die anderen. Er hatte getrunken und ich hatte, hmm, meine Medikamente selbst dosiert und war vielleicht witzig auf seine Kosten, denn er schien eine Abneigung gegen mich entwickelt zu haben, die völlig unverhältnismäßig war, gemessen an dem, was ich gesagt oder nicht gesagt haben mag."

Schmied trank den Rest seines Glases aus. „Fahrt fort“, sagte er und kam sich schon verdammt vor.

„Dann bewarben wir uns für dasselbe Gildenamt, und ich gewann“, sagte Fürst Ermenwyr. „Ich habe sogar anständig gewonnen. Nun, vergleichsweise anständig. Aber augenscheinlich wollte dieser Herr sein ganzes Leben schon der glorreiche Sklave Scharathrions sein, und dass von allen Leuten ausgerechnet ich seine Hoffnungen zerschlagen sollte, war zu viel. Recht dämlich, wenn man bedenkt, dass der Titel einen nur zum Schatzmeister eines Bündnisses großspuriger, machtbesessener Idioten macht; aber so ist es, und er hat beschlossen, mich zu töten.“

„Aha“, sagte Schmied geduldig, „und das ist nicht gegen die Vereinsregeln?“

Fürst Ermenwyr wand sich in seinem Sitz. „Hier nicht, denn er hat eine förmliche Absichtserklärung eingereicht, mich zu einem Duell herausfordern zu wollen. In den endlosen Statuten der Bruderschaft hat er eine gefunden, die es ihm gestattet, mein Amt zu übernehmen, wenn er mich in einem formellen Kampf besiegt.

Natürlich muss er mich dazu erst mal finden“, fügte er kichernd hinzu.

„Also versteckt Ihr Euch hier?“

„Genau“, entgegnete Fürst Ermenwyr. „Der perfekte Ort! Magier sind ein unsozialer Haufen, weil sie sich für klüger als alle anderen halten, welchen besseren Ort könnte es also geben, ihm auszuweichen, als inmitten des profanen Pöbels, den er so verabscheut? Diese Duelle finden immer auf irgendwelchen trostlosen Heiden oder Berggipfeln oder etwas gleichwertig Dramatischem statt. Er wird sich nicht dazu herablassen wollen, seinen zauberischen Mut auf einer Salesher Hauptstraße zur Schau zu stellen, er nicht!“

„Ihr habt Euer Glas nicht angerührt“, sagte Schmied zu Weidenspeer. „Trinkt Ihr nicht?“

„Nein, Herr, keinen Alkohol", antwortete Weidenspeer und schob ihm das Glas zu. „Bitte."

„Danke." Schmied nahm das Starkbier und trank einen großen Schluck, ehe er Fürst Ermenwyr fragte: „Ihr habt nicht versucht, Euren Feind zu bestechen?"

„Das war das Erste, was ich getan habe, als ich gesehen hatte, wie er es aufnahm", gab Fürst Ermenwyr zu, dessen fröhliches Leuchten irgendwie schwächer wurde. „‚Hier', sagte ich, ‚Ihr könnt Euren Amtsstab haben, ich will ihn nicht. Seid der glorreiche Sklave Scharathrions, wenn es Euch so viel bedeutet!' Aber er bestand darauf, dass es mit Blut erkauft werden musste. Meinem, wie ich sicher nicht hinzufügen muss. Also nahm ich die Beine in die Hand."

„Was ist mit ..." Schmied sah sich verstohlen um. „Was ist mit Eurem Vater?"

Alle vier Leibwächter knieten nieder, wobei sie ihre Getränke verschütteten.

„Er ist völlig unnütz", sagte Fürst Ermenwyr bitter. „Er sagte, jeder seiner Söhne sollte in der Lage sein, aus einem drittklassigen Zaubertrankhändler wie Gleckermück Hackfleisch zu machen, und es würde höchste Zeit, dass ich lernte, auf eigenen Füßen zu stehen und ein Mann zu sein, et cetera et cetera ad infinitum, und ich sagte: ‚Ich hasse dich, Papa' und rannte höllisch schnell weg – und hier bin ich."

„Herr, Ihr dürft nicht vom Herrn der Herrn so reden", knurrte Schnitt sanft. „Er ist zuversichtlich, dass sein ehrenwerter Nachkomme seinen Feinden einen schnellen und grausamen Tod bereiten wird, gefolgt von einer Ewigkeit erlesener Folter."

„Oh, sei still und pass auf die Tür auf", sagte Fürst Ermenwyr.

„Also – Ihr seid nicht hergekommen, weil Ihr wollt, dass ich den Mann für Euch töte", wagte Schmied zu fragen.

„Ihr!" Ermenwyr lachte kurz bellend auf. „Oh, nein, nein! Mein lieber, alter Schmied, Ihr seid der Beste in Eurem Geschäft (ich meine, Eurem ehemaligen Geschäft), den ich je gesehen habe, aber Gleckermück ist Zauberer! Nicht Eure Liga. Nein, alles, was Ihr für mich tun sollt, ist, meinen Besuch hier geheim zu halten. Ich werde mich einfach in meiner Zimmerflucht verstecken, bis das Problem verschwindet. Ich werde mir meine Mahlzeiten und vielleicht auch eine Kurtisane oder zwei hochschicken lassen, und wenn die fantastische, kleine Hellbrenn mich mit den hiesigen Neuigkeiten auf dem Laufenden hält und gelegentlich wegen meiner Rezepte rausgeht, sollte ich großartig zurechtkommen, und … äh … wenn Ihr es schafft, alle zwei Tage ein Schaf zu finden, das die Jungs töten können, das wär auch nett", fügte er hinzu.

„Was glaubt Ihr, wie lange es dauert, bis die Sache vergessen ist?", fragte Schmied. „Ich habe immer gehört, Zauberer sollen ein gutes Gedächtnis haben."

„Er wird irgendwann aufgeben müssen", versicherte ihm Fürst Ermenwyr. „Schaut nicht so besorgt! Es ist ja nicht so, dass es einen Kampf geben wird, wo Leichname in Eurem schönen Hotel verstreut liegen werden."

„Ihr könnt ihn bei Gesundheit halten?", fragte Schmied Weidenspeer.

„So gesund, wie ich je sein kann", sagte Fürst Ermenwyr.

„Ich diene dem Willen der unermüdlichen Mutter", sagte Weidenspeer und neigte den Kopf. „Ich werde sterben, wenn es nötig ist, um Ihr Kind zu beschützen."

„Ich bin kein Kind, ich bin ein etwas minderjähriger Lebemann und es besteht kein Grund, theatralisch zu werden", sagte Lord Ermenwyr gereizt. „Wir werden einfach angenehme, unauffällige Ferien am Meer verbringen."

„Gut", sagte Schmied, der sein zweites Glas Bier leerte. „Weil dem Gästehaus bald seine erste Sicherheitsinspektion bevorsteht. Es wäre schön, wenn nichts Sonderbares geschähe."

„Oh, was kann schon passieren?“, sagte Fürst Ermenwyr kess und hob sein Glas.

Schmied schüttelte nur den Kopf, als er den Fürsten trinken sah. Er nahm an, dass gütige Wesen, die mit der Bestimmung, das weltliche Böse zu bezwingen, in Fleisch wiedergeboren wurden, am besten wussten, wie sie ihre göttliche Arbeit zu erledigen hatten. Aber sicherlich gab es einen besseren Weg, als sich einen Fürst des Bösen auszusuchen, ihn zu heiraten und zu zwingen, sich zu benehmen? Ganz zu schweigen davon, eine Menge höchst labiler, sich streitender Kinder in die Welt zu setzen.

Zumindest war Fürst Ermenwyr nur ein halber Dämon. Eventuell auch nur ein Viertel.

Bis zum Abend hatte sich das Gästehaus gefüllt und so auch das Restaurant, ganz besonders die Außenterrasse mit Blick auf die Bucht, da für den Festbeginn eine prächtige Feuerwerksdarbietung angesetzt war. Wenn man sich an das Thema ungezügelter, sexueller Freiheit zur Feier der uranfänglichen Vereinigung der ersten Ahnen halten würde, hätte das Feuerwerk am Ende des Festes stattfinden müssen; aber bis dahin war die Bevölkerung von Salesh gewöhnlich zu wund und verkatert, um weiterem Feuerwerk noch gebührend Aufmerksamkeit zu schenken.

Die Gäste, glanzvoll anzusehen in ihrer Körperbemalung und ihren Masken, jubelten und applaudierten, als die hellen Raketen mit durchdringendem Zischen in die Luft flogen, als scharlachrote Blumen und smaragdgrünes Feuer explodierten und ins Nachglühen des Sonnenuntergangs schwebten. Schiffe im Hafen hängten prächtige Laternen in ihre Takelage und feuerten Ladungen bunten Papiers aus ihren Kanonen, sodass Luftschlangen und Konfetti noch Tage danach die Flutlinie verunreinigten. Feiernde ruderten auf dem schwarzen Wasser hin und her, stießen gelegentlich gegen andere kleine Boote und tauschten interessierte Passagiere aus.

Kaum hörbar spielten draußen am Salesher Stadtpier Musiker Lieder über Liebe und Sehnsucht, um diejenigen anzuregen, die nicht schon paarweise in die Freudenhäuser verschwunden waren. Die Nacht war warm für Frühling, und die weißen, wächsernen Blüten des Todesweines erfüllten die Luft mit ihrem Duft, wo immer sie sich öffneten; also gab es nur wenige, die dem Ruf widerstanden, ihre Seelen der Lust hinzugeben.

„Wo zur Hölle sind unsere Ober?“, verlangte Schmied zu wissen, der sich mit einem riesigen Tablett, auf dem eine herrliche Seedrachenballotine stand, zum mittleren Buffet durchkämpfte. Speisende schrien entzückt auf und wiesen auf seine Schuppen aus vergoldeten Eiern, seine unheilvoll dreinblickenden, goldenen Augen.

„Die Ober? Poppen sich in den Büschen das bisschen Verstand aus den Köpfen, was denkt Ihr denn?“, antwortete Tiegel säuerlich. Er nahm Schmied die Ballotine ab, hielt sie mit dem künstlichen Lächeln eines professionellen Ringers hoch und nahm die Jubelrufe der Speisenden einen Moment lang entgegen, ehe er sie absetzte und mit dem Tranchiermesser bearbeitete.

„Wir brauchen mehr Leute hier draußen! Wo ist Hellbrenn?“

„Sie ist weinend hinausgerannt“, sagte Tiegel in gedämpftem Ton, als er die erste perfekt geschichtete Scheibe des Drachen-Gans-Enten-Hennen-Wachtel-Eis schnitt und auf einen Teller für eine Dame legte, die außer Glitzer und drei großen, unechten Saphiren nichts trug.

„Was?“

„Ich habe sie gefragt, was los ist. Sie wollte es mir nicht sagen. Aber ich habe gesehen, wie sie mit dem Arzt geredet hat“, murmelte Tiegel, als er eine weitere Scheibe abschnitt. Er warf Schmied einen düsteren Seitenblick zu. „Wenn dieser vermaledeite Grünie unserem Mädchen etwas angetan hat, werden ich und die Jungs ihn die Klippe hinunter werfen. Sagt das seiner Durchlaucht."

„Zur Hölle ..." Schmied drehte sich hastig um und sah zu den erleuchteten Fenstern des Hotels hoch. Fürst Ermenwyr saß, wie die meisten anderen Gäste, auf seinem Balkon und genoss den Blick auf das Feuerwerk. Schnitt und Quetsch standen auf einer Seite neben ihm, Stich und Qual auf der anderen, und hinter seinem Sessel stand Agliavv Weidenspeer. Weidenspeer blickte mit besorgtem Gesichtsausdruck zur Terrasse hinab und schien offensichtlich etwas in der Menge zu suchen.

„Schmied!", posaunte Frau Schmied, die mit der majestätischen Präsenz eines Schiffs unter vollen Segeln einen fünfschichtigen Kuchen über die Terrasse trug. „Eure Anwesenheit wird in der Eingangshalle erwünscht." Als sie nah genug war, fügte sie hinzu: „Es ist Kreuzbrasse von der Stadtwache. Ich habe bereits dafür gesorgt, dass er was zu trinken hat."

Schmied fühlte eine Mischung aus Missbehagen und Erleichterung, denn auch wenn es höchstwahrscheinlich der schlechteste Zeitpunkt war, um eine Kontrolle überstehen zu müssen, war Kreuzbrasse umgänglich und empfänglich für Bestechungen. Balgen ausweichend, der ein Gericht trug, das unter anderem aus Flammen und Fruchtsoße bestand, hielt Schmied nur lange genug inne, um einem jungen Kellnerpaar den sofortigen Tod anzudrohen, wenn sie nicht aus dem Pavillon krochen und sich wieder an die Arbeit machten. Dann richtete er seine Tunika, fuhr sich mit den Händen durchs Haar, schritt ins Hotel und gab sein Bestes, souverän und fröhlich zu wirken.

„Schmied!" Kreuzbrasse prostete ihm mit seinem Schoppen zu, als er sich von einer ungezwungenen Überprüfung des Registers umwandte. „Fröhliche Paarung. Hätte gedacht, ihr würdet Euch fröhlich mit einer Sylphe vereinigen!"

„Euch auch fröhliche Paarung“, sagte Schmied aufrichtig, dem auffiel, dass Kreuzbrasse statt der feierlichen Nichtbekleidung Uniform trug. „Wer hat schon Zeit, sich fröhlich zu paaren, wenn man das Gelage ausrichtet? Ihr habt etwas zu trinken? Habt Ihr schon gespeist? Wir haben eine Seedrachenballotine auf der Terrasse, die schnell verschwindet!“

„Das Berufliche zuerst“, sagte Kreuzbrasse bedauernd. „Kleine Überraschungsinspektion. Aber ich schätze, bei Euch ist alles so, wie sich's gehört, in einem erstklassigen Etablissement wie diesem hier?“

„Kommt und seht“, sagte Schmied und ließ ihn mit einer Verneigung vor. „Was trinkt Ihr? Wolfsmilch? Ich nehme eine Buddel mit, wenn wir durch die Bar gehen.“

Die Kontrolle war flüchtig und lief gut. Kreuzbrasse entdeckte nirgends Schimmel, wo er nicht hingehörte. Er bemerkte weder bauliche Mängel noch irgendeine Verletzung der Salesher Vorschriften zum Feuer- und Flutschutz. Ihm genügte es, die Inspektion der oberen Etage auf einen Spaziergang den Flur entlang zu begrenzen. Dann gingen sie wieder hinunter in die Küche. Bis dahin hatten sie die halbe Flasche Wolfsmilch geleert, und einige Gäste auf der Terrasse begannen, sich in vom Fest entflammter Leidenschaft zu winden.

„Ihr wollt natürlich die Abflussrohre sehen“, sagte Schmied, als er die Tür zum hinteren Bereich öffnete. Kreuzbrasse folgte ihm anstandslos hinaus und sah zu, wie Schmied mit entsprechend theatralischer Geste die Klappe weit öffnete.

„Seht!“

„Verdammt, man könnte daraus essen“, sagte Kreuzbrasse anerkennend. Er hielt die Hoflampe hinunter und leuchtete in das Rohr, während die fernen Laute erotischer Verzauberung über das Wasser wehten. „Wundervoll, und das ist auch noch ein altes Rohr. Im Stadtarchiv steht, dass dieses Gebäude zu Zeiten Regent Kashlars gebaut worden ist.“

„Stimmt“, bestätigte Schmied, während er Kreuzbrasses Becher nachfüllte und selbst einen Schluck aus der Buddel nahm. „Aber sie haben damals strapazierfähig gebaut.“

Irgendwo in der Nähe steigerte sich heiseres Atmen zu einem Aufschrei der Verzückung.

„Ja, nicht wahr?“ Kreuzbrasse nahm einen weiteren Schluck. „Was ist Euer Geheimnis?“

„Ah.“ Schmied legte einen Finger an die Nase. „Scheuerblechs schäumendes Wunder! Seht Ihr?“ Er deutete mit einer Hand auf die zehn Behälter, die sauber an einer Wand standen.

„Das ist hervorragendes Zeug“, sagte Kreuzbrasse und trat einen Schritt näher, um die Warnung zu lesen.

Schmied hörte, verdächtig unter all dem Lachen und Getöse, das Geräusch eines Mannes, der durch die Küche hastete. Die Hoftür flog auf, und Ritzel starrte angsterfüllt zu ihm heraus.

„Boss! Jemand ist gestorben, in ...“

Kreuzbrasse richtete sich plötzlich auf und wandte sich um. Ritzel erblickte ihn und zuckte zusammen. „In Zimmer 2“, beendete er den Satz verdrießlich.

„Oje“, sagte Kreuzbrasse, der mit alchemistischer Geschwindigkeit nüchtern wurde. „Ich schätze, in meiner Eigenschaft als Stadtwächter sollte ich mir das ansehen, nicht wahr?“

Schmied knirschte mit den Zähnen. Sie gingen wieder die Treppe hinauf.

„Er hatte sich das Essen hinauf-“, erklärte Ritzel, „aber das Geschirr nicht wieder runterbringen lassen. Ich bin hoch, um nachzusehen, ob er fertig war, aber niemand hat auf mein Klopfen reagiert. Habe schließlich die Tür aufgemacht, und es war dunkel da drinnen, nur Licht von der Terrasse und einem kleinen Feuer im Kamin, und da saß er.“

Schmied öffnete vorsichtig die Tür und trat ein, gefolgt von Kreuzbrasse und Ritzel. „Herr Kupferschnitt?“, sagte er hoffnungsvoll.

Aber die Gestalt, die sich vor dem Fenster abzeichnete, war sehr reglos. Kreuzbrasse fluchte leise und entzündete eine Laterne, als er eine fand.

Sharplin Kupferschnitt saß zusammengesackt in seinem Stuhl am Schreibtisch. Sein Kragen war aufgezerrt worden, und er starrte mit hervorquellenden Augen und offenem Mund an die Decke, gerade so, als wäre er dabei, bekannt zu geben, dass er da oben eine besonders furchterregende Spinne entdeckt hatte.

Auf dem Tisch am gegenüberliegenden Ende des Raumes stand das Geschirr mit seiner halb gegessenen Mahlzeit. Der Stuhl war zurückgeschoben und umgekippt, die Serviette auf den Boden gefallen, und ein kleiner Tisch auf halbem Weg zwischen Esstisch und Schreibtisch lag auf der Seite, das Rauchzeug, das darauf gestanden hatte, war auf dem Teppich verteilt.

„Das ist der berühmte Sharplin Kupferschnitt, nicht wahr?", sagte Kreuzbrasse.

„Er ist der einzige, von dem ich weiß", jammerte Schmied, als er zu dem Körper ging, um den Puls zu messen. Er fand keinen.

„Ich habe seinen Namen im Register gesehen. Mein lieber Schmied, Ihr habt ein Problem", bemerkte Kreuzbrasse.

„Oh Gott, er ist mausetot. Kreuzbrasse, Ihr wisst, dass es nicht unser Essen war!"

„Hat sich zum Abendbrot hingesetzt", spielte Kreuzbrasse das Szenario gedanklich durch, während er den Esstisch untersuchte. „Aß sein Vorgericht, alles außer einem Stück Petersilie. Trank ein halbes Glas Wein. Arbeitet sich durch eine Schale gebratenen Aals – das ist die Spezialität Eures Hauses, nicht wahr? –, als ihm schlecht wird und er Luft braucht, also lockert er seinen Kragen und geht zum Fenster. Zu der Zeit schon etwas unsicher, also stößt er auf dem Weg gegen den Rauchtisch. Schafft es bis zum Stuhl und bricht zusammen, stirbt aber, ehe er das Fenster öffnen kann. So sieht es aus, würdet Ihr nicht auch sagen?"

„Mit dem Aal war alles in Ordnung", protestierte Schmied. „Ich habe selbst welchen gegessen, diesen Nachm..." Er entdeckte etwas auf dem Tisch und starrte es einen Moment lang an. Dann hellte sich sein Antlitz auf.

„Ja! Kreuzbrasse, kommt und seht! Es war keine Lebensmittelvergiftung!"

Kreuzbrasse kam herum, um der Leiche über die Schulter zu blicken. Dort, auf einem Notizblock mit dem Aufdruck des Gästehauses Seeblick, standen die Worte gekritzelt: „Rächt meinen Mor."

„Oh", sagte er. „Das rückt das Ganze in ein anderes Licht."

„Jemand hat ihn getötet", sagte Schmied, „und er hat sich die Mühe gemacht, es uns wissen zu lassen!" Er hätte Kupferschnitt umarmen können. Ein unbeabsichtigter Tod durch Lebensmittelvergiftung konnte den Ruf eines Wirtshauses ruinieren, aber ein offenkundiger Rachemord konnte nur als gute Werbung gelten.

„So, jemand hat ihn umgebracht", sagte Kreuzbrasse nachdenklich. „Bei den Göttern, er hatte viele Kontrahenten. Gift im Wein? Giftpfeil durch das Fenster? Vielleicht hat jemand einen Zauberer für eine Beschwörung angeheuert, die das erledigen sollte. Seht Euch die Kohlen im Kamin an, was wollte er mit einem Feuer in einer so warmen Nacht? Verdächtig. Vielleicht hat ihn ein Rauchefrit erstickt? Sie haben Glück, Schmied."

„Nicht wahr?" Schmied strahlte die Leiche an.

„Aber für mich bedeutet das jede Menge Arbeit", klagte Kreuzbrasse. „Ich muss die Leichenhausleute herbringen, dann muss ich den Fall untersuchen und jeden ausquetschen, was eine ganze verdammte Nacht dauern wird. Dann muss ich einen Report in dreifacher Ausführung schreiben und seine Rächer benachrichtigen, denn er wird wohl welche bereit gehalten haben ... und es ist Festzeit, und ich hatte für heute Nacht eine Bettnische im Haus des Schwarzen Schleiers bestellt."

„Das ist eine Schande", sagte Schmied vorsichtig, der spürte, was noch kommen würde.

„Hat mich ein Vermögen gekostet, die Bettnische zu bekommen. Meine Gefährtin wird außer sich sein. Ich denke, ich werde Euch einen Gefallen tun", beschloss Kreuzbrasse.

„Der wäre?"

„Es ist Feiertag. Ich werde tun, als sei dieser traurige Zwischenfall noch nicht geschehen, der den guten Namen Eures Wirtshauses beschmutzen könnte, in Ordnung? Wir beide wissen, dass es keine Lebensmittelvergiftung war, aber Gerüchte entstehen halt, nicht wahr, und die seltsamsten Dinge können die Schreiber im Zulassungsamt beeinflussen." Kreuzbrasse schwenkte sein Getränk und sah Schmied in die Augen.

„Aber wir haben hier einen prominenten Toten, und ich muss deswegen etwas unternehmen. Also werde ich in zwei Tagen wiederkommen, und alles wird so geschäftlich abgehandelt wie immer. Ihr werdet für mich einen Leichnam haben, und nicht nur das, Ihr werdet herausgefunden haben, wer, wo, wann, wie und warum, sodass alles, was ich tun muss, ist, den Mörder zu verhaften, wenn möglich, und den Papierkram zu erledigen. Ich werde Euch ein Sicherheitszertifikat ausstellen. Alle gewinnen. Nicht wahr?"

„Ja", sagte Schmied, der eine Zwickmühle erkannte, wenn er sie sah.

„Bis nach dem Fest dann", sagte Kreuzbrasse und trank aus. Er gab Schmied das Glas. „Danke."

Nachdem er Ritzel zur Diskretion verpflichtet und zum Kredenzen der Speisen hinuntergeschickt hatte, trank Schmied die Flasche Wolfsmilch aus und fluchte mit glühender Hingabe. Da ihn das nicht weiterbrachte, untersuchte er den Raum genauer, während die Geräusche einer ausgewachsenen Orgie von der Terrasse unten heraufdrangen.

Im ungegessenen Essen fand er nichts Verdächtiges, auch nichts im Wein, das seine Nase hätte entdecken können. Auf dem leeren Vorspeisenteller hatten ein Fisch oder Meeresfrüchte gelegen, dem Geruch nach zu urteilen, aber das war alles. Keine Spur von Scheuerblechs schäumendem Wunder, was Schmied sehr erleichterte.

Er zerrte Kupferschnitts Leichnam zum Bett, legte ihn darauf und untersuchte ihn mit erfahrenem Blick auf Zeichen heimlichen Mordes. Keine Pfeilchen, keine Insektenbisse, keine Wunden an leicht zu übersehenden Stellen; nicht mal ein Ausschlag. Kupferschnitt verfärbte sich grässlich und wurde steif, aber sonst schien er in Ordnung zu sein.

Schmied richtete sich auf, sah sich im Raum um und bemerkte, dass die glühenden Kohlen im Kamin qualmten. Er näherte sich vorsichtig, falls wirklich ein Efrit oder etwas weniger Angenehmes dort lauerte, und beugte sich vor, um hineinzusehen. Im nächsten Augenblick hatte er sich ein Schüreisen genommen und schob Asche auf den Kaminvorleger, aber es war beinahe zu spät: Von dem grauen, sich kräuselnden Papieraschehaufen waren nur ein paar geschwärzte Schnipsel noch ganz. Vor sich hinmurmelnd hob er sie auf und trug sie zum Lichtkreis der Laterne auf dem Tisch. Handschrift. Stücke einer Schriftrolle?

Als er die Stücke auslegte und umdrehte, entdeckte er, dass einige in der sauberen Handschrift eines Bibliotheksschreibers geschrieben zu sein schienen, andere in aufgeregt wirkendem Geschmier, in dem immer wieder Teile von Buchstaben fehlten, wie der Mast des Schiffchens, das für den Laut „Th“ stand, oder die Pupille im Auge, das das Suffix In darstellte. Zwei Schriften, aber kein Sinn: Er entzifferte die Worte „reisten geschwind, um zu erflehen“, „so groß war sein“, „unnatürlich“, „schreckliche

Tragödie", „raschem Zorn" und „sie konnten nicht entkommen".

Nur eine Stelle bot ihm einen Hinweis. Sie lautete „zum anhaltenden Bedauern des Hauses Bannmetall, er ..."

Der Name Bannmetall war Schmied vage vertraut. Er zog die Augenbrauen zusammen und blickte auf das Bruchstück. Haus Bannmetall. Jemand Reiches, eine Familie, die traurige Berühmtheit erlangt hatte. Wann war das gewesen? Vor zehn Jahren? Fünfzehn? Mehr? Schmied versuchte, sich zu erinnern, wo er gelebt hatte, als der Name in aller Munde war. Es hatte einen Skandal gegeben, und der Stammhalter und Erbe des Hauses Bannmetall war gestorben. Ein Massaker, keine anständige Blutrache.

Schmied wandte sich um und starrte wieder zum Kamin. Jetzt bemerkte er den Koffer des Schreibers, der offen auf einem Sessel stand. Er ging hin und sah hinein. Er war zu drei Vierteln leer, obwohl deutlich mehr darin gewesen war. Jemand hatte das meiste herausgenommen und verbrannt.

„Erpressung", sagte er.

Er blickte sinnierend zu Kupferschnitt. Schmied schloss den Koffer des Schreibers, klemmte ihn sich unter den Arm, ging hinaus und schloss die Tür hinter sich.

Der Tote lag auf der Bettstatt und starrte mit Schrecken zur Decke. Unter seinem Fenster schaukelten Brüste, tanzten Schenkel, zitterten Hintern, suchten Zungen nach Nektar, und schlanke Jugend trat ihre Sandalen fort und kam zur Sache. Das Leben pulsierte und bebte, ergötzlich, fiebrig, in jeder erdenklichen Spielart desselben Aktes; aber es war fertig mit Sharplin Kupferschnitt.

Frau Schmied hatte sich für die Nacht zurückgezogen, als er zu ihr ging. Sie saß rauchend aufrecht im Bett und las in aller Ruhe eine Zeitung. Die Hotelmitarbeiter wohnten im Dachgeschoss, das so lang war wie das Gästehaus, in verschiedene Räume unterteilt und hoch genug über dem Garten, dass die Geräusche der Massenleidenschaft ein bisschen weniger deutlich waren, als sie durch das eine enge Giebelfenster drangen.

„Ihr geht nicht aus, Schmied?", fragte sie. Ihr Blick fiel auf den Koffer, den er trug, und sie sah klug und fragend zu ihm auf. „Ach herrje, hatten wir einen Unfall?"

„Ihr sagtet, Kupferschnitt sei kein Restaurantkritiker", sagte Schmied. „Was für eine Art Reporter ist er dann?"

„Er ist ein Klatschreporter", antwortete Frau Schmied. „Schreibt eine Kolumne, die in allen Zeitungen gedruckt wird. Ein Meister schmieriger Unterstellungen und schockierender Enthüllungen. Er hat auch ein paar nicht genehmigte Biografien verschiedener berühmter Leute geschrieben, waren sofort Kassenschlager, wenn ich mich recht entsinne. Ich habe die eine oder andere gelesen. Anstößiges Zeug. Recht infam."

„Er war ziemlich gut gekleidet für jemanden, der vom Gehalt eines Schreibers lebt", sagte Schmied.

„Ihr sprecht in der Vergangenheitsform", bemerkte Frau Schmied.

„Er ist tot."

„Ich kann nicht behaupten, überrascht zu sein", sagte Frau Schmied, nahm einen Zug und atmete Rauch aus. „Ich nehme an, Ihr denkt, man habe ihn beseitigt?"

„Es ist sieht so aus." Schmied sank auf einen Sessel.

„Hmpf." Frau Schmied musterte den Koffer des Schreibers. „Mein Tipp wäre, er hat die falsche Person erpresst. Es heißt ja, er habe mehr Geld damit verdient, dafür bezahlt zu werden, dass er nicht schreibt, wenn Ihr mich versteht. Hatte ein Spionagenetz in jeder Stadt, das für ihn Dreck ausgrub. Hat auch selbst nachgeforscht. Das machte sein Zeug so unterhaltsam, seht Ihr – ruhte sich nie auf hohlen Bemerkungen aus. Wenn der Mann mit Dreck warf, blieb er hängen."

„Warum hätte er über den Skandal um das Haus Bannmetall schreiben wollen?", fragte Schmied. Frau Schmieds Augen weiteten sich.

„Er war närrisch genug, diese Leute zu erpressen? Sie sind immer noch ärgerlich deswegen, und sie haben einen langen Arm. Woher wisst Ihr, dass sie ihn kalt gemacht haben?"

Schmied erklärte, wie Ritzel die Leiche gefunden hatte, und erzählte von den Schriftrollenbruchstücken, die das Feuer überstanden hatten. „Ich habe versucht, mich zu erinnern, worum es bei dem Skandal ging", sagte er. „Ich war nicht oft an Land, also glaube ich nicht, dass ich die Geschichte je ganz gehört habe."

Frau Schmied verzog das Gesicht. „Ich denke, das bedarf eines starken Tropfens, Schmied", sagte sie.

Sie stand auf, zog ihren Schlafrock über ihr umfangreiches Unterkleid und mixte sich aus den Flaschen auf ihrer Anrichte ein Getränk. Sie goss auch Schmied einen ein, und als sie beide versorgt waren und saßen, sagte sie: „Ich erzähle Euch, was ich weiß. Es stand damals in allen Zeitungen; es gab Balladen, und jemand hat sogar versucht, über das Thema ein Stück auf die Beine zu stellen, aber Haus Bannmetall unterband das mit atemberaubendem Tempo. Erinnert Ihr Euch an den selbsternannten Propheten, der sich Sohn der Sonne nannte?"

„Dunkel", sagte Schmied. „Nahm ein schlimmes Ende, nicht wahr?"

„Ein sehr schlimmes. Das war jedoch das Ende der Geschichte. Es begann alles mit Wein und Rosen, wie man zu sagen pflegte. Er war charismatisch. Konnte die Singvögel aus den Bäumen zaubern und jedermann die Klamotten vom Leib. Predigte Erlösung durch Ausschweifungen; für ihn war das ganze Jahr lang Festzeit, jeden Tag. Wenn er sich darauf beschränkt hätte, Spaß zu haben, wäre er vermutlich noch unter uns. Leider glaubte er wirklich, was er lehrte." Frau Schmied schüttelte den Kopf.

„Hinter ihm war das Haus Bannmetall her", erinnerte sich Schmied.

„Genau."

„Es gab ein Massaker, nicht wahr? Weshalb?"

Frau Schmied nahm einen tiefen Schluck, ehe sie antwortete.

„Er hatte eine Gruppe Fans", sagte sie schließlich. „Wie jeder mit Charisma. Eines der Dinge, für die er sich einsetzte, war freie Liebe unter den Völkern, also hatte er eine ziemlich gemischte Truppe zu seinen, ähm, Diensten. Sie flogen aus jedem Ort, an dem sie sich niederließen. Schließlich hatte der Sohn der Sonne eine Vision, dass er und seine Liebhaber eine heilige Stadt gründen sollten, wo jeder nach seiner oder ihrer Überzeugung leben konnte, einschließlich der Grünies, und dann geriet auf die eine oder andere Art der Erbe des Hauses Bannmetall unter seinen Einfluss."

„Das war es", sagte Schmied, „und die Bannmetalls missbilligten das."

„Natürlich. Der Junge war jung und begriffsstutzig wie zwei Dielenbretter, aber er himmelte den Sohn der Sonne an und war natürlich reich. Also bot er dem Sohn der Sonne und seinen Genossen ein riesengroßes Grundstück an, das dem Haus Bannmetall gehörte, oben in der Nähe ihrer Marmorsteinbrüche, wo ihre heilige Stadt entstehen sollte. Fort gingen sie und zogen in das dortige Familienanwesen. Der Vater des Burschen war außer sich.

Den Rest könnt Ihr Euch denken. Das Haus Bannmetall stellte eine Armee auf und ging dort hinauf, um den Bengel zurückzuholen und den Rest gewaltsam rauszuwerfen, mit Ausnahme des Sohns der Sonne, den sie bei lebendigem Leibe häuten wollten. Sie erwischten ihn indes nicht lebend. Sie erwischten niemanden lebend. Es gab bewaffneten Widerstand und schließlich ein Massaker.“

Schmied schüttelte den Kopf. Frau Schmied trank aus.

„Ich habe gehört“, sagte sie, „dass Konderon Bannmetall durch die gesprengte Wand eindrang und seinen Sohn tot in den Armen eines ebenso toten Yendrimädchens fand, in flagranti von einem Pfeil durchbohrt. Ich habe gehört, dass er jedem Anhänger des Sohns der Sonne ewige Rache geschworen und seit jener Stunde an nichts anderes mehr gedacht hat.“

„Aber sie sind alle tot“, sagte Schmied.

„Augenscheinlich gab es ein paar, die kurz vor dem Massaker durch die Hintertür geflohen waren.“ Frau Schmied zuckte die Achseln und starrte in ihr leeres Glas, ehe sie es wegstellte. „Frauen und Kinder überwiegend. Die Bannmetalls haben einen Körper gehäutet, von dem sie behaupteten, es wäre der des Sohns der Sonne gewesen. Es hat aber immer wieder Gerüchte gegeben, dass er es nicht wirklich war, und man will ihn über die Jahre hier und da gesehen haben. Ein Paar, ein Mann und seine Frau samt Kleinkind, sind gleich vor Gericht gegangen und haben sich selbst angezeigt. Sie waren keine Mischlinge, und es stellte sich heraus, dass sie nicht wirklich Teil des Kultes waren; sie waren nur Vetter und Base des Sohns der Sonne oder etwas in der Art.

Man hat sie freigesprochen. Sie waren keine fünf Schritte aus dem Tempel des Gesetzes, als ihnen ein vom Haus Bannmetall angeheuerter Assassine zwei Bolzen ins Herz schoss. Ich muss nicht extra erwähnen, dass alle verbliebenen Überlebenden danach im Untergrund blieben.“

„Also sind auf sie sagenhaft hohe Kopfgelder ausgesetzt“, überlegte Schmied.

„Kann ich mir vorstellen. Konderon Bannmetall lebt immer noch.“

„Kupferschnitt könnte einen von ihnen ausfindig gemacht und gedroht haben, ihn oder sie zu verraten", sagte Schmied. „Oder er könnte beabsichtigt haben, das alles in einem Buch aufzurollen, gegen den Wunsch des Hauses Bannmetall."

„Gelegentlich machen die Zeitungen gerne Was-macht-eigentlich-Rückblicke", sagte Frau Schmied.

„Aber wer auch immer ihn getötet hat, ist seine Schriftstücke durchgegangen und hat alles verbrannt, das etwas mit dem Skandal zu tun haben könnte", verfolgte Schmied den Gedankengang. „Ich frage mich, ob sie alles erwischt haben?"

Er öffnete den Koffer des Schreibers und zog die Papiere heraus, die noch übrig waren. Frau Schmied musterte ihn, als er sie durchging.

„Der Täter muss unterbrochen worden sein, ehe er fertig war. Irgendwas Auffälliges?"

Schmied sah auf die Seiten. Es waren Aufzeichnungen in der geschmierten Handschrift, offensichtlich aus Stadtakten kopiert, und sie schienen Adoptionsaufzeichnungen für ein Mädchen aus dem Haus Sonnenblitz zu verfolgen. Sie war zum Mündel des Hofes der Stadt Karkateen erklärt worden. Es gab Zusammenfassungen der eidesstattlichen Erklärungen von Leuten, die daran beteiligt waren, und dann die Notiz, dass der Verhandlungsort für den Fall des Kindes nach Flammenberg verlegt worden war. Dort hatte man das Kind nach einer medizinischen Bestätigung, dass sie wahrscheinlich in die körperliche Form wachsen würde, die für diese Art der Arbeit nötig war, in das Mutterhaus für Läuferinnen in Flammenberg gebracht.

Die nächsten Seiten enthielten Vermerke über Gespräche mit verschiedenen Personen über die fünf jungen Läuferinnen, die im zwölften Jahr der Regierungszeit des Vorsitzenden Goldbrand in den aktiven Dienst getreten waren.

Die letzte Seite war eine Liste von fünf Namen, keiner davon Sonnenblitz und vier durchgestrichen. Der verbliebene Name war unterstrichen. Es war Teeba Hellbrenn.

Darunter stand: „Gegenwärtige Anstellung: Hausbotin, Gästehaus Seeblick, Vorderstraße 4, Salesh-an-der-See."

„Ich wusste nicht, dass ihr Vorname Teeba ist", sagte Schmied zerstreut.

„Hellbrenn?" Frau Schmied sah ihn ernst an. „Was hat sie damit zu tun?"

Schmied wedelte mit der Handvoll Blätter und dachte angestrengt nach.

„Das erste, was er fragte, als er herkam, war, ob er unsere Hausläuferin sehen könne", sagte er. „Ich hab Hellbrenn zu ihm geschickt, sobald sie zurück war. Seitdem habe ich sie nicht gesehen. Tiegel sagte, sie sei weinend rausgelaufen. Oh, verdammt ..."

„Sie schläft in ihrem Zimmer", teilte ihm Frau Schmied mit. „Ich war wegen ein paar Aprikosenkonserven für den Festkuchen im Keller, und sie hatte sich dort versteckt und schniefte. Sie hatte eine Flasche Orchideenextrakt geöffnet und sich selbst in einen Zustand wirrer Berauschtheit versetzt. Ich habe ihr eine Prise Klapperrallenpulver gegeben, ihr eine Standpauke gehalten und sie ins Bett geschickt. Schmied, das Kind ist viel zu unstet, um einen Mord durchzuziehen!"

„Aber sie weiß etwas", sagte Schmied.

„Nun, Ihr werdet bis morgen warten müssen, ehe Ihr sie ausquetschen könnt", sagte Frau Schmied, „wenn man bedenkt, in welchem Zustand sie war."

„Ich schätze mal." Schmied stopfte die Blätter zurück in den Koffer des Schreibers und stellte ihn weg. Plötzlich fühlte er sich hundemüde und sehr alt. „Das alles und noch dazu Fürst Ermenwyr unter dem Dach. Ich habe genug vom Feiern."

„Noch zwei Tage famosen, orgiastischen Spaßes", sagte Frau Schmied grimmig.

Viel zu früh am nächsten Morgen kauerte Schmied hinter seinem Tisch in der Eingangshalle und wärmte seine Hände an einer Tasse Tee. Die meisten Hotelgäste lagen entweder ohnmächtig in ihren Zimmern oder im Gebüsch, und es würde noch mindestens eine Stunde dauern, ehe es wahrscheinlich war, dass einer nach seinem Frühstück klingelte. Er hatte Hellbrenn schon entdeckt. Sie saß in der verlassenen Bar, tief versunken in eine Diskussion mit dem jungen Yendriarzt. Er hielt ihre Hände und sprach ziemlich lang. Schmied wartete nur darauf, dass Weidenspeer ging, damit er unter vier Augen ein Wort mit ihr sprechen konnte.

Während sie allerdings noch so abgeschieden da saßen, kamen Fürst Ermenwyr und seine Leibwächter die Treppe runter.

„Schmied." Fürst Ermenwyr blickte von einer Seite zur anderen und packte ihn am Ärmel. „Seid Ihr Euch bewusst, dass Ihr eine … ähm … tote Person in Zimmer 2 habt?"

„Nicht mehr", sagte Schmied. „Wir haben ihn in den Eiskeller gebracht."

„Gut", sagte der junge Fürst. „Der Geruch machte die Jungs unruhig, und seine Seele hat da drinnen die halbe Nacht gewütet. Ist einmal durch meine Wand gekommen und hat angefangen, Sachen herumzuwerfen, bis ich ihm in meiner wahren Gestalt erschien. Hat dann Fersengeld gegeben, aber ich freue mich auf ein wenig Spaß heute Abend und will nicht, dass dabei irgendwelche Geister stören. Wer war es?"

Schmied erklärte es ihm, während er sich den Schlaf aus den Augen rieb.

„Ehrlich!“ Ermenwyr wirkte alarmiert. „Nun, ich wünschte, ich wäre derjenige gewesen, der ihm seinen verdienten Lohn auszahlte! Kupferschnitt war ein echter Schuft, wisst Ihr. Kein Wunder, dass Hellbrenn seelischen Beistand braucht.“

„Ist es das, was sie dort tun?“ Schmied blickte zur Bar.

„Sie und Weidenspeer? Natürlich. Er ist ein Jünger, wisst Ihr. Hat den Sexualtrieb eines Reiskorns, sodass ängstliche, junge Damen, die eine mitfühlende Schulter zum Ausweinen brauchen, ihn unwiderstehlich finden.“ Fürst Ermenwyr lächelte höhnisch zur Bar. „Vielleicht braucht sie später etwas kräftigeren Trost, was denkt Ihr? Ich würde mir ihre Probleme anhören und ihr einen Rat geben, den sie gebrauchen kann, wenn sie das nächste Mal jemanden töten muss.“

„Ihr denkt nicht, dass sie es war?“ Schmied blickte ernst.

„Ich schätze nicht. Sagt, hattet Ihr Pläne für den Leichnam?“ Fürst Ermenwyr wandte sich wieder um und sah ihn hoffnungsvoll an.

„Ja. Die Stadtwache holt ihn nach dem Fest.“

„Verdammt. Wie wäre es in diesem Fall, wenn Ihr nach einem Schaf schicktet?“ Der junge Fürst griff in seine Geldbörse und ließ ein Silberstück auf den Tisch fallen. „Das sollte reichen. Lasst den Träger es einfach geradewegs in meine Zimmerflucht führen. Ich gehe jetzt wieder ins Bett. Wäre die barmherzige Frau Schmied so freundlich, mir ein Tablett mit Tee und klarer Brühe hochzuschicken?“

„Ich werde dafür sorgen, mein Fürst“, sagte Schmied mit Blick auf das Silberstück und fragte sich, wo er zur Festzeit ein lebendiges Schaf herbekommen sollte.

„Danke. Kommt, Jungs.“ Fürst Ermenwyr machte auf dem Absatz kehrt und ging zurück zur Treppe, seine Leibwächter dicht auf den Fersen. An der Tür zur Bar lehnte er sich hinein und donnerte: „Wenn du dann mal fertig bist, Weidenspeer, ich glaube, mein Herzschlag entwickelt eine erschreckende Unregelmäßigkeit. Du solltest mitkommen und ein Gebet für mich sprechen oder so was. Ich nehme an, du hast nichts dagegen, Hellbrenn, meine Liebe?"

Es ertönte ein Getuschel aus der Bar, und Weidenspeer eilte heraus, sah aber noch mal über seine Schulter. „Denkt an das Mantra, Kind", sagte er und folgte seinem Herrn die Treppe hinauf.

„Hellbrenn", rief Schmied.

Einen Augenblick später kam sie durch die Tür, wollte ihm aber nicht in die Augen sehen. Hellbrenn war in so schlimmer Verfassung, wie eine junge Person nach einer Nacht voller Tränen und Orchideenextrakt nur sein kann, was viel besser war, als Schmied selbst unter denselben Bedingungen dran gewesen wäre. Sie grub einen Knöchel in ein leicht geschwollenes Auge und fragte: „Was?"

„Was ist mit Kupferschnitt passiert?"

Ihr Mund bebte. Sie hielt den Blick auf den Boden gerichtet, als sie sagte: „Ich dachte, er wollte, dass ich eine Botschaft für ihn überbringe. Er hatte keine Botschaften. Er hat mir gesagt, er wüsste, wer ich wirklich sei. Hat mir die ganze Geschichte von den Leuten erzählt, die umkamen, als ich noch ein Säugling war oder so. Sagte, ich hätte schuldbeladenes Blut, und irgend so ein großes Haus Bandmetall oder so jemand würde eine Menge Geld für meinen Kopf bezahlen. Sagte, er könnte mir mit einem Fingerschnipsen Kopfgeldjäger auf den Hals hetzen!"

Sie blickte mit noch immer brodelnder Wut zu Schmied hoch. „Ich habe ihm gesagt, dass das alles nur Lügen sind. Er sagte, er könne es beweisen und würde über mich schreiben, dass ich eine Überlebende sei, sodass alle wissen, wer ich bin und wo ich lebe. Es sei denn, ich bezahle ihn, und ich hab ihm gesagt, dass ich kein Geld habe, und er sagte, das sei nicht, was er wolle."

„Bastard", sagte Schmied. „Was …?"

„Was denkt Ihr, was er wollte?“ Hellbrenn ballte die kleinen Fäuste. „Er sagte, es gebe andere Dinge, die er von mir wollte. Da bin ich aufgesprungen, um wegzurennen, und er konnte mich nicht aufhalten, aber er sagte, ich solle drüber nachdenken. Er hat gesagt, ich solle zurückkommen, wenn ich mich beruhigt hätte. Er sagte, er würde warten. Also bin ich fortgelaufen.“

„Du bist nach unten gegangen, um dich zu verbergen?“

„Ich musste nachdenken“, sagte Hellbrenn errötend, „und Frau Schmied hat mich erwischt und hat mir etwas gegeben, weil ich getrunken hatte. Also bin ich hinaufgegangen, aber ich hatte nachgedacht, nun, es ist schließlich Festzeit, und möglicherweise wäre es nicht so schlimm. Aber es schien furchtbar ungerecht, ausgerechnet jetzt! Dann dachte ich, er lässt mich vielleicht in Ruhe, nachdem – und niemand würde je wissen, wenn ich … naja, wie auch immer, ich bin rein, um ihn zu sehen. Aber …“ Sie hielt inne und schluckte.

„Er war tot?“

Hellbrenn nickte schnell und warf ihm einen flüchtigen, freudigen Blick zu. „Saß da im Feuerschein, wie in einer Gespenstergeschichte. Also bin ich gegangen.“

„Du hattest nichts mit seinem Tod zu tun? Hast keinen Rohrreiniger in sein Essen gegeben?“, fragte Schmied, nur damit es gesagt und damit erledigt war. Hellbrenn schüttelte den Kopf.

„Obwohl das eine gute Idee gewesen wäre“, gab sie zu. Ihre Augen weiteten sich. „Hat jemand das gemacht? Iiieeh!! Es muss sich durch ihn durchgefressen haben wie …“

„Wir wissen nicht, wie er starb“, sagte Schmied. „Ich versuche, es herauszufinden.“

„Ich war’s nicht“, beharrte Hellbrenn. „So gemein, wie er war, hatte er wahrscheinlich ziemlich viele Feinde, und jetzt kann er niemandem mehr wehtun!“, fügte sie strahlend hinzu.

„Hast du etwas in dem Raum angefasst, als du dort warst?“

„Gar nichts“, sagte Hellbrenn. „Das soll man nicht, nicht wahr, an einem Tatort? Es gab viele Morde in Flammenbergstadt; jeder dort weiß, was man tun muss, wenn man über einen Leichnam stolpert. Schnell wegrennen und die Klappe halten!“

„Gut. Du hast also niemandem was gesagt?“

Hellbrenn errötete und sah weg. „Nur dem ... Mediziner. Weil ich ... er fragte, was los sei. Aber er sagt's nicht weiter. Er ist sehr spirituell.“

„Für einen Grünie, hm?“

„Ich hab noch nie einen wie ihn getroffen“, sagte Hellbrenn ernst, „und er ist schön. Findet Ihr nicht? Ich könnte stundenlang in dieses Gesicht starren.“

„Nun, lass es“, sagte ihr Schmied, der zu müde war, um amüsiert zu sein. „Geh und hilf den Trägern, die Terrasse aufzuräumen.“

„Jawohl!“ Hellbrenn eilte hinaus. Schmied sah ihr nach und drückte die Teetasse an die Stelle seiner Schläfe, wo die Kopfschmerzen am schlimmsten waren. Die Hitze tat gut.

Er saß noch so da und grübelte über das nach, was er gerade erfahren hatte, als ein Mann von der Straße hereingerannt kam.

Schmied richtete sich auf und blinzelte ihn misstrauisch an, nicht wegen des plötzlichen Auftauchens des Mannes, sondern weil er sich nicht sicher war, was er sah. Die Umrisse des Mannes hatten etwas Verschwommenes an sich und schienen ein unendliches Spiel unbestimmbarer Farbnuancen. Einen Moment lang fragte Schmied sich, ob nicht Kupferschnitts Geist frei herumlief, vielleicht weil er dagegen protestieren wollte, dass sein Körper auf drei Eisblöcken zwischen einem Fass eingelegter Austern und zwei Speckseiten lag.

Aber als er sich leicht strauchelnd der Rezeption näherte, schien sich der Fremde zu festigen, und seine Umrisse schienen klarer zu werden. Groß und schlank wie er war, trug er nichts außer einem kunstvoll gearbeiteten Silberkragen und einem passenden, hüllenartigen Schmuckstück über seinen Lenden. Da es inmitten der Festzeit war, war das nichts, was Aufmerksamkeit erregen würde; aber das Gesicht des Mannes hatte etwas beunruhigend Vertrautes.

Seine Gesichtszüge waren glatt, ebenmäßig und gutaussehend, wenn nicht gar hübsch zu nennen. Sein Haar war dicht, lockig, und es gab viel davon. Seine großen Augen waren kalt, blitzten und schienen vollkommen verrückt.

„Hallo“, sagte er, und Weindämpfe stiegen Schmied entgegen. „Ich verstehe, dass dies ein, äh, nettes Gästehaus ist. Kann ich Euer Ding sehen, wo Ihr die Namen von Leuten reinschreibt?“

Seine Stimme schien auch vertraut. Schmied fixierte ihn.

„Ihr meint das Gästebuch?“

„Natürlich“, sagte der Jugendliche, als drei weitere Fremde durch die Tür rannten, und Schmied konnte die Ähnlichkeit zuordnen. Wenn Fürst Ermenwyr größer wäre und rasiert, wenn er mehr Haar hätte und nicht so viel blinzeln würde ...

„Da ist er!“, donnerte einer der Männer.

„Stirb, betrügerischer Dreckskerl!“, dröhnte ein anderer.

„Rache!“, brüllte der Dritte.

Der Bursche sagte etwas Undruckbares und verschwand. Schmied hielt unerwartet zwei Teetassen in den Händen.

Die drei Männer hielten in ihrer Invasion der Eingangshalle inne.

„Er hat es schon wieder getan!“, sagte der erste Fremde.

„Da ist er!“ Der zweite wies auf die Teetasse in Schmieds linker Hand.

„Rache!“, wiederholte der dritte Mann, und sie setzten ihren Sturm fort. Aber jetzt liefen sie auf Schmied zu.

Sie kannten allerdings Schmieds Vergangenheit und seine besondere Begabung nicht, und so waren sie zehn Sekunden später tot.

Einer hatte Schmieds linkes Stiefelmesser bis zum Heft im rechten Auge. Einer hatte Schmieds rechtes Stiefelmesser im linken Auge, auch bis zum Heft. Dem Dritten ragte Schmieds Teetasse aus einer Einbuchtung in der Stirn. Mit ziemlich überraschten Mienen standen sie einen Augenblick lang schwankend da, ehe sie rückwärts stolperten und auf dem Teppich der Eingangshalle zusammenbrachen. Nicht weniger überrascht stöhnte Schmied, stand auf und ging um den Tisch herum, um die Körper zu untersuchen. Ziemlich tot.

„Das war eindrucksvoll! Danke", sagte der Bursche, der wieder neben ihm erschienen war.

Schmieds Kopfschmerzen waren da schon sehr schlimm, und einen Moment lang war das Pochen so heftig, dass er dachte, ihn hätte der Schlag getroffen; aber es war nur das Donnern acht eisenbesohlter Stiefel, die die Treppe herabkamen, und hinter ihnen das rasche Trappeln zweier elegant beschuhter Füße.

„Herr!", riefen Fürst Ermenwyrs Leibwächter und warfen sich dem Burschen zu Füßen.

„Vergebt uns unsere Langsamkeit!", beschwor ihn Schnitt.

„Was bei den neun Höllen machst du hier?", zischte Fürst Ermenwyr wütend, während er den Jugendlichen anstarrte, als würden seine Augen gleich aus seinem Kopf springen.

„Mich verstecken", feixte der Jugendliche.

„Nun, du kannst dich nicht hier verstecken, weil ich mich hier verstecke, also verschwinde!", sagte Fürst Ermenwyr und stampfte vor Aufregung mit dem Fuß auf. Weidenspeer, der hinter ihm leise näher gekommen war, starrte den Neuankömmling erstaunt an.

„Mein Fürst! Seid Ihr wohlauf?", fragte er.

Der Bursche ignorierte ihn, und sein Feixen in Richtung Ermenwyr wurde breiter. „Oooh! Hat der Kleine einen Wutausbruch? Hat das kleine Hermelinchen Angst, man würde es aus seinem Bau buddeln? Hier kommt das grauenhafte Monster, um ihn zu schnappen!"

„Hör auf damit!", schrie Fürst Ermenwyr, als der Jugendliche kichernd auf ihn zu watschelte und dessen anmutige Gestalt zu zerlaufen begann und sich in eine schrecklich aussehende, schmelzende Masse verwandelte. „Du Idiot, wir sind in einer Stadt! Da sind Leute!"

Schmied atmete tief ein und sprang vor, um das Ding, das eben noch ein Halbwüchsiger gewesen war, am Hals zu packen und sein Bestes zu geben, es im Würgegriff zu halten. Zu seinem Erstaunen waren Schnitt, Quetsch, Stich und Qual sofort auf den Beinen, knurrten ihn an, und Weidenspeer hatte seinen Arm mit erstaunlich kräftigen Händen gegriffen.

„Nein! Nein! Schmied, hört auf!", rief Fürst Ermenwyr.

„Dann … ist das nicht der Zauberer Gleckermück?", fragte Schmied, während das Ding in seinem Griff auf unangenehme Weise triefte.

„Wer?", gluckerte das Ding.

„Das ist Fürst Eyrdway", erklärte Weidenspeer. „Der veränderliche Prächtige, Erstgeborener der unermüdlichen Mutter, Erbe der Schwarzen Hallen."

„Er ist mein verdammter Bruder", sagte Fürst Ermenwyr. „Lasst ihn los, Schmied."

Schmied tat es. „Ich bitte tausendmal um Entschuldigung, mein Fürst", sagte er vorsichtig.

„Oh, ist schon in Ordnung", gurgelte das Ding, als es sich wieder zu dem attraktiven Burschen formte. „Ihr habt mir schließlich gerade das Leben gerettet."

Das lenkte Schmieds Aufmerksamkeit wieder auf die drei Toten, die vor dem Tisch lagen. Fürst Ermenwyr folgte seinem Blick.

„Oje, ich habe Euch versprochen, es würden keine Leichen in Eurem hübschen Gästehaus rumliegen, nicht wahr? Jungs, lasst uns die Beweise loswerden. Wer sind die?“ Er warf Fürst Eyrdway einen durchdringenden Blick zu, als die Leibwächter zugleich anfingen, die Toten aufzusammeln. Sie trugen sie schnell die Treppe hinauf und kicherten dabei.

„Wer die waren? Nur ein paar Leute“, sagte Fürst Eyrdway ein wenig unbehaglich. „Kann ich was zu trinken haben?“

„Was meinst du mit ‚nur ein paar Leute‘?“, verlangte Fürst Ermenwyr zu wissen.

„Nur ein paar Leute, die ich … betrogen und deren Mütter ich irgendwie beleidigt habe“, sagte Fürst Eyrdway, „und einen ihrer Brüder getötet. Oder Vettern. Oder so.“ Sein Blick wanderte zu Schmied. „He, Kurzlebiger, wollt Ihr etwas Lustiges sehen?“

Er sprang vor, griff Fürst Ermenwyrs Bart und zog heftig daran.

„Au!“ Fürst Ermenwyr schlug seine Hand weg und tanzte rückwärts. Fürst Eyrdway blickte verwirrt.

„Es ist jetzt ein richtiger Bart, du Kretin!“, sagte Fürst Ermenwyr sich das Kinn reibend.

„Oh.“ Fürst Eyrdway war einen Moment lang verblüfft, ehe er sich zu Schmied drehte. „Seht, er hat dieses hässliche Milchgesicht, und hat sich Sorgen gemacht, ihm würde nie ein echter Magierbart wie Papas wachsen, also hat er ...“

„Halt die Klappe!“, wütete Fürst Ermenwyr.

„Oder er wollte seine Mitesser verstecken“, fuhr Fürst Eyrdway schadenfroh fort, weshalb Ermenwyr vorsprang und ihn am Hals packte. Weidenspeer und Schmied schafften es, sie zu trennen, aber nur, weil Eyrdway eine Reihe Dornen aus den Sehnen seines Halses wachsen ließ, wodurch sich sein Bruder mit einem schmerzvollen Aufschrei zurückzog. Er trat einen Schritt zurück, rieb seine Hände und starrte Fürst Eyrdway finster an.

„Die sind besser nicht giftig“, sagte er.

„Roll dich zusammen und stirb, Winzling“, sagte Fürst Eyrdway heiter. Er sah sich um. „Gibt es hier eine Bar?“

„Vielleicht sollten wir alle nach oben gehen, mein Fürst?“, schlug Schmied vor.

„Äh – nein“, sagte Fürst Ermenwyr. „Ich glaub nicht, dass Ihr in der nächsten Zeit in meine Zimmer wollt.“ Er sah zum Eingang in die Bar. „Da drinnen ist man unter sich.“

Es würde noch Stunden dauern, ehe Niet zur Arbeit erschien, also ging Weidenspeer gehorsam hinter die Bar und holte zwei Weinflaschen und Gläser.

„Ist es wahrscheinlich, dass sonst noch jemand, der hinter dir her ist, hier reinplatzt?“, fragte Ermenwyr gereizt, während er ein Glas Wein von Weidenspeer entgegennahm.

„Ich glaube nicht“, sagte Fürst Eyrdway. „Ich bin ziemlich sicher, dass ich die anderen verschreckt habe, als ich mich ein paar Straßen entfernt von hier in einen riesengroßen Wolf verwandelte. Du hättest mich sehen sollen! Augen, aus denen Flammen schossen, Fangzähne so lang wie dein Arm ...“

„Oh, spar es dir. Ich bin nicht beeindruckt.“

„Seid Ihr auch Zauberer, mein Fürst?“, fragte Schmied, ehe es wieder zu einer Schlägerei kam.

„Ich, ein Zauberer?“ Fürst Eyrdway blickte verdrießlich. „Bei den Göttern, nein. Ich muss Magie nicht ausüben. Ich bin Magie.“ Er trank seinen Wein mit einem Schluck und hielt sein Glas vor, damit man ihm nachschenkte. „Mehr, Weidenspeer. Was tust du überhaupt hier unten?“

„Ich gebe auf Euren Bruder acht“, antwortete Weidenspeer, verbeugte sich und füllte das Glas nach, „und ...“

„Stimmt, denn Ammchen ist mit dem neuen Balg beschäftigt!“ Fürst Eyrdway grinste wieder. „Also braucht unser armer, kleiner Wurmwyr jemand anderen, der sein Herz wieder zum Schlagen bringt, wenn es stillsteht. Wusstet Ihr, dass mein Bruder praktisch einer der Untoten ist, Kurzlebiger? Wie war Euer Name?"

„Schmied, mein Fürst."

„Der gute Schmied weiß alles über mich", sagte Fürst Ermenwyr. „Aber ich habe ihm nie von dir erzählt."

„Oh, Ihr müsst von mir gehört haben!" Fürst Eyrdway sah Schmied ehrlich überrascht an.

„Nun ..."

„Hört, Kurzlebiger, die herzzerreißende Geschichte meines Hauses", intonierte Fürst Ermenwyr düster. „Denn es begab sich, dass der grauenhafte Herr des Berges in all seiner tiefschwarzen und höllischen Herrlichkeit eine himmlische Heilige fing und zu seiner Braut machte, in dem närrischen Glauben, damit den Himmel selbst zu beleidigen. Aber siehe da! Kaum hielt er sie fest in seinen großen, bösen Armen, als Wellen aus strahlender Güte und göttlichem Dies-und-das seine dämonische Grässlichkeit überschwemmten und ihn für immer veränderten; denn, wie er später zu seiner Bestürzung erfahren sollte, die Mitfühlende hatte tatsächlich mit eben diesem Ziel vor Augen zugelassen, dass er sie fing. Aber das ist die Macht der Liebe, nicht wahr? Sie spielt nie gerecht ... und beim ersten die Erde erschütternden Vollzug ihres Eheglücks war der Missklang in den Ebenen so heftig und so durchdringend, dass ein abscheulicher, kosmischer Fehler geschah, und durch die Tore des Lebens drang ein verdichteter Klumpen Chaos, und neun Monate später sickerte er quasi aus Mutter heraus und nahm die Form eines Säuglings an."

„Mein Herr!" Weidenspeer schaute gequält. „Ihr spottet!"

„Sei still", sagte Eyrdway zu Ermenwyr. „Es ist alles gelogen, Kurzlebiger. Schmied? Ja. Ich war ein prächtiger Säugling, das hat Mutter immer gesagt, und ich konnte meine Gestalt schon wandeln, da lag ich noch in der Wiege, nicht wie du, du elender, kleiner Vampir. Wisst Ihr, wie er auf die Welt kam, Schmied?"

„Halt die Klappe!“, rief Fürst Ermenwyr.

„Haha – es scheint, Mutter und Vater haben in einer Hängematte in einem Pavillon im Garten Liebe gemacht, und weil sie weder auf der Erde noch im Himmel noch unter der Erde oder im Meer noch drinnen noch draußen waren, sondern hingen ...“

„Erzähl diese Geschichte nicht!“

„Ich habe vergessen, was genau schiefgegangen ist, aber sieben Monate später bemerkte Mutter dieses jämmerliche, kleine Ding, das aus ihren Röcken gefallen war, und sie hatte Mitleid mit ihm, obwohl ich ihr gesagt habe, dass sie es weggeben sollte, denn wir brauchten nicht noch mehr Kinder, aber ich schätze, weil sie die Mitfühlende ist, musste sie es behalten, und unglücklicherweise wuchs es auf, auch wenn es nie besonders groß wurde.“ Fürst Eyrdway lächelte seinen Bruder gelassen an.

„Du Eitereimer“, knurrte Fürst Ermenwyr.

„Zwerg.“

„Schwachkopf!“

„Wicht.“

„Langer Faden formlosen Schnodders aus der Nase eines kranken ...“

„Ich weiß, dass du das bist, aber was bin ich?“

„Du ...!“ Fürst Ermenwyr war kurz davor, über den Tisch hinweg seinen Bruder anzuspringen, als Schmied sich aus seinem Sitz erhob und donnerte: „Haltet alle beide die Klappe!“

Die Brüder setzten sich sofort wieder und starrten ihn eingeschüchtert an.

„Ihr könnt uns nicht sagen, dass wir die Klappe halten sollen“, sagte Fürst Eyrdway verwundert. „Wir sind Dämonen.“

„Vierteldämonen“, berichtigte Weidenspeer.

„Aber ich habe für Euch drei Männer ermordet, Ihr schuldet mir etwas“, sagte Schmied. „Oder? Ihr streitet nicht mehr, solange Ihr beide hier seid.“

„Was immer Ihr wollt“, sagte Fürst Eyrdway freundlich und trank einen Schluck Wein. „Ich ehre eine Blutschuld immer.“

„Ich will immer noch wissen, warum du nicht auf dem Berg bist“, sagte Ermenwyr starrköpfig. „Ganz zu schweigen davon, warum du ausgerechnet in mein Lieblingshotel fliehen musstest.“

„Oh“, sagte Eyrdway beschämt. „Das. Nun, ich habe einen kleinen Fehler gemacht. Es war nicht meine Schuld.“

„Wirklich?“ Fürst Ermenwyr lächelte, und seine Augen wurden schmal. „Darf man fragen, was du getan hast?“

„Ich habe nur eine Karawane überfallen“, sagte Fürst Eyrdway.

„Hmm – und?“ Fürst Lächeln entblößte ein paar spitze Zähne.

„Nun – weißt du, wenn Karawanen versichert sind, sollten sie wirklich ein Schild oder so etwas tragen, auf dem steht, wer sie versichert, sodass es jeder weiß“, sagte Fürst Eyrdway selbstgerecht.

Fürst Ermenwyr kicherte.

„Du hast eine Karawane überfallen, die bei Vaters Unternehmen versichert war“, sagte er schadenfroh, „und Papa musste bezahlen?“

„Eurem Vater gehört ein Versicherungsunternehmen?“, fragte Schmied.

„Er verdient viel mehr Geld als damit, Bandit zu sein“, entgegnete Fürst Ermenwyr. „Es gibt nicht viele Wege, sich noch als Herrn des Bösen zu respektieren, wenn man keine Gesetze brechen darf.“

„Es gab nicht mal viel zu ergattern“, beschwerte sich Fürst Eyrdway. „Nur dumme Mehlsäcke. Also habe ich sie alle aufgeschnitten, falls irgendwas Wertvolles drin wäre. War es aber nicht, also haben wir das Zeug einfach herumgeworfen und drin getanzt und sind weiß wie Gespenster heimgekommen, und dann hat sich herausgestellt, dass das Mehl in ein Dorf sollte, wo die Leute hungerten, sodass Mama auch sauer auf mich war."

„Du erstrangiger Esel!" Fürst Ermenwyr wippte sich selbst umarmend vor und zurück.

„Also hat Vater mich verbannt, bis ich ihm den Wert der Karawane zurückbezahlen kann", sagte Fürst Eyrdway, „und Mutter hat mich getadelt."

„Oooh." Ermenwyr zuckte zusammen. „Das ist ernst ... und du hast keine Ahnung, wie man zu Geld kommt, nicht wahr?"

„Habe ich wohl!", knurrte Eyrdway. „Ich habe einem Reisenden welches geklaut, als ich vom Berg herunterkam. Aber er hatte nicht mal ansatzweise genug, also habe ich den nächsten Reisenden, den ich bestahl, gefragt, wo es ein gutes Spielhaus gäbe, und er hat gesagt, es gäbe viele in Salesh-an-der-See."

„Oh ihr Götter."

„Nun, du sprichst doch ständig davon, wie viel Spaß du hier hast! Also bin ich über die Stadtmauer gekommen und habe ein nettes Spielhaus gefunden und zuerst ganz viel Geld gewonnen", sagte Fürst Eyrdway, „und sie haben mir jede Menge Freigetränke serviert. Also habe ich ein wenig mehr getrunken, als gut war, vielleicht. Also erinnere ich mich an einiges, was passiert ist, nicht so gut. Aber es wurde viel geschrien."

„Ihr müsst jemanden ermordet haben", sagte Schmied.

„Ja, ich glaube, das habe ich", stimmte Fürst Eyrdway zu. „Ich habe nicht nur kein Geld mehr gewonnen, sie wollten Geld von mir! Also bin ich gegangen und habe mich in ein paar Dinge verwandelt, um sie abzuhängen. Aber sie haben gemerkt, dass ich mich verwandle und blieben mir auf den Fersen. Also bin ich zum Hafen gerannt und habe mich in eine Möwe verwandelt. War das nicht klug von mir?" Er wandte sich mit strahlenden Augen zu Ermenwyr. „Keiner kann eine Möwe von den anderen unterscheiden!"

„Genial", spottete Fürst Ermenwyr. „Erzähl weiter."

„Also habe ich so die Nacht verbracht, und die ganzen weiblichen Möwen haben sich in mich verliebt. Aber heute Morgen war ich durstig, also habe ich mich wieder in mich verwandelt und ging auf der Suche nach etwas zu trinken am Hafen entlang. Dann hörte ich einen Schrei, und als ich mich umdrehte, waren da wieder diese Leute, und sie hatten andere Leute bei sich, und sie rannten alle mit gezogenen Waffen hinter mir her."

„Du Trottel, sie hatten Zeit, eine Beschreibung von dir herumzugeben", sagte Fürst Ermenwyr.

„Wirklich?" Fürst Eyrdway wirkte fassungslos. „Warum sind sie so sauer? Ich dachte, zur Festzeit sei in Salesh alles gestattet."

„Sie reden von den Sünden des Fleisches, nicht von Mord", bemerkte Schmied.

„Oh. Das sollte aber in den Broschüren stehen! Jedenfalls habe ich mich daran erinnert, dass du irgendwo hier ein sicheres Haus hast, also habe ich danach gesucht, aber ..."

„Du bist zu mir gekommen, um Schutz zu suchen?" Fürst Ermenwyr lächelte und zeigte alle seine Zähne.

„Nein!", sagte Fürst Eyrdway sofort. „Ich brauche deinen Schutz nicht! Ich dachte nur, du weißt schon ..." Er öffnete und schloss den Mund ein paarmal und suchte nach Worten.

„Das war's; sein Verstand ist vor Anstrengung stehengeblieben", sagte Fürst Ermenwyr zu Schmied. „Solange wir warten, lasst mich sagen, wie leid mir diese hässliche Verwicklung tut. Was dich betrifft, liebster Bruder, so bin ich glücklich, dir eine Zuflucht anbieten zu können. Mutter würde sicher wollen, dass ich das tue."

„Geh und explodiere", sagte Fürst Eyrdway verdrossen. „Ich dachte nur, ich könnte genug Geld von dir leihen, um Vater das Geld zurückzugeben."

„Ah, aber dann würdest du der lehrreichen Strafe entgehen, die Vater dir mit der begrenzten Verbannung auferlegte, nicht wahr?", sagte Fürst Ermenwyr. „Ich bin mir sicher, Mutter hat auch gehofft, dass du eine moralische Lehre aus der Erfahrung ziehst."

„Heißt das, du leihst mir das Geld nicht?"

„Du Narr, es ist lächerlich einfach, Geld von Sterblichen zu bekommen, ohne sie zu bestehlen", sagte Fürst Ermenwyr.

„Ja?" In der Luft über Fürst Eyrdways Kopf tauchten große Messingräder und Getriebe auf, die sich langsam drehten. „Leute tun das, nicht wahr?"

„Absolut. Schmied hier, zum Beispiel, hat für Geld Leute getötet", sagte Fürst Ermenwyr.

„Hat", sagte Schmied. „Ich führe jetzt ein Gästehaus. Ich empfehle das Assassinendasein nicht, mein Fürst. Es ist schwieriger, als es klingt."

„Nun, ich will nichts machen, das anstrengend ist", Fürst Eyrdway stirnrunzelnd. Die Getriebe über seinem Kopf formten sich zu einer leuchtenden Lampe um, und er wandte sich an Ermenwyr. „Ich weiß! Hast du nicht Sterblichen deinen Hintern angeboten?"

„Ich bin ein junger Gigolo", berichtigte Ermenwyr, „und das ist viel subtiler als einfaches Hausieren. Du musst sie umwerben. Du musst ihnen Geschenke abschwatzen. Du musst die besten Plätze kennen, an denen man Geschenke gegen Geld tauschen kann. Aber ja, du kannst Sterbliche dazu kriegen, dich für Sex mit ihnen zu bezahlen, wenn du jung und schön bist."

„Wie hast du es dann geschafft?", lachte Fürst Eyrdway.

„Schmied, soll ich Euch davon erzählen, wie unsere Schwester Eyrdway verprügelt hat?"

„Erzähl ihm das nicht!"

„Dann pass auf, was du sagst. Ein Stricher muss charmant sein." Ermenwyr strich sich über den Bart und betrachtete seinen Bruder durch halbgeschlossene Augen. „Es gibt gewisse Straßen, in denen man sich aufhält. Man lässt sich jung und verletzlich erscheinen, und ich fand immer, dass es half, ein wenig von meinem Zauber fallen zu lassen, sodass die Sterblichen den flüchtigsten Blick meiner wahren Gestalt erhaschen konnten."

„Das kann ich", beschloss Eyrdway.

„Dann wartest du, dass dich jemand bemerkt. Jemand Älteres, Gutgekleidetes. Üblicherweise laden sie dich auf etwas zu trinken ein."

„Verstanden."

„Dann gehst du mit ihnen ins Bett und machst sie so glücklich, wie du nur kannst. Der Kunde hat immer recht, denk daran."

„Bist du sicher, dass du das gemacht hast?" Fürst Eyrdway wirkte skeptisch, als er die Einzelheiten wiederholte.

„Natürlich", sagte Fürst Ermenwyr verschlagen. Er nippte an seinem Wein.

„Man kann so wirklich Geld verdienen?"

„Haufenweise", versicherte Ermenwyr Eyrdway.

„Nun, dann sollte ich außerordentlich erfolgreich sein!", sagte Fürst Eyrdway freudestrahlend. „Denn ich bin weitaus interessanter als du. Ich denke, ich fange heute an."

„Ihr werdet während der Festzeit niemanden dazu bekommen, für Sex zu bezahlen", sagte Schmied.

„Das ist wahr", stimmte Fürst Ermenwyr zu. „Du wirst nächste Woche anfangen müssen. Solange kannst du bei mir bleiben. Du kannst nicht hier in Schmieds Hotel üben, denn er hat bereits genug Ärger. Aber für heute sind in der ganzen Stadt öffentliche Orgien angesagt." Er betrachtete Eyrdway von oben bis unten. „Ich würde dir empfehlen, mit einem anderen Aussehen hinzugehen. Die Stadtwache sucht dich immer noch, denk daran."

„Stimmt", sagte Eyrdway. „Danke."

„Wozu sind Brüder da?", sagte Fürst Ermenwyr.

„Als Sicherheitsleistung", sagte Fürst Eyrdway. Er sah interessiert zu Schmied. „Ihr habt Ärger? Etwas, wobei ich helfen könnte? Ihr habt mir schließlich das Leben gerettet."

Schmied erklärte ihm die Umstände des Mordes an Sharplin Kupferschnitt, soweit er sie kannte.

„Nun, wenn es hässlich wird, kann sich Hellbrenn in meinem Zimmer verstecken, bis wir sie hinausschmuggeln können", sagte Ermenwyr. „Ist sie wirklich eine der Überlebenden des Massakers?"

„Kupferschnitt dachte das", sagte Schmied, „und er hat sich eine Menge Mühe gegeben, Beweise auszugraben. Aber sie kann nicht viel mehr als ein Neugeborenes gewesen sein, als das alles geschah."

„Mutter hat eine Waise der Bannmetallsache aufgenommen, nicht wahr?" sagte Fürst Eyrdway. Er wies auf Weidenspeer. „Das warst doch du, oder?"

Fürst Ermenwyr verzog das Gesicht. Schmied sah zu Weidenspeer.

„Ist das wahr?"

„Du hast ihn soeben in die Sache mit reingezogen, du Idiot", sagte Ermenwyr zu seinem Bruder.

„Ja, Herr, es ist wahr", antwortete Weidenspeer. „Ich verlor bei dem Massaker meine Eltern."

„Aber er kann niemanden töten, Schmied", sagte Fürst Ermenwyr. „Er ist einer von Mutters Anhängern. Sie tun so etwas nicht."

„Er war im selben Stockwerk wie Kupferschnitt, als der Mord geschah", erklärte Schmied ruhig. „Er ist mit dem Bannmetallmassaker verbunden. Er ist Mediziner, also kennt er Kräuter und vermutlich Gifte. War er nicht einmal in der Küche? Als er sich um Hellbrenns Knie kümmerte ... und während des Feuerwerks stand er hinter Eurem Stuhl; ich habe ihn gesehen. Er hätte davonschleichen können, ohne dass Ihr es bemerkt hättet."

„Schmied, ich gebe Euch mein Wort als der Sohn meines Vaters ...“, protestierte Fürst Ermenwyr.

„Wie sieht's aus?“, fragte Schmied Weidenspeer. „Kupferschnitt war ein verdammt jämmerlicher Typ. Viele Leute hätten es als tugendhafte Tat betrachtet, ihn zu erledigen. Habt Ihr?“

„Nein“, sagte Weidenspeer. „Als Diener der Mitfühlenden verurteile ich andere nicht, noch töte ich sie.“

„Kupferschnitt könnte auch gar nichts gegen ihn in der Hand gehabt haben“, sagte Fürst Ermenwyr. „Keine Aufzeichnungen, die man zurückverfolgen könnte. Yendri-Adoptionen werden nicht bei unseren Ämtern vollzogen.“

„Jemand in Lumpen tauchte eines Tages vor der Festungsmauer auf und trug ein Baby in den Armen“, bestätigte Eyrdway. „Das warst du, Weidenspeer. Mama nahm das Baby auf, die Bettlerin verschwand. Ende.“

„Es ist Zufall“, behauptete Fürst Ermenwyr. „Es hätte jeder hier sein können.“

Schmied nickte, nahm aber den Blick nicht von Weidenspeers Antlitz. Der junge Mann begegnete seinem Blick unerschrocken. „Dann werde ich die Gäste befragen, sobald sie bei Bewusstsein sind.“

Fürst Eyrdway erinnerte sich an sein Getränk und leerte es in einem Zug. „Übrigens, Ermenwyr, jemand anderes ist zum Haupttor gekommen und hat nach dir gefragt. Kurz bevor Vater mich hinausgeworfen hat.“

„Was?“ Ermenwyr schrak zusammen. „Wer denn?“

„Sagte, sein Name sei … oh! Dieser seltsame Name, den Ihr nanntet.“ Fürst Eyrdway wies auf Schmied. „Meckerglück?“

„Gleckermück!“

„Was auch immer. Die Wachen sagten ihm, du wärst außer Haus, und man würde dich nicht so bald zurückerwarten. Du meldest dich besser bei ihm.“

„Ich werde mich nicht bei ihm melden!“, sagte Fürst Ermenwyr und erklärte, warum. Eyrdway hörte zu, zunächst verdutzt, dann stirnrunzelnd.

Als Ermenwyr fertig war, sagte er: „Du meinst, der Mann will dich herausfordern, und du drückst dich?“

„Natürlich, du Schwachkopf!“

„Was bist du, ein Feigling?“ Fürst Eyrdway wirkte empört.

„Ja, und wenn du so oft gestorben wärst wie ich, wärst du auch ein Feigling!“, sagte Fürst Ermenwyr.

„Aber du kannst eine Herausforderung nicht ablehnen“, sagte Fürst Eyrdway. „Was ist mit der Ehre unseres Hauses?“

„Ehre? Hallo! Eyrdway, bist du da? Erinnerst du dich, wer Papa ist?“, rief Fürst Ermenwyr entnervt. „Überhaupt bist du auch wie ein Hase davon gelaufen, als diese Sterblichen hinter dir her waren.“

„Oh, das. Nun, sie waren irrelevant, oder nicht? Nur ein paar Leute, die mich aus irgendeinem Grund töten wollten. Aber du musst eine Herausforderung annehmen“, sagte Fürst Eyrdway vernünftig.

„Nein, muss ich nicht, und ich werde es auch nicht“, verkündete Fürst Ermenwyr an seinem Vollbart zupfend. Mit vor Ärger zitternden Händen zog er seine Rauchröhre hervor und stopfte sie mit Kräutern aus einem Beutelchen. „Sieh mich an, sieh dir an, was du mit meinen Nerven machst!“

„Armes Kind“, höhnte Eyrdway, doch dann änderte sich sein Verhalten. „Oooh. Ist das blassrosa Knöterich? Kann ich etwas abhaben?“

„Nein.“ Fürst Ermenwyr zündete die Röhre mit einem kleinen Feuerball an.

„Nicht hier!“, warnte Schmied.

„Entschuldigung.“ Fürst Ermenwyr tat auffällig so, als wedle er ein nicht vorhandenes Zündholz aus und lege es weg, während er aromatischen Rauch in dichten Wolken ausblies. „Ich werde jetzt hochgehen und frühstücken, was ich bisher nicht getan habe, weil du mittendrin aufgetaucht bist, und wenn du versprichst, ein bestimmtes Thema nicht mehr anzusprechen, werde ich ein wenig hiervon teilen."

„Welches Thema?", fragte Fürst Eyrdway.

„Oh, und Schmied?" Fürst Ermenwyr stand auf und schob sich aus der Nische. „Das Schaf wird nicht mehr nötig sein."

Die erste, die mit verwirrtem Gesichtsausdruck aus dem Gebüsch herein gewandert kam, war Madame Shanriana aus dem Hause Golddorn. Sie hatte mehrere recht wichtige Pailletten verloren, und ihre blaue Körperbemalung benötigte einige gründliche Ausbesserungen.

Schmied eilte mit einer Leihrobe herzu und wickelte sie darin ein, während er fragte: „Madame, wäre es Euch lieber, auf Eurem Zimmer zu frühstücken oder im inneren Speisesaal?"

„Auf meinem Zimmer, denke ich", sagte sie. „Ich bin nicht sicher, ob ich mich erinnere, mich letzte Nacht hier eingetragen zu haben. Hatte ich Dienstboten bei mir?"

„Nein, Madame, Ihr kamt allein." Schmied führte sie die Treppe hinauf, denn sie schwankte ein wenig beim Gehen. „Ihr habt Zimmer 3. Darf ich Euch schwarzen Tee und ein süßes Brötchen anbieten?"

„Drei oder vier davon", antwortete sie, „und schickt mir jemanden hoch, der mir ein heißes Bad einlässt. Jemand Gutaussehenden."

„Wir werden unseren attraktivsten Träger schicken, Madame", sagte Schmied, der im Geiste anmerkte, dass der neue Schmied etwas weniger wettergegerbt aussah als seine Kollegen. „Obwohl ich Euch warnen muss, dass unsere Träger sich mehr durch ihre Kraft auszeichnen als durch ihr Aussehen."

„Hmm." Madame Shanriana bekam an mehreren Stellen Grübchen. „Kraft ist gut. Ich mag Kraft."

„Ich hoffe, Ihr seid letzte Nacht nicht gestört worden", fuhr Schmied fort. „Wir hatten ein Racheproblemchen, wie es scheint."

„Oh, nun, das passiert", sagte Madame Shanriana geringschätzig abwinkend, als sie an Zimmer 3 vorbeiging. Schmied lehnte sich unter dem Vorwand, ihr etwas ins Ohr flüstern zu wollen, zu ihr und drehte sie sanft zurück zu ihrer Tür.

„Aber es ist ein rechter Skandal, fürchte ich, obwohl es ja heißt, dass ein Skandal gut fürs Geschäft ist", murmelte Schmied und beobachtete Shanrianas Gesicht. Ein Leuchten erwartungsvollen Interesses kam in ihre Augen.

„Wer ist denn tot?", fragte sie.

„Ich sollte es eigentlich für mich behalten, aber ..." Schmied lehnte sich noch näher. „Sharplin Kupferschnitt, der Schreiber."

Er beobachtete ihr Antlitz genau. Das Leuchten verschwand sofort, und ihm folgten Missvergnügen und Ärger. „Oh nein, wirklich? Ich habe keine seiner Kolumnen verpasst! Er hat diese wundervolle, heiße, nicht autorisierte Biografie über Madame Wie-war-ihr-Name, diese Schiffserbin, geschrieben, nicht wahr? *Die fingierte Jungfrau*? Oh, wie grässlich!"

„Kanntet Ihr ihn?"

„Himmel, nein. Man verkehrt nicht mit Schreibern", sagte Madame Shanriana und wirkte noch elender. Sie tastete am Türgriff ihres Zimmers herum. Schmied öffnete sie für sie und dienerte, als er sie eintreten ließ.

„Andererseits könnt Ihr, sobald die Neuigkeit öffentlich wird, den Leuten erzählen, dass Ihr den Raum gegenüber des Raums hattet, in welchem Sharplin Kupferschnitt gestorben ist", bemerkte Schmied. Sie schien damit eindeutig zufrieden. „Ich hoffe, Ihr wurdet nicht belästigt, als es geschah?"

„Nein, ich war die ganze Nacht draußen auf der Terrasse. Zumindest glaube ich das. Ja, ich bin sicher, denn seht Ihr, da war eine ganze Offizierstruppe eines Kriegsschiffs, und sie alle nahmen mich in Anspruch, da sie dem Geist des Wassers dienen, nicht wahr? Also hatten wir die ganze Nacht sehr viel Spaß. Ich muss den Mord verpasst haben. Ich schätze, es war eine furchtbar blutige Angelegenheit? Assassinen in dunklem Leder, mit Masken?“ Ihr Blick verschleierte sich, als sie einer Fantasievorstellung nachhing.

„So in der Art“, sagte Schmied.

„Oooh. Schickt mir bitte schnell diesen Träger herauf – und einen Teller mit Würstchen.“ Shanriana rieb sich die Hände.

Als er die Treppe hinabging, strich Schmied sie von seiner geistigen Liste der Verdächtigen. In seinem alten Handwerk hatte er ein Talent dafür entwickelt, Gesichtsausdrücke zu lesen. Madame Shanriana mochte einen Fimmel fürs Blutvergießen haben, aber sie war aufrichtig überrascht gewesen, als sie von Kupferschnitts Tod hörte.

Er erwischte den neuen Schmied in der Eingangshalle und teilte ihm Madame Shanrianas Frühstücksbestellung mit, als ein Marineoffizier von der Terrasse herein gestolpert kam und sich in seine Tunika kämpfte.

„Wie spät ist es?“, fragte er wild, als sein Gesicht aus dem Kragen auftauchte.

„Der erste Gebetsakt war vor einer Stunde“, sagte Schmied ihm. Er beruhigte sich etwas.

„Wo ist das nächste Badehaus?“, fragte er. „Ich habe überall blaues Zeug.“

„Der Geist des Wassers …?“, half Schmied ihm weiter, während er im Geiste das Wort „Alibi“ neben Madame Shanrianas Namen setzte.

„Oh! Stimmt!“ Der Offizier feixte, als die Erinnerung zu ihm zurückkehrte. „Bei den Göttern! Sie fing in der Abenddämmerung mit den Seekadetten an und arbeitete sich bis Mitternacht bis zum Admiral hoch. Hat uns alle ertränkt. Fröhliche Paarung! Hervorragendes Essen gibt's hier."

„Wir haben viele prominente Kunden", sagte Schmied. „Sharplin Kupferschnitt etwa."

„Wer ist das?" Der Offizier holte eine Paillette von einem ungewöhnlichen Ort hervor.

„Der Schreiber."

„Wirklich? Nie gehört. Habe ich Euch schon gefragt, wo's ein Badehaus gibt?"

„Um die Ecke, in der Taustraße", sagte Schmied. „Fröhliche Paarung."

„Euch auch", sagte der Offizier und ging durch die Eingangshalle. An der Tür wandte er sich mit einem fragenden Blick um.

„Es hat auch eine Prophylaxestation", versicherte ihm Schmied. Er grüßte fröhlich und ging.

In der folgenden Stunde arbeitete Schmied sich durch die überlebenden Hotelgäste, sobald sie zu Bewusstsein kamen. Die Bewohner von Zimmer 4 waren ein älteres, verheiratetes Paar aus Schwarzfels, das die ganze Nacht im Zimmer gewesen war, von einem Ausflug auf den Balkon abgesehen, um das Feuerwerk zu betrachten. Sie hatten wenig von Sharplin Kupferschnitt gehört und hatten den Eindruck, er wäre jemand, der sich vor drei Dienstzeiten als Diktator ihrer Stadt beworben hatte, oder waren es vier? Sie stritten einige Minuten lang darüber, ob es vor drei oder vier Dienstzeiten war, bis sie plötzlich beschlossen, dass sie beide falsch lagen und dass Sharplin Kupferschnitt der Name des ersten Rhetoriklehrers ihres Sohnes war, dessen, der so schlechte Zähne hatte.

„Ihr habt nicht zufällig letzte Nacht etwas Ungewöhnliches gehört, oder?", fragte Schmied, woraufhin sie erörterten, was in einem Hotel wie diesem zur Festzeit als ungewöhnlich gelten könnte, lange in Erinnerungen schwelgten, wie die Festzeit in den alten Tagen gefeiert worden war, gefolgt von einem Nachsinnen über Hotels im Allgemeinen und im Besonderen. Eine halbe Stunde später dankte Schmied ihnen und ging. Er war recht sicher, dass sie nicht Kupferschnitts Mörder waren.

Der Bewohner von Zimmer 5 war ein kräftiger, mürrischer Geschäftsmann, der unter dem Tisch auf der Terrasse hervorgezogen und mit einer Dosis Katerpulver wiederbelebt werden musste. Er war auch nachdem das Pulver wirkte äußerst missgelaunt, vermisste seine Geldbörse und seine Sandalen und drohte, Schmied zusammenzuschlagen, wenn sie gestohlen worden waren, und war kaum dankbarer, als Tiegel sie sicher versteckt unter dem Stuhl entdeckte, auf dem er vergangene Nacht gesessen hatte. Er überprüfte demonstrativ den Inhalt seines Geldbeutels, wobei er drohte, Tiegel den Kiefer zu brechen, wenn irgendetwas fehlen sollte. Als bewiesen war, dass nichts fehlte, bestellte er Frühstück und drohte, Schmied die Beine zu brechen, wenn es nicht in fünfzehn Minuten auf sein Zimmer geschickt würde.

Nicht die Art Mensch, die Gift nutzen würde, um jemanden umzubringen.

Als er den Gang entlang zurückging, sah Schmied rosa Rauch unter der Tür von Fürst Ermenwyrs Suite hervorquellen und hörte schreckliches Gelächter aus dem Raum dahinter. Schaudernd ging er weiter und kehrte in die Küche zurück.

„… viel verdaulicher", sagte Frau Schmied gerade, als er eintrat. Sie und Hellbrenn beugten sich über einen weiteren Seedrachen, aber dieser war ein Dessert. Eine Fruchteisbombe bildete den Körper, der geschwungene Hals und der Schädel waren aus Marzipan. Auf Tabletts auf dem Tisch lagen wie Scheiben aus flaschengrünem Glas Zuckerschuppen aufgereiht, und Frau Schmied brachte sie mit einer Küchenpinzette behutsam auf dem Rücken des Seedrachens an.

„Hallo, Schmied", sagte sie, als sie zu ihm aufschaute. „Irgendwelche Fortschritte?"

„Ein paar“, sagte Schmied. Er zog einen Küchenhocker hervor, setzte sich und blickte bekümmert auf den Seedrachen. „Ist das unser Beitrag zum Festkochwettbewerb?“

„‚Die Gala der lasziven Gastronomie zur Verlängerung der Ekstase‘“, teilte ihm Frau Schmied mit. „Ich habe gute Chancen zu gewinnen, das erzählen mir zumindest meine Beobachter. Der Koch drüben im Seegarten hat es nicht geschafft, eine bestimmte Lieferung Liköre zu bekommen, auf die er sich verlassen hatte, und der Beitrag des Kochs des Heilbades ist lediglich ein riesiges Marmeladenbrötchen, das so glasiert wurde, dass es wie ein Penis aussieht. Der unterbewusste Schrecken sollte für Übelkeit unter den Schiedsrichtern sorgen, wenn es aufgeschnitten und serviert wird, denkt Ihr nicht auch?“

„Ja“, sagte Schmied, der zusammenzuckte und die Beine überkreuzte.

„Als nächstes machen wir die Flügel“, sagte Frau Schmied zu Hellbrenn. „Zuckermelone, Granatapfelfarbe und Zuckerrohrschnaps, zu gleichen Teilen zu zähem Sirup gekocht. Ich zeige dir die Formen, in die ich es geschnitten haben will, sobald es abgekühlt ist. Wie kommt unser kleines Geheimnis voran?“, fragte sie Schmied.

„Keiner der anderen Gäste hat den Mord begangen“, sagte Schmied und rieb sich die Schläfen.

„Ich war es immer noch nicht“, sagte Hellbrenn mürrisch.

„Dummes Kind, niemand hat auch nur für eine Minute gedacht, du wärst es gewesen. Wisst Ihr, Schmied, in der sich rasch ausbreitenden Euphorie der Lust der letzten Nacht hätte jeder von der Straße hier herein wandern und Kupferschnitt erledigen können“, bemerkte Frau Schmied, während sie Schuppen rund um das Auge des Drachen legte, „und es ist nicht so, dass uns die Leute mit Motiv je ausgehen würden. So wie er allen vom skandalösen Leben der Wohlhabenden erzählt hat? Besonders Madame Quarzhammer, von der er, wie ich glaube, in dem

Kassenschlager *Die Fingierte Jungfrau* behauptete, sie hätte eine leidenschaftliche Affäre mit einem Zwerg."

„Sowie mit einem Haufen Ziegen", fügte Hellbrenn hinzu, während sie die Granatapfelfarbe in den Zuckersirup rührte.

„Irgendwas furchtbar Geschmackloses jedenfalls. Ganz zu schweigen von dem Enthüllungsbuch, das er über das Haus Stahlrauch geschrieben hatte! Ich denke nicht, dass es sie besonders frohgemut stimmte, als er aufdeckte, dass Fürst Pankins Mama auch seine Schwester war, und ein Werwolf dazu." Frau Schmied wendete den Seedrachen behutsam und arbeitete an einer weiteren Reihe Schuppen.

„Hat er nicht auch behauptet, alle Stahlrauchmädchen würden mit Tierschwänzen geboren? Das hab ich jedenfalls gehört!", sagte Hellbrenn.

„Er hat den Arzt befragt, der sie nach der Geburt abgenommen hatte", sagte Frau Schmied. „Gründlich erbarmungslos, Sharplin Kupferschnitt, und erbarmungslos gründlich. Wenn sein Dahinscheiden bekannt wird, werden ein paar Hochgeborene mit Sekt auf die Gesundheit des Mörders anstoßen, kann ich mir vorstellen."

„Aber er hatte es auch auf Niedriggeborene abgesehen", sagte Hellbrenn mit zitternder Stimme.

„Genau. Es scheint unwahrscheinlich, dass Ihr das löst, Schmied." Frau Schmied lehnte sich zurück und zündete ihre Rauchröhre an. Sie blies Zwillingsströme aus Rauch aus ihren Nasenlöchern und musterte ihn. „Vielleicht kann man Kreuzbrasse mit einer Bestechung statt mit einem Verdächtigen überzeugen? Freier Zugang zur Bar? Ich wäre auch gern bereit, ihm ein privates Dinner zu kochen."

„Es hängt alles davon ab, wie ..." Schmied sah auf, als er ein bedächtiges Klopfen an der Küchentür hörte.

„Herein", sagte Frau Schmied.

Weidenspeer betrat die Küche und hielt inne, als er Schmied sah. „Ich bitte um Verzeihung", sagte er mit ein wenig belegter Stimme. Seine Augen tränten und waren entzündet.

„Zu viel blassrosa Knöterich?", fragte Schmied.

Weidenspeer nickte und hustete in seine Faust. Hellbrenn, die herumgewirbelt war, als sie seine Stimme gehört hatte, kam sofort an seine Seite.

„Wollt Ihr Euch setzen?", fragte sie besorgt, wie Schmied es noch nie bei ihr gehört hatte. „Soll ich Euch Wasser holen?"

„Ja, danke", sagte Weidenspeer. Schmied und Frau Schmied sahen einander an.

„Kommen Ihre Durchlauchten miteinander aus?", fragte Schmied.

„Einigermaßen", entgegnete Weidenspeer, als er auf den Schemel sank, den Hellbrenn ihm gebracht hatte. „Fürst Ermenwyr ruht auf seinem Bett und wirft Feuerbälle in den Kamin. Fürst Eyrdway ruht auf dem Sofa und hat sich in ein kleines Fischerboot verwandelt, vollständig mit Rudern. Sie sind zurzeit jenseits von Worten, und es ist somit unwahrscheinlich, dass sie streiten, aber sie haben ihre Nervensysteme immer noch vergleichsweise gut unter Kontrolle. Danke." Er nahm eine Tasse Wasser von Hellbrenn entgegen und lächelte sie an.

„Keine Ursache", sagte Hellbrenn und blieb weiter an seiner Seite.

„Ihr seid sehr liebenswürdig", sagte er.

„Ach, gar nicht", piepste sie nervös. „Ich finde nur – ich meine – Ihr seid nicht wie sie. Ich meine, Ihr saht aus, als bräuchtet Ihr ... äh ..."

„Wasser?", half Frau Schmied aus.

„Ja", sagte Hellbrenn.

„Das brauchte ich", sagte Weidenspeer. Er trank vorsichtig. „Ich bin nicht an den Rauch von blassrosa Knöterich in solcher Konzentration gewöhnt. Ich fröne dem nicht."

„Aber hier drinnen ist es voller grässlicher Dämpfe!", sagte Hellbrenn und wies auf Frau Schmieds Rauchröhre.

„Nichts als einfaches Bernsteinblatt", sagte Frau Schmied ein wenig verstimmt. Hellbrenn ignorierte sie.

„Wollt Ihr vielleicht hinaus auf den Hinterhof, bis es Euch besser geht?", fragte sie Weidenspeer. „Dort gibt es wunderbar frische Luft und – und eine richtig wundervolle Aussicht!"

„Vielleicht sollte ich ..."

„Soll ich es Euch zeigen?"

Sie sahen einander eine Weile in die Augen.

„Ich – ja", sagte Weidenspeer, und Hellbrenn führte ihn durch die Hintertür.

Frau Schmied blies einen Rauchring.

„So was, so was", bemerkte sie.

„Ich dachte nicht, dass sie einen Sexualtrieb hätte", sagte Schmied überrascht.

„Es ist Festzeit, Schmied", antwortete Frau Schmied.

„Sie musste sich wohl früher oder später verlieben", sagte Schmied. „Ich hätte nur nie gedacht, dass es in einen Yendri wäre."

Frau Schmied zuckte die Achseln.

„Seit sie alt genug ist, um auf ihren Beinchen herumzuwanken, hat man ihr im Mutterhaus beigebracht, Grünies zu verachten. Das musste die Anziehung nur stärker machen, wenn sie einmal einen traf", sagte sie. „Der Reiz des Verbotenen und so."

Sie hielt einen Augenblick lang inne, ihr Blick war nicht zu deuten, und nahm einen weiteren Zug von ihrer Rauchröhre. „Außerdem", fügte sie hinzu, als sie Rauch ausatmete, „liegt es in ihrem Blut."

In dem Augenblick zischte eine kleine Pfanne auf dem Herd, als ihr Inhalt aufschäumte, und Frau Schmied sprang auf. „Zur Hölle! Sie ist weg und hat den Sirup auf dem Feuer gelassen!" Verwünschungen brummend riss sie die Pfanne herunter und goss ihren geschmolzenen Inhalt auf die marmorne Arbeitsplatte, wo das kirschrote Zeug zerlief und sich ausbreitete wie ein Tuch aus Blut.

„Was in aller Welt?" Schmied kam auf die Füße und starrte auf die Arbeitsplatte.

„Es ist das Zuckerglas für die Drachenflügel", erläuterte Frau Schmied, als sie finster zu der Tür starrte, durch die Hellbrenn und Weidenspeer verschwunden waren. „Schnappt Euch einen Spatel und helft mir. Wenn wir das Zeug nicht zu Drachenflügeln formen, ehe es fest wird, ist es unnütz. Bei den Göttern und Göttinnen, ich könnte Hellbrenn manchmal den Hals umdrehen!"

Schmied, der ein vernünftiger Mann war, schnappte sich einen Spatel.

An jenem Nachmittag war Schmied zu beschäftigt, um seine Untersuchungen fortzusetzen.

Salesh hatte sich auf ihrem seidenen Sofa ausgestreckt und war wieder erwacht, blinzelte durch weinbenebelte Augen zu ihrem Liebhaber, dem Fest. Nach einem kurzen Augenblick der Verwirrung und der Suche nach einem Kopfschmerzmittel erinnerte sie sich daran, wer er war und nahm ihn mit neu erwachter Vitalität wieder in ihre nimmersatte Umarmung.

Der feierliche Klang der Glocken des dritten Gebetsakts meldete den Beginn der großen Parade der Fröhlichen Paarung entlang der Vorderstraße. Der Sammelpunkt war gleich um die Ecke in der Trossenstraße, sodass die Gäste des Gästehauses Seeblick eine gute Sicht auf die Ereignisse hatten.

Mit dem durchdringenden Pfeifen von Flöten, dem Läuten und Rasseln der Tamburine kamen die ersten Feiernden, gekleidet in Rosenblüten und nur wenig mehr! Sie tanzten, schüttelten ihr wildes Haar und sprangen zur Erbauung der versammelten Menge am Straßenrand athletisch umher. Liebliche Mädchen ritten auf den Schultern bärenstarker Jungs und warfen aus kleinen Körben Liebeskonfekt in die Zuschauerreihen.

Hinter ihnen zogen als Engel verkleidete Männer einen niedrigen Karren. Auf ihm fuhren etwa zwei Dutzend Ammen, die die Früchte des letztjährigen Fests in ihren Armen trugen, hübsch und drei Monate alt, geschmückt mit Blumen. Die Babys blickten verwirrt umher oder weinten bei dem ganzen Lärm, oder sie schliefen in erhabener Gleichgültigkeit gegenüber der Leidenschaft, die sie erzeugt hatte.

Dem folgte ebenfalls mit Blumen bekränzt eine Menge kleiner Kinder, die Dank vergangener Feste geboren worden waren, sie marschierten uneinheitlich hinter den Vordersten, die ein langes Banner zwischen sich trugen, auf dem stand: LIEBE ZEUGTE UNS. Sie gingen stur vorwärts und schoben die Kränze zurück, die über ihre Augen fielen. Sie blickten unsicher in das Meer erwachsener Gesichter, auf der Suche nach ihren Müttern, winkten, wie man es ihnen aufgetragen hatte, oder hielten die Hände anderer Kinder und vollführten angestrengt die Tanzschritte, die man ihnen zu diesem Anlass beigebracht hatte.

Als nächstes kam das Salesher Festorchester, das enthusiastisch ein Potpourri schmetterte, das mit „Gepflegter Bart auf meinem Kissen“ begann, weiterging mit „Die Dame, die es dreißig Mal ohne Pause tun konnte“ und mit einem mitreißenden Arrangement von „Die Jungfrauen von Karkateen“ schloss. Nach ihnen kamen die Festwagen, die die verschiedenen Geschäfte und Gilden Saleshs gespendet hatten.

Dann kam eine dreißig Fuß hohe, vergoldete Galeere, die arg schlingerte, während sie daher walzte, da mechanische, zahnradgetriebene Ruder mit einem ausgeklügelten Mehrganggetriebe sie antrieben. Sie trug den Geist der Liebe, gekleidet in rote Seide. Seine Brüste waren groß wie Hafenbojen, und Puppenspieler bewegten seine riesigen, trägen Hände, während er die Menge segnete.

Danach kam ein Festwagen, der die Mutter des Feuers in ihrem Garten darstellte, eine hoch aufragende Dame, eingewickelt in rote und gelbe Schleier, die beständig von verborgenen Technikern bewegt wurden, welche unter dem Festwagen eine Reihe Blasebälge betätigten. Das Gedränge ihrer Beine war gerade so unter den Röcken sichtbar, und gelegentlich schoss eine Hand hervor und warf eine Handvoll Räucherwerk auf eines der vielen Kohlenbecken, die auf riesigen Rosen aus flammenfarben lackiertem Zinn saßen.

Dort kam ein Festwagen, der Vater Schmied am Amboss der Welt darstellte. Seine seefarbenen Augen waren große Scheiben aus eingelassenem Glas mit Laternen dahinter. Sein linker Arm saß angewinkelt an einem Klinkenrad und wurde von einem Techniker angekurbelt, der unter seinem Ellbogen kauerte, sodass er sich mit seinem großen Hammer hob und fiel, hob und fiel und so das Schicksal aller Menschen formte. Von seiner Schmiede stieg Weihrauch auf.

Nach seinem Wagen kam ein Dutzend Spaßmacher, verkleidet als Phalli, die auf winzigen, dürren Beinchen hierhin und dorthin liefen und verzweifelt durch winzige Augenlöcher blickten, während sie versuchten, nicht übereinander zu fallen. Sie waren besonders bei den Kindern im Publikum beliebt.

Als nächstes rollte ein Nachbau der berühmten Kriegsgaleere *Herzog Rakuts Stolz* heran, deren Decks gefüllt waren mit Matrosen und Meerjungfrauen, die trotz ihrer unterschiedlichen erotischen Verschlingungen fröhlich der Menge zuwinkten. Als sie den halben Block zwischen Trossen- und Taustraße hinter sich hatte, verfing sich ihr Toppmast in einem Werbebanner, das auf Dachhöhe über die Vorderstraße gespannt war, und die Parade musste lange genug anhalten, damit ein Matrose sich lösen, den

Mast hinaufklettern und mit seinem Messer das Seil des Banners durchtrennen konnte, was ihm Jubel und Applaus einbrachte.

Danach mehr Musiker: Die Trompetentruppe der Läuferinnen, langbeinige Mädchen, prächtig in ihren scharlachroten Uniformen und leuchtenden Schleiern, die seltsam geformte Hörner trugen und aus blechernen Kehlen die Salesher Fanfare schmetterten. Hinter ihnen kamen die Tamboure der Trägergewerkschaft, die mit ihren Fäusten heftig auf stählerne Trommeln schlugen, sodass der Lärm zwischen den Häusern noch Blocks weiter widerhallte, und nach ihnen kam ein Aufgebot der Ankerstraßenbäckerei, das einen riesigen Kuchen auf Rädern zog, von dessen Spitze als Engelchen verkleidete Kinder süße Brötchen in die Menge warfen.

Jongleure marschierten hinter ihnen, hielten anregend bemalte Keulen wie durch ein Wunder in der Luft, ohne in ihrer Vorwärtsbewegung innezuhalten, obwohl jeder von ihnen eine weibliche Akrobatin in Nachahmung intimer Vereinigung mit den Beinen um die Hüften gewunden trug. Die Mädchen lehnten sich dann und wann weit zurück und liefen auf ihren Händen oder jonglierten mit kleinen Messingbällen.

Weitere Festwagen folgten, weitere Geister von diesem oder jenem, das sich auf den Zeugungsakt bezog. Weitere Musikgruppen, dazu ein paar Stadtoberhäupter, die unter Jubel oder Verwünschungen auf geschmückten Wagen fuhren. Leuchtend bunte Banner flatterten, und Konfetti regnete in allen Farben. Es gab Vogeldrachen, die an Bändern aufstiegen, und Fahnen, die wie die Polarlichter in den nördlichen Königreichen leuchteten, wo Sonnenlicht so selten war, dass es hundert verschiedene Wörter für Dunkelheit gab.

Als schließlich alles vorbeigezogen war, folgte die Menge der Neugierigen dem Zug die Anhöhe hinab, warf im Gehen ihre Kleidung ab, setzte Masken auf, pflückte Blumen von den Hecken, die über die Mauern hinweg wuchsen, entzündete rote Lampen – und es war Festzeit!

Auch wenn Hausbesitzer, die weniger bereit waren, an den Vergnügungsfontänen zu feiern, auf die Straßen gingen und die zertretenen kandierten Brötchen auffegten oder sich bitter über die von ihren Hecken gerissenen Blumen beschwerten.

„Verdammte Ankerstraßenbäckerei", sagte Frau Schmied, als sie und Schmied sich in die Eingangshalle zurückzogen. „Sieht aus, als hätte ich Konkurrenz! All die vermaledeiten Engelchen, die freie Süßigkeiten in die Menge werfen, könnten die Abstimmung in der Kategorie Nachtisch beeinflussen."

„Macht Ihr Euch Sorgen?"

„Nicht sonderlich", sagte sie, während sie ihre Rauchröhre anzündete. „Freie Leckereien oder nicht, der Bäckermeister in der Ankerstraße benutzt ausschließlich Vollkornmehl. Ich will sehen, wer ein essbares Törtchen aus einer Masse mit Stein gemahlener Schalen backen kann!"

Sie stürmte die Treppen hinauf, eine Rauchfahne hinter sich herziehend, um ihre Kleidung für den Wettbewerb anzuziehen. Schmied folgte ihr bis zum oberen Treppenabsatz, wo er vorsichtig an die Tür von Fürst Ermenwyrs Suite klopfte.

„Rein mit Euch, verdammt", sagte eine Grabesstimme von drinnen.

Schmied öffnete die Tür und warf einen Blick hinein. Fürst Ermenwyr lag ausgestreckt auf dem Salonsofa, sein Kopf hing rückwärts über der Lehne, und seine Augen waren verdreht, sodass Schmied einen panischen Moment lang dachte, er müsse wiederbelebt werden.

„Mein Fürst?" Er lief hinein. Aber die grässliche Gestalt auf dem Diwan winkte ihm mit energieloser Hand zu.

„Helft mir, Schmied. Wie spät ist es?"

„Genau zwischen dem dritten und dem vierten Gebetsakt", sagte Schmied und half Fürst Ermenwyr in eine sitzende Position.

„Sagt mir nicht viel, nicht wahr, da ich Eure Götter nicht verehre, und ich würde auch nicht zu ihnen beten, wenn ich es täte", stöhnte Fürst Ermenwyr. „Wird es langsam Abend oder erlöschen meine Augen einfach in ihren Höhlen?"

„In einer halben Stunde geht die Sonne unter", sagte Schmied, während er ihm eine Karaffe Wasser holte und einen Becher füllte.

„Ich wünschte, ich wäre wirklich ein Vampir; dann würde es mir jetzt großartig gehen." Fürst Ermenwyr sah sich säuerlich um. „Aber ich bin allein, verlassen von allen, die behaupteten, mich zu lieben."

„Wir sind hier, Herr", sagte eine Stimme etwas missbilligend. Schmied wandte sich um, überrascht, als er die vier Leibwächter aufgereiht an der Wand auf beiden Seiten des Balkonfensters sah. Der Zauber lag nicht mehr auf ihnen, und ihre wahren Gestalten waren recht offensichtlich; sie ähnelten einem stehenden Steinquartett mit Augen und Zähnen, das sich in den Schatten abzeichnete.

„Wie äußerst treu von euch", sagte Fürst Ermenwyr, als er an seinem Becher nippte. „Passt auf, wo Ihr Euch hinsetzt, Schmied. Der veränderliche Prächtige lungert hier zweifelsohne in der Gestalt eines besonders hässlichen Beistelltisches oder Fußkissens herum."

„Tue ich nicht", sagte eine Stimme aus dem Schlafzimmer, und Fürst Eyrdway zeigte sich. Schmied musste ihn einen Moment lang anstarren, um sicher zu gehen, dass er es war; er hatte seine Größe verändert und erschien um einige Zentimeter kleiner, und hatte seine Nase verlängert und trug noch dazu einen makellosen, formellen Abendanzug.

„He!“, rief Fürst Ermenwyr entrüstet. „Ich habe nicht gesagt, dass du meine Sachen tragen darfst! Du wirst sie nur vollschleimen.“

„Haha, du bist drauf reingefallen“, sagte Fürst Eyrdway. „Ich würde deine alten Gewänder eh nicht tragen; der Schritt würde mir nicht passen. Ich habe sie nur imitiert. Das bin alles ich, siehst du?“ Er drehte sich, um sich zu zeigen. „Ich werde hinausgehen und mir eine Orgie suchen. Wer würde mich schon in Bekleidung wiedererkennen?“

„Wollt Ihr hören, wie ich einen Ratschlag verschwende, Schmied?“, sagte Ermenwyr. „Hört zu: Eyrdway, trink nichts. Wenn du es tust, wirst du anfangen anzugeben, und da du nicht daheim bist, im Land der verwöhnten Lieblinge, wird sich jemand von deiner Angeberei angegriffen fühlen und sich mit dir anlegen, und dann wirst du ihn umbringen, und dann werden dich die bösen Leute wieder jagen. Das willst du doch nicht, oder, Way-Way?“

„Das wird nicht passieren, Wurm-Wurm“, sagte sein Bruder böse grinsend. „Ich werde klug sein. Ich werde sogar genial sein.“

„Natürlich wirst du das“, wiederholte Fürst Ermenwyr und ließ sich zurück in die Kissen sinken. „Wie dumm von mir, auch nur einen Moment lang zu denken, du würdest in Schwierigkeiten geraten. Geh. Viel Spaß.“ Er setzte sich abrupt wieder auf, und seine Stimme wurde streng: „Aber das da sind besser nicht meine Perlenohrringe, die du da trägst!“

„Nein, die hab ich auch imitiert“, sagte Fürst Eyrdway und fuhr seinen Hals gute zwei Handlängen weit aus dem Kragen, sodass er die Ohrringe vor den Augen seines Bruders baumeln lassen konnte. „Glaubst du, ich würde etwas anfassen, das mal in deinen Ohren wart? Igitt!“

„Zurück! Das letzte, was ich in meinem Zustand brauche, ist eine Nahansicht deines Gesichts“, sagte Fürst Ermenwyr, als er mit einem der Kissen nach ihm schlug. „Perfider Narr!“

„Ich weiß, dass du das bist, aber was bin ich?"

„Hinaus!"

„Ich gehe", sagte Fürst Eyrdway, hüpfte zur Tür, prallte dagegen und riss sie dann weit auf. „Sieh dich vor, Salesh; bis heute Nacht hast du noch nie wahre Jugend und Schönheit gesehen!"

Ermenwyr würgte.

„Öffnet ein Fenster, Schmied. Ich würde ungern auf Eure Teppiche kotzen."

„Ihr könntet ein wenig frische Luft vertragen", sagte Schmied, öffnete das Fenster und ließ ein wenig von dem Rauch hinaus. „Kein Wunder, dass Ihr so oft mit Atmen aufhört."

„Es ist nicht meine Schuld, dass ich chronisch krank bin", sagte Fürst Ermenwyr. „Ich bin kränklich geboren. Es ist wahrscheinlich Vaters Schuld. Er hat mir nicht genügend Lebenskraft eingeflößt, als er mich gezeugt hat, und der Rest ist Eyrdways Schuld. Er hat immer versucht, mich in der Wiege zu ersticken, wenn Ammchen nicht aufgepasst hat, wisst Ihr."

„Ich schätze, solche Sachen kommen in Familien vor", sagte Schmied. Er nahm ein Sofakissen und benutzte es als Fächer, um Rauch aus dem Fenster zu wedeln.

„Oh, der Schrecken, Geschwister zu haben", sagte Fürst Ermenwyr, als er die blutunterlaufenen Augen schloss. „Ihr seid Waise, nicht wahr? Ihr Glücklicher. Gleichwohl habt Ihr Leute, die Euch lieben. Niemand würde eine Tränen vergießen, wenn ich meinen bevorstehenden letzten Atemzug tue."

„Das sagt Ihr nur, weil Ihr Eure Arznei noch nicht hattet", sagte Schmied aufmunternd. „Wo ist Weidenspeer?"

„Auf Visionssuche, nehme ich an", entgegnete Fürst Ermenwyr. „Wisst Ihr, wie man eine Spritze gibt?"

„Eine was?" Schmied runzelte verdattert die Stirn.

„Etwas, womit man mit einer Nadel Arznei in den Arm einer Person drückt?"

Schmied erblasste. „Ist das etwas Dämonisches?"

„Ich hatte vergessen, dass Euer Volk in medizinischen Dingen furchtbar rückständig ist", seufzte Fürst Ermenwyr. „Bringt mir die grüne Kiste von meiner Anrichte, und ich werde es Euch zeigen."

Schmied fand die Kiste und beobachtete mit erschrockener Faszination, wie Fürst Ermenwyr eine Glasröhre hervorholte, die wie ein Kolibri geformt war, mit einer langen Nadel als Schnabel. Er nahm eine kleine Patrone mit etwas giftig Grünem aus der Kiste, klappte die Schwanzfedern des Kolibris auf und lud ihn mit der Patrone; dann öffnete und schloss er versuchsweise die kleinen Flügel des Kolibris, bis ein leuchtend grüner Tropfen am Ende der Nadel erschien.

„Herr Kolisumm ist bereit zu spielen", sagte Fürst Ermenwyr, als er seinen Ärmel hochkrempelte. Er holte einen Zerstäuber hervor, drückte den Kolben, bis ein feiner, duftender Tröpfchennebel seinen Arm befeuchtete; dann gab er sich mit geübtem Stich selbst eine Spritze. Schmied zuckte zusammen.

„Da. Mein zweckloses Leben – um eine weitere Nacht verlängert", sagte Fürst Ermenwyr müde. „Warum seid Ihr so blass? Ihr seid doch ein alter Hase, wenn es darum geht, etwas Scharfes in Leute zu stecken."

„Es ist eine Sache, wenn man mordet", sagte Schmied. „Aber wenn man ein Leben rettet … es scheint mir einfach irgendwie verkehrt. Jemanden zu durchbohren, um ihn am Leben zu erhalten, brr!"

„Erinnert mich daran, dass ich Euch irgendwann mal von invasiver Medizin erzähle", sagte Fürst Ermenwyr, als er die leere Patrone auswarf und den Kolibri wegpackte. „Oder Schädelbohrungen! Denkt Euch einfach, dass man damit Pforten öffnet, um böse Geister aus dem Körper entweichen zu lassen, wenn das hilft."

„Nein, danke", sagte Schmied. Er konnte allerdings den Blick nicht von dem Glasvogel nehmen. „Man könnte mit einem dieser Dinger Gift in jemanden stechen, um ihn umzubringen, und es würde kaum eine Spur hinterlassen, nicht wahr?"

„Man bräuchte nicht mal Gift", sagte Ermenwyr, der sich den Arm rieb. „Eine Luftblase würde genügen. Es ist aber nicht die Art Mord, die man so einfach unauffällig vollziehen kann. Nun, Ihr könntet es möglicherweise. Versucht Ihr immer noch herauszufinden, wer diesen jämmerlichen Journalisten umgebracht hat?"

Schmied nickte.

„Ich weiß, wer ihn nicht getötet hat, und ich weiß, woran er nicht gestorben ist. Das ist auch schon alles."

„Woran ist er denn gestorben?"

„Ich habe keine Ahnung. Es gibt keine Spuren."

„Ihr habt ihn nicht obduziert?" Fürst Ermenwyr drehte sich um und starrte Schmied an. Schmied starrte zurück. „Oh, erzählt mir nicht, Eure Leute führen auch keine Leichenöffnungen durch!"

„Ich glaube nicht", gab Schmied zu. „Was ist eine Leichenöffnung?"

Fürst Ermenwyr erklärte es ihm.

„Aber das schändet die Leiche!", rief Schmied. „Ihr Götter, der wütende Geist und jeder seiner Ahnen wären in diesem und im nächsten Leben hinter Euch her!"

„Ihr müsst ihnen nur sagen, dass ihr eine forensische Untersuchung durchführt", sagte Fürst Ermenwyr. „Ich hatte noch nie Probleme."

„Ich könnte es trotzdem nicht", sagte Schmied. „Das ist noch schlimmer, als Nadeln in jemanden zu stecken. Eine Leiche kaltblütig aufzuschneiden ist abscheulich."

„Oh, ich wüsste nichts von Abscheulichkeiten, ich nicht", sagte Fürst Ermenwyr, der zu grinsen begann, als seine Medizin wirkte. „Seht mal, warum lasst Ihr mich nicht die Arbeit erledigen? Ich nehme an, die Vorstellung, dass ein Dämon an einer

Leiche herumwerkelt, stört Euren Sinn für Anstand nicht ganz so sehr?“

„Bei Euch wäre das etwas anderes“, räumte Schmied ein.

„Na also!“ Fürst Ermenwyr sprang auf. „Ich habe sogar Obduktionswerkzeuge bei mir. Ist das nicht ein toller Zufall? Man sollte niemals unvorbereitet reisen, zumindest sagt Vater das immer. Das Restaurant ist heute Nacht geschlossen, oder? Wir können ihn in der Küche öffnen!“

„Nein!“, sagte Schmied. „Was, wenn er beschließt, danach für immer dort zu spuken? Das Restaurant ist unser ganzer Stolz. Das könnte uns zugrunde richten!“

„Ich schätze, es wäre auch nicht besonders hygienisch“, sagte Fürst Ermenwyr, während er in einer Schublade kramte. „Wo habe ich denn die Knochensäge gelassen? Kein Problem; wir warten einfach, bis alle zum Fest gegangen sind, dann bringen wir ihn hierher. Viel ungestörter!“

Schmied ging die Treppen hinunter und wartete nervös, während die Gäste einer nach dem anderen in ihren Festkostümen herunterkamen und hinausgingen oder Träger bestellten, die sie in die Stadtmitte bringen sollten, wo die meisten der abendlichen Festveranstaltungen stattfanden. Frau Schmied tauchte aus der Küche auf, gefolgt von Tiegel und Ritzel, die zwischen sich auf einem riesengroßen Servierbrett die Seedracheneisbombe trugen. Sie war entzückend anzusehen, breitete Flügel wie Fächer aus Rubinglas aus, und das Licht funkelte auf ihren tausend smaragdenen Schuppen.

Frau Schmied selbst war nicht weniger glanzvoll, gekleidet in ein zeltartiges Prachtgewand aus pfauenblauem Satin und goldenem Tuch, ihr Haar war schön frisiert, ihre Lippen gerötet. Eine Parfümwelle ging ihr voraus und folgte ihr.

„Wir sind auf dem Weg zum städtischen Bankettsaal. Wünscht mir Glück, Schmied", sagte sie. „Ich werde es brauchen. Man hat mir gerade mitgeteilt, dass die Ankerstraßenbäckerei heute Morgen eine Lieferung äußerst feinen Mehls von den Alten Troonmühlen erhalten hat."

„Viel Glück", sagte Schmied. „Sie benutzen sowieso zu viel Buttercreme."

„Die Eisbombe ist vollgestopft mit Aphrodisiakum", sagte Frau Schmied, als sie ihre Rauchröhre hervorzog – dunkle Jade, einen Fuß lang und aufwendig geschnitzt – und sich zwischen die Zähne steckte. „Also hoffen wir das Beste. Seid Ihr so gut und gebt mir Feuer?"

Schmied gab ihr Feuer und einen Kuss. Als er sich vorbeugte, flüsterte Frau Schmied: „Hellbrenn ist mit dem jungen Weidenspeer ausgegangen."

„Ihr meint, zum Fest?", fragte Schmied verblüfft.

„Sie haben eine halbe Ewigkeit da auf der Balustrade verbracht", sagte sie. „Als ich in die Bar ging, um eine Flasche Passionsfruchtlikör für die Soße zu holen, sind sie hier durchgeschlichen. Dachten, ich hätte sie nicht gesehen. Aber ich sah ihre Gesichter; ich kenne diesen Blick. Sie sind durch den Garten gerannt und über die Wand geklettert. Ich denke nicht, dass sie vor morgen zurück sein werden, aber Ihr solltet die Hintertür unverschlossen halten."

Schmied versuchte, sich vorzustellen, wie Weidenspeer etwas so Weltliches tat, wie mit einem Mädchen über eine Mauer zu klettern. „Gut", sagte er und nickte bedächtig. „Hintertür. Nun. Kehrt sieggekrönt zurück, Frau Schmied."

„Tod unseren Feinden", antwortete sie grimmig. Sie zog ihre ellenlange Schleppe über einen Arm und atmete Rauchwolken aus, als sie in die Nacht hinaus ging, und Tiegel und Ritzel folgten ihr mit der Eisbombe.

Schmied ließ Balgen in der Eingangshalle und die beiden anderen Schmieds in der Bar, die sich um nächtliche Notfälle kümmern sollten, eilte die Treppen hinauf und klopfte zweimal an Ermenwyrs Tür. Der riss sie sofort auf, von einem Ohr zum anderen grinsend.

„Ist die Luft rein?"

„Ja."

„Kommt, Jungs!" Er eilte an Schmied vorbei aus seinem Raum und hastete lärmend die Treppe hinunter, und die vier Leibwächter polterten ihm hinterher.

„Äh ..." Schmied winkte wild in dem Versuch, die Aufmerksamkeit darauf zu lenken, dass Schnitt seinen Kopf falsch herum trug. Ermenwyr drehte sich um, bemerkte das Problem, kicherte und berichtigte es mit einer Handbewegung.

„Tut mir leid", sagte er in lautem Bühnenflüstern. „Kommt, wo ist Ihr-wisst-schon-was?"

Schmied lief zu ihnen hinunter und führte die Gruppe in die Küche, wo sie in den kalten Keller hinabstiegen. Kupferschnitt war bleich und steif wie ein Brett, was es ihnen unmöglich machte, ihn in einem Fass nach oben zu schmuggeln. Schließlich, nach einer Reihe grausiger Scherze und unpraktischer, wenn nicht gar ungesetzlicher Vorschläge einigten sie sich darauf, den Leichnam in Sackleinen zu wickeln und rauszutragen. Schmied betete, es mögen keine Gäste in der Eingangshalle sein, und es waren keine dort; nachdem Balgen ihnen anzeigte, dass die Luft rein war, und sie durchwinkte, trugen sie die Leiche die Treppe hinauf, unter ihr taumelnd wie eine Menge ungleicher Ameisen, die einen toten Käfer transportierten.

Als sie wieder in Lord Ermenwyrs Suite waren, war Schmied vollkommen zermürbt, aber erleichtert, weder schwarze Kerzen noch den dunklen Rauch entzündeten Räucherwerks zu sehen, sondern nur helle Lampen, die um einen Tisch herum aufgestellt worden waren, welcher ordentlich mit Wachstuch bedeckt war. Auf einem Tischchen in der Nähe lag geschärftes Werkzeug, das eine erschreckende Ähnlichkeit mit Kochutensilien hatte.

„Legt ihn einfach dort drauf", sagte Fürst Ermenwyr, der unter dem Leichnam hervor schlüpfte, um die Tür zu schließen. „Jungs, schneidet seine Bekleidung auf."

„Schneidet sie nicht, um Himmels willen", sagte Schmied. „Ich muss ihn morgen Kreuzbrasse übergeben. Wenn er nackt ist und ein großes Loch in der Mitte hätte, würde das Fragen aufwerfen, oder nicht?"

„Auch wieder wahr", sagte Fürst Ermenwyr. „In Ordnung; nehmt ihm einfach irgendwie die Kleider ab."

Die Leibwächter machten sich befehlsgemäß an die Arbeit, und obwohl Kupferschnitts Körper einige Manöver mitmachen musste, die am besten als schrecklich unwürdig bezeichnet werden konnten, war er die Kleidung schließlich los.

„Es ist wie eines dieser Rätsel", knurrte Quetsch fröhlich, als er Kupferschnitts Tunika hochhielt. „Man kann es schaffen; man muss nur scharf nachdenken."

„Gut für dich", sagte Ermenwyr, der Jacke und Oberhemd ablegte. Er nahm ein Bettlaken und band es sich wie ein riesengroßes, auf dem Boden schleifendes Mundtuch um den Hals. Schmied lief nervös auf und ab, als er die Vorgänge beobachtete und sich flüsternd bei Kupferschnitt entschuldigte.

„Nun denn." Fürst Ermenwyr ging zum Leichnam und untersuchte ihn. „Was haben wir? Ein männliches Kind der Sonne, ungefähr anderthalb Tage tot. Schien in der Blüte des Lebens zu stehen. Keine Anzeichen chronischer Krankheiten. Gut verheilte Narbe auf der rechten Seite, zwischen der dritten und vierten Rippe. Jemand hat mal auf dich geschossen, mit, hm, einem

Bolter? Hat aber Lebenswichtiges verfehlt. Ansonsten ohne Narben und wohl genährt. Einige Zeichen beginnender Fäulnis."

Schmied ächzte. „Beeilt Euch!"

„Ihr wollt, dass ich entdecke, was ihn getötet hat, oder nicht?", antwortete Ermenwyr. Er blickte in Kupferschnitts Augen und Ohren, befühlte behutsam seinen Schädel. „Kein Anzeichen von Schädelverletzungen. Keiner hat sich angeschlichen und ihm eins von hinten übergezogen. Erstickungsanzeichen. Ich tippe auf Gift. Zeit, den Mageninhalt zu betrachten."

Er wählte ein Messerchen vom Tisch neben seinem Ellbogen und schnitt Kupferschnitts Oberkörper auf. Schmied, der zusah, fühlte, wie ihm kalter Schweiß ausbrach.

„Mal sehen, wo liegt bei Eurem Volk der Magen? Ich erinnere mich ... und los. Kommt und helft mir, Schmied. Oh, schon gut! Qual, gib ihm das Licht und hilf mir. Also wirklich, Schmied, was für ein Assassine wart Ihr?"

„Ein schneller", japste Schmied und wandte das Gesicht ab. „Selbst auf dem Schlachtfeld muss man Arme und Köpfe abtrennen und so, aber – aber das geschieht in der Hitze des Gefechts. Es ist nicht wie das da. Ich schätze, Ihr habt das von Eurem Vater gelernt?"

Die Leibwächter begannen niederzuknien, hielten aber gerade noch so inne, als das Lampenlicht im Raum wie verrückt flackerte und Quetsch beinahe fallen ließ, was Lord Ermenwyr ihm zum Halten gegeben hatte.

„Ganz ruhig", warnte Fürst Ermenwyr. „Nein ... ich habe es von Mama gelernt, wenn Ihr die Wahrheit wissen wollt. Es ist ihre Auffassung, man könne Leben retten, wenn man die Prozesse des Todes kennt. Glaubt nicht, dass sie über dem Seziertisch zögert, Schmied. Sie hat Nerven aus Eis. Das wahre Gute kann genauso schonungslos sein wie das Böse, wenn es etwas erreichen will, lasst mich Euch das sagen."

„Ich schätze mal." Schmied wischte sich die Stirn und bekam seine Nerven unter Kontrolle.

„Er hatte nicht viel gegessen. Ich würde sagen, sein Magen war leer, als er kam. Hatte … Wein, hatte Frau Schmieds wunderbaren gebratenen Aal … sieht aus wie ein Stück Butterbrötchen … was ist das für Zeug?"

„Er hat ein Vorgericht gegessen", bemerkte Schmied. „Ich glaube, es war Fisch."

„Fisch, ja. Diese furchtbaren kleinen Rohfischtörtchen, auf die Salesh so stolz ist? Das ist das hier. Ich verstehe nicht, wie ihr es schafft, die zu essen, besonders mit all den scharfen Soßen … oh."

„Oh?"

„Ich glaube, ich habe gefunden, was ihn erledigt hat, Schmied", sagte Fürst Ermenwyr mit seltsamer Stimme. Er griff nach einer Pinzette, holte etwas aus Kupferschnitts Innerem und hielt es ins Lampenlicht, wobei er es hierhin und dahin drehte. Schmied fixierte es. Es war eine kleine, bleiche Masse.

„Was ist das?"

„Wenn ich mich nicht sehr täusche ..." Fürst Ermenwyr nahm eine fein geschliffene, eingerahmte Linse und klemmte sie sich vor das Auge. Er untersuchte das Ding genauer. „... und das tue ich nicht, ist das die Leber eines Blähfisches."

„Was ist das?"

Fürst Ermenwyr nahm die Linse ab und betrachtete ihn. „Ihr wart ein Waffenmann, nicht wahr? Kein Giftmischer. Ich wette, Ihr habt auch nie Fisch verkauft."

„Nein. Blähfischleber ist schädlich?"

„Tödlich." Fürst Ermenwyr sprach mit ungewohntem Ernst. „Den Rest des Fischs kann man gefahrlos essen, aber die Leber ist so voller Gift, dass die meisten Städte ein Gesetz erlassen haben, nach dem man sie entfernen muss, bevor man den Fisch verkauft. Vielleicht ist Salesh nicht ganz so sicherheitsbewusst.

Jedenfalls war sie in seiner Fischvorspeise. Von dem Augenblick, an dem er sie geschluckt hatte, hatte er noch drei Minuten zu leben."

Schmied ächzte. „Also war es sein Abendbrot. Nicht Scheuerblechs schäumendes Wunder."

„Ja, aber ich glaube nicht, dass Ihr Euch Sorgen um Eure Gastronomielizenz machen müsst", sagte Fürst Ermenwyr, als er die Leber beiseite legte und begann, Kupferschnitts Organe zurückzustopfen. „Das war keine Fahrlässigkeit. Es war geplanter Mord. Die Leber war seitlich angeschnitten, sodass das Gift mit Sicherheit entweichen würde, und überhaupt stopft man nicht versehentlich eine Blähfischleber in ein Salesher Brötchen!"

Schmied neigte den Kopf und fluchte lautlos.

Kupferschnitt war wieder zugenäht worden, und ihm wurde gerade die Kleidung wieder angezogen, als es fest an der Tür klopfte.

„Was?", fragte Fürst Ermenwyr, als er seine provisorische Schürze ablegte und nach seinem Oberhemd griff.

„Ich bin's", sagte Eyrdway auf dem Gang.

„Bad", flüsterte Fürst Ermenwyr seinen Leibwächtern zu und wies auf die Leiche. Die Leibwächter hoben ihn auf und trugen ihn weg. „Er neigt dazu, überaus aufgeregt zu werden, wenn er Leichen sieht", erklärte er Schmied flüsternd, dann hob er die Stimme. „Du bist früh zurück. Was ist? War Salesh nicht beeindruckt von deiner Schönheit?", fragte er, während er sein Hemd zuknöpfte.

„Ich habe für Furore gesorgt." Fürst Eyrdways Stimme klang spöttisch. „Außerdem bin ich nüchtern geblieben, näh, näh! Aber etwas äußerst Aufsehenerregendes ist passiert. Lässt du mich ein? Ich habe dir etwas mitgebracht."

Fürst Ermenwyrs Augen wurden schmal, während er sich sein Jackett anzog.

„Wirklich", sagte er reserviert. Im Flüsterton fügte er hinzu: „Schmied, wärt Ihr so gut, die Tür zu öffnen? Aber tut es schnell und tretet weit zurück. Er hat einen grässlichen Streich im Sinn."

Schmied, der auf dem Boden saß und einen starken Tropfen zu sich nahm, kämpfte sich auf die Füße und ging zur Tür. Er öffnete und trat zurück. Auf der Schwelle stand Fürst Eyrdway, seine formelle Kleidung war ein wenig in Unordnung geraten. Hinter ihm auf dem Gang stand ein weiterer Herr, dessen Abendkleidung noch immer perfekte Falten warf und perfekt saß.

„Hallo Schmied", sagte Fürst Eyrdway. „Sieh mal, wen ich im Festsaal der Vorderstraße getroffen habe, Bruder!"

Fürst Ermenwyrs Augen wurden rund vor Schrecken. Der andere Herr schritt an Fürst Eyrdway vorbei in den Raum und wirkte grimmig triumphierend.

„Glorreicher Sklave Scharathrions", sagte er mit der klangvollen Stimme eines Magiers, „ich fordere Euch hiermit zu einem thaumaturgischen Duell heraus."

„Jetzt musst du gegen ihn kämpfen", fügte Fürst Eyrdway hinzu, als er die Tür hinter sich schloss und absperrte. „Für die Ehre unseres Hauses."

„Elender Feigling!", sagte Deviottin Gleckermück. Er war ein großer, dicker Mann oder trug zumindest die Gestalt eines solchen, mit ordentlich geteiltem Scheitel und einem sauber geschnittenen Schnurrbart. „Habt Ihr wirklich gedacht, ich würde Euch unter diesen erbärmlichen Weltlichen nicht aufspüren? Jetzt werdet Ihr wie eine Ratte in der Wand sterben, wie Ihr es verdient."

„Ich bin kein gesunder Mann", sagte Fürst Ermenwyr mit schwacher Stimme. „Ich fürchte, ich bin unfähig, Eurer Herausforderung zu begegnen."

„Ihr habt Angst“, ergötzte sich Gleckermück, „und ob Ihr nun gesund, krank oder tot seid, wir werden uns heute Nacht in diesem Raum duellieren. Es ist kein wirklich passender Duellort, aber weltliche Städte sind innerhalb der erlaubten Grenzen.“

„Oh, Ihr lügt“, sagte Fürst Ermenwyr, der vor Aufregung an seinem Bart zog.

„Das tue ich ganz gewiss nicht, und wenn Ihr ein Gelehrter irgendeiner Art wärt, statt der verhätschelte Sprössling eines rücksichtslosen Gladiators der schwarzen Künste, dann wüsstet Ihr das!“

„Lässt du zu, dass er so über Papa spricht?“, fragte Fürst Eyrdway.

„Ich zitiere aus dem *Kodex Smagdaranthine*, viertes Kapitel, Zeile 136: ‚Es begab sich, dass in der weltlichen Stadt Celissa, im siebten Jahr der Herrschaft Fuskus des Tyrannen, Prindo Goff großes Unrecht gegen Tloanix Hasherets verübte und dieser ihn daher zu einem magischen Duell herausforderte, woraufhin sie sich in der dritten Stunde nach Mitternacht auf dem Hauptplatz der Stadt duellierten, und Hasherets schlug Goff mit einem Feuerstrahl und verstreute seine Asche im dortigen Brunnen‘“, rezitierte Gleckermück mit stählerner Stimme.

„Aber Ihr habt keinen Sekundanten“, bemerkte Fürst Ermenwyr.

„Ich bin sein Sekundant“, sagte Fürst Eyrdway. „Schmied kann deiner sein.“

„Du Verräter!“

Die Leibwächter schlurften in den Raum, hielten inne und fixierten Gleckermück. Ein tiefes Knurren entwich Schnitts Kehle. Alle vier begannen zu geifern. Fürst Ermenwyr steckte die Hände in die Taschen und grinste.

„Andererseits könnten Euch meine Herren hier einfach in kleine Stücke reißen“, sagte er.

„Nein, werden sie nicht“, versicherte Fürst Eyrdway Gleckermück. „Sie nehmen Befehle meiner Familie entgegen, und ich stehe im Rang über meinem kleinen Bruder. Ihr dürft diesen Mann nicht ermorden, Jungs, versteht Ihr? Das ist ein Befehl. Er hat Fürst Ermenwyr beleidigt, und deshalb wird Fürst Ermenwyr ihn selbst töten.“

Die Leibwächter zogen sich zurück, während sie einander etwas verdattert ansahen. Es herrschte angespannte Stille im Raum, als sie die Wortbedeutungen der Bedingungen ihrer Verpflichtungen durchgingen, schließlich nickte Schnitt und verbeugte sich tief, genauso wie die anderen drei.

„Wir ziehen uns respektvoll zurück, ihr Herren“, sagte er.

Schmied verlagerte den Griff an der Flasche, die er hielt, mit der kleinsten Bewegung, aber Fürst Eyrdway wandte sofort den Kopf.

„Versucht es nicht, Schmied, oder ich bringe Euch um“, sagte er, „und es täte mir wirklich leid, denn ich mag Euch, aber Sterbliche sollten sich nicht in diese Dinge einmischen.“

„Ich danke Euch allerdings für den Gedanken, Schmied“, sagte Fürst Ermenwyr mit einem Hauch zurückkehrender Tapferkeit. „Way-Way, du wirst so viel Ärger mit Mama bekommen.“

Eyrdway erbleichte.

„Ich tue dir einen Gefallen, du Schwächling“, klagte er. „Du kannst nicht immer davonlaufen, wenn dich etwas ängstigt. Kämpfe gegen diesen Herrn!“

„Ja“, sagte Gleckermück, der mit verschränkten Armen dagestanden und in finsterem Triumph zugesehen hatte. „Kämpft gegen mich.“

„Na gut.“ Fürst Ermenwyr krempelte seine Manschetten hoch und richtete sich auf. „Ich nehme an, ich habe die Wahl der Waffen, wie es üblich ist?“

Gleckermück nickte still.

„Dann schätze ich, wenn wir bedenken, dass wir uns drinnen befinden und der persönliche Besitz meines Sekundanten in Gefahr ist, wir vermeiden einfach Feuerzauber, wenn Ihr nichts dagegen habt?"

„Habe ich nicht."

„Also, unter den Umständen, denke ich … ich wähle … fatale verbale Schmähung!", rief Fürst Ermenwyr.

In Gleckermücks Augen blitzte es auf. „Typisch. Ich akzeptiere!"

Schmied durchwühlte sein Gedächtnis im Versuch, sich zu erinnern, was er jemals darüber gehört hatte, was die bevorzugten Methoden der Magier waren, einander umzubringen. Er erinnerte sich dunkel, dass fatale verbale Schmähung als Kleinkaliberwaffe galt. Sie hatte nichts vom Glanz oder Eindruck einer, sagen wir, Beschwörung des Purpurdrachens oder eines Zaubers Gradueller Beseitigung. Tatsächlich stritten sich einige darüber, ob sie überhaupt eine magische Waffe darstellte, wenn man den Hang der Leute bedachte, sowieso zu glauben, was man ihnen über sie erzählte, und ihre Neigung, negative Erwartungen zu erfüllen. Es gab Stimmen im sagenumwobenen schwarzen Konzil, die meinten, dass lediglich der Vorgang der beschleunigten Wirkung es als gültige Art der Regelung von Streitigkeiten unter den Arkanen qualifizierte.

Das hieß jedoch nicht, dass fatale verbale Schmähung keine dramatischen Ergebnisse hervorbringen konnte, oder dass Strategie in ihrer Verwendung nicht nötig war.

Gleckermück räusperte sich. Er stand aufrecht. „Ich habe laut den uralten Bestimmungen des Duells den ersten Angriff. Seid bereit."

Fürst Ermenwyr versteifte sich. Gleckermück holte tief Luft.

„Ihr", sagte er, „seid ein perverser, unterentwickelter Zwerg mit einem schlechten Schneider!"

Fürst Eyrdway gluckste. Schmied starrte, als Fürst Ermenwyr sich vor seinen Augen verformte und schrumpfte und sein Anzug an einem Bein länger und einem Arm kürzer zu werden schien.

Fürst Ermenwyr fletschte die Zähne und erwiderte: „Nein, ich bin ein gutaussehender und ausgezeichnet gekleideter Kerl von etwas weniger als durchschnittlicher Größe, während Ihr eine quakende Ente mit Blähungen seid!"

Gleckermück schauderte und schrumpfte explosionsartig furzend zusammen, als Fürst Ermenwyr und sein Anzug wieder ihre normalen Maße annahmen. Durch den Schnabel, der seine Zähne ersetzte, schaffte Gleckermück es, den Gegenspruch zu quaken: „Nein, ich bin ein blähungsfreier Mann, ohne Flügel oder Schnabel, der mit klarer, überzeugender Stimme spricht, wohingegen Ihr ein Streifen schwarzen Schleimes in einem Spalt im Boden seid, der bald in Vergessenheit geschrubbt wird!"

Wie ein sich ausdehnender Ballon nahm er seine eigentliche Gestalt an, während Fürst Ermenwyr sich aufzulösen schien, dunkler wurde, in einen Riss im Boden sank …

„Nein!", würgte er verzweifelt. „Ich bin ein aufrecht stehender, vollständiger Magier, schimmelresistent und sauber an allen Körperstellen, aber Ihr seid ein einbeiniger, kastrierter Hund mit Krätze!"

Woraufhin er zu dem aufrecht stehenden Magier wurde, als den er sich bezeichnet hatte, und der schwarze Schimmelpilz verschwand, der sein Gesicht zu bedecken begonnen hatte; aber Gleckermück stürzte zu Boden, hielt sich seine Lenden mit rasch dahinschwindenden Armen und sein blindes, verschorftes Fellgesicht abwendend jaulte er: „Nein! Ich bin ein Mann, ganz, vollständig und stark auf meinen beiden Beinen und sehe deutlich, dass Ihr eine Kröte seid, deren Zähne zusammengewachsen sind, was Euch am Reden hindert!"

„Ups“, sagte Fürst Eyrdway höhnisch, denn er und Schmied hatten den Irrtum bemerkt: Kröten hatten keine Zähne. „Hat zu sehr versucht, verschlagen zu sein!“

Fürst Ermenwyr ruckte zurück, einen gequälten Ausdruck im Gesicht, als seine Kiefer zusammenklappten. Er kämpfte darum, Worte hervorzubringen, während er zusammenschrumpfte und sich verfärbte; als sein Mund sich weitete, begann der Rest des Zauberspruchs zu wirken, und die Zähne verschwanden. Er machte ein furchtbares Geräusch, gerade noch als Worte erkennbar: „Nein! Ich bin keine Kröte, sondern ein Mann, mit perfektem und einwandfreiem Gebiss, eindeutig fähig, anzumerken, dass Ihr schlicht eine riesige Eintagsfliege ganz ohne Mund seid!“

„Nein!“, schnaufte Gleckermück, als hauchdünne Flügel aus dem Rücken seines Abendanzugs schossen. „Ich bin ein“ – er zog an seinem sich verlängernden Antlitz, um seinen Mund davon abzuhalten, sich zu schließen, ehe er den Gegenspruch beenden konnte – „ein Mann mit einem Mund wie ihn alle Menschen haben, und ohne Flügel oder einer kurzen Lebensspanne, wohingegen Ihr eine billige Talgkerze seid, Euer Mund weit vor geschmolzenem Wachs, Eure Zunge der dunkle Docht, der sich in einer Flamme windet!“

„Nein!“, schrie Fürst Ermenwyr feuerspuckend. „Ich bin ein Mann, und meine Zunge ist geschmeidig, lebend und flammenlos, kein Talg blockiert meine laute Verkündigung, dass Ihr nicht einmal ein Mensch seid, sondern das hängende Abbild alter, mit Papier gestopfter Kleidung, Euer Gesicht ein bemalter Sack, Euer Mund lediglich ein gemalter Strich, unfähig jeder Äußerung!“

„Argh!“, rief Gleckermück, als eine Schlinge aus dem Nichts erschien und ihn am Hals hochzog. „Nein! Ich hänge nicht und –“ Er riss seinen sich schließenden Mund wieder auf. „Ich bin ein Magier, dessen Flüche rasch sind und immer tödlich, mit einem flinken Mund, um bekanntzugeben, dass Ihr", und ein schreckliches Leuchten funkelte in seinen Augen, „ein verzagter, halbblütiger, nouveau-arkaner Psychopath seid, der die unausweichliche Explosion des Hexenfeuers reichlich verdient, das ihn gleich erschlagen wird, wo er steht!"

„He!", sagte Schmied bestürzt, und Fürst Eyrdway wirkte verwirrt, als er den Zauber in seinem Kopf noch einmal durchging; aber Fürst Ermenwyr, dessen Augen aus den Höhlen traten, starrte zu dem knisternden Kreis weißer, heißer Energie rauf, der gerade begann, seinen Kopf zu umkreisen. Er rief das erste, was ihm in den Sinn kam:

„Ich weiß, dass Ihr das seid, aber was bin ich?"

Mit der letzten Silbe erreichte das Hexenfeuer die kritische Masse und stieß eine heißhungrige Zunge aus Blitzen aus, die Gleckermück in der Mitte seiner Weste traf. Der Herr hatte gerade noch Zeit, bestürzt zu blicken, ehe er ein brutzelndes Geräusch von sich gab und das Feuer ihn für die Dauer von drei Sekunden in eine prasselnde Flamme einhüllte, ehe es mit einem lauten Knall verschwand.

Gleckermück fiel geräuschvoll nach hinten, Rauch und Dampf stiegen von seinem leicht verkohlten Schnurrbart auf. Er war vom tödlichsten Gegenzauber gefällt worden, dem einen, gegen den es keine Gegenwehr gab. So einfach war sein Wirkungsprinzip, dass selbst kleine Kinder es instinktiv verstanden; so mächtig war er in seiner zermürbenden Wirkung, dass Erwachsene zu versehentlichen Selbstzerstörungen getrieben worden waren, wie Gleckermück nun bewies. Seltsamerweise war seine Kleidung fast unberührt.

„Das war Betrug, der letzte Spruch", sagte Fürst Eyrdway. „Nicht? Ich dachte, du hättest Feuerzauber verboten."

Fürst Ermenwyr drehte sich ärgerlich zu ihm um. „Natürlich hat er betrogen, du Dummkopf! Aber das wäre egal, hätte er mich getötet."

„Natürlich wäre es das nicht“, sagte Fürst Eyrdway vernünftig. „Dann hätte Schmied als dein Sekundant seinen Sieg vor dem schwarzen Konzil anfechten können.“

„Das hätte mir ja unglaublich viel genützt, nicht?“, sagte Fürst Ermenwyr, der am ganzen Körper zitterte, als die Reaktion einsetzte. Er taumelte rückwärts, und wie ein Erdrutsch umringten ihn seine Leibwächter und fingen ihn auf, ehe er fiel. Schnitt setzte ihn sanft in einen Sessel.

„Herr ist ausgelaugt“, sagte er besorgt. „Herr ist fertig. Was Herr jetzt braucht, um seine Kräfte zurückzuerlangen, ist, die frisch aus dem kläglich geschlagenen Leib gerissene Leber seines Feindes zu essen, solange sie noch warm ist. Soll ich für Euch die Leber herausreißen, Herr?“

„Bei den Göttern, nein!“, rief Ermenwyr angewidert.

„Aber sie ist gut für Euch“, sagte Schnitt sanft, „und Ihr braucht sie. Sie ist voller arkaner Kräfte. Sie wird Euch mit der Lebenskraft Eures Feindes regenerieren. Euer Herr Vater“, Pause fürs Gruppenniederknien, „verspeist immer die Lebern derer, die so unbedacht sind und ihn angreifen. Wenn sie besonders kämpferisch waren, isst er auch ihre Herzen. Kommt, Herr, wollt Ihr es nicht wenigstens versuchen?“

„Er hat recht“, sagte Eyrdway, „und denk an den Ruf! Niemand wird jemals wieder dein Recht anfechten, Gildenschatzmeister zu sein. Ich selbst würde nicht nein sagen zu einem Stück vom Herzen dieses Bastards.“

„Darf ich sie kochen lassen?“, fragte Fürst Ermenwyr.

„Nein!“, sagten die Leibwächter und Fürst Eyrdway unisono.

„Das würde viel von ihrer arkanen Heilkraft zerstören“, erklärte Schnitt.

„Dann werde ich verdammt noch mal Gewürze benutzen“, beschloss Fürst Ermenwyr. „Schmied, könnt Ihr mir Pfeffer, Salz und eine Zitrone holen?“

„In Ordnung“, sagte Schmied und floh.

Zumindest schien das Zauberduell von allen unbemerkt vonstattengegangen zu sein, auch wenn Balgen ihm einen fragenden Blick zuwarf, als er mit den Gewürzen, die Fürst Ermenwyr erbeten hatte, aus der Küche zurück rannte. Er rollte zur Antwort nur mit den Augen und lief wieder die Treppen hinauf.

Als er die Suite wieder betrat, lag Gleckermücks Leichnam auf dem Seziertisch, und Fürst Ermenwyr versuchte, seine Weste und das elegante Hemd zu öffnen.

„Er sollte nicht so früh in Totenstarre fallen", beschwerte er sich. „Es sei denn, das ist die Wirkung des Zaubers. Hallo, Schmied, stellt den Kram einfach irgendwo ab. Verdammt noch mal, die Knöpfe sind geschmolzen!"

„Reiß es auf", schlug Fürst Eyrdway vor.

„Zerfetzt Euren bezwungenen Feind", riet Schnitt. „Schlitzt sein Fleisch auf und greift die dampfende Leber mit Euren starken Zähnen! Reißt sie heraus und verschlingt sie, während seine Seele heult und die Hände ringt, und lasst sein Blut über Euren Bart laufen!"

„Ich glaube eigentlich nicht, dass ich dazu bereit bin", sagte Fürst Ermenwyr schwitzend. Er schnitt die Kleidung auf, öffnete Gleckermücks Oberkörper mit einem schwungvollen Schnitt eines Messers und starrte die in Frage kommende Leber an. „Ihr Götter, sie sieht abscheulich aus."

„Es hat Euch nicht gestört, Kupferschnitt aufzuschneiden", bemerkte Schmied.

„Leute zu obduzieren ist eine Sache. Sie zu essen eine völlig andere", sagte Fürst Ermenwyr, als er vorsichtig die Leber herausschnitt. „Iih, verdammt, seht euch das an, jetzt habe ich das auf meinem Hemd, der Fleck geht nie wieder raus. Gebt mir den Teller, Schmied."

Schmied, der feststellte, dass er Dämonen nie verstehen würde, gehorchte. Ermenwyr legte Gleckermücks Leber auf den Teller und begann, sie mit abgewandtem Gesicht zu zerteilen. „Oh, der Gestank – habt Ihr einen Entsafter für die Zitrone mitgebracht, Schmied? Ich werde das nie in mir behalten können ..."

„Was machst du da?", fragte Fürst Eyrdway empört.

„Ich mache Lebertatar, oder ich werde das Ding gar nicht verzehren", knurrte sein Bruder. „Der Rest von euch kann diese entrüsteten Gesichtsausdrücke gleich ablegen. Schmied, geht lieber, bevor Ihr ohnmächtig werdet."

Schmied verließ dankbar den Raum.

Er ging hinunter, wo der alte und der neuer Schmied in einer Nische dösten, weckte sie und schickte sie zu Bett. Dann holte er sich selbst ein Getränk und setzte sich allein in die dunkle Bar, trank bedächtig und ging die Ereignisse der vergangenen zwei Tage noch einmal durch.

Als er hörte, wie Frau Schmied mit Tiegel und Ritzel zurückkam, tauchte er aus der Bar auf. „Wie lief es?", fragte er.

Tiegel und Ritzel, die ein wenig schwankten, hoben die Fäuste und gaben ein kriegerisches Grunzen des Triumphs von sich. Frau Schmied hielt ihre Goldmedaille hoch.

„Ein Sieg", flüsterte sie. Sie sah Schmied in die Augen. „Jungs, ich denke, ihr solltet ins Bett."

„Ja, Madame", sagte Ritzel mit belegter Stimme, und er und Tiegel stolperten davon.

„Warum unterhalten wir uns nicht in der Küche?", schlug Frau Schmied vor. Sie ging den Gang entlang, und Schmied folgte ihr mit seinem Schoppen.

In der Küche nahm Frau Schmied ihre Medaille ab und hängte sie über den Ofen. Sie betrachtete sie einen Augenblick lang, ehe sie sich umwandte und einen Stuhl heranzog. Sie legte sich die Schleppe über den Arm und setzte sich. Mit gemessenen Bewegungen holte sie ihre Rauchröhre hervor und füllte sie.

„Feuer, Schmied“, bat sie.

Er entzündete einen Span am Herd, indem er ihn in die gestapelten Kohlen drückte, und hielt ihn ihr hin. Sie sog an der Röhre, bis der Bernsteinblatt sich entzündete, und lehnte sich zurück.

„Nun?“, sagte sie.

„Wie würde ich an Blähfischleber kommen, wenn ich eine wollte?“, fragte Schmied.

„Einfach“, sagte Frau Schmied. „Ihr geht ins Hafenviertel, wenn die Fischer ihre Fänge durchgehen, bevor die Fischhändler kommen. Ihr geht zu einem Fischer und fragt ihn, ob er einen Blähfisch lebend gefangen hat. Ihr spielt vielleicht sogar ein wenig die dümmliche, alte Frau und hört genau zu, wenn der Fischer Euch erklärt, wie man den Fisch filetiert, wenn man ihn erst mal daheim hat, und dankt ihm für die Warnung vor der scheußlichen Leber. Dann tragt ihr den Blähfisch in einem Kübel heim und“, fuhr sie gelassen fort, „wenn es dort einen besonders boshaften Mann gäbe, der ein frühes Abendessen wünscht … und wenn Ihr wüsstet, dass er in seiner Zeit die Leben von ein paar unschuldigen Menschen ruiniert hat und ein paar von ihnen sogar in den Selbstmord getrieben hat … und wenn ihr ein kleines Mädchen kennen würdet, das sich die Augen ausweint, weil er sie mit etwas bedroht hat, das an eine Todesstrafe grenzt, es sei denn, sie würde mit ihm schlafen, auch wenn sie sich gerade in jemand anderen verliebt hat … und dieser boshafte Mann ferner wollte, dass sie ihm Informationen gab, die bestimmte andere Personen verraten würden … nun, Schmied, dann erwarte ich, dass etwas recht Furchtbares seinen Weg in die Vorspeise findet, die er bestellt hat.

Wohlgemerkt, dies ist kein Geständnis“, fügte sie hinzu. „Aber ich bereue nichts.“

Schmied saß einen Augenblick lang schweigend da, drehte sein Getränk in seinen Händen und sah zu, wie das Eis schmolz. „Informationen, die bestimmte andere Leute verraten würden“, wiederholte er. „Er war sich Euretwegen noch nicht sicher, aber wenn er Hellbrenn genug Angst gemacht hätte, hätte er Euch gehabt; und Ihr habt eine Gaststätte und einen Ruf zu verlieren. Viel besser für Erpressung.

Ihr seid im Dunkeln hinaufgeschlichen und habt den Großteil seiner Aufzeichnungen verbrannt, aber jemand – wahrscheinlich Hellbrenn – hat Euch unterbrochen, ehe Ihr fertig wart. Ihr hattet ein Festmahl fertigzustellen und Hellbrenn zu beruhigen, sodass Ihr es nicht geschafft habt, noch einmal zurückzugehen und den Rest der Zettel zu verbrennen, ehe Ritzel den Mord entdeckte."

Frau Schmied atmete Rauch aus und musterte ihn schweigend. Schließlich sagte er:

„Erzählt mir, was Ihr mit dem Bannmetallmassaker zu tun habt."

Sie seufzte.

„Vor vielen Jahren", sagte sie, „arbeitete ich für die Karawanenlinie Goldene Kette. Wir hatten eine Gruppe Reisegäste, die hinauf ins Land um Karkateen wollte.

Es waren der Sohn der Sonne und seine Anhänger. Sie waren gerade aus einer Stadt geflogen, also buchten sie eine Reise zu einer anderen. Aber der Sohn der Sonne hatte bereits begonnen, von der Gründung einer Stadt zu sprechen, in der alle Völker in vollkommener Freundschaft zusammenleben würden.

Als sie die Karawane bei Karkateen verließen, ging ich mit ihnen."

„Seid Ihr zum Glauben an ihn übergetreten?", fragte Schmied. Sie schüttelte den Kopf, den Blick auf etwas in der Ferne gerichtet, und zuckte die Achseln.

„Ich war nur ein unzufriedenes Mädchen, das Spaß haben wollte", sagte sie. „Ich glaubte nicht, dass Völker in Frieden zusammenleben konnten. Ich glaubte nicht, dass ein Mannsbild die Welt verändern konnte. Aber der Sohn der Sonne bat mich, mitzukommen, und … wenn er mich gebeten hätte, von einem

Glockenturm zu springen, hätte ich es getan. Ihr habt ihn nie reden gehört, Schmied, oder Ihr würdet es verstehen.

Er hatte die seltsame Gabe, einem das Gefühl zu geben, rein zu sein, egal was er mit einem im Bett anstellte. Er trug Unschuld mit sich wie einen Umhang, den er einem um die Schultern legen konnte. Bei ihm hatte man das Gefühl, alles, was man je falsch gemacht hatte, würde einem vergeben … und Liebe wurde zum Sakrament und bedeutete mehr, als nur im Dunkeln zum Vergnügen miteinander rumzumachen.

Nun. Wir waren etwa dreißig, aus verschiedenen Völkern. Von den Kindern der Sonne waren ein paar Jungs und Mädchen aus reichen Familien. Ich war da; ein paar Ausgestoßene, Mischlinge und ein blindes Mädchen; und da war ein junger Mann, der sich unter uns nie so recht wohl zu fühlen schien, aber er war ein Verwandter des Sohns der Sonne, und so folgte er ihm der Treue zur Familie wegen. Ramack war sein Name. Die Grünies waren alle ziemlich wild, so gar nicht wie die, die hier die Geschäfte führen. Prächtige Wilde. Poeten. Musiker.

Es war ein verrücktes Leben. Es war wundervoll, dumm und erschöpfend. Wir begingen Ausschweifungen, die Ihr Euch nicht vorstellen könnt. Wir hungerten, wir wanderten im Regen, wir tanzten in unseren Lumpen und pflückten Blumen am Straßenrand. Es war alles, was die Festzeit sein soll, aber mit Seele, Schmied!

Der Sohn der Sonne brachte mich mit einem Yendri zusammen und segnete unsere Verbindung im Namen der Eintracht der Völker. Ich schätze, ich liebte Hladderin; Grünies sind gute Liebhaber, und er war umwerfend schön. Aber ich liebte den Sohn der Sonne mehr.

Als Mogaron Bannmetall zu uns kam, schlug er vor, wir sollten alle auf seinem Familiengrundstück leben. Fort gingen wir, tanzend und singend. Ich gebar Hladderin ein Kind … was soll ich sagen? Er war ein niedlicher Säugling. Ich war nie sonderlich mütterlich, aber für seinen Vater war er die Welt.

Er war gerade mal sechs Monate alt, als Haus Bannmetall mit seiner Armee auftauchte."

„Ihr müsst nicht darüber sprechen, wenn es Euch zu sehr quält", sagte Schmied.

„Ich werde nicht darüber sprechen. Ich kann es noch immer nicht … aber während des Kampfes sprengte eine Granate die hintere Wand zum Garten, und als es vorbei war, rannte ich wie verrückt durch das Loch, und viele andere taten es auch. Ich blickte zurück und sah Hladderin fallen, mit einem dieser verdammten, langen, dunklen Pfeile in seinem Hals. Hinter ihm kam Ramack, der das blinde Mädchen trug. Ihr Name war Haisa, sie war besonders beliebt gewesen beim Sohn der Sonne, denn er sagte, sie sei eine Seherin. Sie hatte in genau jenem Augenblick Wehen. Ihr Kind wählte von allen Zeitpunkten diesen für seine unglückliche Geburt!

Ramack und Haisa schafften es allerdings lebend hinaus. Ich winkte ihnen zu, Ramack entdeckte den Graben, in dem ich mich versteckte, und sie kamen zu mir. Wir konnten von dem Gefecht wegkriechen, und als es Nacht wurde, waren wir in Sicherheit. Ich weiß nicht, was mit den anderen geschah.

Haisa bekam in der Nacht ihr Kind. Ein Mädchen."

„Hellbrenn?", fragte Schmied. Frau Schmied nickte.

„Wir versteckten uns ein paar Wochen in der Wildnis, weinten und versuchten, uns klarzuwerden, was wir tun sollten. Es war schwer, unseren Verstand wieder in Gang zu bringen, nach der langen Zeit des Rauschs. Ramack beschloss schließlich, es sei das Beste für uns, wenn wir uns der Barmherzigkeit der Behörden auslieferten. Wir hatten noch nicht davon gehört, wie Mogaron gestorben war, wisst Ihr, oder vom Blutschwur seines Vaters, und da Ramack nie wirklich ein Anhänger des Sohns der Sonne gewesen war, störte es ihn nicht, ihm abzuschwören.

Schließlich gingen er und Haisa nach Karkateen und ergaben sich. Ihr wisst, was ihnen widerfuhr. Zumindest haben die Assassinen das Baby nicht erwischt."

„Warum seid Ihr nicht gegangen?", fragte Schmied.

„Ich war nicht bereit abzuschwören", entgegnete Frau Schmied, „und ich hatte mein Kind, an das ich denken musste. Aber was für ein Leben würde er an meiner Seite haben, unter den Umständen und mit der Farbe, die er hatte? Ich hatte die Geschichten von der grünen Hexe, wie wir sie auf den Karawanenstrecken nannten, gehört. Die heilige Mutter unseres schrecklichen, kleinen Fürsten. Hladderin hatte mir erzählt, dass sie Waisen bei sich aufnahm.

Also trug ich ihn in die Grünlande und erkletterte den schwarzen Berg. Ich kam an ein beängstigendes, dunkles Tor, wo Dämonen in Plattenharnischen mich anzüglich angrinsten. Aber ein Jünger in silberner Robe kam herab, er leuchtete fast, so wie er die Heiligkeit widerspiegelte, nahm mir das Kind aus den Händen und versprach, dass es sicher sein würde, und das war's.

Ich ging den Berg hinab und suchte selbst für eine Weile Zuflucht, in der Abtei bei Kemeldion. Als der Skandal zu den alten Hüten gehörte, änderte ich meinen Namen in Schmied und erhielt Arbeit als Köchin bei der Karawanenlinie Eures Vetters. Es war Arbeit, die ich kannte, und es schien mir ohnehin eine gute Idee, in Bewegung zu bleiben.

Ich informierte mich dauernd über das, was die Behörden mit Hellbrenn taten, was der Deckname war, den sie ihr klugerweise gegeben haben. Als Euer Vetter eine Läuferin brauchte, um die zu ersetzen, die aufgehört hatte, schlug ich ihm vor, eine aus Flammenberg zu wählen. Es war reines Glück, dass er Hellbrenn wählte. Ich habe seitdem immer auf sie aufgepasst, ihrem Vater zuliebe."

Sie hörten Schritte, die sich näherten, laut im schlafenden Haus. Einen Augenblick später öffnete sich die Tür, und Fürst Ermenwyr blickte herein. Er war sehr blass.

„Ich frage mich, ob ich etwas gegen Verdauungsstörungen bekommen könnte", sagte er. „Aber es scheint, ich störe eine ernsthafte Aussprache."

„Ziemlich ernsthaft", sagte Schmied.

„Ich dachte mir schon, dass Ihr früher oder später eine gewisse Aussprache haben müsstet." Der junge Fürst zog einen Schemel hervor und setzte sich an den Tisch. „Darf ich höflich vorschlagen, dass niemand etwas Unüberlegtes tut? Wenn durch einen dummen Zufall jemand versehentlich einen, oh, ich weiß nicht, Mord begeht oder so was – was, da bin ich mir sicher, vollkommen gerechtfertigt gewesen wäre, unter welchen Umständen auch immer –, nun, Ihr würdet nicht glauben, welch unangenehme Vorfälle meine Familie bereits vertuscht hat."

„Ich wette, ich würde es", sagte Frau Schmied. Sie stand auf, holte eine Flasche Verdauungslikör und rührte eine Mischung mit Mineralwasser zusammen, die sie Fürst Ermenwyr reichte. Sie ließ sich wieder schwer auf ihren Stuhl sinken. Er prostete ihr mit seinem Becher zu.

„Betrachtet dies als eine Geste des Vertrauens auf Eure berühmte Klugheit", sagte er und trank aus. „Ah. Ich mag Euch beide sehr und werde nicht zulassen, dass Wahrheit und Gerechtigkeit obsiegen. Wir werden den abscheulichen Kupferschnitt schon irgendwie unter den Teppich kehren ..."

Wieder erklangen Schritte. Die Tür schwang auf, und Hellbrenn und Weidenspeer standen da und hielten Händchen. Sie waren ebenfalls blass. Sie wirkten verängstigt.

„Wir ...", sagte Hellbrenn.

„Das heißt, wir ...", sagte Weidenspeer.

Sie schwiegen und fixierten die am Tisch versammelte Gruppe. Fürst Ermenwyr fiel die Kinnlade herunter. Nach einem

Augenblick, in dem er zu sprechen versuchte, platzte er schließlich heraus: „Ihr? Verflucht noch mal, Weidenspeer, ich wollte sie auch mal kosten! Hellbrenn, meine Liebe, wenn du glaubst, er wäre ein toller Fang, warte, bis du den dreibeinigen Stampfer mit mir getanzt hast!"

„Nein", sagte Hellbrenn, als Weidenspeer den Arm um sie legte. „Ich liebe ihn. Ich – ich weiß nicht, wie das geschehen ist. Es ist einfach so passiert!"

„Ich weiß nicht, wie das geschehen ist", wiederholte Weidenspeer. „Es ist einfach so passiert. Wie ein Blitz, der vom Himmel fährt."

„Wie ein großes Schiff, das aus dem Nebel auf einen zufährt", sagte Hellbrenn.

„Wir konnten nichts tun", sagte Weidenspeer, der benommen wirkte. „Ich hatte meine Pflichten – und meine Eide – und ich dachte immer, sie wäre die einzige Liebe, die ich je brauchte, aber ..."

„Ich wollte mich nie verlieben", sagte Hellbrenn unter Tränen, „und dann – hat sich die ganze Welt verändert."

Frau Schmied schüttelte den Kopf.

„Ihr beide seht extrem jämmerlich aus", sagte Fürst Ermenwyr glatt. „Aber, meine Lieben, ihr regt euch unnötig auf! Ihr vergesst, dass Festzeit ist. Das ist ein kurzes Fieber, eine Phantasie, eine Illusion! Morgen werdet ihr euch ohne jede Reue voneinander trennen können, und wenn nicht morgen, dann übermorgen oder bald danach. Vertraut mir, meine Lieben. Es geht vorbei."

„Nein", sagte Weidenspeer mit zitternder Stimme. „Es wird nie vorbeigehen. Ich werde nicht wider die Liebe freveln." Er sah zu Frau Schmied. „Ich hatte einen Traum, Madame. Ich war ein Kind, verborgen in einem Gebüsch. Ein anderes Kind lag neben mir, klein und verloren. Ich wusste, sie war eine Waise, ein Kind des Leids, und ich wollte sie in meine Arme nehmen und sie beschützen.

Als ich aufwachte, ging ich zur Mitfühlenden und bat sie, mir die Bedeutung meines Traumes zu erklären. Sie sagte, ich müsse mein Leben finden, wo es begann."

Unbeholfen ging er zu ihr, führte Hellbrenn bei der Hand und kniete nieder. „Madame, ich will Teeba heiraten. Gebt mir Euren Segen."

Er streckte die Hand aus und berührte ihr Antlitz. Frau Schmied zuckte zusammen; eine Träne lief über ihre Wange.

„Jetzt habt ihr es geschafft", sagte sie mit belegter Stimme. „Jetzt sind wir beide gefangen." Sie nahm seine Hand.

„Heiraten?", rief Ermenwyr. „Seid ihr verrückt? Seht euch doch mal an! Seht euch die Welt an, in der ihr leben müsst! Ich kann dir etwas über Mischehen erzählen, mein Freund! Ihr habt keine Ahnung, wie schwer es ist, Mutters und Vaters Sohn zu sein."

Weidenspeer ignorierte ihn. „Ich hätte Euch nie damit behelligt", sagte er zu Frau Schmied. „Aber uns erreichte die Kunde, es gäbe einen Mann wie ein Schakal, der alle suchte, die dem Sohn der Sonne gefolgt waren. Ich wusste, er wäre hinter meiner Mutter her.

Die Mitfühlende bat mich, mit Ihrem Sohn in diese Metropole zu gehen. Ich wollte Euch warnen. Aber dann starb der Mann … und ich sah Teeba, und es war, als hätte ich sie mein ganzes Leben lang gekannt."

„Das ist nicht ihr wahrer Name", sagte Frau Schmied. „Ihr Name ist Kalya."

„Wirklich?", rief Hellbrenn. „Oh, das ist fabelhaft! Ich habe Teeba immer gehasst!"

„Den alten Namen benutzt du auf eigene Gefahr", sagte Frau Schmied. „Du bist nicht sicher, selbst nach so vielen Jahren – und wie, glaubt ihr, werdet ihr leben?" Sie sah verzagt von einem zum anderen. „Was wollt ihr tun, ein Geschäft im Grünieviertel eröffnen? Glaubt ihr, ihr zwei wärt dort willkommen?"

„Ich kann immer noch Läuferin sein", sagte Hellbrenn, „und ..." Sie blickte verzweifelt bittend zu Schmied. „Wäre es nicht gut, wenn wir einen Hausarzt hätten? Meine Freundin Erzbruch vom Hotel Seeluft sagte, dass alle eleganten Häuser einen Arzt haben, wie in dem Heilbad, und reiche Leute gehen gerne zu – zu Yendriärzten, weil sie exotisch sind und die ganze mystische Weisheit haben und so. Er könnte ihnen das Meditieren beibringen. Oder so. Bitte?"

„Wir könnten es versuchen", sagte Schmied.

„Wahnsinn", brummte Fürst Ermenwyr. „Reiner Wahnsinn."

„Nein!", fuhr Hellbrenn ihn an. „Wir brauchen nichts, solange wir einander haben."

„Ihr habt keine Ahnung, was ihr da tut", sagte Frau Schmied unglücklich. „Keiner von euch. Ihr könnt euch nicht vorstellen, wie schwer es werden wird. Aber da kann man nichts machen, oder? Also habt ihr meinen Segen, und ich wünsche euch Glück; ihr werdet es brauchen."

„Niemand fragt nach meinem Segen", beschwerte sich Fürst Ermenwyr. „Oder bittet mich um Erlaubnis."

Weidenspeer stand auf und wandte sich ihm zu. „Mein Herr, Eure Frau Mutter ..."

„Ich weiß, das war alles sie. Sie wusste genau, was passieren würde, wenn sie dich hier herunter schickt", sagte Fürst Ermenwyr müde. „Sich in die Leben anderer einmischen, um ihnen Liebe und Glück und spirituelle Erfüllung zu bringen, so wie sie es immer tut. Hat sich natürlich nicht die Mühe gemacht, mir irgendwas davon zu erzählen, aber warum sollte sie auch? Ich bin ja nur der erbärmliche, kleine Ermenwyr, der einzige lebende Mann in Salesh, der zu dieser Festzeit keinen Sex hatte."

„Das stimmt nicht", sagte Schmied.

„Also, das ist ein Trost, nicht? Na gut, Weidenspeer, du bist in aller Form aus meinem Dienst entlassen. Geh und sei ein magischer, heiliger Hausarzt für die Leute, die dich steinigen würden, sobald sie dich sehen. Du wirst dich bei der Stadtobrigkeit anmelden müssen, weißt du, als ansässiger Grünie, und einen Eid schwören, dass du nicht ihre Brunnen vergiften oder ihre Frauen schänden wirst. Bei den nächsten Rasseunruhen wirst du den Berg wieder heraufgerannt kommen – wenn du schnell genug laufen kannst."

„Jeder, der versucht, ihm wehzutun, muss zuerst mich töten!", sagte Hellbrenn, legte die Arme um Weidenspeer und hielt ihn fest.

„Ich verstehe", sagte Ermenwyr. „Ich schätze, es gibt nicht die geringste Chance, dass du mit mir vor der Vermählung eine schnelle Nummer schiebst? Ein kleiner Gefallen für den Fürsten, weißt du, damit du sagen kannst, du hättest dich umgesehen, ehe du dich festgelegt hast?"

„Träumt weiter", antwortete sie.

„Nun, dann wirst du nie erfahren, was du verpasst", grummelte Fürst Ermenwyr. „Geht zu Bett, ihr beide. Ich könnte kotzen bei dem ganzen Edelmut hier drinnen."

„Mein Fürst." Weidenspeer verneigte sich tief. Er wandte sich zu Frau Schmied, nahm ihre Hand und küsste sie. „Madame."

„Geht", sagte sie.

Er nahm wieder Hellbrenns Hand, und sie gingen. Hellbrenns Stimme drang zu ihnen, als sie sagte: „… das Bett ist zu schmal, aber das ist in Ordnung; wir können es raustragen und auf dem Boden schlafen!"

„Schmied, wie sollen sie das nur schaffen?", rief Frau Schmied. „Das Mädchen hat nicht so viel Verstand, wie die Götter einem Salat gegeben haben!"

„Wir passen auf sie auf, schätze ich", sagte Schmied, „und sie ist schlauer, als Ihr ihr zugestehen wollt."

„Sie ist genau so eine Närrin, wie ihr Vater einer war", sagte Frau Schmied.

Stille folgte ihrer Aussage, bis sie wieder sich nähernde Schritte hörten. Unsichere Schritte.

Die Küchentür flog auf, und Fürst Eyrdway beugte sich grinsend herein. Sein Rüschenhemd war blutgetränkt.

„Ich muss dir sagen, du verpasst eine große Feier", teilte er seinem Bruder mit. „Wusstest du, dass da eine weitere Leiche im Bad war?"

Schmied stöhnte und legte den Kopf in die Hände.

„Eyrdway, sie brauchten den Leichnam!" Fürst Ermenwyr sprang auf.

„Ups." Fürst Eyrdway sah zu Schmied und Frau Schmied. „Verzeihung."

„Keine Sorge", sagte Fürst Ermenwyr. „Er macht es wieder gut. Nicht wahr, veränderlicher Einfaltspinsel?"

„Oh, stirb noch mal", antwortete sein Bruder. Er sah zu Schmied. „Aber im Ernst, gibt es etwas, das ich tun kann?"

Salesh in den Nachwehen der Festzeit war ein ruhiger Ort.

Lachende Jugend lachte nicht, während sie dahin schlurfte und sich wünschte, ihre goldenen Sandalen wären nicht so grell. Fragt lieber nicht, was Alter tut. Es ist zu grauenhaft.

Stadtwächter Kreuzbrasse hatte die meiste Zeit der vergangenen zwei Tage in einer dunklen Bettnische verbracht, sodass er die Sonne schmerzhaft grell fand, als er die Vorderstraße entlang zum Gästehaus Seeblick taumelte. Seine Uniform trug dieselben Knitter und Falten, die sie gehabt hatte, bevor er sie abgeworfen hatte, kurz nachdem er Schmied einen guten Abend gewünscht hatte. Sein Kopf fühlte sich seltsam verbeult an, und alles in allem wäre er viel lieber daheim in seinem Bett gewesen. Aber sein Pflichtbewusstsein trieb ihn, genau wie das Bewusstsein der Tatsache, dass Leichname sich nicht ewig hielten; und je schlechter der Zustand, in dem sie waren, wenn sie gemeldet wurden, desto mehr Fragen würde es geben.

Dennoch fragte er sich, als er schließlich durch den Straßeneingang des Seeblicks trat, wie breit Kupferschnitts Körper im Vergleich zu dem hübsch großen Abflussrohr war und wie viel Schmiergeld er Schmied abknüpfen könnte, wenn er vorschlug, dass sie den Toten einfach in das Rohr stopfen und vergessen würden, dass er je da gewesen war.

Als sich seine Augen an das angenehme Dunkel der Eingangshalle gewöhnt hatten, entdeckte er Schmied an der Rezeption, der an einer Tasse schwarzen Tees nippte. Er wirkte müde, aber erholter als Kreuzbrasse.

„Morgen, Kreuzbrasse", sagte er ungebührlich gelassen.

„Morgen, Schmied", entgegnete Kreuzbrasse. „Kommen wir gleich zum Geschäft. Was habt Ihr?"

„Nun, etwas Außergewöhnliches ist geschehen ...", begann Schmied, als Sharplin Kupferschnitt in die Eingangshalle schritt.

„Ihr müsst der Stadtwächter sein", sagte er. „Hallo! Ich fürchte, ich habe wegen nichts Umstände bereitet. Wie dumm von mir, aber ich habe vergessen, jemandem mitzuteilen, dass ich dann und wann katatonisch werde. Ich weiß nicht, warum es geschieht, aber so ist es nun mal. Ich saß in meinem reizenden Zimmer und genoss den Sonnenuntergang, und schwupps! Das Nächste, was ich weiß, ist, dass ich auf einem Eisblock im Abstellraum dieses guten Mannes aufwache. Das war mir so unangenehm!"

Kreuzbrasse blinzelte.

„Ihr wart katatonisch?"

„Mhm." Kupferschnitt lehnte sich an die Theke und faltete die Hände, während seine Daumen hastige kleine Kreise umeinander beschrieben. Er wandte Kreuzbrasse ein helles, papageienähnliches Auge zu. „Peng, alles dunkel, weg war ich."

„Aber ..." Selbst in dem Zustand, in dem Kreuzbrasse sich befand, war er immer noch ein Wächter. „Aber in dem Fall – warum solltet Ihr dann so eine Notiz schreiben?"

„Notiz? Welche Notiz?"

„Die, die Ihr geschrieben zu haben scheint, als Ihr Euren Anfall hattet“, half Schmied weiter. „Erinnert Ihr Euch, dass Ihr Euch an Euren Schreibtisch gesetzt hattet? Es schien so, als hättet Ihr geschrieben: ‚Rächt meinen Mord‘.“

„Oh, das!“, sagte Kupferschnitt. „Nun. Ich bin Schreiber, wie Ihr wisst, und – ich hatte diese überragende Idee, während ich aß, also bin ich aufgestanden, um sie niederzuschreiben. Es war so, dass ich – äh – mit einem Freund in Kontakt treten musste. Rächtme Inenmor.“

„Vom Haus Inenmor in Flammenbergstadt?“, improvisierte Schmied.

„Ja! Genau. Sie sind, äh, nicht sehr bedeutend. Verschwiegene Familie. Also kam mir in den Sinn, dass sie etwas verheimlichen mussten, seht Ihr?“ Kupferschnitts Augen wurden schmal, als er in seine Rolle schlüpfte. „Also dachte ich, ich besuche mal meinen Freund Rächtme und schaue, ob ich nicht ein wenig Dreck über seine Familie ausgraben kann! Haha.“

Kreuzbrasse starrte ihn noch immer perplex an.

„Ihr seht aus, als könntet Ihr etwas Kaltes zu trinken vertragen, Kreuzbrasse“, sagte Schmied, stellte seine Teetasse ab und glitt hinter dem Tisch hervor. „Es ist angenehm dunkel und kühl in der Bar.“

„Zur Hölle damit“, dachte Kreuzbrasse. „Sehr gern“, sagte er. Als er Schmied in die Bar folgte, wandte er sich über seine Schulter an Kupferschnitt: „Wisst Ihr, Herr, vielleicht solltet Ihr Euch nach einer dieser medizinischen Notfalltätowierungen erkundigen, die sich Leute stechen lassen. Es könnte Euch davor bewahren, vor Eurer Zeit auf dem Scheiterhaufen zu landen.“

„Ich denke, das werde ich tun“, sagte Kupferschnitt, der ihnen in die Bar folgte. „Eine gute Idee! Denn Ihr wisst ja, Wächter, es gibt immer wieder Anschläge auf mein Leben, weil ich so außerordentlich verhasst bin, und irgendwer könnte einen Fehler machen und denken ...“

„Kupferschnitt?" Ein kleiner, finster blickender Mann erschien aus dem Nichts und zwirbelte seinen Schnurrbart. „Ihr seid spät dran für unser Gespräch. Ich wollte Euch all die geschmacklosen Details aus dem Leben meines verstorbenen Vaters erzählen, erinnert Ihr Euch?"

„Oh, stimmt!", rief Kupferschnitt, als der kleine Mann seinen Ellbogen griff und ihn aus der Bar zog. „Wie dumm von mir – aber das passiert mir, wisst Ihr, wenn ich gerade aus einem katatonischen Zustand aufgewacht bin, äußerst unorganisiert – war nett, Euch zu treffen, Herr Stadtwächter!"

„Ihr habt also Euer Sicherheitszertifikat bekommen", sagte Fürst Ermenwyr zufrieden, als er grünen Rauch ausatmete, „und der veränderliche Prächtige ist sicher auf dem Weg nach Hause."

Er saß mit Schmied und Frau Schmied an ihrem besten Terrassentisch und sah zu den ersten Sternen auf, die im Zwielicht aufleuchteten. Wie ein erdgebundenes Echo bewegten sich Tiegel und Ritzel von Tisch zu Tisch und zündeten die Lichter und Heizöfen an.

„Ich dachte, er könne nicht heim, bis er genug Geld zusammen hat, um es Eurem Herrn Vater zurückzubezahlen", sagte Schmied und wich einem Ellbogen aus, als Fürst Ermenwyrs Leibwächter niederknieten.

Fürst Ermenwyr kicherte.

„So sehr er sich auch darauf gefreut hatte, der Jungs-von-der-Straßenecken-Brigade beizutreten, es sieht nicht so aus, als wäre es nötig. Der verstorbene, unbetrauerte Herr Kupferschnitt trug seine privaten Geschäftsbücher bei sich, wie sich herausstellte. Hatte mehr Gold auf der Ersten Bank von Flammenberg als Freskin der Diktator! Eyrdway ist ganz glücklich damit, so zu tun, als sei er ein berühmter Skandalhändler. Plant, sich noch etwas länger als Kupferschnitt zu verkleiden."

„Wirklich?", fragte Frau Schmied. „Wenn man die Feinde bedenkt, die Kupferschnitt hatte?"

„Vermutlich nicht", sagte Fürst Ermenwyr. „Wenn er vernünftig ist, geht er zuerst zur Bank, zahlt Papa, was er ihm schuldet, und schafft den Rest des Vermögens weg, ehe jemand auf den Gedanken kommt, dass er ein Schwindler ist. Das habe ich ihm gesagt. Wird er auf mich hören? Oder werde ich ihm in sechs Monaten in einer billigen Bar über den Weg laufen, heruntergekommen und grotesk mit Kosmetika beschmiert, wie er vergeblich versucht, mögliche Kunden für sich zu interessieren? Ich kann es nur hoffen." Er atmete eine Rauchwolke aus und lächelte ihr glücklich nach, als gewahre er darin eine Vision brüderlicher Erniedrigung.

„Ihr müsst schreckliche kleine Kinder gewesen sein", sagte Frau Schmied kopfschüttelnd.

„Absolut, liebe Frau Schmied."

„Hat Euer Herr Bruder Euer Bad gereinigt, ehe er ging?", fragte Schmied vorsichtig.

„Natürlich nicht", sagte Fürst Ermenwyr. „Er räumt nie auf. Das ist etwas für gesetzestreue Zwerge wie mich, so wurde mir zumindest mitgeteilt, als ich versuchte, ihn wenigstens dazu zu bekommen, einen Schwamm zu nehmen und die Wanne auszuwischen. Ich lachte nur und bot ihm den Inhalt von Herrn Kupferschnitts Medizinschränkchen an. Er war erfreut, da er annahm, er wäre voller Rauschmittel. Da es auch nur etwas für gesetzestreue Zwerge ist, sich die Mühe zu machen, die Etiketten zu lesen, wird er unangenehm überrascht sein, wenn er feststellt, dass Kupferschnitt unter chronischer Verstopfung litt."

„Euer Bad …"

„Keine Sorge; ich habe die Jungs die Wände schrubben lassen. Nur ein Medium kann feststellen, dass etwas Unangenehmes dort geschehen ist", sagte Fürst Ermenwyr.

„Was ist mit der ..."

„Die sind sie letzte Nacht losgeworden. Wir haben alle, äh, Siebensachen aufgesammelt und sind im Schutz der Dunkelheit hinunter und zu Eurem Hinterhofabflussrohr geschlichen. Haben sie hineingeworfen und fast ein ganzes Fass von Scheuerblechs schäumendem Wunder hinterher gekippt. Puff!" Ermenwyr blies Rauch aus, um seinen Worten Nachdruck zu verleihen. „Alles weg, von ein paar aufgebrachten Schemen abgesehen. Ich wies ihnen die Richtung zum nächsten Erholungsort im Paradies, entschuldigte mich zutiefst und gab ihnen noch einen Gutschein für zwei Freimassagen in der Sporthalle. Aber, Schmied, ich wollte Euch fragen – wohin entleert sich das Rohr?"

„Oh, nicht auf den Strand", versicherte Schmied. „Es geht direkt ins Meer."

„Ihr leitet Abwässer und ätzende Chemikalien ins Meer?" Fürst Ermenwyr blickte finster.

„Alle tun das", sagte Schmied.

„Aber ... Eure Leute schwimmen in dem Wasser. Sie fischen darin."

Schmied zuckte die Achseln. „Die See ist groß. Wahrscheinlich sinkt das ganze, schlechte Zeug auf den Boden. Es hat noch niemandem Probleme bereitet."

„Vielleicht werdet ihr auch alle langsam vergiftet und merkt es nicht", sagte Fürst Ermenwyr. Er wirkte angsterfüllt. „Bei den neun Höllen! Ich habe hier Austernbrühe getrunken!"

„Oh, die ist total gesund", sagte Frau Schmied.

„Aber seht Ihr denn nicht ..." Ermenwyr blickte in ihre unverständigen Gesichter. Er stöhnte. „Nein, Ihr seht es nicht. Das ist einer dieser klassischen blinden Flecke, nicht wahr? Mutter spricht ständig davon. Sie sagt, ihr werdet euch mit dieser Art

Achtlosigkeit eines Tages alle selbst vernichten, und dann sagt Papa: ‚Lass sie doch, und gut, wenn wir sie los sind‘, und dann fangen sie an zu streiten, und alle rennen in Deckung. Seht, ihr könnt nicht einfach Gift in euren Ozean kippen!“

„Wo sollen wir es sonst hinschaffen?“, fragte Schmied.

„Gute Frage.“ Ermenwyr klopfte Asche aus seiner Rauchröhre. „Hm. Ich könnte Eure Abflussrohre bezaubern, sodass sie sich auf eine andere Ebene entleeren. Ja! Aber um wirklich etwas Gutes zu erreichen, müsste ich denselben Hokuspokus auf alle Abwasserleitungen der Stadt legen …“

„Dann würde der Dreck aus den Abwasserleitungen sich aber auch nur in der anderen Ebene stapeln“, bemerkte Frau Schmied.

„Es sei denn, ich finde eine Ebene, wo die Bewohner diesen Dreck mögen“, sagte Fürst Ermenwyr, der frisches Kraut in seine Röhre stopfte und mit einem Feuerball entzündete. Er rauchte fahrig, die Augen schmal vor Konzentration. „Das bedarf einiger Organisation.“

„Ich bin sicher, dass Euch etwas einfällt“, sagte Frau Schmied. „Ich kann mir vorstellen, Eure Frau Mutter wird sehr stolz auf Euch sein.“

Ermenwyr schien von dem Gedanken beunruhigt zu sein.

Über die Terrasse kamen Weidenspeer und Hellbrenn, die sich etwas unbeholfen ihren Weg zwischen den Tischen hindurch bahnten, da sie unfähig schienen, einander loszulassen.

„Wir brauchen etwas“, sagte Hellbrenn.

„Das heißt – mit Eurer Erlaubnis, Herr ...“, sagte Weidenspeer.

„Was er wissen will, ist: Es gibt eine unbebaute Parzelle auf der anderen Seite des Grundstücks, wo die Mülltonnen stehen, und darauf wächst jetzt nur Unkraut. Könnten wir nicht einen Garten dort anlegen?“, sagte Hellbrenn. „Um Heilkräuter und so zu ziehen? Er und ich würden die ganze Arbeit machen. Ich weiß nichts über Gartenarbeit, aber er schon, also wird er es mich lehren, und so hätten wir Arzneimittel, ohne zu den Läden in – im Viertel der Yendri gehen zu müssen. Wäre das nicht bezaubernd?"

„Schätze schon", sagte Schmied.

„Ha! Versucht es", sagte Ermenwyr. „In dem Augenblick, in dem Leute, die vorbeikommen, sehen, dass ein Grünie exotische Kräuter hier anpflanzt, wird es hier wilde Gerüchte geben, dass ihr giftige Dinge zieht, um die guten Bürger von Salesh als Teil eines teuflischen Yendriplans umzubringen. Man wird euch töten."

„Nein!", sagte Hellbrenn. „Ihr sagt das nur, weil ich nicht mit Euch schlafen will, Ihr grässlicher, kleiner Mann. Wenn die Leute zu Weidenspeer kommen, wenn sie krank sind und seine Wissenschaft sie wieder gesund macht, dann werden sie keine Angst vor ihm haben!"

„Natürlich werden sie das, du entzückender Dummkopf. Sie werden von dem Gedanken eingeschüchtert sein, dass er geheimnisvolles Wissen besitzt", erklärte Fürst Ermenwyr. „Böse, magische Kräfte! Dämonischer Hokuspokus!"

„Nicht, wenn sie sich an ihn gewöhnen", sagte Hellbrenn. Ihre Augen wurden weit, als sie etwas begriff. „Das ist das Problem, dass niemand je jemand anderen richtig kennt, aber wenn, dann würden sie sehen, dass andere Leute gar nicht so schlimm sind und uns viel ähnlicher als wir dachten und … und … manchmal alles, was man dir dein ganzes Leben lang erzählt hat, falsch ist!"

„Du kannst die Welt nicht ändern, Kind", sagte Frau Schmied.

„Ich wette, wir können einen Teil ändern", sagte Hellbrenn eigensinnig. „Den mit den Kräutern jedenfalls."

„Wenn wir es nicht versuchen, wie will man dann je wissen, ob es geht?", sagte Weidenspeer zu Frau Schmied. Sie schwieg und sah zu, wie Hellbrenn mit Anerkennung zu ihm aufblickte.

„Ich werde Tiegel beauftragen, euch Gartengeräte zu besorgen", sagte Schmied.

„Danke!" Hellbrenn warf ihre Arme um seinen Hals und küsste ihn.

„Ihr werdet es nicht bereuen, Herr“, versicherte Weidenspeer fürchterlich ernst. Er nahm wieder Hellbrenns Hand.

Sie gingen zusammen in das duftende Zwielicht.

„Feuer, Frau Schmied?“, bot Fürst Ermenwyr an.

„Bitte.“ Sie winkelte ihre Rauchröhre an, und er ließ einen hellen Feuerball an der Spitze aufleuchten. Schmied wedelte bunten Rauch fort.

„Der Bursche scheint sich gut entwickelt zu haben. Ich bin Eurer Mutter sehr zu Dank verpflichtet“, sagte Frau Schmied zu Fürst Ermenwyr. Er rauchte und nickte.

„Ihr hättet das wohl auch selbst hinbekommen, wisst Ihr, nach allem“, entgegnete er. „Ihr habt Hellbrenn beinahe großgezogen, die elende, kleine Straßengöre. Weshalb?“

Sie warf ihm einen harten Blick zu.

„Weil es schwer ist, die Vergangenheit loszulassen“, sagte sie. „Man hofft, dass man der Geschichte ein froheres Ende geben kann, selbst wenn man es besser weiß. Wenn diese zwei Kinder dem Unheil in ihrem Blut entgehen können, dann waren all diese Tode und die Qualen vielleicht nicht umsonst, und …“

„Was?“, fragte Schmied.

Frau Schmied legte ihre Hand auf Schmieds. „Sie ist die Tochter von Kalyon Sonnenblitz, Schmied. Wenn ich das alles morgen wiederholen müsste, würde ich an seiner Seite sterben. Die Götter wandeln nicht oft auf Erden, aber einer wandelte in ihm. Ich kann's nicht besser erklären.“

Sie schaute über die Terrasse. Weidenspeer und Hellbrenn stocherten im Unkraut hinter der Mülltonne herum. Der Klang ihrer jungen Stimmen schwebte durch die Dämmerung herüber, als sie Pläne für ihren Garten schmiedeten.

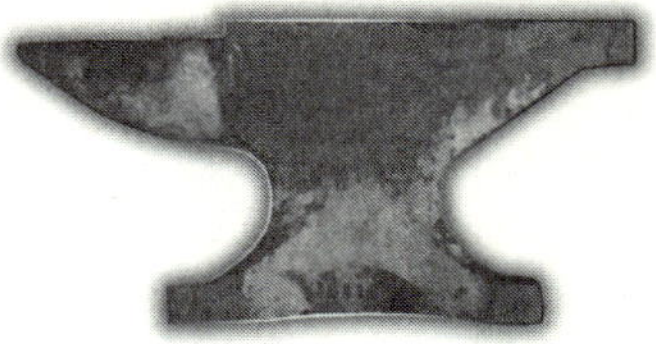

Das Unternehmen Schmalblech präsentiert stolz:

DIE GEPLANTE GEMEINSCHAFT VON MORGEN!

Lasst Eure Sorgen in den dunklen, beengten Kaninchenbauten Flammenbergs hinter Euch und atmet frei in der wunderbaren, neuen Küstengemeinschaft der SCHMALBLECH-IMMOBILIEN. Sobald es errichtet ist, wird dieses Sportlerparadies hundert Morgen erstklassiger an der Küste und am Fluss gelegener Immobilien mit Strandpromenaden hinter sicheren Befestigungsanlagen einschließen und ein fröhliches, gesichertes Wohngebiet für seine glücklichen Bürger schaffen.

Weitläufige Wohnviertel, bequem zwischen Läden und Einkaufspassagen gelegen, werden es unseren heutigen Pionieren ermöglichen, alle Segnungen eines unberührten, ländlichen Paradieses zu genießen, ohne auch nur eine der Annehmlichkeiten der Zivilisation aufgeben zu müssen, an die sie so gewöhnt sind. Eine bewaffnete Miliz ist vor Ort, um sicherzugehen, dass Waldbewohner einen respektvollen Abstand von diesem neuen Brückenkopf unseres Volkes halten.

Weiter Himmel! Herrliche Aussicht! Wild im Überfluss! Sauberes Wasser! All das ist euer Geburtsrecht, und mit SCHMALBLECH-IMMOBILIEN könnt ihr es einfordern!

Erkundigt Euch am Schild der Drei Hämmer, Kettenallee, Ward'b.

Waldbewohner'", sagt eine ärgerliche Stimme.

„‚Brückenkopf ihres Volkes?'", sagt eine andere.

„Ihr Geburtsrecht?", sagt eine dritte.

Weitere geflüsterte Unterhaltungen im Dunkeln folgen.

Die Sterne durchlaufen die Stunden; die helle Sonne erhebt sich endlich, und ihre schrägen Strahlen treffen auf die Mauer, an der das Immobilienschild erst seit dem Vortag hängt. Ein Nachtwächter der Stadt, der endlich heim trottet, hält inne und fixiert die Mauer. Durch einen Riss im Steinpflaster ist mit übernatürlicher Geschwindigkeit eine hellgrüne Rebe gewachsen und an den roten Steinen empor geklettert. Sie hat Triebe unter das Plakat gesteckt und seine Einzelteile zerstreut, zerrissen und zerknüllt; kleine, grüne Schnecken kriechen über das, was noch übrig ist, und verschlingen gierig das Papier und seine grelle Tinte.

Schmied saß geistesabwesend über seinem Gästebuch.

Keine Frage; seit dem Monat der Sardinenfänge gab es weniger Buchungen. Die Gaststätte lief besser, aber immer noch weniger gut als zuvor.

Natürlich gab es viele gute Gründe dafür. Deliantiba und Schwarzfels lagen im Bürgerkrieg, was Reisen und Handel entlang der Küste behinderte; nicht viele Vergnügungsboote segelten an Ferienorte, wenn es wahrscheinlich war, dass ein Kriegsschiff sie zuerst angreifen und Überlebende erst danach aussortieren würde .

Auch die Preise für Fisch waren in letzter Zeit gestiegen, was die in den Gaststätten nach oben trieb; auch wenn es allgemein bekannt war, dass es keine Fischknappheit gab, dass das alles von den Fischern geplant war, um die Preise hochzutreiben, schienen die Fische davon nichts gehört zu haben und blieben ihren gewohnten Wassern fern – und jetzt der neue Ärger …

Wie auf Bestellung kam Kreuzbrasse von der Stadtwache in die Eingangshalle, begleitet von zwei Leutnants. Er nahm eine verspannte, förmliche Haltung ein und vermied Blickkontakt mit Schmied, als er sagte: „Bürger! In Übereinstimmung mit der Salesher Stadtvorschrift 1,135.75 sind alle Mitglieder fremder Völker verpflichtet, einen Gefolgschafts- und Treueid auf das Salesher Stadtgesetz zu schwören. Innerhalb von zwei Tagen müssen sie Folge leisten oder eine Beschwerde einlegen, mit den ...“

„Er hat den Eid längst geleistet, Kreuzbrasse, das wisst Ihr ...“, begann Schmied entnervt. Kreuzbrasse, der noch immer den Blick abgewandt hielt, hob ermahnend einen Finger.

„Ah! Das war die Salesher Stadtvorschrift .63, seht Ihr?“, sagte er in normaler Stimmlage. „Es gibt einen neuen Schwur, den sie ablegen müssen, der besagt, dass sie unsere Habe nicht beschädigen werden.“

„Oh.“ Schmied war immer noch genervt. „Nun, musstet Ihr gleich ein Arrestkommando mitbringen?“

„Das ist kein Arrestkommando“, widersprach Kreuzbrasse mit gekränktem Blick. „Wir dachten, wir geben ihm Geleit. Falls es Scherereien gibt. Es hat schon Scherereien gegeben, wisst Ihr.“

Schmied wusste es, aber er brummte vor sich hin, als er hinter der Rezeption hervor glitt und aus dem Gästehaus auf die Terrasse vorausging.

Es war ein schöner Ort, ein schattiger Garten mit beeindruckendem Blick aufs Meer. Seltsame, prächtige Blumen blühten an einer Stelle, abgetrennt durch niedrige Steinbalustraden. Dort standen sechs Leute, die Gesichter gen Himmel gehoben, in unterschiedlichen Posen der Verzückung. Sie alle waren Kinder der Sonne. Der siebte war es nicht; er sprach zu ihnen, sanft und ermutigend.

„… und denkt an eure Mütter oder jede Frau, die je freundlich zu euch war: Ein Teil von ihr war in ihren Herzen. Konzentriert eure Gebete auf dieses Ideal der Liebe und streckt eure Hände nach ihr aus ...“

Er bemerkte Schmied und die Wächter.

„... und sie hört euch, und sie wird euch helfen. Das war's für heute Nachmittag; geht heim und setzt Eure Meditationsübungen über Barmherzigkeit fort.“

Weidenspeer ging rasch zu Schmied und flüsterte: „Was ist los?“, als seine Schüler wie aus dem Schlaf erwachten.

„Ihr müsst ...“

„Es ist meine Pflicht, Euch darüber in Kenntnis zu setzen, dass ...“

„Was tun die Wächter hier?“, verlangte einer der Schüler zu wissen und wechselte pfeilschnell von Glückseligkeit zu rechtschaffener Empörung.

„Ihr könnt unseren Trevani nicht schikanieren!“, rief ein anderer Schüler, und griff nach einem Gartenwerkzeug. Weidenspeer verzog das Gesicht und streckte ihnen in einer beschwichtigenden Geste die Hände entgegen.

„Bitte! Bedenkt das erste Prinzip der Geduld im Angesicht von Aggression!“, rief er. Jemand brummte etwas über eine Pflanzkelle im Angesicht der Unterdrückung, aber in dem flüchtigen Augenblick des Friedens, der folgte, sagte Schmied schnell: „Es ist nur ein neuer Eid, den Ihr leisten sollt, darüber, dass Ihr nichts beschädigen werdet. In Ordnung?“

„Ich werde den Eid mit Freuden leisten“, sagte Weidenspeer sofort.

„Was in den neun Höllen ist ein Trevani?“, fragte einer der Wächter mit finsterem Blick.

„Sei still“, sagte Kreuzbrasse.

„Er bringt ihnen bei, die grüne Hexe anzubeten“, sagte der andere Wächter.

„Die grüne Heilige! Er lehrt uns den Weg der unermüdlichen Mutter, Ihr unerleuchteter Hund!“, rief ein anderer Schüler.

„Allerdings nicht besonders erfolgreich!“, rief Weidenspeer und wandte sich zu seinen Schülern. „Legt den Spaten wieder hin, Herr Karbon. Bitte, beschämt mich nicht. Geht nach Hause und meditiert über das erste Prinzip.“

Seine Schüler gingen in einer Reihe aus dem Garten, sahen die Wächter finster an, die finster zurückblickten, und Weidenspeer seufzte und legte die schlanken Hände an die Schläfen.

„Vergebt ihnen“, sagte er. „Soll ich den Eid hier leisten, Herr Kreuzbrasse?“

„Wir müssen Euch dafür zum Tempel des Gesetzes geleiten“, sagte Kreuzbrasse von einem Fuß auf den anderen tretend. „Wegen der Scherereien, versteht Ihr?“

„Gut.“

„Wie wär's, wenn noch zwei von meinen Leuten mitgehen?“, sagte Schmied. Die Träger Tiegel und Ritzel, die von der Eingangshallentür aus stumm zugesehen hatten, traten vor und dehnten ihre Arme.

„Das wäre hervorragend!“, sagte Kreuzbrasse in einem grässlichen Versuch, herzlich zu wirken. „Lasst uns gehen und die Sache hinter uns bringen, ja?“

„Klar“, brummte Ritzel.

Schmied sah ihnen nach, als sie gingen, und ging dann in die Küche. Frau Schmied zerrieb Gewürze in einem Mörser, und Hellbrenn schälte Äpfel. Sie saß auf einem hohen Schemel, recht unsicher in ihrem derzeitigen Zustand, und unter ihren Augen lagen Schatten der Erschöpfung.

„Also sagte ich: ‚Acht Kronen für dieses mickrige Ding? Für den Preis sollte sie verdammt noch mal in der Lage sein, aufzuspringen und drei Wünsche zu erfüllen ...‘“ Frau Schmied hielt inne, um Asche aus ihrer Rauchröhre in das Spülbecken zu klopfen und erblickte Schmied. In dem stillen Augenblick, der folgte, blickte Hellbrenn auf, sah von einem zum andern und begann zu weinen.

„Oh, oh, was ist jetzt wieder passiert?", heulte sie.

„Er musste wieder hinunter zum Tempel des Gesetzes", sagte ihr Schmied. „Er wird aber nicht lange fort sein."

„Aber er hat doch nichts getan!", jammerte Hellbrenn. „Warum können sie uns nicht in Ruhe lassen?"

„So ist das Leben manchmal, Kind", sagte Frau Schmied, die automatisch zu einem Schränkchen ging und eine Flasche Beruhigungssirup holte. Sie gab etwas auf einen Löffel, schob ihn Hellbrenn zwischen den Schluchzern in den Mund und trank selbst einen Schluck direkt aus der Flasche. Danach erneuerte sie ihre Bemühungen mit dem Mörser so heftig, dass ein Stück Nelke herausschoss und eine Fliege an der Decke erschlug.

„Man muss immer wieder durch solch abscheuliche Zeiten", fuhr sie wutentbrannt fort. „Krieg. Wirtschaftskatastrophen. Animalische Dummheit auf Seiten der eigenen Artgenossen. Dreiste Männchen, die acht Kronen für eine Sardine verlangen, die eine Woche alt ist. Man lernt, es mit Würde zu ertragen." Ein weiterer, besonders heftiger Schlag mit dem Stößel sandte ein Pfefferkorn in die Luft. Es schlug mit einem „Ping" gegen die Flasche Beruhigungssirup, prallte ab und flog nur knapp an Schmieds Nase vorbei, ehe es zur Tür hinaus im Dunkel der Hotelbar verschwand.

„Ihm wird nichts passieren", sagte Schmied und tätschelte Hellbrenns Schulter. „Ihr werdet sehen. Jeder in dieser Straße wird für ihn einstehen – und überhaupt, er ist mit dir vermählt! Man kann ihm also nicht befehlen, Salesh zu verlassen oder so."

Hellbrenn dachte einen Moment darüber nach, ehe ihre Lippe erneut zu beben begann.

„Ihr denkt, sie könnten das?", sagte sie. „Obwohl unser Kind unterwegs ist und alles?"

„Natürlich nicht, Kind“, sagte Frau Schmied, die Schmied Blicke wie Dolche zuwarf und wieder nach dem Beruhigungssirup griff. „Das haben wir doch gerade gesagt, und überhaupt, er ist mein Sohn, oder nicht, und die Zukunft meines Enkelkindes ist in Gefahr, oder nicht, und ich möchte den Stadtbeamten sehen, der närrisch genug ist, mir Rassenvermischung ins Gesicht zu sagen.“

„Ich würde es nicht“, dachte Schmied und verließ leise den Raum.

Er hörte, wie es in der Eingangshalle nach ihm klingelte. Jemand schlug herrisch auf die Glocke ein. Er fluchte vor sich hin und fragte sich, was an diesem Tag sonst noch schief gehen konnte, oder in dieser Woche, oder in seinem Leben …

„Da ist er! Oh, herrje, wie verärgert er wirkt!“, sagte Fürst Ermenwyr fröhlich. „Au! Wofür war das denn?“

„Weil ihr eine mitleidlose kleine Kreatur seid, Herr“, sagte Balnshik und streckte die Hand aus. „Schmied, mein Schatz! Wie ist es Euch in den letzten Monaten ergangen?“

Schmied schluckte. Sein Hirn kam knirschend zum Stehen, seine Sinne schalteten um.

Er wusste, dass sie ein altersloses, unsterbliches, tödliches Wesen war; aber da stand sie in einem weißen, perlenbestickten Kleid, das wie Frost glitzerte, mit einer weißen Fuchsfellstola, und sie war jenseits jeglicher Vernunft elegant und begehrenswert.

Neben ihr stand Fürst Ermenwyr, der zur Abwechslung einmal glatt und gesund aussah und schrill nach der neuesten Mode gekleidet war. Wie jemand Schwarz tragen und dennoch schrill gekleidet sein konnte, war Schmied ein Rätsel. Der Hut des jungen Fürsten trug einen Teil der Verantwortung: Es war ein hoher Hexenjägerhut mit einer Feder, die den Kronleuchter der Eingangshalle streifte. Hinter ihm kamen Schnitt, Quetsch, Stich und Qual, schwer mit Koffern beladen.

„Äh – mir geht's gut", entgegnete Schmied.

„Nun, Ihr seht aus, als wärt Ihr in die Mangel genommen worden", sagte Fürst Ermenwyr. „Aber egal! Jetzt bin ich hier, und es wird nur noch Freude und Fröhlichkeit geben. Jungs, bringt die Koffer in meine übliche Zimmerflucht und packt schon mal aus."

Sie gehorchten augenblicklich und schlurften wie ein sich bewegender Häuserblock die Treppe hinauf. Fürst Ermenwyr betrachtete Schmied von oben bis unten.

„Das Geschäft lief in letzter Zeit nicht, nicht wahr? Das überrascht mich nicht. Aber um mich solltet Ihr Euch keine Sorgen machen! Ich bin nur hier, um mich zu entspannen und eine gute Zeit im guten, alten Salesh-an-der-See zu verbringen. Werde mit meinem liebsten Ammchen in die Theater gehen, die Badeanstalten besuchen, die neuesten Prostituierten ausprobieren ..."

Es ertönte krachender Lärm von oben.

„Mist", sagte Ermenwyr und sah nach oben. „Wir haben vergessen, ihnen einen Zimmerschlüssel zu geben, oder?"

„Ich glaube, der arme Schmied braucht ein kühles Getränk auf der Terrasse", sagte Balnshik und fuhr ihm mit einer Hand durch das Haar. „Lasst uns alle gehen. Holt eine Flasche aus der Bar, Herr."

Er musste zugeben, dass es ihm besser ging, als er draußen an einem der Tische saß und Balnshik den Wein eingoss. All seine anderen Probleme schienen im Vergleich zu der Aussicht eines wochenlangen Besuchs von Dämonen zu schrumpfen, selbst wenn es angenehm zivilisierte waren, und Balnshiks körperliche Zuwendungen waren in der Tat angenehm, auch wenn sie innehielt, als Hellbrenn und Frau Schmied die Terrasse betraten. Augenblicklich bildeten die Damen einen engen Kreis und vertieften sich in eine innige Unterhaltung, deren einziges Thema Schwangerschaft war.

Fürst Ermenwyr betrachtete sie genau, zuckte die Achseln und zündete seine Rauchröhre mit einem Feuerball an.

„Ts, sie werden uns die nächsten drei Stunden nicht einmal bemerken, Schmied. Ich schätze, wir müssen hier sitzen und maskuline Angelegenheiten finden, über die wir uns unterhalten können. Ich verachte jede Art von Sport, Eure Politik interessiert mich nicht einmal ansatzweise, und das Wetter ist nicht wirklich ein geschlechtsspezifisches Thema, nicht wahr? Wie wär's mit Beruflichem? Erzählt mir, wie Euer Geschäft läuft."

Schmied berichtete es ihm. Er hörte konzentriert zu und atmete von Zeit zu Zeit Rauch aus.

„... und dann gibt es Ärger in dem Viertel, wo die Yendrigeschäfte sind", fuhr Schmied fort. „Ich verstehe es nicht; hier sind bisher immer alle gut miteinander zurechtgekommen, aber jetzt ... sind sie alle aufgebracht, und wir sind alle angespannt. Die Badehausinhaber sind alle bewaffnet, bei den Göttern! Randalierende Kräuterkundige! Ich weiß nicht, wo das enden soll, aber es ist einer vollen Zimmerbelegung gewiss nicht zuträglich."

„Oh, ich buche das ganze verdammte Hotel für den Sommer, wenn das hilft", sagte Fürst Ermenwyr. „Das ist die belangloseste Eurer Sorgen. Ihr wisst natürlich, was hinter all dem steckt."

„Nein", sagte Schmied mit einem vertrauten Gefühl drohenden Unheils. „Was denn?"

„Dieser Idiot, Schmalblech, und seine geplante Gemeinschaft natürlich", antwortete Fürst Ermenwyr. „Erzählt mir nicht, Ihr hättet die Schilder noch nicht gesehen? Nun, möglicherweise habt Ihr das tatsächlich nicht. Sie werden verschandelt, sobald er sie aufhängt."

„Oh. Der Ort, den er unten an der Küste bauen will?" Schmied blinzelte. „Was ist denn damit? Die Yendri beschweren sich ständig, wenn wir eine neue Stadt bauen, aber es ist ja nicht so, als ob wir irgendwem schaden. Wir müssen irgendwo leben, oder?"

„Ich weiß nicht, ob die anderen Völker, die diese Welt mit euch teilen, dem unbedingt zustimmen würden", sagte Fürst Ermenwyr vorsichtig.

„Mag sein. Aber warum sollte es sie jetzt so besonders stören?"

Ermenwyr blickte Schmied aus gewisser Entfernung an; alle Gerissenheit war aus seinem Gesicht verschwunden. Es war weit beunruhigender als seine übliche Auswahl unangenehmer Gesichtsausdrücke.

„Vielleicht sollte ich etwas erklären ...", begann er, dann waren er und Schmied auf den Beinen und starrten durch den Garten zum Gästehaus. Rufe ertönten aus der Eingangshalle, gefolgt von klirrendem Glas. Hellbrenn gab einen leisen Schrei von sich, der hinter ihnen zurückblieb, als sie losrannten, begleitet von Frau Schmieds Ruf: „Bleibt hier und haltet Euch ruhig, um der Götter willen!"

Schmied war zwar älter und schwerer, traf aber als erster ein, denn auf halbem Weg durch den Garten erschien Balnshik vor Fürst Ermenwyr und hielt ihn mit ihrem beachtlichen Busen auf. Er rannte dagegen und prallte zurück, etwas benommen, und so fing Schmied Weidenspeer auf, als dieser in den Garten taumelte. Der Yendri blutete aus einem Schnitt über einem Auge.

„Ist schon gut", schnaufte er. „Sie sind weg. Aber das vordere Fenster ist zerbrochen ..."

„Sie sind nicht mal zwei Stunden hier und mir fehlen bereits eine Tür und ein Fenster", sagte eine verärgerte Stimme in Schmieds Hinterkopf. Laut sagte er: „Verdammt sollen sie trotzdem sein. Es tut mir leid ..."

„Es waren nicht Eure Leute", sagte Weidenspeer, der seine Handfläche auf den Schnitt drückte, um die Blutung zu stoppen. „Ich fürchte, es waren Yendri."

„Warum in den neun Höllen hast du das getan?“, verlangte Ermenwyr von Balnshik zu wissen. „Ich glaube, ich hab einen Strassstein im Auge!“

„Ich stehe unter dem Geas, Euch zu beschützen, Herr“, erinnerte sie ihn.

„Nun, ich habe geschworen, jeden zu beschützen, der in meinen Diensten steht, und ein Schwur ist genauso wichtig wie ein Geas ...“

„Vermaledeite Grünies!“, brummte Tiegel, als er aus der Eingangshalle erschien. „Geht es Euch gut, Junge?“

„Nenn ihn nicht Grünie!“, schrie Hellbrenn, die sich endlich ihren Weg über den Hof gebahnt hatte. „Oh, er ist verletzt!“

„Naja, er ist unser Grünie, und überhaupt, es waren die anderen verdammten Grünies ...“

„Mir geht's gut“, versicherte Weidenspeer ihr, der sich vor Fürst Ermenwyr verbeugen wollte. „Es ist nur eine Schramme. Herr, ich hoffe, es geht Euch gut. Wir sind die Vorderstraße entlanggekommen, als uns drei, äh ...“

„Yendris“, schlug Schmied helfend vor.

„... ansprachen, die wissen wollten, was ich in der Gesellschaft von zwei, äh – Kindern der Sonne mache, und sie wollten, dass ich mit ihnen gehe – ich glaube, ich sollte an einer Protestveranstaltung teilnehmen oder so etwas, und als ich versuchte, ihnen zu erklären ...“

„Sie haben uns Steine an die Köpfe geworfen“, sagte Ritzel, der sich Dreck von den Händen klopfte, als er zu ihnen trat. „Aber auf halbem Weg den Häuserblock entlang bemerkte die Stadtwache sie, und sie sind weggerannt, und die Wächter sind hinter ihnen her wie ein Grü... wie etwas sehr Schnelles. Sollen wir das Fenster vernageln, Boss?“

Fünfzehn Minuten später saßen sie wieder auf ihren Plätzen auf der Terrasse, ein wenig aufgeregt, aber nicht sehr mitgenommen. Balnshik hatte Weidenspeers Hautabschürfung geschickt eingecremt und verbunden, und er saß mit einem Getränk in einer Hand da. Hellbrenn saß auf seinem Schoß und klammerte sich an ihn. Frau Schmied hatte ihre Rauchröhre so wild in Anspruch genommen, dass sie in Dampf gehüllt war wie ein im Nebel verborgener Berg.

„Aber du wärst da oben sicher, du Narr", sagte sie zu Weidenspeer. Sie wandte sich hilfesuchend an Fürst Ermenwyr. „Ihr seid sein Lehnsherr oder so, nicht wahr? Könnt Ihr ihm nicht sagen, dass er gehen soll, zu seinem eigenen Wohl?"

„Ach, ich habe ihn von seinem Schwur entbunden", sagte Fürst Ermenwyr ernst. „Es liegt mir fern, ihm zu sagen, dass die Rücksichtnahme auf seine Aufgaben bei weitem den vagen Antrieb einer Visionssuche aufwiegt. Ich wette, jetzt tut es dir leid, nicht? Au", fügte er beinahe geistesabwesend hinzu, als Balnshik ihm gegen das Ohr schlug. „Außerdem, wenn ein Kerl nicht auf seine eigene, liebe Mutter hört, wessen Rat würde er dann befolgen?"

„Ich kann nicht zurück in die Grünlande", sagte Weidenspeer. „Ich habe hier einen Garten angelegt. Ich habe Schüler. Ich habe Patienten. Mein Kind kommt als Bürger dieser Stadt zur Welt. Ich schade niemandem; warum sollte ich hier nicht sicher sein?"

Frau Schmied ächzte und verschwand in einer Nebelbank aus Rauch.

„Wie soll meine Liebe außerdem in ihrem Zustand reisen?", fuhr Weidenspeer fort, als er auf Hellbrenn hinabblickte. „Du kannst unser Kind nicht in der Wildnis zur Welt bringen; nicht so ein Stadtmädchen wie du. Du wärest so in Ängsten, mein Schatz."

„Ich würde überall hingehen, wo du willst, wenn wir es müssen", sagte sie und strich sich die Tränen mit den Fingerknöcheln weg. „Ich bin in der Wildnis geboren, und ich hätte keine Angst vor dem Herrn des Berges oder sonst wem.“

„Er isst keine Säuglinge“, sagte Fürst Ermenwyr. „Jedenfalls nicht oft. Au.“

„Möglicherweise kommen ja alle wieder zu Verstand, und die ganze Sache wird sich beruhigen, wenn das Wetter kühler wird“, sagte Schmied.

„Ah – nicht sehr wahrscheinlich“, sagte Fürst Ermenwyr. „Die Dinge werden wohl eher recht grässlich werden, fürchte ich.“

„Ihr sagtet so etwas schon, ehe plötzlich die Hölle los war.“ Schmied stand auf und öffnete eine weitere Flasche. „Wenn mein Geschäft schon eingeht, will ich wenigstens wissen, warum.“

Fürst Ermenwyr schüttelte den Kopf. Er zupfte sich einen Moment lang am Bart und sagte schließlich: „Wie viel wisst Ihr vom Yendriglauben?“

„Ich weiß, sie verehren Eure Mutter“, sagte Schmied.

„Nicht ganz“, sagte Fürst Ermenwyr.

„Doch“, sagte Weidenspeer.

Ermenwyr wand sich in seinem Stuhl. „Nun, ihr glaubt nicht, dass sie eine – eine Göttin oder so was ist. Sie ist nur eine Prophetin. Irgendwie.“

„Sie ist die Treva der ganzen Welt, die lebende Wahrheit, die Verkörperung göttlicher Liebe in ihrem aktiven Aspekt“, sagte Weidenspeer mit perfekter Sicherheit. „Die Erlöserin, die Zerstörerin der Ketten, die Bändigerin der Dämonen.“

„Amen“, sagte Balnshik ein klein wenig grollend.

„Ja, nun, ich schätze mal, das ist sie.“ Fürst Ermenwyr blickte finster. „Alle Yendri beten zu Mutter, aber sie betet auch zu jemandem, wisst Ihr. Ihr müsst die Yendrigeschichte verstehen. Sie waren einst Sklaven.“

„Die Zeit der Knechtschaft“, brummte Weidenspeer. „Im langen, dunklen Leid im Tal der Mauern, in den schwarzen, schmutzigen Ketten der Sklavenkerker beteten sie um eine Befreierin! Aber bis sie kam, war unter den Geschlagenen, Leidenden, Tränenvollen der Tröster, der Sternenummantelte, der Liebhaber der Witwen."

„Irgend so ein Heiliger", sagte Ermenwyr. „Widerstandsführer augenscheinlich. Prophezeite die Ankunft eines heiligen Kindes und zeugte dann praktischerweise eins. Vater hatte immer seine eigene Meinung darüber, wie das passiert ist."

Weidenspeer war einen Moment sprachlos vor Schrecken, ehe er stotterte: „Sie erschien auf wundersame Weise im Herzen einer großen Payraja-Blüte! Es gab Zeugen!"

„Ja, und ich habe heute Nachmittag gesehen, wie ein Mann auf der Ankerstraße drei Taschentücher und eine Silbermünze aus seinem Ohr zog", erwiderte Fürst Ermenwyr. „Das Leben ist voller Wunder, aber wir alle wissen, wo die Kinder herkommen. Der springende Punkt ist, dass die Yendri sich erhoben, als sie drei Tage alt war. Der Sternenummantelte trug sie vor sich her, als sei sie ihr …"

„Ihr Schild, ihre Anregung, an jenem Tage im Weizenfeld, an jenem Tage am Fluss, als erbittert die Abrechnung …"

„Offensichtlich hat der Sternenummantelte sich in all dem Aufruhr rund um den Sturz ihrer Herrn den Fuß an einer Sense oder so was geschnitten, und die Wunde heilte nicht, weil er seinen Eid der Gewaltfreiheit gebrochen hatte, um den Widerstand zu beginnen. Also humpelte er den ganzen restlichen Exodus aus dem Tal der Mauern, wobei er Mutter als Säugling den ganzen Weg schleppte."

„Blumen wuchsen im Blut, wo er ging", sagte Weidenspeer.

„Ich erinnere mich an diese Geschichte", brummte Frau Schmied. „Oh, wie lange ist das her … da soll es ein Wunder gegeben haben, irgendwas mit Schmetterlingen."

„Ja!", rief Weidenspeer. „Der Fluss erhob sich auf sein Rufen, der große, spiegelglatte, schlangenförmige Fluss, und für die

Erdenkinder bahnte er einen Weg, die Straße zur Befreiung, und sie verließen jenen Ort und siehe! Nach ihnen kamen die Seelen der Toten. Sie wollten nicht in Ketten bleiben, in der Gestalt von Schmetterlingen kamen sie, weißgeflügelt, durchsichtig, singend, so viele Blüten, die im Wind flogen, die vom Verlust zerbrochenen Verzweifelten kamen auch und schwebten über ihren Köpfen ins neue Land."

„Was heißt, dass sie dem jährlichen Wanderweg einiger Kohlweißlinge folgten, schätze ich mal. Es hat allem eine geheimnisvolle Ebene hinzugefügt, sicher, und schließlich kamen sie dahin, wo der Fluss auf das Meer traf", sagte Fürst Ermenwyr. „Der ‚heilige Hain von Hlinjerith, wo Nebel in den Zweigen hing.' Was genau als nächstes passierte, war in meiner Familie immer Grund für Mutmaßungen."

„Jeder weiß, was passiert ist", sagte Weidenspeer und sah seinen Lehnsherrn ein wenig streng an. „Der Sternenummantelte, der geliebte Unvollkommene, war von seiner Wunde schwer gepeinigt, seine Kraft schwand, und sein Herz wurde schwach. Seine Jünger trauerten. Aber in Ihrer Gnade vergab sie ihm seine Sünde des Zorns."

„Oh, Unsinn, sie kann nicht älter als sechs Monate gewesen sein …"

„Sie wirkte um seinetwillen ein Wunder, und aus dem Schaum des Flusses erhob sich seine Erlösung …"

„Erbaut ist es aus Kristallschaum,
Das lilienweiße Schiff,
Seht es aufsteigen, und von jedem Tau und jeder Spiere
Helle Wasser fließen; die wilden Vögel rufen und singen,
Es aufsteigen zu sehen auf der spiegelglatten Welle.
Es wird uns hinübertragen
Wo alle Schmach weggespült wird
Es wird auf dem Neumondpfad segeln
Es wird uns hinübertragen

In die Arme der Geliebten …“

Das Lied erhob sich scheinbar aus dem Nichts, in einer tiefen, ziemlich unheimlichen Altstimme geträllert. Es dauerte einen Moment, ehe Schmied bemerkte, dass Frau Schmied hinter ihrer Wolke sang.

Sie alle starrten sie einen Augenblick lang an, ehe Balnshik ein Taschentuch aus Fürst Ermenwyrs Tasche zog und es ihr reichte.

„Danke“, nuschelte Frau Schmied. „Ihr könntet auch mein Getränk nachfüllen, wenn es Euch nichts ausmacht. Dein Vater sang das immer, junger Weidenspeer.“ Sie schnäuzte sich. „Wenn er etwas geraucht hatte und berauscht war. Naja, das waren wir alle meistens. Aber fahrt fort.“

„Papa glaubt, dass der Sternenummantelte gestorben ist und still an jenem Ort beerdigt wurde“, sagte Fürst Ermenwyr. „Aber die meisten Yendri glauben, dass ihn irgendein magisches Schiff über das Meer fortgetragen hat, und all die weißen Schmetterlinge sind mit ihm verschwunden. Die Yendri überquerten mit Mama und den restlichen Flüchtlingen den Fluss und siedelten sich in den Wäldern an.“

„Aber jedes Jahr, zur Zeit seines Gehens, reisen viele von uns zu jenem Wäldchen, wo der Fluss in das Meer mündet“, sagte Weidenspeer. „Dort sprechen sie ein Gebet und meditieren. Im heiligen Hlinjerith, heißt es, erhalten die Gepeinigten heilende Träume, getragen auf den Flügeln weißer Schmetterlinge.“

„Jetzt ratet mal, Schmied, wo Euer Herr Schmalblech beschlossen hat, seine geplante Gemeinschaft zu erbauen“, sagte Fürst Ermenwyr.

„Oh“, sagte Schmied.

„Kein Wunder, dass die Grünies die Fassung verlieren“, sagte Frau Schmied, die sich nochmals die Nase putzte.

„Das ist furchtbar!“, sagte Hellbrenn bestürzt. Sie sah zu Weidenspeer auf. „Wir können nicht einfach Häuser auf den heiligen Plätzen anderer Leute bauen! Warum hast du mir nicht gesagt, was vor sich geht?"

„Liebste, was hättest du tun können?", antwortete Weidenspeer. „Dich trifft keine Schuld."

„Aber es ist falsch", sagte sie, „und wir tun das immer, nicht wahr? Fällen eure Bäume und ziehen dort ein? Wir wissen nicht, dass es falsch ist, aber es ist kein Wunder, dass ihr uns verabscheut!"

„Wie könnte ich dich jemals verabscheuen?", sagte er und küsste sie zwischen den Augen. „Du bist mein Juwel aus Feuer und Sonne, und du bist nicht wie die anderen."

„Doch", sagte Hellbrenn. Fürst Ermenwyr räusperte sich.

„Ich muss diesen ergreifenden Moment gemeinsamer Hingabe stören – ich habe noch nicht alles erzählt."

„Es wird schlimmer?"

„Ja, das wird es", sagte Fürst Ermenwyr. „Wie es das Unglück will, hat es eine Prophezeiung gegeben, als Mutter und Papa geheiratet haben, die besagte, dass eines Tages der Sternenummantelte vom Meer zurückkehren und die Welt wieder zurechtbiegen wird. Vater sagt, es war Propaganda, die von reaktionären Elementen verbreitet wurde, die es missbilligten, dass Mutter nicht länger eine solche Jungfrau war, wie sie es sein sollte.

Nichtsdestotrotz – diese Prophezeiung ist ausgegraben und entstaubt worden. Die Yendri sagen, der Sternenummantelte könne jeden Tag zurückkommen, und wenn das lilienweiße Schiff zurückgesegelt kommt und beim Schmalblechgrundstück Marina, ehemals Hlinjerith der nebligen Zweige, vor Anker geht – nun, dann wird der Sternenummantelte recht sauer sein, wenn er sieht, was aus den örtlichen Grundstückswerten geworden ist."

„Aber es ist nur ein Ammenmärchen, richtig?", sagte Schmied.

„Nicht für all die Bewohner des Waldes", sagte Fürst Ermenwyr, „und der erste von euren Leuten, der eine Axt an den heiligen Hain anlegt, dem wird der Schädel gespalten. Es wird ein ausgewachsener Krieg werden."

„Aber die Yendri sind nett. Sie tun solche Dinge nicht", sagte Hellbrenn jämmerlich.

„Manche schon", sagte Balnshik. „Erinnert Ihr Euch an Blühendes Ried?"

Schweigen.

„Natürlich", sagte Fürst Ermenwyr in erschreckend gelassenem Tonfall, „wäre es schlau, Urlaub in einem charmanten Heilbad an der See zu machen, ehe überall die Hölle los ist und charmante Heilbäder an der See der Vergangenheit angehören. Dann sollte man abhauen und sich in einer hübschen uneinnehmbaren Festung verbergen, geschützt durch unzerstörbare Schutzzauber.

Besser noch wäre es, wenn man seine Freunde davon überzeugte, einem in Sicherheit zu folgen. Sodass man den Rauch von den ehemaligen Kurorten an der See aufsteigen sehen kann, ohne den Verdruss, dass eigene Freunde dort unten sterben. Versteht Ihr?"

„Glaubt Ihr wirklich, es wird so weit kommen?", sagte Schmied.

„Das darf es nicht", sagte Weidenspeer. Er trank einen weiteren Schluck und sah mit dem Feuer der Unerschrockenheit im Blick von seinem Tee auf. „Meine Schüler hören auf mich. Vielleicht kann ich eine Delegation bilden. Wenn meine Leute bloß mit euren reden würden …"

„Was wohl geschehen muss, um jemanden dazu zu bringen zuzuhören?" Schmied sah unsicher zu Weidenspeer. „Solltet Ihr Aufmerksamkeit erregen? Ihr habt viel zu verlieren, falls es schief geht."

„Ich habe mehr zu verlieren, wenn sich niemand die Mühe macht!", sagte Weidenspeer.

„Mehr, als du weißt", sagte Ermenwyr. „Es gibt in diesem Spiel noch andere Spieler, mein Freund."

„Was meint Ihr?“

Der junge Fürst blickte scharfsinnig. „Die Yendri sind nicht das einzige Volk mit einer quicklebendigen Mythologie. Hellbrenn, meine Liebe, hast du deinem Ehemann je die schreckliche Geschichte vom Schlüssel der …“

Sein Mund blieb offen, formte die letzte Silbe dessen, was er sagen wollte, sein Ausdruck veränderte sich nicht im Geringsten; aber es war, als wäre die Zeit in einem engen Feld um seinen Körper stehengeblieben. Die anderen blinzelten ihn einen Augenblick lang an, warteten darauf, dass er seinen Gedanken wieder aufnehmen oder niesen würde.

„Herr?“, sagte Balnshik scharf.

„Hat er einen Anfall oder so?“, fragte Frau Schmied.

„Nein, dann würde er mit Armen und Beinen um sich schlagen, aus dem Mund schäumen und lebende Skorpione ausspucken“, sagte Hellbrenn. „Da war dieser Heilige in Flammenberg, der immer …“

„Ist das Leuchten normal?“, fragte Schmied, der sich zu ihm lehnte, um ihn sich anzusehen.

Ob es nun normal war oder nicht, Fürst Ermenwyr hatte von innen zu leuchten angefangen, als sei er eine Laterne aus blickdichtem Glas. Es hatte eine unheilvolle, grüne Farbe, das Licht, mit etwas wie Purpur an den Rändern, obwohl es beständig heller wurde, bis es weiß …

„Verbergt Eure Gesichter!“, befahl Balnshik mit einer Stimme, der zu widersprechen niemandem auch nur für eine Sekunde in den Sinn kam, obwohl Weidenspeer Hellbrenn bereits nach unten gezogen und sich mit ihr hatte fallen lassen.

Schmied starrte verdattert auf ein Paar Skeletthände, die sich vor seinem Antlitz erhoben, was bizarr war, da er die Augen geschlossen hatte … als er es endlich verstand, schluckte er, rollte blind von seinem Stuhl und drückte sein Gesicht an die Steinfliesen des Gartens. Das furchtbare Licht war noch immer überall, aber es hatte eine Beschaffenheit angenommen, die mehr als nur visuell war. Es hatte einen Duft, einen schmerzhaften Wohlgeruch. Es war ein Laut, ein Zischen, das an das Prasseln von … von Feuer oder Geflüster denken ließ …

Laute. Etwas redete. Er verstand die Sprache nicht. War das Sprache oder Musik?

Plötzlich hörte es auf, und das Licht erlosch. Schmied hörte Fürst Ermenwyr ziemlich deutlich sagen: „Oh, verdammt." Dann ertönte ein Krachen, als sei er nach hinten gekippt.

„Was verdammt noch mal war das?", sagte Frau Schmied von irgendwo auf dem Boden, ganz in der Nähe.

„Was ist los? Was ist passiert?" Weidenspeer klang gequält.

„Er ist – au – das Kind tritt …", sagte Hellbrenn irgendwie dumpf.

„Kommt, Herr, so geht das nicht", sagte Balnshik ziemlich ruhig, aber mit einer gewissen Verzerrung, die andeutete, dass sie ihre Gestalt ein kleines bisschen geändert hatte und durch, zum Beispiel, drei Zoll lange Reißzähne sprach. „Setzt und sammelt Euch. Ihr seid nicht verletzt. Hört auf, alle zu ängstigen."

Schmied öffnete vorsichtig die Augen. Er konnte wieder sehen. Keine strahlenden Nachbilder, keine Schattenschleier auf der Netzhaut. Es war, als wäre das Licht nie gewesen. Er stand auf und blickte zu Fürst Ermenwyr, der in Balnshiks Armen saß. Auf der Oberfläche seiner Augen gab es noch immer ein Flimmern grünlichen Lichts.

„Mein Herr hat nur eine Sendung erhalten", erläuterte Balnshik.

„Oh, ist das alles", knurrte Frau Schmied, die sich auf die Beine kämpfte.

„Es ist eine magische Nachricht", sagte Weidenspeer, der ihr aufhalf. „Herr, geht es Euch gut?"

Ermenwyr hatte in der Tat begonnen, seine Fassung zurückzuerlangen, und tastete nach seiner Rauchröhre; stattdessen sackte er zurück und schloss die Augen.

„Fühle mich … schwach … muss … mich … hinlegen …“, stöhnte er.

Balnshik schürzte die Lippen.

„Schmied …“, fuhr Fürst Ermenwyr fort, „Weidenspeer … tragt mich hinauf in mein … in mein Bett …“

Schmied und Weidenspeer tauschten einen Blick aus. Balnshik war in der Lage, ihren Herrn wie einen Schal über eine Schulter zu werfen und ihn überallhin zu tragen, wo er hin wollte, und alle Anwesenden wussten das, was vielleicht der Grund war, warum Fürst Ermenwyr ein Auge öffnete und mit ein wenig Schärfe unter seiner Schwäche stöhnte:

„Ammchen, Liebste … du musst dich um … um … die arme, kleine Hellbrenn … kümmern … Schmied und Weidenspeer, lasst Ihr mich hier auf den gottverdammten Pflastersteinen sterben?“

„Nein, mein Fürst“, sagte Weidenspeer hastig, und er und Schmied hoben Fürst Ermenwyr hoch. Der junge Fürst hatte einen Arm um ihrer beider Schultern gelegt und stolperte zwischen ihnen dahin. Er gab herzzerreißende Laute von sich, den ganzen Weg die Hoteltreppe hinauf und den Gang entlang bis zu seiner Zimmerflucht, wo Schnitt und Quetsch wie Hinkelsteine auf beiden Seiten der klaffenden Türöffnung standen.

„Helft mir … zum Bett … nicht ihr, ich meine Schmied und Weidenspeer“, blaffte Fürst Ermenwyr. „So … schwach …“

Sie trugen ihn pflichteifrig über die Türschwelle und waren schon weit in den dunklen Raum gegangen, ehe die Decke über ihnen einstürzte. Zumindest würde Schmied sich später daran erinnern, dass es so klang.

Schmied öffnete die Augen und blinzelte die Decke an.

Decke? Es sah aus wie die Unterseite einer Schlafkoje. Es war die Unterseite einer Schlafkoje, und sie war sehr nah an seinem Gesicht. In der Tat schien es allgemein nicht viel Platz zu geben, und was es an Platz gab, neigte sich auf eine Art, die andeutete …

Also gut, er war im Bug eines Schiffs. Das mochte gut sein. Es konnte bedeuten, dass die letzten zwanzig Jahre seines Lebens ein Traum gewesen waren, und er würde sich aufsetzen und feststellen, dass er jung, geschmeidig und viel weniger vernarbt war.

Schmied setzte sich behutsam auf. Nein, er war eindeutig nicht geschmeidig. Auch nicht jung. Die Narben waren noch da, und die Kabine, in der er war, war viel kleiner als das Vorderdeck des letzten Schiffes, auf dem er gedient hatte, aber sie war auch viel luxuriöser. Teuere Täfelung. Schmückende Messingarbeiten. Mit Mustern überladene Gardinen vor den Bullaugen. Wahrscheinlich kein Bauholzfrachter, wenn man alles betrachtete.

Er schwang die Beine über den Rand der Koje, stand unsicher auf und versuchte, den Rhythmus des Schiffes zu finden und sich daran anzupassen. Die unmittelbare Vergangenheit war nicht ganz vergessen: Er erinnerte sich an Verwirrung, Stimmen, Fackelschein, Lampenlicht …

Das Schiff krängte auf eine Art seitwärts, die vermuten ließ, dass jemand es nicht besonders gut steuerte. Schmied klammerte sich an den Kojenrand und sprang dann gerade rechtzeitig zum Bullauge, um zu sehen, wie eine formlose Masse Übelkeit daran vorbeifiel. Auf dem Deck über seinem Kopf versuchte jemand jetzt mit tiefer Baritonstimme tröstende Geräusche zu machen, und eine gereizte, hohe Stimme antwortete: „Nein, das ist mir einerlei. Lass einfach meinen Hosenboden nicht los.“

Murmel murmel murmel murmel.

„Sei nicht albern, wir können nicht in Gefahr sein. Der Himmel ist himmelblau, es ist helllichter Tag, und außerdem ist der Strand gleich dort drüben. Siehst du die Gischt?"

Diese Anmerkung zusammen mit der Erkenntnis, dass sie über den steten Hintergrundgeräuschen aus klappernden Blöcken und knatterndem Segeltuch gesprochen wurde, ließ Schmied wie aus der Kanone geschossen aus der Kabine und den nächsten Niedergang hinauf rennen.

„Herr, das Kind der Sonne ist aufgewacht", sagte Schnitt mit besorgter Stimme zu Fürst Ermenwyrs Rücken. Ermenwyr war zu sehr damit beschäftigt, sich zu übergeben, um zu antworten, und Schmied war zu sehr damit beschäftigt, das Steuer herumzureißen und zu all seinen Göttern zu beten, um selbst zu antworten, sodass es einen Augenblick lang vergleichsweise still war. Das Schiff krängte wieder und warf Fürst Ermenwyr rückwärts auf das Deck, und ihre Segel flatterten frei.

„Du! Wer immer du bist! Komm her und halt das genau so!", rief Schmied, als er Qual packte und dessen riesige Hände fest auf das Steuerrad legte. Der Dämon gehorchte und sah konsterniert zu, wie Schmied wild über das Deck rannte, die Schoten festmachte, einem herumschwenkenden Baum auswich und die ganze Zeit über heiser schrie: „Brimo, Herr der Blauen Wasser, schütze uns vor einer Leeküste, Rakkha des großen Fisches, schütze uns vor einer Leeküste, Yaska der weißen Wogen, schütze uns vor einer Leeküste, zwei Strich in den Wind, du Idiot! Nein! In die andere Richtung! Oh, Heiliger Brimo, Euch und den Euren opfere ich ein Fass des Besten und einen Silberspiegel, wenn Ihr uns nur hier rausbringt …"

„Rakkha des großen Fisches?", sinnierte Fürst Ermenwyr bei den Speigatten.

Schmied eilte an ihm vorbei und griff wieder ins Steuer.

„Habe ich es nicht richtig gehalten?“, fragte Qual vorwurfsvoll.

„… heiliger Brimo, hört meine Gebete, Ihr bekommt ein ganzes Bündel blassrosa Knöterich und, und ein Weihrauchopfer und, äh, diese kleinen Kuchen, von denen die Priester glauben, dass Ihr sie mögt, alles, nur bringt mich bitte von dieser Leeküste weg!“

„Ich glaube, es wirkt, was immer Ihr da auch macht“, sagte Ermenwyr. „Wir machen nicht mehr schwing-schwang-schwupps. Seht ihr, Jungs? Ich habe euch doch gesagt, Schmied weiß, wie man eines dieser Dinger fährt.“

Die nächste Stunde verlangte viel von Schmied, auch wenn das entsetzliche Brüllen der Brandung achteraus verschwand. Er hatte keine Zeit, die recht vernünftigen Fragen zu stellen, die er mit seinen Händen um Fürst Ermenwyrs Hals stellen wollte, aber er konnte mehr von seiner Umgebung wahrnehmen.

Das Schiff war eindeutig ein Vergnügungsschiff, gebaut zum Feiern, nicht zum Segeln, ein gemischter Galeerenbau, breit und mit niedrigem Tiefgang. Sie fuhr im Augenblick unter Segeln, hatte aber zwei seltsame, kiepenähnliche Kisten unter den Heckketten und mittschiffs ein Gewirr aus Kuppeln, Kesseln und Rohren, was hieß, dass sie auch die neue Möglichkeit des Dampfbetriebs hatte. Die Dampfkessel schienen jedoch eiskalt zu sein, also lag es an Schmied, sie aus ihrer augenblicklichen misslichen Lage zu befreien.

Nachdem die Schiffsbewegung gleichmäßiger geworden war, kroch Fürst Ermenwyr von den Speigatten und ging an Deck auf und ab, die Hände unter den Rockschößen gefaltet, und blickte mit mäßigem Interesse voraus, während sie knapp Riffen, Felsen und Blutkap auswichen, ehe sie in offenes Wasser gelangten. Seine ungeheuerlichen Leibwächter schlurften hinter ihm her. Niemand sonst war an Deck.

„Wo ist die Schiffsbesatzung?“, wollte Schmied schließlich japsend wissen.

„Ich dachte, Ihr könntet die Schiffsbesatzung sein“, sagte Fürst Ermenwyr, während er seine Rauchröhre hochhielt, damit Quetsch sie mit Kraut füllen konnte. „Ich wusste, dass Ihr ein Seefahrer gewesen seid. Sind diese neuen, sklavenlosen Wasserfahrzeuge nicht fein? Ich kann's gar nicht abwarten, bis wir die Kleine hier anheizen und sehen, was sie kann!“

Von allen möglichen Dingen, die er hätte zur Antwort sagen können, sagte Schmied nur: „Was geht hier vor sich, mein Fürst?“

Fürst Ermenwyr lächelte liebevoll und zündete seine Rauchröhre an. „Guter, alter, vernünftiger Schmied! Ihr seid der Mann, auf den man sich in einer Krise verlassen kann, wie ich zu Ammchen sagte.“

„Ist sie hier?“

„Äh – nein. Ich hab sie in Salesh gelassen, damit sie ein Auge auf die Damen haben kann. Sie werden total sicher sein, Schmied, glaubt mir, was auch immer passiert. Kennt Ihr eine andere erfahrene Geburtshelferin, die auch bewaffnete Kämpfer mit bloßen, äh, Händen zerfetzen kann? Liebreizend und vielseitig.“

Schmied zählte bis zehn und sagte: „Wisst Ihr, ich bin sicher, dass Ihr mir eine ausführliche Erklärung für diese ganze Sache gegeben habt und auch meine Zustimmung erhalten habt, aber ich scheine mein Gedächtnis verloren zu haben. Weshalb bin ich hier?“

„Ah.“ Fürst Ermenwyr blies Rauch aus. „Nun. Zum Teil, weil Ihr offensichtlich Urlaub brauchtet, aber vorwiegend, weil Ihr ein so verdammt nützlicher Gefährte in einem Kampf seid. Wir sind auf einer Rettungsmission, Schmied. Ich hoffe, es stört Euch nicht, aber ich hatte eine Ahnung, dass Ihr ablehnen würdet, wenn ich Euch einfach vorher fragte, und ich wusste, ich würde Weidenspeer niemals dazu bringen, mir zuzuhören, also musste ich ihn auch außer Gefecht setzen …“

Es ertönte ein langgezogener, entsetzter Schrei von unter Deck. Weidenspeer stürmte den Niedergang herauf und starrte um sich.

„Oh, Mist; jetzt muss ich mit der ganzen Erklärung von vorn anfangen“, sagte Fürst Ermenwyr.

Weidenspeer war weit weniger ruhig, als Schmied es gewesen war. Die wenigen Bewohner Blutkaps blickten vom Flicken ihrer Netze auf, als sein „Was?“ durch die Luft hallte.

„Ich weiß nicht, ob ich Euch jemals von meiner Schwester erzählt habe, Schmied“, sagte Ermenwyr, als er ihnen einen starken Tropfen eingoss. Er bot einen Weidenspeer an, der sich in einer sitzenden Position gegen einen der Dampfkessel fallen gelassen hatte und sich den Schädel hielt. Weidenspeer ignorierte ihn.

„Nein, ich glaube nicht“, sagte Schmied.

Ermenwyr kippte sein Getränk hinter sich aus und seufzte sehnsüchtig. „Die rubinrote Unvergleichliche, die Dame Svnae. Außergewöhnlich hübsch, und eine herrlich mächtige Zauberin obendrein. Ich habe ihr einen Antrag gemacht, als ich drei war. Sie hat nur gegrinst. Ich habe immer wieder gefragt. Als ich dreizehn war, sagte sie, es sei nicht länger lustig und sie würde mir den Arm brechen, wenn ich nicht aufhörte. Ich habe das respektiert; dennoch verehre ich sie noch immer, auf meine eigene, einzigartige Weise, und ich würde alles für sie tun, Schmied. Jeden noch so kleinen, vornehmen Akt der Ritterlichkeit oder die kleinste Heldentat, die sie von mir verlangen würde. Wie ich davon träumte, meinen zweitbesten Umhang vor ihr auszubreiten, sodass sie trockenen Fußes über den Schlamm schreiten kann! Oder vielleicht selbst zu ihrer Rettung zu reiten. Genügend bewaffnet. Mit einem persönlichen Arzt, nur für den

Fall irgendwelcher Unfälle. Warum ich Euch beide auf dieser Vergnügungsreise brauche, seht Ihr?"

„Also … war die Sendung von Svnae?", riet Schmied. „Sie ist in Schwierigkeiten und braucht Eure Hilfe?"

„Ich glaube, das Wort, das sie verwendet hatte, war Fürst, aber … es läuft darauf hinaus, dass sie mich braucht", sagte Fürst Ermenwyr.

„Meine Frau braucht mich, Herr", sagte Weidenspeer heiser.

„Sie muss nicht zusehen, wie du vom verärgerten Pöbel zu Tode gesteinigt oder zerrissen wirst", entgegnete Fürst Ermenwyr, „und es war eindeutig, dass du heldenhafte Ideen entwickelt hast, also bin ich dazwischen gegangen und habe getan, was das Beste für dich war. Sieh dir dieses reizende Boot an, das ich innerhalb von nur einer Stunde bekommen konnte, und bemerkenswert billig dazu! Ich beschloss, es *Nest des Eisvogels* zu nennen. Sind diese gebänderten Segel nicht schick? In der Küche haben wir sogar Leckerbissen auf Lager. Kopf hoch; ihr werdet fröhlich wiedervereint sein, wenn alles vorbei ist."

„Wo ist Eure Schwester?", fragte Schmied, der ein waches Auge auf die Küstenlinie hatte.

„Ah, das ist der raffinierte Teil", Fürst Lord Ermenwyr und legte einen Finger gegen seine Nase. „Sie ist im Kloster Rethkast. Welches am Rethestlin liegt, seht Ihr? Wenn wir also zu Fuß losgegangen wären, um sie zu retten, hätten wir Träger anheuern müssen und Wochen damit zugebracht, über Ebenen, Berge und andere trostlose Dinge zu stapfen.

So segeln wir einfach die Küste entlang bis zu der Stelle, wo der Rethestlin ins Meer mündet, und fahren den Strom hinauf, bis wir vor der Hintertür der Klosterbrüder stehen. Die rubinrote Unvergleichliche sinkt in die Arme ihres liebenden Bruders, er trägt sie jubelnd davon, und wir alle segeln zurück nach Salesh, um zu holen, was wir noch brauchen, ehe wir uns auf eine Vergnügungsreise von ungewisser Dauer begeben."

Schmied ächzte.

„Ihr habt nichts gegen meinen schönen Plan, oder, Schmied?“ Fürst Ermenwyr blickte ihn finster an.

„Nein“, sagte Schmied, der sich wünschte, Balnshik wäre hier, um dem jungen Fürsten eine Ohrfeige zu verpassen. „Ich habe jede Menge gegen Euren Plan. Seht Ihr die Segel am Horizont? Die purpurnen? Das sind Kriegsschiffe, mein Fürst. Sie gehören zu Deliantiba. Sie haben gerade erst eine Blockade bei Schwarzfels errichtet. Wir können da nicht lang segeln, weil sie uns entern und unser Dampfschiff beschlagnahmen werden, falls wir Glück haben.“

„Oh – und wenn wir kein Glück haben?“

„Laufen wir auf einen Sprengkörper oder bekommen einen Eimer Haftfeuer ab oder eine Breitseite Steine“, sagte Schmied.

Ermenwyr starrte lange die purpurnen Segel an.

„Es gibt einen Schiffshändler in Salesh, der feststellen wird, dass sich siebenhundert seiner Goldstücke plötzlich in Giftschlangen verwandelt haben werden“, sagte er. „Der grinsende Bastard. Kein Wunder, dass er so viele Freizeitschiffe zum Verkauf hatte.“

„Selbst wenn es die Blockade nicht gäbe“, fuhr Schmied fort, „wie kommt Ihr darauf, dass der Rethestlin schiffbar wäre?“

Fürst Ermenwyr wandte sich um und starrte ihn an. „Verzeihung?“

„Er weiß nichts von den Wasserfällen. Er kann keine Landkarten lesen“, sagte Weidenspeer giftig. „Sein Vater hatte extra einen Geographen gefangen, um es ihm beizubringen, aber er wollte nicht. Er war ein verhätschelter, kleiner Dummkopf.“

Jetzt wandte sich Fürst Ermenwyr zu Weidenspeer und starrte diesen an, und Schmied starrte ebenfalls. Weidenspeer blickte mit leuchtenden Augen zurück.

„Nun, mein alter Freund aus Kindertagen und Gefolgsmann meiner Familie“, sagte Fürst Ermenwyr, „ist das Groll, den ich endlich auf deinem Gesicht sehe? Ja! Lass es raus! Zeig mir deine dunkle Seele! Verleih deinem Zorn Ausdruck!“

Ohne ein Wort und schneller als eine zubeißende Otter war Weidenspeer aufgestanden und hatte ihm auf den Mund geschlagen. Ermenwyr taumelte und fiel. Seine Leibwächter waren schneller an seiner Seite als Weidenspeer und grollten wie Felslawinen.

„Du hast unseren Herrn geschlagen“, sagte Stich. „Du wirst sterben.“

Aber Fürst Ermenwyr hob eine Hand.

„Schon gut! Ich habe es herausgefordert. Ihr könnt mir aufhelfen. Ich muss zugeben, dass ich nicht gut mit Landkarten umgehen kann“, fügte er hinzu, während seine Leibwächter ihn hochhoben und ihm mit großer Sorgfalt den Schmutz abklopften, „sie haben mich einfach nicht interessiert.“

„Wirklich?“, sagte Schmied, zu sehr von der Unwirklichkeit des Augenblicks getroffen, um etwas Besseres zu sagen.

„Er hat die Atlanten seines Lehrers verunstaltet“, blaffte Weidenspeer. „Er hat die Namen von Städten durchgestrichen und Dinge wie ‚Rotzstadt‘ und ‚Kackdorf‘ hingeschrieben. Ich konnte nicht glauben, dass ihr Sohn so etwas tun würde.“

„Vater auch nicht“, sagte Ermenwyr. „Ich dachte, er würde mich von einer Mauer werfen, als er sah, was ich getan hatte. Er hat sich wirklich bei dem Mann entschuldigt und ihn freigelassen. Es war aber in mein entsetzliches Köpfchen gesickert, dass die himmelblauen Schlangenlinien Wasser bedeuteten, und wo Wasser ist, kann man schwimmen, oder nicht? Also, wo liegt das Problem, Schmied?“ Seine Augen wurden schmal.

„Wisst Ihr, was ein Wasserfall ist?“ Schmied beobachtete die purpurnen Segel.

„Natürlich.“

„Wie segeln wir einen hinauf?“

Fürst Ermenwyr dachte darüber nach.

„Also … haben Seefahrer keinen furchtbar klugen Weg, das Problem zu umgehen?“, sagte er schließlich.

„Nein.“

„Wir werden uns etwas einfallen lassen“, sagte Fürst Ermenwyr und drehte sich um, um die Kriegsschiffe zu beobachten. „Kommen die Dinger näher?“

„Ja!“, sagte Weidenspeer, von seinem Zorn nicht abzulenken.

„Glaubt Ihr, sie haben uns gesehen?“

„Es dürfte schwer sein, die gestreiften Segel zu übersehen“, sagte Schmied.

„Also gut. Wir werden ihre dumme Blockade einfach umgehen“, beschloss Fürst Ermenwyr. „Es wird uns ein wenig aufhalten, schätze ich, aber daran können wir nichts ändern.“

Schmied steuerte schon auf die See hinaus, aber innerhalb der nächsten Viertelstunde wurde offensichtlich, dass ein Kriegsschiff aus der Flotte ausbrach und ihnen entschlossen folgte. Ermenwyr beobachtete von der hinteren Reling aus, wie es näher kam. Weidenspeer ging nach vorne und betete demonstrativ, wie eine hagere Galionsfigur.

„Ich denke, wir sollten schneller fahren, Schmied“, bemerkte der junge Fürst nach einer Weile.

„Seht Ihr, dass sie dreimal so viele geblähte Segel haben wie wir?“, fragte Schmied, als er einen Blick über die Schulter warf.

„Das ist schlecht, oder?“

„Ja.“

„Nun, können wir nicht irgendetwas Seemännisches tun, wie, äh, mehr Segel aufziehen?“

„Seht Ihr, dass sie drei Masten haben und wir nur einen?“

„Ich weiß!“, rief Ermenwyr. „Wir heizen den Kessel an und schalten die unsichtbaren Ruderer ein!“

„Das wäre wahrscheinlich eine gute Idee“, stimmte Schmied zu.

„Ja! Lasst sie Staub fressen! Oder Salzgischt oder was auch immer."

Schmied nickte. Fürst Ermenwyr zappelte aufgeregt.

„Ah … wisst Ihr, wie man den Apparat zum Laufen bringt?", fragte er höflich.

Der Kessel nahm den größten Teil einer Kabine mittschiffs ein und war aus Eisen in der Form eines hockenden Trolls gegossen, dessen offener Mund durch eine Klappe mit Scharnieren verschlossen war. Zum Glück für alle Beteiligten hatte der Konstrukteur an allen wichtigen Körperöffnungen kleine Blechschilder angebracht, auf denen stand: HIER KESSEL ANHEIZEN, HIER ÖL EINFÜLLEN und DIESES VENTIL ÖFFNEN, UM DRUCK ABZULASSEN.

„Wie absonderlich", sagte Ermenwyr. „Wenn ich je einen Todfeind in einen unbelebten Gegenstand verwandeln muss, weiß ich, welche Form ich ihm gebe." Er erschauderte, als Schmied den Öltank aufriss.

„Leer", grunzte Schmied. „Hat Euch der Schiffshändler Öl verkauft?"

„Ja! Jetzt, wo Ihr's sagt." Der junge Fürst verschwand aus der Kabine und öffnete die Tür zu einer gegenüberliegenden, die mit Fässchen vollgestopft war. „Seht Ihr?"

Schmied schlängelte sich an ihm vorbei und holte ein Fässchen runter, um es zu untersuchen. „Voll ist es", bemerkte er. „Ist auch gutes Zeug; Waltran."

„Das heißt, es kommt von Walen?" Fürst Ermenwyr verzog das Gesicht.

„Richtig." Schmied klopfte gegen das Bild, das blau auf den Fassdeckel gedruckt war und einen freudestrahlenden Leviathan zeigte.

„Aber, Schmied – sie sind vernunftbegabt. Wie Menschen."

„Nein, sie sind Fische", sagte Schmied, der sich nach einem Trichter umsah. „Ohne Intelligenz. Los. Ihr haltet das, während ich schütte, klar?"

„Versprecht mir wenigstens, die leeren Fässer nicht über Bord zu werfen", sagte Fürst Ermenwyr, der vorsichtig den Trichter vor sich hielt. „Bestimmte Fische ohne Verstand sind bekannt dafür, dass sie Fischer mit etwas, das Verstand erstaunlich ähnlich ist und einem beleidigten Wesen verfolgen."

Schmied zuckte die Achseln. Als der Ölbehälter gefüllt war, die Wasserpumpe offen stand, der Kessel mit einem nützlichen Feuerball angeheizt war und die Trollaugen begonnen hatten, hinter ihren Glaslinsen unheilvoll gelb zu glühen, trat Fürst Ermenwyr zurück und betrachtete die ganze Sache mit einem unzufriedenen Gesichtsausdruck.

„Das ist alles?", fragte er. „Ich hatte erwartet, dass wir plötzlich mit atemberaubendem Tempo losstürmen."

„Es muss erst kochen", sagte Schmied.

Vom Deck über ihren Köpfen ertönten ein Schlag und ein Klappern.

„Herr", sagte eine tiefe Stimme jammernd, „das Schiff hat etwas auf uns geworfen."

Schmied fluchte und rannte den Niedergang hinauf.

Die Leibwächter standen im Kreis und starrten auf eine Kugel aus gehauenem Stein, die auf dem Deck hin und her rollte. Weidenspeer, der sich so weit nach vorn zurückgezogen hatte, wie er konnte, zeigte schweigend zum Kriegsschiff, das mittlerweile gerade auf Schussweite achtern herangekommen war, dicht genug, um die blauen Lichter in den Tiefen der Cabochonaugen der Drachengalionsfigur zu sehen.

„War das eine Breitseite?", fragte Fürst Ermenwyr, als er sich an Schmied vorbedrängte, um das Schiff finster anzustarren.

„Nein, ein Warnschuss", sagte Schmied.

Schnitt, Quetsch, Stich und Qual beugten sich alle gleichzeitig vor, um die Kugel aufzuheben und stießen mit den Köpfen zusammen, was wie ein Zusammenstoß in einem Steinbruch klang. Nach einem kurzen Augenblick verwirrten Grunzens hatte Schnitt die Kugel in der Hand. Er drehte sich um und warf sie mit gestrecktem Arm auf das Kriegsschiff, traf seinen Fockmast und zertrümmerte die Rahe, sodass sie krachend in einem Gewirr aus Seilen auf das Deck stürzte.

Fürst Ermenwyr applaudierte wild.

„Das wird sie aufhalten! Guter Schnitt!“

„Was, wenn sie nur mit uns reden wollten?“, rief Weidenspeer. „Seht Ihr nicht, dass wir jede Chance verloren haben könnten, das friedlich zu lösen?“

„Oh, du bist der reinste Spielverderber.“

„Geentert zu werden war ohnehin das Beste, worauf wir hoffen konnten“, sagte Schmied. „Sie hätten uns das Schiff weggenommen und uns in eine Haftanstalt für Zivilisten geworfen, bis sie erfahren hätten, wer wir sind. Mit etwas Glück hätten wir das Tageslicht bei Kriegsende wieder gesehen.“

„Aber ...“

„Sie kurbeln ihr Katapult für einen weiteren Schuss zurück“, warnte Ermenwyr.

Schmied sah, dass das in der Tat der Fall war und dass die Besatzung des Kriegsschiffs, die bis zu dem Gegenschlag gelassen ihren Arbeiten nachgegangen war und nur selten zu ihrer Beute hinüber gesehen hatte, jetzt in einer Reihe versammelt an der Reling stand und die *Nest des Eisvogels* fixierte wie ein Falke eine Taube.

Die Kämpfer unter ihnen hielten ihre blank polierten, ovalen Schilde hoch und begannen in einem langsamen, entschlossenen Rhythmus gegen ihre Schuppenpanzer zu klopfen, poch und poch und poch, und die gewöhnlichen Seemänner nahmen den Rhythmus ebenfalls auf und klopften ihn auf der Reling. Auf

Flaschen. Auf Pfannen. Die Sperrklinke am großen Arm fiel ebenfalls ein, als sie zurückgezogen und zurückgezogen ...

„Verdammt! Gleich kommt's", sagte Schmied und bereitete sich darauf vor, sich auf Deck fallen zu lassen, aber der Schuss flog zu hoch und zu kurz und ließ eine weiße Gischtfontäne aufsteigen.

„Wir haben nichts, womit wir zurückschießen können", ärgerte sich Fürst Ermenwyr.

„Wenn Ihr mir rechtzeitig von diesem Ausflug erzählt hättet, hätten wir vielleicht etwas", antwortete Schmied, der die Geschäftigkeit auf dem Deck des Feindes beobachtete. Jetzt strömten Seemänner zur Takelage, zogen eine Ersatzrahe auf und schnitten Leinen los. Eine Gruppe war damit beschäftigt, das Katapult neu auszurichten. Als es wieder ausgerichtet war, hielten alle in ihrer Tätigkeit inne, alle Gesichter waren zur *Nest des Eisvogels* gewandt, und erneut begannen sie, ihren Rhythmus zu klopfen, poch und poch, selbst die Seemänner in den Rahen schlugen ihren Rhythmus auf den stumpfen Blöcken und den Jungfern.

Aber während der Arm des Katapults sich unaufhaltsam zurück bewegte, erschallte ein neuer Klang als Kontrapunkt: schepper und plantsch, und schepper und plantsch, und schepper plantsch, schepper plantsch ...

„Hurra!" Fürst Ermenwyr zeigte dem Kriegsschiff eine unanständige Geste. „Wir haben Ruderer!"

Ruder schienen aus den Kiepen achtern ausgefahren worden zu sein, in seltsam gewinkelter Bewegung sprangen sie hoch und tauchten ein wie zwei Pferdegespanne, die auf beiden Seiten schwammen. Die *Nest des Eisvogels* jagte nicht blitzartig davon, aber es gab keinen Zweifel daran, dass sie Abstand gewann, als sie in einer Art entschlossenem Kriechen über die ruckelnde Gegenströmung fuhr. Auf dem Kriegsschiff feuerten sie ihren Schuss ab, und er flog wieder in hohem Bogen, hing einen

Augenblick lang vor dem weißen Gesicht des frühen Morgenmondes, ehe er in einer weiteren Fontäne abstürzte, annähernd dort, wo zwei Minuten zuvor noch Schmied gestanden hatte.

„Jetzt können sie mal sehen", freute sich Fürst Ermenwyr gehässig. „Wir werden sie alle verwirrt in unserem, äh ..."

„Kielwasser", sagte Schmied.

„Genau, in unserem Kielwasser zurücklassen, und nach Einbruch der Dunkelheit haben sie keine Chance mehr, weil wir leise durch die Nacht davon gleiten und ihnen ausweichen werden!"

„Ich glaube nicht, dass wir leise irgendwohin gehen", überschrie Schmied den rasselnden Lärm des Mechanismus, „und der Mond wird scheinen, wisst Ihr."

„Einzelheiten, Einzelheiten", rief Fürst Ermenwyr abwinkend zurück.

Sie flohen gen Süden, die Küstenlinie gerade noch in Sicht, und das Kriegsschiff folgte ihnen dicht. Seine zertrümmerte Rahe wurde in beunruhigend kurzer Zeit ersetzt, sodass die *Nest des Eisvogels* wieder etwas an Führung verlor. Die gesamte Verfolgung hatte etwas eigenartig Uhrwerkähnliches an sich, wie Schmied es noch nie in einer Seeschlacht gesehen hatte. Die *Nest des Eisvogels* paddelte vorwärts und spie Dampf wie ein Teekessel, während die Besatzung des Kriegsschiffs ihre rasselnde Begleitung aufrecht hielt. Versuchte sie, ihnen Angst zu machen? Verspottete sie sie?

Sie gab jedenfalls nie auf, den ganzen Weg die Küste lang nicht, an einem Dutzend Fischerdörfer, an Alakthon-auf-der-See und an Gabekria vorbei. Die Sonne sank scharlachrot, warf lange Schatten auf das Wasser. Der weiße Schaum färbte sich rötlich, und die Brüste der Seevögel, die ihnen folgten, schimmerten rot wie Blut. Als die Sonne fort war, flohen sie weiter durch das amethystfarbene Zwielicht, noch immer verfolgt, und das Kriegsschiff entzündete alle seine Laternen, als ob es einen Sieg feierte.

„Geben die denn nie auf?“, beschwerte sich Fürst Ermenwyr. „Was im Namen der Höllen haben wir ihnen getan?“

„Sie verfolgen uns, weil wir flüchten“, sagte Schmied müde. „Ich schätze, sie glauben jetzt, wir wären Spione. Es ist auch eine Frage des Geldes. Wir haben sie getroffen und beschädigt, also sind wir eine legitime Beute, wenn sie uns schnappen.“

Ermenwyr entzündete seine Rauchröhre mit einem Feuerball. „Nun, das ist nicht länger belustigend. Es ist Zeit, dass wir etwas Entscheidendes, Unangenehmes tun.“

„Es ist Euch nie in den Sinn gekommen, zu ihr um Unterstützung zu beten, nicht wahr?“, sagte Weidenspeer niedergeschlagen. Sein Herr gab vor, ihn nicht zu hören.

„Es würde helfen, wenn wir Flaute hätten“, sagte Schmied. „Das wäre ein Vorteil für uns. Könnt Ihr irgendetwas Magisches tun, wie dem Wind Einhalt zu gebieten?“

„Hmpf! Ich bin kein Wettermagier. Vater kann Gewitter und Blitze beschwören und die ganze Kiste meteorologischer Scherze, aber ich habe mit Wetter nichts am Hut.“

„Ich glaube nicht, dass ich Euch je beten gesehen habe, nicht ein einziges Mal!“

„Könntet Ihr dann ein Katapult beschwören, dass größer ist als ihres?“, erkundigte sich Schmied.

„Seid nicht albern“, sagte Fürst Ermenwyr ernst. „Zauber funktionieren so nicht. Sie arbeiten mit lebender Energie. Mit Dingen, die man überreden kann. Ich könnte vermutlich winzige Luftpartikel davon überzeugen, sich in Holz oder Stahl zu verwandeln, aber ich müsste mit jedem einzelnen einen eigenen Vertrag abschließen, und habt Ihr irgendeine Vorstellung davon, wie lange das dauern würde? Mal angenommen, ich wüsste, wie man ein Katapult baut ...“

Schmied hatte keinen Schuss gehört, aber er sah das kurze Aufblitzen des Mondlichts auf der Steinkugel, als sie schnell und niedrig angeflogen kam, direkt auf den glühenden Punkt der Rauchröhre des jungen Fürsten zu. Ohne nachzudenken ließ er sich fallen und riss Fürst Ermenwyr von den Füßen. Fürst Ermenwyr fiel hin, die Kugel schoss vorbei. Sie schlug in die nächste Kesselkuppel ein, wo sie stecken blieb. Der Kessel zerriss entlang einer genieteten Naht und schrie durchdringend, als Dampf ausströmte.

„Diese Hurensöhne!“, keuchte Fürst Ermenwyr. „Das hätte ich sein können!“

„Ihr wart auch gemeint“, sagte Schmied. „Aber beleidigt sie bitte nicht, wenn sie uns entern, ja? Wir könnten hier lebend rauskommen.“

„Sie werden uns nicht entern“, sagte Fürst Ermenwyr, als er auf Hände und Knie hochkam. „Ich trotze ihnen!“

„Seht Ihr, wie wir langsamer werden?“, sagte Schmied. „Seht Ihr den Dampf, der dem Kessel entweicht? Er ist wie, äh, Blut. Er ist das Lebenselixier, das die Uhrwerksruderer rudern lässt, und da er austritt ...“

„Ihr seid tot!“, brüllte Quetsch, als er die Kugel aus dem Kessel riss. Er drehte sich um und warf – schoss sie den anderen vor den Bug, wo sie den heiseren Schreien nach zu urteilen eine Menge Schaden anrichtete.

„Das hilft uns nicht ...“, stöhnte Schmied.

„Denen zeige ich, was Rache ist“, sagte Fürst Ermenwyr mit einer Stimme, die Schmied das Blut in den Adern gefrieren ließ. Er blickte auf und sah, dass der junge Fürst sich erhoben und den Zauber abgeworfen hatte, der ihn gewöhnlich verhüllte. Seine Bleichheit glimmerte im Mondlicht; er schien eine todbringende Waffe zu sein, eine schreckliche Überraschung, und es war etwas Leichenhaftes und Unbarmherziges in seinem Blick, den er dem Kriegsschiff zuwarf.

Er lehnte sich seitlich über die Reling und streckte eine Hand nach dem Wasser aus. Schmieds Blick verschleierte sich, er zuckte zusammen, blinzelte und wandte sein Gesicht ab: Denn Fürst Ermenwyr krümmte irgendwie Größe und Entfernung, tauchte mühelos seine Hand in die mondstrahlende See, obwohl sie weit unter der Reichweite seines Arms lag, rührte müßig das Wasser um, als wäre die See nicht mehr als ein Becken.

Er sagte etwas, das Schmied in den Ohren schmerzte. Er lockte. Er drängte. Schmied sah sich veranlasst zurückzuschauen und erblickte ein Licht, das sich unter den Wellen erhob. Das Kriegsschiff war gefährlich nah. Bolzen zischten über die kurze Wasserspanne, die zwischen ihnen verblieb, und schlugen dumpf klappernd ein. Der junge Fürst ignorierte die Bolzen, wandte aber seinen Kopf ein wenig, als der Schatten des Bugs schwarz im Mondlicht aufragte. Lächelnd hob er seine Hand voller Wasser, und das Licht unter den Wellen kam weiter herauf und wurde heller.

Er sagte ein Wort.

Etwas tauchte aus dem Wasser auf und küsste die Hand des jungen Fürsten. Das war alles, was Schmied bemerkte, ehe sein Geist sich weigerte, die Geometrie dessen, was er sah, zu akzeptieren. Aber es war hell, strahlte mit der grünlichen Phosphoreszenz der Tiefe, um den Mond zu blenden, hatte einen süßlichen Duft und ließ eine Art hohes Gezischel ertönen, das Sprache hätte sein können. Schmied bebte, fühlte einen Anfall näherkommen und schloss fest die Augen.

Aber er konnte die Schreie auf dem anderen Schiff hören.

Er hörte auch das Zerreißen und Brechen von Holz und das aus vollem Halse ertönende triumphierende Geheule Schnitts, Quetschs, Stichs und Quals. Er hörte Weidenspeers flinke Schritte auf dem Niedergang und seine beschwörende Stimme. Schmied schluckte zweimal, ehe er flüstern konnte: „Habt Gnade mit ihnen, habt Gnade mit ihnen, oh Ihr Götter …“

Das Schreien ließ nicht nach. Es gab ein Gluckern, einen Luftzug und verdrängtes Wasser. Noch immer ertönten Schreie. Der Duft schwand, das Gluckern auch, aber die Schreie gingen weiter.

Schmied öffnete die Augen und blickte in den Mond. Einen Augenblick lang sah er das doppelte Abbild eines alles überragenden Schattens darunter, der schrumpfte, sich erhärtete, seine fleischliche Form anlegte wie ein Kleidungsstück und trotz allem nur Fürst Ermenwyr war. Schmied kämpfte sich auf die Knie und blickte über die Reling.

Das Kriegsschiff war immer noch da, kippte aber nach achtern und sank. Sein Bugspriet mit der Drachengalionsfigur, ja weite Teile des Vorderdecks fehlten. Boote wurden über Bord geworfen, und Männer sprangen hinterher und schwammen verzweifelt, um von dem Wrack und dem hellen Licht unter Wasser fortzukommen.

Aber das helle Ding sank und verschwand, und einen Augenblick später gab es kein Licht mehr außer dem des Mondes und der jetzt fernen Laternen des Schiffes, die aber eine nach der anderen erloschen. Es ertönte zum ersten Mal seit Stunden kein Klappern mehr. Schmied klingelten die Ohren in der Stille.

„Was war das?“, fragte er.

„Oh, das wollt Ihr nicht wissen“, sagte Fürst Ermenwyr. „Sie haben mein Spielzeug zerbrochen, also habe ich ihres zerbrochen.“

Ein Wind wehte übers Meer und blähte ihre Segel. Die Lautlosigkeit füllte sich langsam mit dem wohlbekannten Knarren des fahrenden Schiffes. Fürst Ermenwyr nahm wieder seine Rauchröhre und entzündete sie erneut, während er sie mit beiden Händen vor dem Wind schützte. Schmied beruhigte seine zitternden Beine und stand auf.

„Danke“, sagte er, „dafür, dass Ihr sie nicht alle getötet habt.“

„Also, wie hochherzig Ihr seid!“, sagte Ermenwyr und betrachtete ihn zweiflerisch. „Ich hätte Mama nicht mehr unter die Augen treten können, wenn ich ihnen gegeben hätte, was sie verdienten. Ihr vorwurfsvoller Blick könnte eine Kriegsflotte versenken.“

„Mein Fürst, wir müssen zurück und sie retten“, sagte Weidenspeer.

„Nein!“ Fürst Ermenwyr bleckte die Zähne. „Was denkst du, was ich bin, ein netter Mann? Es wird ihnen nicht schaden, über die salzige Tiefe zu paddeln und eine Weile ängstlich über ihre Schultern zu blicken, in der Erwartung, dass jeden Augenblick eine unsägliche Kreatur aus den urzeitlichen, schlammigen Tiefen emporkommt und … und … oh, verdammter Mist, ich werde wieder seekrank. Hilf mir in meine Kabine, Weidenspeer. Ich will meinen Schuss, und ich muss mich hinlegen.“

Weidenspeer sah ihn finster an.

„Ich tue das Eurer Mutter zuliebe“, sagte er und half Fürst Ermenwyr den Niedergang hinunter.

„Meinethalben. Schmied, Ihr könnt hier bleiben und das Steuerradding benutzen. Jungs, haltet Wache. Vielleicht bekommt ihr Schmied dazu, Euch beizubringen, wie man den Anker wirft oder irgend so etwas schrecklich Nautisches …“

Seine Stimme verhallte unter Deck.

Schmied stolperte zum Steuerrad und hielt sich daran fest, während er tief ein und aus atmete. Fern auf dem Kap leuchteten die winzigen, gelben Lichter eines Dorfes. Es herrschte starker Wind; die Sterne waren vom Licht ausgebleicht, der Nachthimmel zu einem sanften Schieferblau ausgewaschen, und der Mond wanderte sanftmütig über dem weiten Wasser. Wenn etwas Schädliches unter ihnen dahinzog, so hielt es sich in der Tiefe und störte die Luft nicht länger.

Er zwang seinen Blick zurück auf Deck und traf auf acht rote Lichter in einer Reihe. Nein; es waren vier Augenpaare. Schnitt,

Quetsch, Stich und Qual beobachteten ihn ohne zu blinzeln, wie Türme.

„Was ist ein Anker, Kind der Sonne?“, fragte Qual.

„Was soll's“, dachte Schmied.

„Na gut“, sagte er. „Ihr werdet lernen, wie man dieses Schiff steuert. Verstanden?“

Die Dämonen sahen einander verunsichert an.

Schmied erwachte am Morgen auf Deck, ausgestreckt auf einem zusammengerollten Ankertau, und fühlte – sich aufsetzend – jedes Jahr seines Lebens in den Muskeln in seinem Kreuz. Zähneknirschend stand er auf und blickte über die verlassene Bucht, in der die *Nest des Eisvogels* vor Anker lag. Sie hatte im Mondlicht wie ein sicherer Hafen ausgesehen; er war glücklich, als er kein weiteres Segel und einen klaren Himmel ohne Nebel sah.

„Kind der Sonne.“

Er drehte den Kopf (und spürte ein deutliches Knirschen im Nacken) und sah die vier Dämonen bewegungslos an der Reling stehen und ihn vertrauensvoll anschauen.

„Sollen wir den Anker lichten?“

Schmied fuhr sich mit den Händen über sein unrasiertes Gesicht. „Noch nicht“, sagte er. „Seht ihr die ganzen Bolzen? Zieht sie alle raus und sammelt sie in einem Kübel. Findet einen Hobel und etwas zum Kitten und entfernt die Splitter und Löcher, in Ordnung? Ich werde sehen, ob ich einen Schraubenschlüssel finde, damit ich anfangen kann, den Kessel auseinanderzunehmen.“

Die Dämonen sahen einander an.

„Was ist etwas zum Kitten, Kind der Sonne?“

Es dauerte höchstens eine Stunde, ihnen zu zeigen, was sie tun sollten. Schmied hatte festgestellt, dass die Dämonen nicht dumm waren; sie nahmen nur alles schrecklich wörtlich. Als Fürst Ermenwyr schließlich an Deck kam, schabten und füllten sie fleißig, während Schmied zwischen den Teilen des kuppelförmigen Kessels saß, die Delle ausbeulte und die Naht wieder ausrichtete.

„Oh, gut, ich hatte gehofft, Ihr könntet das reparieren", sagte Fürst Ermenwyr, der nach vorne schritt und den Horizont betrachtete.

„Ich kann es so weit flicken, dass es funktionieren wird", rief Schmied ihm nach. „Es wäre aber nett, etwas zum Löten zu haben."

„Ihr schafft das schon", versicherte der Fürst.

„Wo ist Weidenspeer?"

„Er macht Frühstück." Ermenwyr kam gemächlich zurück und betrachtete im Stehen interessiert Schmieds Bemühungen.

„Seid Ihr sicher, dass das ungefährlich ist?", sagte Schmied an der Niete vorbei, die er im Moment zwischen seinen Zähnen hielt. Er spie sie aus, klatschte sie an ihre Stelle und setzte sein Klopfen fort. „Ihr habt ihn ziemlich überfordert, wisst Ihr. Ich hätte nicht gedacht, dass er jemanden schlagen könnte."

„Er auch nicht." Fürst Ermenwyr lachte. „Ein weiterer Schritt auf der Reise zur Selbsterkenntnis. Jetzt hat er beschlossen, es wiedergutzumachen, indem er auf dieser Reise für uns kocht."

„Kann er kochen?"

„Er ist der Sohn unserer lieben Frau Schmied, oder nicht? Er muss etwas von ihrer lukullischen Begabung geerbt haben." Fürst Ermenwyr zog sich die Hosenbeine hoch und kniete sich auf das Deck, während er fasziniert zusah, wie Schmied arbeitete. „Was für eine hervorragende Arbeit Ihr leistet! Es fliegt Euch ganz einfach zu, nicht wahr? Euer Volk ist so gut mit – mit Hämmern, Nieten und Ambossen und solchen Dingen. Es wäre wirklich eine Schande …"

Schmied wartete darauf, dass er den Satz zu Ende sprechen würde. Er tat es nicht. Als Schmied aufblickte, sah er angestrengt auf See hinaus und gab vor, nichts gesagt zu haben.

„Kurz bevor Euch die Sendung erreichte", sagte Schmied, „habt Ihr eine Menge geheimnisvoller Sachen über den Zusammenbruch der Zivilisation gesagt und Hinweise über andere Leute fallen gelassen, die mit hineingezogen würden."

„Habe ich das? Nun, ich schätze, das habe ich", sagte Fürst Ermenwyr unschuldig.

„Ja, das habt Ihr, und Ihr habt etwas von einem Schlüssel gesagt."

„Habe ich das? Nun, ich schätze, ich ..."

„Frühstück, mein Fürst", sagte Weidenspeer, der mit einem Kessel den Niedergang heraufkam. Er setzte sich im Schneidersitz auf Deck und schaufelte eine unförmige, graue Masse in drei Schüsseln. Schmied und Fürst Ermenwyr beobachteten ihn mit gleichermaßen angewiderten Gesichtern.

„Was bei den neun Höllen ist das?", verlangte Fürst Ermenwyr zu wissen.

„Strajmahl, mit ein bisschen Salz gekocht", sagte Weidenspeer gelassen. „Sehr gesund für Euch, mein Fürst."

„Aber – das ist für Kinder! Wir haben uns immer damit beworfen, statt es zu essen", sagte Fürst Ermenwyr. „Wenn es an einer Wand getrocknet war, mussten die Diener es mit Drahtbürsten abkratzen."

„Ich erinnere mich." Weidenspeer hob seine Schale und stimmte ein kurzes Gebet an. „Eure Mama beklagte das verschwenderische Wesen ihres undankbaren Nachwuchses."

Schmied starrte sie an, erinnerte sich an das lächelnde, unmenschliche Ding, das einen Schrecken aus den Tiefen beschworen hatte, und versuchte, sich ein Kind vorzustellen, das Haferschleim herumwarf. „Äh … ich habe üblicherweise gebratene Austern zum Frühstück", sagte er.

„Dies ist eine gesunde Alternative, Herr. Besser für Eure lebenswichtigen Organe“, entgegnete Weidenspeer.

„Alles klar, ich weiß, was du machst“, sagte Fürst Ermenwyr. „Du bestrafst mich, nicht? Auf eine passive-pazifistische Yendri-Art?“

„Nein, mein Fürst.“ Weidenspeer nahm mit zwei Fingern einen Klumpen Haferschleim und steckte ihn in den Mund.

„Ich wette, das Essen hat seit Monaten dort unten in den Kisten gelegen! Höchstwahrscheinlich sind da auch Würmer drin. Hör mir zu, verdammt! Ich habe die Vorratskammer mit netten, essbaren Dingen füllen lassen. Alles, was der Kaufmann in einer Stunde dort reinstopfen konnte. Gefäße mit eingelegtem Kalbsbries, Amphoren mit seltenen Likören und kandierte Veilchen. Früchtesirups! Regenpfeifereier in Salzlake! Weichkäsesorten und richtig knackige, dünne, edle Kräcker, wo man sie draufschmieren kann! Das will ich zum Frühstück!“, wütete Fürst Ermenwyr mit hervorquellenden Augen.

„Dann schlage ich vor, mein Fürst“, sagte Weidenspeer, „dass Ihr hinuntergeht und Euch Euer eigenes Mahl bereitet.“

Er hob den Kopf und sah seinem Lehnsherrn ins Gesicht. Schmied hielt die Luft an, und einen Atemzug lang schien es so, als müsse die Luft zwischen ihnen schreien und in Flammen aufgehen. Schließlich schien Fürst Ermenwyr kleiner zu werden.

„Du benutzt Mutters Mittel“, sagte er. „Das ist verdammt ungehörig, weißt du.“ Er ließ sich zurück in eine sitzende Position sinken und nahm die Schale. „Igitt! Kann ich nicht wenigstens ein wenig bunten Zucker haben, den ich drüberstreuen kann? Oder etwas Sonnwendsirup?“

„Ich könnte es morgen mit Rosinen zubereiten“, bot Weidenspeer an.

„Ich habe nicht einmal meinen speziellen Frühstückslöffel.“ Grummelnd aß Fürst Ermenwyr den Haferschleim.

Schmied nahm bedächtig einen Bissen. Es war fad, aber er hatte Hunger. Er schaufelte es in sich hinein.

„Mein Fürst?“, sagte eine Stimme wie ein zögerndes Gewitter. Schnitt, Quetsch, Stich und Qual standen da und sahen ihnen beim Essen zu.

„Was?“ blaffte Fürst Ermenwyr.

„Wir haben seit drei Tagen kein Blut oder Fleisch gehabt“, sagte Qual.

Ermenwyr seufzte und stand auf, wobei er noch immer Haferschleim aus der Schüssel löffelte. Während er aß, suchte er einen Augenblick lang den Horizont ab. Schließlich entdeckte er eine Finne, die aus dem Wasser ragte, und eine bleiche Form, die unter der Oberfläche nahe am Ufer schwamm. Er zeigte darauf und nuschelte mit vollem Mund: „Tötet.“

Seine Leibwächter waren so schnell über der Reling und im Wasser, dass Schmied ihre Bewegung kaum sah.

Sekunden später ereilte einen Hai kosmische Vergeltung.

„Ihr hattet einen Schlüssel erwähnt“, sagte Schmied, als er den kuppelförmigen Kessel an seinen Platz setzte.

„Das habe ich“, sagte Fürst Ermenwyr ein wenig mürrisch, als er auf die Schaumkronen hinausblickte, die auf der weiten See erschienen waren. Er ignorierte Weidenspeer, der gewissenhaft einen Faltstuhl für ihn aufstellte.

„Also? Wovon habt Ihr geredet?“

„Vom Schlüssel der Aufhebung.“

Schmied hielt einen Moment lang inne, ehe er den Schraubenschlüssel nahm und seine Arbeit fortsetzte.

„Das ist nur ein Ammenmärchen“, sagte er schließlich. „Das ist nur, wie nennt Ihr es, Mythologie.“

„Oh, ist es das?", spottete Ermenwyr. „Es steht in Eurem Buch des Feuers. Ihr seid also ein Skeptiker, nehme ich an?"

Schmied fuhr fort, den Kessel anzuschrauben. Er schwieg.

„Mir ist das Buch des Feuers bekannt", sagte Weidenspeer langsam. „Auch wenn ich bekennen muss, dass ich es nicht studiert habe. Es ist Eure, äh, religiöse Geschichte, nicht?"

„Es sind Erzählungen von den alten Zeiten", sagte Schmied, als er aufstand. Er wischte sich die Hände an einem Lappen ab.

„Ihr seid ein Skeptiker", entschied Fürst Ermenwyr. „Nun gut; aber Ihr müsst die Geschichte vom Schlüssel der Aufhebung kennen."

„Ich nicht", sagte Weidenspeer.

„Dann erzähle ich sie dir. Vor langer Zeit, als die Welt noch unbevölkert war und die personifizierten, abstrakten Archetypen angeblich auf zwei Beinen herumliefen, gab es einen Gott der Schmiedekunst, was ein ziemlich schlauer Trick war, da das Schmieden noch nicht erfunden war."

„Seid still", brummte Schmied. „Er fand heraus, wie man die Sterne auf- und untergehen ließ. Er schuf die Schwerter und Tridente der anderen Götter. Er entwarf den Blendenmechanismus, der das Mondlicht reguliert, oder wir würden alle verrückt von zu viel davon werden."

„Ihr erinnert Euch also", sagte Fürst Ermenwyr.

„Er … nun, er verliebte sich", sagte Schmied verdrießlich. „In das Feuer seiner Schmiede. Aber er wusste, dass die Flammen nur Abbilder Wahren Feuers waren. Er sah jeden Tag zu, wie sie flackernd über den Himmel zog, aber sie bemerkte ihn nie. Also zog er seine Schuhe an, seinen Mantel und seinen Hut, wanderte durch die Welt und folgte Wahres Feuer, ging immer nach Westen und hoffte, zu dem Berg zu gelangen, auf dem sie jede Nacht schlief.

Er nahm seinen Eisenstab mit sich und, äh, Dinge geschahen, wie als er durch das Tausendseenland nahe Konen Feyy ging, der

Boden schlammig war und das Ende seines Stabes Löcher im Boden hinterließ, die sich mit Wasser füllten, und so entstanden die Seen dort, und oben in einem Krater auf dem Berg fand er schließlich Wahres Feuer.

Er machte ihr den Hof, und sie wurden ein Paar und wollten Kinder haben, aber sie – nun, sie war Wahres Feuer, seht Ihr? Also schuf er stattdessen für sie Kinder aus Rotgold, und sie berührte sie mit heiligem Feuer, und sie erwachten zum Leben. Vollkommene Automaten, die alles konnten, was andere Kinder auch konnten, einschließlich heranwachsen und selbst Kinder zeugen – und das waren die Vorfahren."

„Einige deiner Vorfahren, Weidenspeer, mütterlicherseits", sagte Fürst Ermenwyr. „Ist das nicht ein eigenartiger Gedanke?"

„Wahres Feuer ließ Inseln aus der See auftauchen, und die Kinder der Sonne lebten auf ihnen", sagte Schmied. „Das waren die ersten Städte."

Er ließ den Lappen fallen und blinzelte in den Himmel. „Wir sollten weiterfahren", sagte er. „Hisst die Segel und lichtet den Anker!"

Die Dämonen, die sich in gesättigter Untätigkeit ausgestreckt hatten, kamen auf die Füße. Zwei machten sich an der Ankerwinde zu schaffen, und der Anker sprang wie ein Angelhaken aus den Tiefen, während zwei in die gefährlich knarrenden Wanten kletterten.

„Die Geschichte geht aber noch weiter, nicht wahr, Schmied?", sagte Ermenwyr.

„Ja", sagte Schmied, der sich hinter das Steuerrad stellte. „Also gut, Jungs, erinnert ihr euch, wo der Anker hingehört? Gut. Rollt das Ankertau zusammen, wie ich es euch gezeigt habe."

„Kluge Kerle!", rief Fürst Ermenwyr. „Aber Schmied kann nicht von der Geschichte wegsegeln. Pass gut auf, Weidenspeer, denn jetzt kommt der Teil, an dem alles schiefging. Wenn die Kinder der Sonne auf ihren Inseln geblieben wären, wäre für den

Rest von uns alles gut gewesen. Leider waren es kluge, kleine automatische Spielzeuge, und sie erfanden die Schiffahrt. Falle, Taljenreeps, Focken und was nicht alles. Was sie befähigte, sich auszubreiten und die Länder anderer Völker zu kolonisieren."

„Das war eine Ewigkeit, bevor die Yendri überhaupt herkamen, also könnt Ihr uns nicht die Schuld ..."

„Die Dämonen waren aber hier. Sie sind auch wichtig."

„Wir wandern, weil unsere Mutter wandert", sagte Schmied. „So heißt es in der Geschichte. Deshalb sind wir dauernd unterwegs, so wie sie über den Himmel wandert."

„Ja, aber Ihr bringt uns nicht gerade Licht, oder?", sagte Ermenwyr.

Am Steuerrad verengten sich Schmieds Augen, aber er schwieg, als er das Schiff aus der Bucht steuerte.

„Hellbrenn ist das Licht meiner Welt", sagte Weidenspeer. „Sie sind zu großer Liebe fähig, mein Fürst."

„Das ist das andere Problem!", sagte Fürst Ermenwyr. „Sie vermehren sich wie die Kaninchen. Selbst in ihren eigenen Legenden heißt es, dass bald so viele von ihnen herumliefen, dass die anderen personifizierten, abstrakten Urbilder grämlich wurden, weil ihre Kinder verdrängt wurden, sodass sie zum Schmiedegott gingen und sich beschwerten."

„Es gab einen Rat der Götter", sagte Schmied. „Sie sagten dem Vater, dass er etwas unternehmen musste. Also schuf er ... also hat er angeblich den Schlüssel der Aufhebung erschaffen."

„Das Gegenteil eines Schlüssels, der Mechanismen aufzieht, verstehst du, Weidenspeer?", fragte Fürst Ermenwyr.

„Nein", sagte Weidenspeer.

„Er schaltet uns ab, klar?", sagte Schmied. „Oder er soll es. Es ist ohnedies nur ein Mythos. Die Geschichten sagen, die Götter benutzten ihn, um Katastrophen zu beschwören. Das erste Mal benutzten sie ihn, als die graue Pest kam. Außer einer Handvoll Schwangerer, die sich in einer Höhle versteckten, starben alle, so heißt es. Dann war einige Zeitalter lang alles gut, und die Städte kehrten zurück.

Dann … soll Fürst Salz ihn benutzt haben, als er die Getreidespeicher Troons niederbrannte und die Hungersnot kam, und sofort brachen die vier Kriege aus. Am Ende gab es nur noch eine Handvoll Fischerdörfer an der Küste, weil sich im Landesinneren die Gespenster wie Armeen auf den Ebenen versammelten, so viele wütende Tote gab es. Mehrere Generationen lang konnte dort niemand leben, und die Leute sagen …“ Schmieds Stimme verlor sich.

„Die Leute sagen“, sagte Fürst Ermenwyr, „eines Tages werde der Schlüssel der Aufhebung ein drittes Mal zum Einsatz kommen, wenn die Kinder der Sonne nicht aus ihren Fehlern lernen, und es wird keine Überlebenden geben.“

„Aber es ist nur eine Geschichte“, sagte Schmied bockig.

„Ich habe Neuigkeiten für Euch“, sagte Fürst Ermenwyr, der seine Rauchröhre herausholte und die kalte Asche durch Klopfen lockerte. „Es ist wahr.“

„Nein.“

„Ich bin anderer Ansicht. Was sagt das Buch des Feuers? Mal sehen, woran ich mich erinnere … (Mutter ließ uns vergleichende Religionswissenschaft studieren, und Papa sagte, das wäre immer für einen Lacher gut, also widmete ich mich diesem Thema) … ‚Der Vater-Schmied schmiedete auf dem Amboss der Welt zutiefst bedauernd seinen grausamen Schlüssel der Aufhebung, tief in den Knochen verbarg er ihn, bis der Tag des Jüngsten Gerichts ihn ans Licht bringen würde. Eisfeuer bewacht, was Hexenlicht verbirgt.‘“

„Es ist ein Gleichnis“, sagte Schmied.

„Wie könnt Ihr Eurer eigenen Schrift nicht glauben?“, fragte Weidenspeer fassungslos.

„Für Euch ist es anders“, entgegnete Schmied. „Eure Geschichte geschieht noch, oder nicht? Seine Mutter schreibt noch immer Briefe an ihre Jünger und schmeißt den Laden, nicht? Wenn Ihr eine Glaubensfrage habt, könnt Ihr einfach zu ihr gehen und sie fragen."

„Auch wenn Mutter sagt, dass sowieso keiner auf sie hört", sagte Fürst Ermenwyr beiläufig.

„Aber Hlinjerith der nebligen Zweige wird auch nach tausend Jahren noch heilig sein, und das lilienweiße Schiff wird immer noch von seinen Ufern abgereist sein. Die Zeit kann die Wahrheit nicht weniger wahr machen", wandte Weidenspeer ein.

„Du übersiehst die Hauptsache, mein Freund", sagte Fürst Ermenwyr. „Es spielt keine Rolle, ob Schmied an den Schlüssel der Aufhebung glaubt. Andere tun es, und sie glauben, es sei höchste Zeit, ihn wieder zu benutzen."

„Was für Leute?", fragte Schmied, der einen Schauer spürte.

„Oh … gewisse Dämonen hegen seit Jahren diesen Gedanken gegen Euer Volk", sagte Fürst Ermenwyr mit ausweichender Handbewegung. „Aber das war noch nie eine besondere Gefahr, denn keine zwei Dämonen können sich auf die Farbe des Himmels einigen, ganz zu schweigen von einem Plan. Ich fürchte allerdings, dass die ganze Schmalblechgrundstückssache alles nur noch schlimmer gemacht hat."

Schmied schauderte. „Ja und?", sagte er aber. „Es gibt ja eigentlich keinen Schlüssel."

„Das werden wir sehen, nicht wahr?", sagte Fürst Ermenwyr. „Wenn Ihr glaubt, es gibt keine richtige Gefahr, Schmied, warum sollten wir Grünies uns Sorgen machen?"

Er lehnte sich zurück und blickte auf die helle, funkelnde See hinaus.

„Ich bekomme Migräne von dem ganzen grellen Licht", sagte er einen Augenblick später. „Weidenspeer, hol mir einen Sonnenschirm und vielleicht meine Brille mit dem schwarzen Smaragdglas."

Der dritte Tag auf See begann klar und hell, aber tief im Süden hing eine Gletschermauer aus Nebel, veilchenblau in der Morgensonne, blendend weiß im Mittagslicht. Am Nachmittag waren sie nahe herangekommen, und sie ragte über der halben Welt auf. Unter ihr färbte sich die blaue See stahlgrau und grün mit einem Muster wie Moiré-Seide, und Entfernungen wurden unbestimmbar. Felsen und kleine Inseln kamen in Sicht, undeutlich im Zwielicht.

Schmied holte die Segel ein und fuhr behutsam weiter, er übergab alle paar Minuten das Steuerrad an Weidenspeer, um mit den Ketten die Tiefe auszuloten. Er seufzte erleichtert, als er ein Toppzeichen entdeckte, eine hohle Kugel aus Zinn, die scharlachrot und gelb angemalt war, und rannte achtern zum Steuerrad.

„Wir sind an der Mündung des Rethestlin", sagte er, „und die Strömung ist auf unserer Seite. Hier fahren wir landeinwärts, ja?"

„Ja! Wendet hier nach links", sagte Fürst Ermenwyr. Er fröstelte. „Kalt, der ganze, verdammte Nebel, nicht wahr? Schnitt, ich will meinen dunklen Mantel mit dem Fellkragen."

„Ja, Herr." Schnitt trampelte den Niedergang hinab.

„Das Wasser hat die Farbe gewechselt", bemerkte Weidenspeer, als er über die Seite schaute.

„Das ist der Fluss, der auf die See trifft", sagte Schmied, der voraus blickte. „Möglicherweise sollten wir ankern, bis der Nebel sich lichtet ... nein! Da ist die nächste Boje. Alles in Ordnung. Ihr solltet dem Schmalblechunternehmen wenigstens dafür dankbar sein, mein Fürst; das hier wäre ohne die Toppzeichen sehr viel schwieriger."

Weidenspeer schaute finster. „Sie haben doch sicher ihre Entweihung noch nicht begonnen!"

„Nein“, sagte Schmied, der behutsam steuerte. „Sie können noch nicht ausreichend Investoren haben. Die hat man wahrscheinlich für die Besichtigung ausgelegt. Umso besser für uns. Sollten wir nicht Eurer Schwester zur Rettung eilen, mein Fürst?“

„Sie wird die tobenden Horden zurückhalten, bis wir da sind“, sagte Fürst Ermenwyr, als er zuließ, dass Schnitt ihn in den dunklen Mantel wickelte. „Sie ist eine starke Frau. Als Eyrdway mich einmal quälte, hat sie ihn mit einem kräftigen rechten Haken niedergeschlagen. Ihm blutete die Nase, und er jaulte. Was für freudestrahlende Kindertage!“

Die Strömung trug sie an der Boje vorbei, und eine weitere erschien. Ein Fleck am nahen Horizont stellte sich als Schilf heraus. Das leise Donnern und der Wellenschlag der Brandung schwanden hinter ihnen, und der Ruf eines Wasservogels erklang. Das Wogen der See hatte aufgehört. Sie schienen stillzustehen in einer schwimmenden Welt …

„Wir sind auf dem Fluss“, sagte Schmied.

Der Nebel lichtete sich, und sie erblickten Hlinjerith der nebligen Zweige.

Es war ein grüner Ort, ein dunkler Wald, der sich bis zu Auen am Wasserrand erstreckte, wo an Zypressen und Steineichen dichtes Moos hing, das in langen Girlanden im schwachen flussaufwärts wehenden Wind tropfte und schwankte. Tiefer im Gehölz ragten über den grünenden Bäumen nackte, silberne Äste auf, in denen Purpurreiher nisteten.

Drei hohe Steine ragten auf einer Au auf. Yendri-Zeichen waren tief in sie eingemeißelt, Spiralen der Ewigkeit und alte Worte. Um ihre Sockel waren weiße Blumen gepflanzt, großer Hornmohn, weißer Rhododendron und die Dornenzweige weißer Wildrosen. Weidenspeer, der leise gebetet hatte, wies darauf.

„Der Schrein des geliebten Unvollkommenen“, sagte er. „Dort stand er, mit dem Kind in seinen Armen. Dort hat er das lilienweiße Schiff gesehen, das ihn über die See tragen sollte, wie es sich aus dem Wasser erhob. Aus diesem Wasser!" Er sah sich ehrfürchtig um.

Fürst Ermenwyr sagte nichts, während er das Ufer genau beobachtete. Schmied hielt es für einen ziemlich entzückenden Ort, aber viel zu dunkel und nass, als dass Kinder der Sonne dort bequem leben könnten. Er befürchtete gerade ein Missverständnis, als sie die neue steinerne Anlegestelle und an ihrem Ende das Wachhaus an der Böschung sahen.

„Oh", sagte Weidenspeer nicht laut, aber äußerst gequält.

Es war ein Häuschen aus aufgeschichteten Steinen, schmutzig und irgendwie armselig. Daneben lagen weitere rot-gelbe Bojen auf einem Stapel, und an ihm lehnte ein Wirrwarr aus Werkzeugen: Hacken, Schaufeln, Äxte, alle bereits verrostet. Leere Kästen standen herum, zerbrochene Amphoren und ein Haufen aus Backsteinen. Am Ende des Piers ragte ein Fahnenmast auf. Eine rot-gelbe Fahne hing daran, schlaff in der feuchten Luft.

Die Tür des Häuschens flog auf, und eine Gestalt kam auf die Böschung gerannt.

„He!", rief der Mann, dessen hoffnungsvolle Stimme undeutlich übers Wasser hallte. „He, he! Ihr da! Seid Ihr die Ablösung?"

„Nein, tut mir leid", rief Schmied zurück.

„Fahrt Ihr denn nicht ein? He da! Ankert Ihr nicht?"

„Nein!", rief Schmied. „Wir fahren weiter flussaufwärts!"

„Bitte! Hört mal! Wir können nicht bleiben! Nehmt Ihr uns mit?"

„Was?"

„Nehmt Ihr uns mit?" Der Mann war ans Ende des Kais gerannt und starrte zu ihnen herüber, als sie vorbeisegelten. „Wir müssen hier weg!"

„Wir haben einen festen Zeitplan, fürchte ich", sagte Fürst Ermenwyr. „Wir können nicht halten."

„Bitte! Ihr begreift nicht – seht mal, das Holz ist nass. Wir können nichts kochen. Bolzen und Drill sind krank, und nachts ...“ Der Mann warf einen flüchtigen Blick über seine Schulter zum Wald.

Schmied ächzte. „Können wir ihnen nicht wenigstens etwas Öl geben?“, brummte er.

„Würde Euch Öl helfen?“

„Öl? Ja! Haltet einfach eine Minute, ja?“

„Hol ein Fass“, befahl Fürst Ermenwyr Stich. Er hob wieder in hänselnder Tonlage die Stimme. „Ich nehme an, dass es Euch auf dem wunderschönen Schmalblechgrundstück nicht gefällt?“

„Ich würde hier nicht mal wohnen, wenn Ihr mir tausend Kronen dafür geben würdet!“, schrie der Mann, Panik im Blick, als er merkte, dass die *Nest des Eisvogels* wirklich nicht halten würde.

„Vielleicht können wir Euch auf der Rückreise mitnehmen!“, rief Schmied.

„Seid verflucht!“, heulte der Mann. Schmied verzog das Gesicht, wandte sich ab und musterte den Fluss. Er hörte das Platschen, als Stich das Fass über Bord warf. Als er sich wieder umdrehte, sah er, wie der Mann in die Untiefen watete und verzweifelt nach dem Fass griff, als die Strömung es näher trug. Zu Schmieds Erleichterung bekam er es zu fassen und kämpfte sich damit an Land, als die Strömung sie um eine Biegung im Fluss trug und dunkle Laubbäume ihnen die Sicht versperrten.

„So, jetzt kann er mit dem Öl ein hübsches Feuer machen“, sagte Fürst Ermenwyr, der Schmied betrachtete. „Die Ablösung wird wahrscheinlich jeden Tag kommen.“

„Was ist in den Wäldern?“, fragte Schmied. „Dämonen?“

„Nein!“, sagte Weidenspeer. „Dies ist ein erhabener Ort. Sie haben ihren Schrecken mitgebracht. Das passiert, wenn Menschen besudeln, was heilig ist. Das Land weist sie ab, seht Ihr?“

Schmied zuckte die Achseln. Er richtete den Blick auf den Fluss.

Sie ließen flussaufwärts fahrend Stunden und Meilen hinter sich, ehe die Gezeitenwelle nachließ, dann gingen sie für die Nacht in einem idyllischen Nebenarm vor Anker. Am Morgen erhitzten sie den Kessel wieder, und danach fuhr die *Nest des Eisvogels* mit klapperndem Lärm, der von den Ufern widerhallte, flussaufwärts, während die abtauchenden Ruder sich durch das braune Wasser arbeiteten. Vögel flogen auf, erschrocken von dem Getöse, und Wasserschlangen machten einen weiten Bogen um sie.

Am fünften Tag liefen sie auf Grund.

Schmied hatte Schnitt das Steuerrad übergeben, während er heimlich ein sättigendes Nachfrühstück aus eingelegtem Aal verschlang. Er fluchte mit vollem Mund, als er das erste Schleifen unter dem Kiel und dann den heftigen, alles erschütternden Ruck spürte, der bedeutete, dass sie steckengeblieben waren.

Er kam auf die Füße und rannte los.

„Das Boot hat angehalten, Kind der Sonne“, sagte Schnitt.

„Weil du es in eine Untiefe gerammt hast!“, sagte Schmied ärgerlich. „Hast du das gottverdammte Ding nicht gesehen?“

„Nein.“

„Was ist los?“ Ermenwyr kam an Deck gerannt, während er sich die Lippen mit einer Serviette abtupfte. „Wir liegen ein wenig schief, oder? Warum bewegen wir uns nicht?“

„Was ist geschehen?“ Weidenspeer kam hinter ihm aus dem Niedergang.

„Haltet die Ruder an!“ Schmied rannte zum Sperrhahn des Kessels und legte ihn um. Dampf entwich heulend in einem langen Schwall, und die Ruder beendeten ihr vergebliches Schlagen.

„Ihr habt Hyazinthenmarmelade im Bart, mein Fürst“, teilte Weidenspeer Ermenwyr mit.

„Wirklich?“ Der junge Fürst schnipste sie eilig weg. „So was aber auch. Stecken wir in Schwierigkeiten, Schmied?“

„Könnte schlimmer sein“, gab Schmied griesgrämig zu. Er sah zum gegenüberliegenden Ufer. „Wir können ein Tau um den Baumstamm werfen und uns selbst verholen. Sie hat nur minimalen Tiefgang.“

„Hervorragend.“ Fürst Ermenwyr klatschte einmal herrisch in die Hände. „Jungs! Hüpft los und verholt euch.“

Nach weiteren Erklärungen anschaulicher Seefahrtsbegriffe wickelte sich Schmied das Ende der Schlepptrosse um die Taille und schwamm damit strampelnd zum fernen Ufer, während Schnitt sie ablaufen ließ und Qual unter die Wasserlinie tauchte, um sicher zu gehen, dass es keine Schwierigkeiten gab. Nach vier oder fünf Minuten ging er an die Oberfläche und schleppte sich hinter Schmied her ans Ufer.

„Es ist nichts Scharfes unterm Boot, Kind der Sonne“, verkündete er.

„Gut“, sagte Schmied, als er eine Seilschlinge um den Stamm warf. Er drehte das Seil noch zweimal und befestigte es dann. Als er aufsah, winkte er denen an Deck zu, die zurückwinkten.

„Dreht die verdammte Ankerwinde!“, rief er. Schnitt, Quetsch und Stich zuckten zusammen und prallten in ihrer Eile, an die Speichen zu kommen, gegeneinander. Im Kreis gingen sie, und das Tau hob sich tropfend aus dem Fluss; noch einmal im Kreis gingen sie, das Tau spannte sich ruckartig, und Wasser flog in alle Richtungen. Noch einmal im Kreis, und sie hielten, und die *Nest des Eisvogels* ruckte vor, wie jemand, der eingenickt und mit dem Ellbogen wachgeschubst worden war und nun aufsprang und sich umblickte.

„Weiter, Jungs, weiter!“, rief Fürst Ermenwyr fröhlich, während er sich am Mast festklammerte. „Gibt es nicht irgendeinen prächtigen rhythmischen Gesang, den man in Augenblicken wie diesem anstimmt?“

Die Dämonen strengten sich an, und die *Nest des Eisvogels* ächzte und begann, seitwärts zu gleiten.

„Gut so!“, rief Schmied. „Weiter!“

Die *Nest des Eisvogels* schwankte, knarrte und ...

„Weiter! Weiter!“

... sprang mit einem Klatschen ins tiefe Wasser, und eine Welle stieg auf und brandete über das Flussufer.

„Bleibt so“, sagte Schmied. Als er sich bückte, um das Tau zu lösen, bemerkte er ein Geräusch wie leisen Donner. Als er über die Schulter blickte, konnte er genau sehen, was die Quelle des Geräuschs war. Qual knurrte, während er mit Flammenaugen in den Wald starrte, und das war keine Metapher.

Schmied ging sofort in die Verteidigungshaltung über und tastete nach Waffen, die er nicht hatte. Als er Quals Blick folgte, sah er sie auch: fünf grüne Männer in einem grünen Wald, gekleidet in Grün, die kalt aus den Schatten zurückstarrten. Jeder Mann trug ein Bandelier, gespickt mit kleinen, grünen Spitzen, und in einer Hand einen Rohrstock.

Qual brüllte und griff sie an.

Ihre Arme bewegten sich in so vollkommener Einheit, sie hätten musizieren können, aber statt eines perfekten Flötenakkords kam eine Salve aus Pfeilen geflogen, die alle Quals breite Brust trafen.

Er raste weiter, als spüre er nichts, und sie wichen mit aufgerissenen Augen zurück, bereiteten aber mit derselben unheimlichen Gleichzeitigkeit eine zweite Salve vor. Die Pfeile trafen wieder. Sie konnten nicht daneben geschossen haben. Quahl schien einen Teil seines Schwungs zu verlieren, aber er rannte weiter und schlug Äste beiseite, während er voranstürmte. Erst als die dritte Salve ihn traf, erstarb das Brüllen in seiner Kehle. Er wurde langsamer. Er hielt. Seine Arme mit den großen, krallenbewehrten Händen, die zum Töten gekrümmt waren, blieben oben. Ihr Gewicht ließ ihn nach vorne kippen, und er fiel, steif wie ein stürzender Baumstamm.

Sein Zähnefletschen schien aus Stein gemeißelt zu sein. Das Licht in seinen Augen erlosch.

Die Yendri blickten erstaunt auf ihn hinab.

Schmied drehte sich um und tauchte in den Fluss.

Er stieg über die Reling der *Nest des Eisvogels*, als der erste Pfeil ins Holz neben seiner Hand schlug. Er merkte, wie Weidenspeer ihn am Kragen packte und über die Reling zog, sodass er flach ausgestreckt auf dem Deck lag. Er glaubte Fürst Ermenwyr nach vorn rennen zu sehen. Schnitt, Quetsch und Stich stießen ein wehklagendes Geheul aus, das fast alles andere übertönte; aber Schmied hörte das Scheppern, das anzeigte, dass jemand den Sperrhahn geschlossen hatte, gefolgt von einem rieselnden Geräusch wie Silberregen. Er blickte benommen auf und sah vergiftete Pfeile die Kesselkuppeln treffen und harmlos abprallen und Fürst Ermenwyr auf Händen und Knien hinter den Domen kauern.

„Seil! Seil!“, rief er, und Schmied begriff, was er meinte. Die *Nest des Eisvogels* war von der Strömung rückwärts getragen worden, gehalten nur vom Tau, das er nicht rechtzeitig hatte lösen können. Sie schwankten jetzt auf dem Wasser, das Tau war balkengerade. Schmied schleppte sich zur Werkzeugkiste bei den Kesseln und fand dort wild herumtastend eine Axt zum Holzhacken.

Er erhob sich auf die Knie, sah gegenüber auf der Böschung zwei Yendri, die ihre Blasrohre nachluden, und schlug ein halbes Dutzend Mal fieberhaft auf das Tau ein, ehe er sich wieder flach auf den Boden fallen ließ. Die Pfeile flogen lautlos. Aber er hörte, wie sie gegen die Kessel schlugen, und ein Pfeil prallte ab und landet mit der Spitze voran in seiner Hand. Er schüttelte ihn wild ab, als er alarmiert den teerigen Fleck auf seiner Haut bemerkte, wo eben noch der Pfeil gelegen hatte. Jemand nahm ihm die Axt aus der Hand, und er rollte sich herum, um zu sehen, wie Weidenspeer sie auf das Tau fahren ließ. Zack, das Tau teilte sich, und sie schossen rückwärts davon, den Fluss hinab, während sie sich in der Strömung drehten wie ein Blatt im Wind.

Die Ruder hatten wieder zu schlagen begonnen, als Schmied zum Steuerrad kriechen und wenden konnte, wobei er allen Göttern dankte, dass sie nicht wieder steckengeblieben waren.

„Ist jemand getroffen?“, rief er. Die Dämonen heulten noch immer und schleuderten scharlachrote Drohungen, die fühlbar waren wie Felsbrocken, flussaufwärts. „Seid still! Ist irgendwer getroffen?“

„Ich nicht“, sagte Weidenspeer, während er aufstand. „Mein Fürst? Mein Fürst!“

Schmied entdeckte Fürst Ermenwyr, der noch immer hinter den Kesseln hockte, die Zähne gebleckt, die Augen zusammengepresst. Schweiß lief ihm übers Gesicht. Schmied stöhnte und schlug gegen das Steuerrad, und Weidenspeer war sofort bei seinem Lehnsherrn und kämpfte darum, ihm den Kragen zu öffnen; aber Ermenwyr schüttelte den Kopf.

„Ich bin nicht getroffen“, sagte er.

„Aber was …“

„Ich habe einen von ihnen verloren“, sagte er, als er kränkliche Augen öffnete, „und Mama hat recht. Es schmerzt schlimmer als alles, was ich je gekannt habe. Verdammt.“

„Was kann ich für Euch tun, mein Fürst?“ Weidenspeer senkte die Stimme.

„Hilf mir auf“, antwortete Ermenwyr. „Ich muss etwas für sie tun.“

„Was waren das für Leute? Was tun wir jetzt?“, fragte Schmied, während er sie flussabwärts steuerte.

Der junge Fürst antwortete nicht, festigte aber seinen Stand mit Weidenspeers Hilfe. Er klopfte sich selbst ab und schritt achtern zu Schnitt, Quetsch und Stich. Als er fast bei ihnen war, stolzierte er bereits wieder.

„Jungs, das reicht! Was nützt Brüllen jetzt noch?“, fragte er.

Sie wurden sofort ganz ruhig und wandten sich mit niedergeschlagenen Augen zu ihm um, und Schmied war überrascht, ihre abscheulichen Gesichter tränennass zu sehen.

„Jetzt sind wir nicht länger eine Gruppe von vier, Herr“, sagte Schnitt.

„Natürlich seid ihr das. Seht! Ich habe den guten alten Qual hier gefangen.“ Fürst Ermenwyr hielt einen Schmuckknopf hoch, den er von seiner Unterjacke gerissen hatte. „Seht ihr? Hier ist seine lebende Seele. Ich werde sie, sobald wir zu Hause sind, in einen neuen Körper bannen. Aber was braucht er jetzt?“

Die Dämonen blickten ihn mit leeren Gesichtsausdrücken an. Dann sahen sie einander mit noch leereren Gesichtern an.

„Rache!“, sagte Fürst Ermenwyr. „Jede Menge blutiger und schrecklicher Rache, und wer wird die höllische Kraft sein, die sie vollstreckt, na?“

„… wir?“ Stichs Blick erhellte sich wieder, und ebenso Schnitts und Quetschs.

„Ja!“, sang Fürst Ermenwyr, der vor ihnen auf und ab marschierte. „Ja! Tötet, tötet, tötet! Ihr werdet Köpfe einschlagen! Ihr werdet Extremitäten abreißen! Ihr werdet unterhaltsame Dinge mit Eingeweiden tun!“

„Töten, töten, töten!“, stimmten die Dämonen ein, von einem Fuß auf den anderen hüpfend, und das Deck erbebte unter ihren Füßen.

„Freude, Freude, Freude!“

„Freude, Freude, Freude!“ Die Planken knarrten furchtbar.

„Töten, töten, töten!“

„Töten, töten, töten!“

Eine Weile später hatten sie gewendet und fuhren mit Höchstgeschwindigkeit wieder den Fluss hinauf.

„Einen halben Strich steuerbord!“, rief Schmied vom Krähennest. Unter ihm hatte Weidenspeer das Steuerrad vorsichtig in seine Richtung gelenkt, während er immer mal wieder auf seine Handrücken blickte, wo STEUERBORD auf dem rechten und BACKBORD dem linken stand. Auf beiden Seiten standen Schnitt und Quetsch, die ihn mit jeweils einer Zimmertür abschirmten, die sie aus ihren Angeln gehoben hatten. Der junge Fürst hatte seine Rauchröhre hervorgezogen, aber ihr Zylinder war mit giftigen Pfeilen gefüllt, die sie vom Deck gesammelt hatten, und er rollte sie zwischen seinen Fingern und starrte zum Wald, der an ihnen vorbeiglitt.

Sie gelangten zu dem Platz, an dem sie angegriffen worden waren, und dort schwamm das zerschnittene Tau im Wasser; aber von ihren Angreifern gab es keine Spur.

„Zwei Strich backbord“, rief Schmied, während er voraus starrte.

Die Nebelbänke des Schwemmlands lagen weit hinter ihnen; die Luft war klar und so hell wie eine Kerzenflamme. Von seinem hohen Sitz aus konnte er sehen, dass sich der Wald meilenweit erstreckte und weit im Nordwesten zu einer gelblichen Savanne ausdünnte, und er wusste, dass dahinter das Getreideland Troons lag. Richtung Westen stieg das Land schrittweise zu einem Gebirgszug an, der parallel zum Fluss verlief. Weit vor ihnen, beinahe hinter der Wölbung der Welt, wurden die Berge recht spitz, mit einer Blässe, die grässlich an Schnee erinnerte, obwohl es Hochsommer war.

In all der weiten Ferne konnte er kein Haus sehen, keinen Rauch von Lagern, keine Schloss- oder Stadtmauer und kein anderes Schiff auf dem breiten Fluss. Er sah auch keine grünen Männer; aber er wusste, dass sie sich nicht einfach sehen lassen würden.

„Einen Strich steuerbord", rief er, und seine Stimme wich tiefer Stille.

Am Abend waren sie schnell genug weit genug gekommen, dass Schmied es für sicher hielt, bei einer Insel in der Mitte des Flusses zu ankern. Quetsch und Stich wurden an Deck gelassen, um Wache zu halten, und Schnitt versperrte wie ein Erdrutsch den Niedergang.

„Das ist ein guter Tropfen", bemerkte Fürst Ermenwyr, als er mit einer staubigen Flasche aus der Kombüse auftauchte. „Gut zu wissen, dass es immer noch ein paar ehrliche Lieferanten gibt, nicht?"

Schmied seufzte, als er die Hände an dem kleinen Ofen wärmte. Er sah sich im Salon um. Er war recht elegant. Noch mehr poliertes Messing und nautische Vorhänge, mit kostspieligem Holz paneelierte Schotten, nicht ein Hauch von Schimmel und nichts Nützliches. Keine Waffen, außer improvisierten: zwei zweckfreie, aus Bronze gegossene Kunstwerke in einer Ecke, ein Delfin und eine Seemöwe, etwas mehr als lebensgroß und schwer genug, um jemanden damit umzubringen. Sie waren nicht nach Schmieds Geschmack, was die Kunst anging. Er selbst bevorzugte Meerjungfrauenmotive, besonders Meerjungfrauen mit hübsch großem Busen wie ...

„Hier", sagte Fürst Ermenwyr, als er ihm einen Steinbecher roten Weins in die Hand drückte. „Ein guter, starker Trunk ist, was Ihr braucht, Schmied."

„Ich sage Euch, was ich will", antwortete Schmied, als er den Becher nahm und ihn hinstellte. „Ich will wissen, wer Qual getötet hat."

Fürst Ermenwyr rutschte auf seinem Sitz hin und her.

„Er ist nicht tot", sagte er eilig. „Nicht, wie wir uns den Tod denken. Wirklich. Seht Ihr, bei Dämonen ..."

„Das waren die standhaften Waisen", sagte Weidenspeer. „Jene unseres Volkes, die sich weigerten, den Ehebund der Dame und ... ihre sich daraus ergebenden Nachkommen zu akzeptieren. Sie sind ein Kriegerorden, Schmied. Sie werden töten, wenn sie glauben, es sei gerechtfertigt."

„Wie Blühendes Ried", erklärte Fürst Ermenwyr. „Er war einer von ihnen."

„Verdammt", sagte Schmied mit Nachdruck. „Sind sie wieder hinter Euch her?"

Nach einer unangenehmen Pause sagte Fürst Ermenwyr: „Ich glaube nicht. Sie waren vermutlich auf dem Weg nach Hlinjerith."

Schmied dachte an den flehenden Mann auf dem Steg, und Schrecken zeigte sich auf seinem Gesicht.

„Sie würden diesen Männern nichts tun", versicherte Weidenspeer. „Erst recht nicht, wenn sie erkrankt sind. Die Waisen sind stur, intolerant und – und fanatisch, aber sie greifen nie an, wenn sie nicht zuerst angegriffen werden."

„Um damit den moralischen Vorteil zu erhalten", spottete Fürst Ermenwyr. „Sie haben allerdings kein Problem damit, jemand anderen anzuheuern, um für sie zu töten, und sie geben sich ziemliche Mühe, ‚Unfälle' zu arrangieren, diese heuchlerischen Hundesöhne."

„Qual hat sie angegriffen, also haben sie ihn ausgeschaltet", sagte Schmied. „Klar. Aber weshalb waren sie hinter mir her?"

„Ich denke, sie hatten mich da vermutlich schon an Deck gesehen", antwortete der junge Fürst, „und auf mich herrscht das ganze Jahr über Jagdsaison, wisst Ihr, weil ich doch eine Abscheulichkeit und so bin."

„Aber sie verehren Eure Mama, oder nicht?" Schmied zog die Brauen zusammen. „Ich habe nie verstanden, wie sie glauben können, es mache ihr nichts aus, wenn sie ihre Kinder töten."

„Sie verehren Sie als heilige Jungfrau", erklärte Weidenspeer, „und glauben, dass Ihre … Besudelung, hm, nur eine vorübergehende Angelegenheit ist, und wenn, hm, wenn Ihr Ehemann und Ihre Kinder aufhören zu existieren, dann wird das kosmische Ungleichgewicht korrigiert und Sie wird von Ihrer, hm, Versklavung befreit sein und in Ihr wahres Bewusstsein zurückkehren."

„Es hilf auch nicht, dass Papa ein Herr der Finsternis ist", sagte Fürst Ermenwyr. „Vollständig mit dunkler Rüstung und anderen bösen Klischees. Aber Tatsache ist, dass die Waisen niemanden mögen. Sie verabscheuen Leute wie Weidenspeer, weil sie nicht dem alten Glauben treu bleiben. Sie mögen Dämonen aus Prinzip nicht, weil Chaos nicht in ihre Vorstellung kosmischer Harmonie passt, und so richtig hassen sie Euer Volk, Schmied. Besonders jetzt. Was wirklich Pech ist, denn auch sonst mag Euch niemand besonders."

„Oh, was haben wir jemals jemandem getan?", fragte Schmied herausfordernd. Ihm war kalt, er war müde und wurde langsam reizbar.

Ermenwyr schürzte die Lippen. „Nun … fangen wir mal damit an, dass ihr euch verhaltet, als wärt ihr das einzige Volk auf der Welt und als gehöre euch alles. Der Rest von uns wird auf

‚Waldbewohner'-Status degradiert, als wären wir eine Tierart oder vielleicht eine hinderliche Steinformation. Es scheint euch nie in den Sinn zu kommen, dass wir euch das übelnehmen könnten.

Dann ist da noch diese ahnungslose Hemmungslosigkeit, mit der ihr die Welt zugrunde richtet, und ich sage ahnungslos, weil ich mir wirklich nicht vorstellen kann, wer außer Dummköpfen Abwässer in sein eigenes Trinkwasser schütten würde. Ihr holzt Wälder ab, eure Minen hinterlassen kraterförmige Gruben wie offene Geschwüre und – habt ihr bemerkt, wie teuer Fisch in letzter Zeit ist? Ihr habt die See beinahe leergefischt. Ich darf übrigens hinzufügen, dass Wale euch nicht besonders zugeneigt sind."

„Die anderen Völker hingegen machen nie etwas falsch, nehme ich an", sagte Schmied.

„Oh, keinesfalls; aber sie haben nicht ganz die Auswirkung wie die Kinder der Sonne", sagte Fürst Ermenwyr. „Ihr seid so erfinderische Handwerker, seht ihr, das ist ein Teil des Problems. Dennoch liebe ich eure Städte und eure raffinierten Spielsachen sehr, zum Beispiel dieses reizende Schiff. Ich wäre am Boden zerstört, müsste ich wie die Yendri im Wald leben. Wisst Ihr, dass sie nicht mal Feuer hatten, bis Mama ihnen beibrachte, wie man welches macht? Ich kann mir nicht vorstellen, mich in Blätter zu kleiden, in einem Busch zu leben und früh, mittags und abends grässlich geschmackloses Straj zu essen." Er sah Weidenspeer finster an, der mit den Augen rollte.

„Es ist ein einfaches und harmonisches Leben, mein Fürst", sagte er, „und es schadet weder der Erde und noch einem anderen Geschöpf."

„Aber es ist verdammt öde", sagte Ermenwyr. „Da habe ich die Kinder der Sonne lieber. Wenn sie nur Geburtenkontrolle lernten!" Er sah flehend zu Schmied.

„Sex ist gut", sagte Schmied, „und man bekommt nicht jedes Mal ein Kind, wisst Ihr. Wenn wir mehr haben als alle anderen, dann nur, weil wir besser beschaffen sind als die anderen Völker, seht Ihr? Körperlich, meine ich, und das soll keine Beleidigung für anwesende Völker sein. Aber man kann nicht von Leuten verlangen, keine Liebe zu machen."

„Aber …" Fürst Ermenwyr zog frustriert an seinem Bart. „Ihr könntet …"

„Sie wissen nichts davon, mein Fürst", sagte Weidenspeer.

„Wie bitte?" Der junge Fürst stierte ihn an.

„Sie wissen nichts davon", flüsterte Weidenspeer, während er in seinen Weinbecher blickte. „Hellbrenn war in dieser Angelegenheit so unschuldig wie ein Kind. Sie glaubte mir nicht, als ich es ihr erläuterte. Selbst danach war sie misstrauisch, und da unser Kind unterwegs ist, gab natürlich es keine Möglichkeit …"

„Du lügst!"

„Ich schwöre es bei Eurer Mama."

Fürst Ermenwyr kicherte unsicher. „Deshalb scheinen Prostituierte immer so überrascht, wenn ich …"

„Wovon redet ihr?", fragte Schmied und blickten von einem zum anderen. Fürst Ermenwyr begegnete seinem Blick und schloss verlegen die Augen.

„Nein, Schmied, Ihr seid ein Weltmann, sicherlich wisst Ihr davon", sagte er.

„Wovon?"

„Ihr Götter, Ihr seid alt genug, um mein Vater zu sein, das ist zu – es ist wirklich zu – Ihr wisst es wirklich nicht, oder?" Ermenwyr öffnete die Augen und begann zu lachen. Er stellte sein Getränk ab, schob sich an den Rand seines Sitzes und beugte sich vor. Schnell, in knappen, aber auffallend beschreibenden Worten, berichtete er es Schmied.

Schmied hörte ihm mit leerer, unverständiger Miene zu.

„Das funktioniert nie", sagte er schließlich.

Am siebten Tag kamen sie zu den Wasserfällen.

Schmied hatte sie erwartet. Er hatte das ferne Grollen gehört, den hohen Nebeldunst gesehen und das Land, das allmählich anstieg.

„Ihr holt besser seine Durchlaucht", sagte er zu Weidenspeer, der an der Reling zwischen Schnitt und Quetsch stand und das Flussufer absuchte. Bis jetzt hatte es keinen Hinweis auf Yendri gegeben.

„Was ist?"

„Da vorne geht unser schiffbarer Fluss zu Ende, und er muss entscheiden, was er als nächstes von uns will."

„Ah. Das Becken des Reth", sagte Weidenspeer.

„Ihr wusstet davon?"

„Das Kloster ist nicht weit oben. Vielleicht eine Dreitagesreise da entlang. Seine Mama korrespondiert oft mit den Mönchen."

„Gut. Was tun wir wegen des Wasserfalls?"

Weidenspeer breitete mit einem Achselzucken die schlanken Hände aus. „Mein Herr nahm an, Ihr würdet Euch etwas ausdenken. Euer Volk ist schließlich so klug", fügte er mit einem Hauch Sarkasmus hinzu.

Schmied drehte das Steuerrad und navigierte die *Nest des Eisvogels* um einen toten Baumstamm herum. „Lustig, wie uns alle für das unerträglichste Volk der Welt halten, bis etwas erledigt werden muss. Dann sind wir die unerhört schlauen Leute mit den Ideen."

Weidenspeer seufzte.

„Ihr dürft das nicht persönlich nehmen."

„Ich weiß nur eines: Wenn man einen nackten Yendri und ein nacktes Kind der Sonne in der Wildnis aussetzte, ohne etwas zu essen und ohne Platz zum Schlafen, würde der Yendri da sitzen und nichts tun, aus Angst, auf einen Grashalm zu treten. Das Kind der Sonne würde herausfinden, wie es sich Gewandung macht und Werkzeug und eine Unterkunft und – in zehn Generationen hätte das Kind der Sonne Städte und würde mit Waren handeln und – und hätte Kultur, verdammt noch mal, während der Yendri noch immer dort sitzen würde und Angst hätte, sich zu bewegen", sagte Schmied.

„Wenn ich mit Euch diskutieren würde, würde ich darauf hinweisen, dass das Kind der Sonne in zehn weiteren Generationen Krieg hätte, Hungersnot und Krankheiten, und der Yendri wäre noch immer da, und in zehn weiteren Generationen wäre das Kind der Sonne tot, hinterließe einen zerstörten Ort, wo kein Grashalm wüchse; und der Yendri wäre noch immer da", sagte Weidenspeer. „Wer ist also klüger, Schmied?"

„Ich weiß es nicht", sagte Fürst Ermenwyr, der an Deck kletterte. Stich folgte ihm. „Aber die einzige Möglichkeit, bei diesem dummen Experiment zu gewinnen, wäre, den nackten Yendri und das nackte Kind der Sonne von gegensätzlichem Geschlecht zu machen. Dann fiele ihnen etwas viel Interessanteres ein, das sie tun könnten. Was ist das für ein Getöse vor uns, Schmied?"

„Das werdet Ihr in einer Minute sehen", sagte Schmied. Sie kamen an einem langen Streifen Schlick mit sich sonnenden Wasserschlangen vorbei, gelb wie zusammengerolltes Messing, und erblickten das Becken des Reth.

Es öffnete vier Morgen Wald der Sonne, und das Wasser war klar wie flaschengrünes Glas, das endlos Wellen schlug, außer am Rand, wo der Rethestlin in einem weißen Sturzbach von der Klippe herab donnerte, an einem Absatz so hoch wie ein Haus. Grünende Farne, höher als ein Mensch, beugten sich von den Klippen und nährten sich von der benetzten Luft, die voller Regenbögen war. Winzige Dinger, möglicherweise Vögel, flatterten im Sonnenlicht, und gelegentlich stürzte sich einer von ihnen scheinbar selbstmörderisch in den Wasserfall.

Weidenspeer zeigte schweigend mit dem Finger. Am Ufer lag auf einer Seite eine offene Au. Zwei große Findlinge standen dort, in sie eingemeißelt waren Zeichen, wie bei den drei Steinen von Hlinjerith. Die gleichen Blumen waren um ihre Sockel gepflanzt, aber an diesem behüteteren Ort waren sie zu enormer Größe gewachsen. Die Dornenzweige der Rosen waren dick wie Weidenspeers Arm, die Mohnblüten so groß wie Teller, und die stehenden Steine wirkten im Vergleich kleiner. Ein Weg führte von ihnen an den Rand der Klippe, wo er sich in ausgedehnten Serpentinen nach oben schlängelte, leicht zu erklettern.

„Hier fiel der Sternenummantelte“, sagte Weidenspeer. Er atmete tief ein und sang: „‚Die ungebundenen, verlorenen Ehrfürchtigen führend, das Kind haltend, das Blut seines Körpers in jedem seiner Schritte; dies war der erste Ort, wo seine Kraft versagte, und er fiel von der Klippe. Das Kind stürzte mit ihm. Das Volk kam rasch herab, rennend, klagend, und fand Sie schwimmend, denn der Fluss wollte nicht die gesegnete, wunderbare Geliebte ertränken; und in Ihrer Faust hielt Sie den Saum seines Sternenmantels, wie Sie jetzt in Ihrer Hand die Himmel und alles, was in ihnen ist, hält, und so ward er getragen in die Luft, der unvollkommene Geliebte, und das Volk weinte um ihn; aber das Kind zog sein Haar, und er öffnete die Augen und lebte, und er war benommen, still, vergesslich lange Zeit, aber als er wieder sprach, war es, um Sie zu lobpreisen, und das Volk lobpreiste Sie. An diesem Ort wussten sie zum ersten Mal, dass Sie die Mutter der Stärke und der Barmherzigkeit war und knieten nieder und lobpreisten Sie.‘“

Fürst Ermenwyr verzog das Gesicht und sagte in vollkommen gewöhnlicher Stimmlage: „Also, Schmied, wie kommen wir den Wasserfall hinauf?“

„Das ist einfach“, sagte Schmied, als er die *Nest des Eisvogels* in das Becken steuerte. „Ihr besorgt eine Gruppe Mechaniker, mit einer kleinen Armee und schwerer Ausrüstung. Wir könnten einen Apparat aus Schleusen und Dämmen ausarbeiten, der uns in zehn Minuten nach oben bringt. Sollte nicht mehr als ein paar Jahre dauern."

„Haha", sagte Fürst Ermenwyr. „Nein, Schmied, im Ernst."

„Werft Anker!", befahl Schmied und öffnete den Sperrhahn, als ihm die Dämonen gehorchten. Dampf schoss weißlich nach draußen und fügte der Luft noch mehr Regenbögen hinzu, während er langsam nachließ. Das konstante Lärmen der Ruder hörte auf. „Im Ernst", sagte er.

„Seht mal, ich weiß zufällig, dass die Yendri ständig den Fluss hinauf kommen", sagte Fürst Ermenwyr hitzig.

„Nicht in einem dieser Segler", sagte Schmied.

„Könnt Ihr nicht etwas mit einem dieser, wie heißen die Dinger, Hebel machen? Einer meiner Erzieher, übrigens einer aus Eurem Volk, erzählte mir, man könne alles mit einem Hebel bewegen."

„Natürlich. Alles, was wir brauchen, ist ein Hebel, sagen wir mal, zehnmal so lang wie der Kiel, eine Stelle, an der wir ihn ausbalancieren können, und einen Ort, wo er stehen kann … oh, und Werkzeuge und Materialien, die wir zufällig nicht haben", sagte Schmied.

„Ihr seid in dieser Sache sinnlos negativ, oder nicht?"

„Warum nutzt Ihr denn keine Zauberei, Durchlaucht?"

Weidenspeer räusperte sich.

„Die Yendri", sagte er, „reisen in kleinen, leichten Booten. Wenn sie hier ankommen, steigen sie aus und tragen sie diesen Weg hinauf und oben die Böschung entlang, bis sie Segel setzen und wieder gegen die Strömung fahren können."

„Tragen", sagte Schmied. „Das einzige Problem ist, dass dieses Schiff mehr wiegt als ein Kanu."

„Coracle."

„Was auch immer."

Ermenwyr blickte hoffnungsvoll zu seinen Leibwächtern. „Was denkt ihr? Könnt ihr mein Boot dort hochtragen?"

Die drei Dämonen blinzelten ihn an.

„Ja, Herr", sagte Schnitt, alle drei sprangen über Bord, und einen Moment später schaukelte die *Nest des Eisvogels* auf dem Wasser, als ihr Anker über den Grund schleifte.

„Nein! Wartet!", rief Schmied rückwärts taumelnd, da der Bug sich aus dem Wasser hob. „Das wird nicht klappen!"

„Ihr kennt Dämonen nicht!", rief Fürst Ermenwyr fröhlich, während er seine Arme um den Mast schlang.

Das Heck hob sich aus dem Wasser, und zu Schmieds Erstaunen ruckte das ganze Schiff zielgerichtet zum Ufer ...

Plötzlich ertönte ein äußerst merkwürdiges, unangenehmes Geräusch, und ihr Bug sackte nach unten.

Weidenspeer, der sich an die Reling geklammert hatte, sah hinunter, um zu sehen, was passiert war. Er sagte bestürzt etwas auf Yendri.

„Herr", sagte eine jammernde Stimme von unter ihnen. „Ich fürchte, Quetsch braucht jetzt auch einen neuen Körper."

Fürst Ermenwyr schnäuzte sich.

„Nein", sagte er jämmerlich, „ich muss das machen. Aber ich will verdammt sein, wenn ich das in diesen Klamotten mache."

Er zerrte tapfer und ergebnislos an seinem Stiefel, bis sich Weidenspeer erhob, zu ihm ging und den Fuß des jungen Fürsten in die Hand nahm.

„Zieht", riet er.

„Danke."

Sie saßen auf der Leeseite der *Nest des Eisvogels*, die wie ein gigantischer gestrandeter Wal aussah, so wie sie da am Ufer lag. Schmied hatte ein Feuerchen gemacht und gab gelegentlich

Zweige hinzu, aber es konnte nicht viel gegen die Feuchtigkeit und zunehmende Dunkelheit ausrichten. Fürst Ermenwyr zog sich schnell aus, nachdem auch sein anderer Stiefel sich gelöst hatte. Er stand zitternd und blass in der purpurnen Dämmerung.

„Also", sagte er und tastete sich am Ufer entlang, bis er einen abgebrochenen Ast von passender Größe fand. Er zupfte die Blätter und Zweige ab und erhielt etwas, das als Stab durchgehen konnte. Vor sich hinmurmelnd ging er eine bestimmte Anzahl an Schritten, wendete und begann, den Umriss eines Körpers in den Schlamm zu zeichnen.

Er arbeitete schnell und gab sich keine Mühe mit den Einzelheiten. Das Ergebnis war ein kantiges, kastenförmiges Ding, das nicht besonders menschlich aussah, mit einer geritzten Kerbe als Mund und zwei hastig hineingestochenen Löchern als Augen. Aber es hatte eine bemerkenswerte Ähnlichkeit mit Schnitt und Stich, die wie Felsbrocken im Feuerschein saßen und ihn beobachteten.

„Da ist der alte Qual", sagte er, zufrieden nickend. „Jetzt Quetsch."

Er zeichnete eine weitere Gestalt von derselben Größe und generellen Erscheinung.

„Er kann sie also wirklich … wieder verkörperlichen?", fragte Schmied Weidenspeer leise. Der nickte. „Wie das?"

„Es ist die Fähigkeit seines Herrn Vater", sagte Weidenspeer genauso leise, aber Schnitt und Stich hörten ihn und knieten nieder. „Sein Herr Vater kann mit den Geistern der Luft reden. Er bindet sie in seinen Dienst und gibt ihnen dafür stoffliche Körper, damit sie Leben so wie wir erfahren können."

Schmied stocherte im Feuer und dachte nach.

„Hat sein Vater, äh, Balnshik entstehen lassen?", fragte er.

„Vor langer Zeit", sagte Weidenspeer. „Er hat das Fleisch geformt, das sie trägt."

„Er ist also ein ziemlicher Künstler, da habt Ihr recht“, sagte Schmied.

„Mein Fürst ist noch sehr jung und lernt das Handwerk erst“, sagte Weidenspeer ein wenig entschuldigend, als er über die Schulter zu Schnitt und Stich blickte. „Aber er hat die Kraft seines Vaters und ist der Sohn seiner Mama.“

„Fürst Eyrdway auch“, sagte Schmied. „Wie kann man erklären, dass jemand wie er das Kind des leibhaftig Guten ist?“

Weidenspeer wirkte gequält. „Fürst Eyrdway wurde unter, hm, Umständen gezeugt, die … seine Entwicklung beeinflussten.“

„Zu viel Magie?“

„Eventuell. Er ist ein Tragaba, ein … moralischer Idiot. Wie ein Tier kann er nichts für das, was er tut. Wohingegen mein Herr Ermenwyr sehr genau weiß, wann er ein unerträglicher, kleiner ...“

„Ich sollte zwei weitere machen, denkt Ihr nicht auch?“, drang Fürst Ermenwyrs Stimme aus der Dunkelheit zu ihnen.

„Gute Idee“, rief Schmied zurück, aber Weidenspeer dreht sich hastig um.

„Ist das klug, mein Fürst?“

„Ja, wenn wir weiter flussaufwärts kommen wollen“, lautete die Antwort.

„Was ist?“, fragte Schmied.

„Es ist keine einfache Angelegenheit“, sagte Weidenspeer, „Leben zu geben.“

Sie saßen eine Weile schweigsam da, und Schmied ließ das Feuer ein wenig herunterbrennen, sodass sie weiter ins Dunkel sehen konnten. Sie beobachteten, wie die bleiche Gestalt sich am Ufer entlang bewegte, sich im Sternenlicht neben jede der Gestalten, die sie gezeichnet hatte, hockte. Eine nach der anderen grub er eigenhändig entlang ihrer Umrisse aus, schöpfte genug Erde ab, um die Zeichnung in ein Flachrelief und dann in eine Statue, die in einem flachen Loch lag, zu verwandeln.

Schließlich sahen sie, wie er zurückkam. Er war naß, schmutzig und wirkte nicht länger elegant; seine Augen schienen vor Erschöpfung tief in seinem Schädel zu liegen.

„Wein, bitte", sagte er. Schmied gab ihm die Flasche, aus der er getrunken hatte, aber er schüttelte seinen Kopf.

„Ich brauche einen Becher Wein", sagte Ermenwyr, „und eine Athame. Ein Stiefelmesser sollte ausreichen, schätze ich."

Schmied fischte eines seiner Wurfmesser aus dem Stiefelschaft und gab es ihm mit dem Griff voran, während Weidenspeer Wein in eine Teetasse goss, die sie aus der Galeere mitgebracht hatten.

„Danke", sagte Fürst Ermenwyr und trottete wieder in die Nacht zurück. Sie hörten ihn eine Zeit lang im Dunkeln murmeln und konnten gerade so sehen, wie er von einem Schlammloch zum nächsten wanderte. Weidenspeer wandte den Blick ab und legte mehr Holz ins Feuer.

„Er wird Wärme brauchen, wenn das vorbei ist", sagte er. „Ich wünschte, in all dem unbekömmlichen Durcheinander an Eingelegtem und Süßem, das er mitgenommen hat, wäre etwas Brauchbares, um eine einfache Bouillon zu machen."

Die Nacht zog weiter. Sie hörten ihn lange im Dunkeln singen, und dann, als der Mond spät über den Baumwipfeln aufging, sahen sie ihn. Er stand bewegungslos da, die Arme erhoben, gen Himmel blickend. Als das bleiche Licht auf die Böschung fiel und das Becken des Reth erhellte, erhob sich seine Stimme: geschmeidig, herrisch, doch irgendwie auch einschmeichelnd und verzweifelt. Er sprach in keiner Sprache, die Schmied kannte. Er machte seltsame Gesten mit den Händen, als wolle er die Sterne herab locken …

Die Luft über dem ersten Loch knisterte himmelblau. Sie wurde zu einer Masse aus strahlenden Funken, die sich langsam auf der Gestalt darin niederließen. Schmied hielt sich die Hand vor die Augen, denn die Lichtung wurde heller als am Tag, und dumpfe, dunkle Schatten erstreckten sich von den Baumstämmen über das Becken, als sich eine weitere Masse aus Licht über dem zweiten Loch bildete, und über dem dritten, und dann über dem vierten. Leuchtend sanken sie herab, und die vier liegenden Gestalten fingen Feuer.

Wusch. Das Feuer verglomm. Es herrschten Dunkel und vollkommene Stille. Selbst die Geräusche des nächtlichen Waldes waren verstummt, selbst das unnachgiebige Getöse des fallenden Wassers. Hatte das Wasser aufgehört zu fließen? Dann erhob sich neben Schmied ein Schatten vor den Sternen, und er hörte Weidenspeer auf Yendri schreien. Die Geräusche kehrten allmählich zurück, als wären sie verschreckt gewesen.

„Alles in Ordnung", lautete die Antwort, die schwach, aber erleichtert klang.

Weidenspeer setzte sich wieder, aber Schnitt und Stich erhoben sich und starrten in die Dunkelheit.

„Scheint funktioniert zu haben." Fürst Ermenwyrs Stimme war näher. „Kommt. Eins-zwei-eins-zwei. Genau."

Im zurückkehrenden Mondlicht sah Schmied den jungen Fürsten, der eher taumelte, als er vier riesige Gestalten am Ufer des Beckens entlangführte.

„Seht ihr? Hier sind wieder unser Quetsch und unser Qual", sagte er und lachte etwas atemlos. „Wie versprochen."

„Jetzt sind wir eine Gruppe von sechs!", sagte Schnitt mit leisem Stolz.

„Herr, wie ist unser Name?", fragte einer der Riesen.

„Ja, ihr müsst Namen haben, nicht wahr, ihr Neulinge?" Fürst Ermenwyr erreichte die *Nest des Eisvogels* und sah traurig auf die Asche des Feuers. „Oh, Mist. Nein! Nein! So wollen wir niemanden nennen!"

Kichernd wandte er sich wieder an seine Lakaien und hob eine bebende Hand, um der Reihe nach auf sie zu zeigen.

„Dein Name ist, äh, Knüppel, und deiner ist … Schmetter, wie wär's damit?“ Sein ganzer Körper zitterte jetzt, als er jubelnd lachte. „Ist das nicht brillant?“

Dann verdrehte er die Augen und fiel vorwärts in den Schmutz.

Nichts konnte das Feuer neu entfachen, also bereiteten sie ihm eine Bettstatt in einem der schrägen Prunkzimmer, stapelten Matratzen auf das, was zur Zeit der Boden war, und wickelten ihn auf Weidenspeers Rat hin fest in Decken ein.

„Er hat sich erkältet“, sagte Weidenspeer und blickte unglücklich auf ihn herab.

„Er hätte seine Gewandung anbehalten sollen“, grummelte Schmied, der an der Kabinendecke entlangkroch, um noch mehr Decken und eine weitere Flasche Wein zu holen.

Sie lagerten zu beiden Seiten des jungen Fürsten, beengt, aber warm, lagen im Dunkeln und lauschten den Nachtgeräuschen.

„Wenn ihm etwas passiert, was dann?“, fragte Schmied schließlich. „Drehen wir um und gehen?“

Er hörte Weidenspeer seufzen.

„Wenn Madame Svnae wirklich in Gefahr ist, dann ist es meine Pflicht, ihr zu Hilfe zu eilen.“

„Aber Ihr seid verheiratet“, sagte Schmied. „Ihr werdet bald Vater. Vermisst Ihr Hellbrenn nicht?“

„Mehr, als Ihr Euch vorstellen könnt“, antwortete Weidenspeer.

„Auch wenn ich mir vorstellen kann, dass es mit Euch beiden in dem Mansardenzimmer ein wenig eng ist …“ Schmied fügte nicht hinzu: „… und der Klang von Hellbrenns Stimme mich nach einem Monat aus dem Haus und zur See treiben würde.“

„Nein.“ Weidenspeer streckte sich im Dunkeln und legte die Arme hinter den Kopf. „Es ist ein Paradies. Im Sommer ist es so warm … in einer Nacht haben wir … da war eine Kiste mit Kindermalfarben im Lager. Ein Gast hatte sie wohl zurückgelassen. Wir nahmen sie und bemalten einander. Orchideen und Schlingpflanzen, die sich um unser Fleisch wanden. Ungeahnte Tiere. Flügel. Flammensäulen. Flussläufe. Die Sterne schienen durch die Löcher in den Schindeln, und wir stellten uns vor, wir sähen sie durch die Wipfel eines Urwalds. Das ganze Haus schlief ruhig in der Hitze, aber wir beide waren wach, erkundeten … die Nachtinsekten sangen, und an uns rann der Schweiß hinab, und die Farbe verlief auf ihrem kleinen Körper, und sie fiel über mich her, sie war ein Kolibri auf der Suche nach Nektar … und danach rannten wir Hand in Hand die Treppen hinab, nackt wie Geister, und badeten im Brunnen im Garten. Wir stellten uns vor, es sei ein See im Dschungel. ‚Oh‘, sagte sie, ‚wäre es nicht schrecklich, wenn uns irgendjemand so sehen würde?‘, und ihre Augen leuchteten so …“

Er verstummte. Schmied trank mehr Wein, in Erinnerung versunken.

„Wart Ihr je so verliebt?“, fragte Weidenspeer schließlich.

„Nicht wirklich“, sagte Schmied. „Ich war nie irgendwo lange genug. Meine Mutter starb, als ich ein Säugling war, also … hat mich die Familie meiner Tante aufgenommen, und ich musste für meine Unterkunft arbeiten, also wurde ich früh in die Lehre geschickt. Eines Nachts kam ich von der Auslieferung einer Bestellung zurück und … irgendwelche Diebe überfielen mich. Ich habe alle drei getötet. Ich stand da, Leichen überall um mich herum, zu Tode erschrocken über das, was ich getan hatte. Also bin ich weggerannt und zur See gegangen, und später war ich beim Militär, und noch später … also war ich nie an einem Ort, an dem man das Mädchen trifft, mit dem man sich niederlässt.

Jede Menge Weiber, aber, wisst Ihr … man kommt einfach zur Sache. Es ist nicht sonderlich romantisch."

Stille. Schließlich sagte Schmied: „Ihr könntet gehen. Ich könnte weitergehen und die Frau retten. Ich habe nicht viel zu verlieren, und ich kann besser mit Waffen umgehen."

„Das bezweifle ich nicht", sagte Weidenspeer. „Aber was würde Mama sagen, Schmied?"

„Ihr glaubt, Fenallise würde mich vermissen?", blinzelte Schmied. Das war ihm nie in den Sinn gekommen.

„Natürlich", entgegnete Weidenspeer, „und ich bin immer noch durch die Ehre gebunden. Madame Svnaes Mutter hat mich aufgezogen, Schmied. Sie hat mich auf den Weg geführt, der mich zu meiner eigenen Mutter und meiner Frau brachte. Wenn Ihre Tochter in Gefahr ist, wie kann ich da kneifen?"

„Ich schätze, gar nicht", stimmte Schmied zu.

„Es könnte sogar sein", sagte Weidenspeer geistesabwesend, „dass dies ein göttlicher Auftrag ist, und Sie möchte, dass ich weiterreise. Sie kennt den Weg eines jeden Sterns am Himmel und all die Wege der Ströme in die große See; und den Weg eines jeden Menschen durch das Leben, Sie kennt ihn, Schmied. Selbst Euren. Selbst meinen."

Eine undeutliche Stimme sprach in der Nacht.

„Du wirst nie aufhören, sie zu verehren, oder?", sagte Fürst Ermenwyr. „Gib mir Wein."

„Ja, mein Fürst." Weidenspeer half ihm auf. Schmied gab ihm die Flasche. Fürst Ermenwyr trank und lehnte sich mit einem Seufzen zurück.

„‚Ja, mein Fürst', sagt er. Warum sollte ich dein Fürst sein? Mein ganzes Leben lang, selbst als ich ein rotznäsiges, kleines Ding in Windeln war, hast du mit deinen großen Augen meine Familie angesehen, als wären wir Könige und Königinnen", sagte Lord Ermenwyr heiser. „Du und die Dienstboten. ‚Ja, mein Fürst, ja, Herr, kniet vor eurer Frau Mutter!' All ihre verdammten Jünger, die auf Knien auf unseren Berg kletterten und erwarteten, dass sie all ihre Probleme für sie löste!"

„Aber das hat Sie immer getan", sagte Weidenspeer.

„Das ist der schlimmste Teil", entgegnete Fürst Ermenwyr. „Sie tut es. Weißt du, wie es ist, mit einer Mutter aufzuwachsen, die alles weiß? Du, du blickst in ihre Augen und du siehst – was du wirklich bist ..."

Er verfiel in einen Hustenanfall. Weidenspeer kroch fort und kehrte mit seiner Arztausrüstung und der Kiste, die Fürst Ermenwyrs Medizin enthielt, unsicher durch die Dunkelheit zurück. Er zog ein versiegeltes Gefäß aus seiner Ausrüstung und schüttelte es heftig. Zu Schmieds Erstaunen begann es sofort in einem kühlen, grünlichen Licht zu leuchten.

„Ich dachte, Ihr beherrscht keine Magie", sagte er.

„Tue ich auch nicht", antwortete Weidenspeer. Er steckte eine Arzneipatrone in die Kolibrinadel und gab Fürst Ermenwyr eine Spritze. „Habt Ihr je Meeresleuchten gesehen? Es funktioniert genauso. Bleibt ruhig liegen, mein Fürst."

Der junge Fürst ließ sich sinken, lag schwer atmend da und wirkte im feenhaften Licht noch mehr wie eine Leiche.

„Mach das aus", verlangte er. „Ich will ruhen."

„Sofort, mein Fürst." Mit zusammengepressten Lippen legte Weidenspeer das Gefäß zurück in die Kiste und schloss den Deckel.

„Du kannst dir diesen Ausdruck gleich vom Gesicht wischen." Fürst Ermenwyrs Stimme drang aus der plötzlichen Finsternis. „Du weißt, ich leide unter Schlaflosigkeit. Wusstet Ihr das, Schmied? Chronisch, seit ich ein Baby war."

„Wirklich?" Schmied legte sich wieder hin und zog die Decke hoch.

„Nichts half, außer bei Mama und Papa zu schlafen. Ich hasste das Schlafzimmer. Eyrdway kam und nahm am Fußende meines Kinderbettes schreckliche Formen an, bis Svnae aufstand und ihn mit ihrem Holzdrachen schlug. Ich rannte zur Tür hinaus, den langen, dunklen Gang hinunter, unter den Beinen der Wachen hindurch. Ich kletterte in Mutters und Papas Bett.

Papa knurrte, aber Mutter war immer so sanft, auf ihre schonungslose Art, und erklärte, ich könne nicht in ihrem Bett bleiben, aber sie würde mich zurückbringen und bei mir bleiben, bis ich eingeschlafen war. Die Dienstboten bereiteten ihr ein Bett neben meinem. Sie sagte, wir würden einschlafen. Ich schloss die Augen, aber ich konnte mein Herz schlagen hören, und das machte mir immer Angst, denn was, wenn es aufhörte?

Also öffnete ich schließlich die Augen. Mama schlief, und ich dachte: Mama weiß alles, selbst Papas Diener sagen das, und sie ist all das Gute in der Welt, und sie schläft. Was geschieht mit der Welt, wenn das Gute schläft?

Ich wette, das hast du dich nie gefragt, Weidenspeer."

„Nein." Weidenspeer klang erschöpft.

„Ich schon. Ich war seither zu verängstigt, um zu schlafen."

„Mein Fürst", sagte Schmied. „Wir haben morgen viel zu tun."

Verdrießliche Stille folgte und blieb.

Ein oder zwei Mal ertönten kurze Schreie aus dem Wald. Schmied sagte sich, es wären Tiere, und schlief ein.

Er war dennoch vorsichtig, als er in den Morgen hinauskroch.

„Kind der Sonne."

Schmied begegnete dem Blick sechs Paar tiefroter Augen auf seiner eigenen Höhe, ehe er sich über die Reling schwang und auf den Boden fallen ließ. Er landete fast auf einem reglosen Körper und taumelte zurück; aber es war nur ein Hirsch, oder war es gewesen, denn man hatte ihm den Kopf abgerissen, und er war ungeschickt, wenn auch gründlich, ausgeweidet worden.

„Wir haben gejagt“, sagte Schnitt. „Jetzt kann unser Herr Bouillon haben.“

„Das war eine gute Idee“, sagte Schmied zu Schnitt aufblickend. Er starrte mit offenem Mund, als er den grünen Pfeil sah, der zwischen Schnitts Augen hervorragte. „Halt still.“

Besonders behutsam griff er hinauf und zog den Pfeil heraus. Schnitt machte ein seltsames Geräusch. Es war so etwas wie eine tiefe Note, auf einer Bogensehne gespielt, und das ferne Krachen von Eis, das ins Polarmeer stürzte.

„Wir haben gejagt“, wiederholte er zufrieden.

Als die Sonne sich über die Baumwipfel erhoben hatte, schien sie auf die *Nest des Eisvogels* hinab, die langsam auf den Schultern von Schnitt, Quetsch, Knüppel, Stich, Qual und Schmetter ihren Weg den Pfad hinaufkroch. Schmied und Weidenspeer gingen voran, um wild auf die Äste und Zweige des näheren Waldrandes einzuschlagen und ihnen so Platz zu schaffen. Schmied hatte nur das Spaltbeil und Weidenspeer das größte Fleischmesser aus der Schiffsküche, sodass die Arbeit nicht so schnell voranging, wie sie es hätte tun können.

Nichtsdestotrotz kamen sie schwitzend und triumphierend oben auf der Klippe an, ehe die Sonne im Zenit stand, und am Nachmittag schepperte die *Nest des Eisvogels* endlich wieder flussaufwärts. Ihr Besitzer, der die ganze, bemerkenswerte Reise in seiner Koje verbracht hatte, eingewickelt in Laken wie ein toter Stammesfürst in einer besonders prächtigen Gruft, schlief tief und fest und war sich somit seines Glücks nicht bewusst.

Aber er saß aufrecht im Bett und rauchte, als Schmied am Abend den Anker auswarf und nach unten kam.

„Gut gemacht, Schmied", rief er heiter. „Ich muss daran denken, Euch Eure eigene feine, glänzende Machete zu kaufen, wenn das alles vorbei ist, und auch eine für Weidenspeer."

„Ihr seid also nicht wieder gestorben." Schmied lehnte gegen die Kabinendecke. Seine Arme fühlten sich an, als hätte er den ganzen Tag auf Stahl eingehämmert. „Hervorragend."

„Muss diese ganze gottverdammte frische Luft sein", sagte Fürst Ermenwyr und blies einen Rauchring. „Unser bescheidener Diener Weidenspeer hat tatsächlich Fleisch in die Hand genommen, um mir eine Tasse Bouillon zu machen, könnt Ihr Euch das vorstellen, und hat für Euch die Rippen von was immer es war gebraten. Sie sind in der Küche."

„Kombüse", sagte Schmied automatisch.

„In dem abgedeckten, violetten Geschirr", rief Weidenspeer.

Mit dankbarem Herzen eilte Schmied hinein und stellte fest, dass Weidenspeer von seiner Mama tatsächlich das Talent fürs Kochen geerbt hatte. Er trug einen Teller zurück ins Prunkzimmer des jungen Lords.

„Wie weit noch bis zum Kloster?", erkundigte er sich, während er sich mit einem Messer ein Stück abschnitt. „Ich bin heute dreimal in die Takelage geklettert und konnte das Gebäude nirgends sehen."

„Oh, nun, es ist nicht das, was wir für ein Gebäude halten würden", sagte Fürst Ermenwyr herablassend. Weidenspeer blickte empört.

„Die Brüder leben in offenen Wohnlauben", sagte er. „Sie brauchen nicht mehr, denn sie besitzen nichts, was die Luft versehren kann."

„Außer Schriften", sagte Fürst Ermenwyr.

„Sie haben eine Bibliothek", räumte Weidenspeer ein.

„Also haben sie ein Bauwerk?", fragte Schmied mit vollem Mund.

„Nein; die Bibliothek liegt in einer tiefen Kaverne“, erläuterte Weidenspeer. „Alle Sendschreiben der Dame werden dort verwahrt.“

„Also … kann ich irgendwie erkennen, dass wir nah sind?“

„Oh, Ihr könnt es nicht verpassen“, sagte Fürst Ermenwyr. „Es gibt dort diese gewaltige Felsspitze, und der Fluss führt dahinter durch eine Felsschlucht. Es gibt sogar einen Landesteg.“

„Klasse“, sagte Schmied. „Je schneller wir das hinter uns bringen, desto besser.“

Er erzählte ihnen von dem Pfeil, den er in Schnitt gefunden hatte. Ermenwyr blickte ernst.

„Bei den neun Höllen. Ich hätte gedacht, die standhaften Waisen wären inzwischen alle für den großen Krieg in Hlinjerith. Naja, vielleicht haben die Jungs ja alle erwischt.“

„Wir müssen auf dem Heimweg an Hlinjerith vorbei!“, sagte Schmied.

„Regt Euch nicht auf! Ich werde hier unten sein, außer Sicht. Wenn Ihr einfach daran vorbeisegelt, sollten sie Euch nicht stören“, sagte Fürst Ermenwyr. „Außer, dass sie ein wenig auf Euch schießen.“

„So etwas würden sie nicht tun“, sagte Weidenspeer ernst. „Sie gehen sicher dorthin, um einen heiligen Ort zu beschützen und zu keinem anderen Zweck.“

„Aber wenn man es richtig mit der, ähm, Tide und dem ganzen nautischen Kram abpasst, sind sie vorbei ehe man es merkt“, versicherte ihm Fürst Ermenwyr.

Als er am nächsten Tag in die Takelage kletterte, während ein heißer Wind mit dem Geruch von Wald und Ebene die Segel blähte, ohne einen Hauch von Seeluft, sah Schmied Rethkast.

Es sah aus wie eine Felsenfaust, die im Land stand, ein unwirklicher Berg, der einsam aufragte und in seltsamen Farben geädert war. Schmied konnte zunächst keine Anzeichen von Häusern sehen, aber während er darauf starrte, glaubte er, eine gewisse Gleichmäßigkeit im Grün entlang des Talbodens unter dem Felsen wahrzunehmen, in langen Reihen. Er beobachtete sie, bis sich eine Hügelkette vor ihm erhob und alles außer dem Felsen verbarg, und berichtete Weidenspeer davon, als er hinunterkam.

„Das müssten die Obstplantagen und der Garten sein", sagte Weidenspeer frohgemut.

„Was pflanzen sie an?", fragte Schmied.

„Heilkräuter", entgegnete Weidenspeer. „Die Dame sendet die Sämereien und Ableger mit Ihren Schreiben, Sorten aus eigener Züchtung, deren Zweck Sie uns noch nicht zu offenbaren wünschte. Sie pflegen diesen Garten seit dreißig Jahren in Ihrem Namen, in diesem offenen Land, wo die Luft mild und warm ist."

„Dreißig Jahre?" Schmied war überrascht. „Wir können nichts länger als zwei Jahre anpflanzen, ehe das Land stirbt."

„Was meint Ihr mit ‚das Land stirbt'?"

„Nun, wisst Ihr, im ersten Jahr wachsen die Kohlköpfe gut, dann im zweiten Jahr sind sie nicht ganz so groß, und im nächsten Jahr kommt das ganze weiße Zeug aus der Erde hoch und die Kohlköpfe sind winzig und gelb", sagte Schmied. „Kann man nichts machen, außer weiterwandern. Das einzige Land, wo das nicht passiert, sind die Getreidefelder um Troon, weil die Gerste von selbst wächst. Wir ernten sie nur."

„Ihr habt noch nie von Fruchtwechsel gehört?"

„Was ist das?"

Weidenspeer drehte sich um, starrte ihn an und sagte einen Moment lang nichts. Schließlich sprach er: „Gnädige Mutter aller Dinge, kein Wunder, dass Euer Volk wie Heuschrecken durch die Welt wandert!“

„Was zur Hölle ist Fruchtwechsel? Hat das mit Bewässerung zu tun? Denn wir wissen, wie man das macht; unsere Aquädukte bringen Wasser überall hin“, sagte Schmied defensiv. „Wir haben Wüsten erblühen lassen, wisst Ihr. Nur nicht länger als zwei Jahre.“

„Aber Ihr könnt nicht ...“, begann Weidenspeer.

Er drehte sich um und taumelte vom Steuerrad weg, und Schmied sprang hinter das Rad. „Wir wissen auch, wie man steuert“, blaffte er.

Weidenspeer ließ sich auf ein Fass fallen und hielt sein Haupt in den Händen. „Die ganze Zeit dachte ich ...“

„Ihr wärt besser als wir“, sagte Schmied. „Ich weiß.“

„Nein! Ich versuchte, Eurem Volk den Weg der unermüdlichen Mutter zu zeigen. Ich habe sie das Meditieren und Gebete gelehrt. Was ich ihnen die ganze Zeit hätte erklären sollen, ist schlicht wie man gärtnert“, sagte Weidenspeer.

Schmied zuckte die Achseln. „Was immer Ihr mir erzähltet, ich habe nie geglaubt, dass es so leicht wäre, dass man nur immer wieder den Namen der grünen Heiligen zu sagen braucht.“

„Wenn Ihr nur den Dreck, den Ihr in die See schüttet, nehmen und stattdessen auf Eure Felder kippen würdet ...“ Weidenspeer erhob sich und schritt in seiner Aufregung auf dem Deck auf und ab.

„Also nehme ich an, dass Orgien zwischen den Völkern auch nicht die Antwort sind?“

„Nein – es muss Liebe geben. Es muss Rücksicht und Glauben geben. Aber – es braucht noch viel mehr, oder nichts wird irgendetwas nützen! Es ist kompliziert.“

„Nun, nichts ist einfach, Junge“, sagte Schmied. „Nicht eine gottverdammte Sache in dieser Welt ist einfach.“

Weidenspeer antwortete nicht, sondern starrte voraus zur Felsspitze von Rethkast.

„Es ist gut, dass Ihr das jetzt rausfindet, da Ihr bald Vater sein werdet", fügte Schmied hinzu. „Übrigens ... war das Hexerei, neulich nachts, das mit dem kalten Licht im Glas?"

„Nein", sagte Weidenspeer. „Es waren die zerriebenen Leiber bestimmter Fliegen in einer Lösung aus bestimmten Salzen. Wenn Ihr sie mischt, wird die Mischung leuchten. Wenn das Pulver sich absetzt, lässt das Leuchten nach und erlischt. Eine Erfindung der Dame." Er sah Schmied seltsam an. „Aber die Gefäße muss Sie sich von Eurem Volk besorgen. Die Yendri haben nie erlernt, wie man Glas macht."

Als sie näher kamen, wurden sie zurückgetrieben, denn jetzt verengte sich der Fluss zwischen den hohen Hügeln, und die Strömung hatte mehr Kraft. Aber die *Nest des Eisvogels* hisste alle Segel, und mit starkem Wind und den Dampfrudern auf voller Kraft kamen sie schließlich voran und gingen in einem Nebenarm vor Anker, wo in der Tat ein Landesteg auf sie wartete.

„Also, wo ist diese Hintertür?", fragte Schmied, der die steile Felswand empor starrte.

„Wir müssen hinaufklettern und anklopfen", sagte Fürst Ermenwyr, der seinen Hut in einem verwegenen Winkel aufsetzte. „Wie sieht das aus? Entsprechend abenteuerlich? Ein geeigneter Aufzug, um einer Frau den Kopf zu verdrehen?"

„Ich schätze schon. Wie kommen wir da rauf?"

„Es gibt Stufen, die mit teuflischer Schläue verborgen sind", entgegnete der junge Fürst.

„Hier", sagte Weidenspeer mit dem Finger zeigend, und nachdem Schmied einen Augenblick lang gesucht hatte, entdeckte er sie: grobe Stufen, die aus dem Stein gehauen worden waren und in einem solchen Winkel standen, dass sie zwischen den wirren Farbwirbeln der Gesteinsschichten beinahe unsichtbar waren. Sie führten in steilem Winkel nach oben. Es gab weder Haltegriffe noch irgendein Geländer, das Schmied sehen konnte.

„Jungs, ihr wartet hier", sagte Fürst Ermenwyr seinen Leibwächtern. Sie nickten düster und nahmen auf Deck Haltung an.

„Was ist mit dieser Bedrohung, vor der wir Eure Schwester retten sollen?", fragte Schmied. „Wären sie nicht nützlich, falls wir gegen jemanden kämpfen sollten?"

Fürst Ermenwyr prüfte sein Bild in einem Taschenspiegel. „Ich muss zugeben, Schmied, dass ich das Ausmaß der Gefahr, in der Svnae sich befindet, vielleicht ein kleines bisschen übertrieben dargestellt haben könnte", sagte er. „Es ist eher eine Art furchtbar peinlicher Klemme, um ehrlich zu sein."

„Ich verstehe", sagte Weidenspeer mit frostiger Stimme.

„Nein, tust du nicht, und werde mir gegenüber nicht gleich so verdrossen!", sagte Fürst Ermenwyr. „Alles wird sich zur rechten Zeit aufklären. Aber jetzt wollen wir uns um unsere eigenen kleinen Angelegenheiten kümmern und unserem Lehnsherrn folgen, ja?"

Er stieg die Stufen hinauf. Nachdem sie einander einen Moment lang angesehen hatten, seufzten Schmied und Weidenspeer und folgten ihm.

Sie kletterten einige Minuten beharrlich aufwärts, während die Treppe sich zunächst nach links und rechts wand, aber Schmied konnte nichts entdecken, das einem Durchgang oder auch nur einem Höhleneingang ähnlich gesehen hätte.

„Kann mir nicht vorstellen, wer diese ganzen teuflisch verborgenen Stufen aus dem Stein gehauen hat", brummte er, „es sei denn, es war eines von uns armen, unwissenden Kindern der Sonne. Wir sind so schlau bei kleinen, technischen Leistungen wie dieser."

„Oh, seid still“, sagte Fürst Ermenwyr um Atem ringend. Er lehnte sich an einer etwas breiteren Stelle gegen die Wand und wies sie an, an ihm vorbeizugehen. „Geht weiter, verdammt. Aber wartet oben, bis ich da bin! Ich klopfe an.“

„Ich hatte eine plötzliche Erkenntnis, Schmied“, sagte Weidenspeer, als sie weitergingen.

„Wirklich?“, schnaufte Schmied.

„Es gibt eine Parabel, die die Dame erzählt. Ich werde sie Euch übersetzen. Der Trevani Luvendashyll reist durch den Wald. Er gelangt zu einer Siedlung, er sieht eine Frau klagen. ‚Wie kann ich Euch helfen?‘, fragt er sie. ‚Was ist los?‘ Sie sagt beziehungsweise er denkt, dass sie sagt: ‚Oh, guter Herr, ich brauche Weisheit!‘

Er sagt: ‚Mein Kind, Ihr müsst einen langen Pfad bewandern, um Weisheit zu finden, denn sie ist nicht leicht zu erlangen. Ihr müsst kämpfen, leiden und mit allen reden, denen Ihr begegnet, ihre Lebensweisen studieren und lernen, was in ihren Herzen ist; und selbst dann werdet Ihr nur begonnen haben, Weisheit zu finden.‘ Die Frau erwidert: ‚Nein, nein, das kann nicht stimmen! Könnt Ihr mir nicht Weisheit geben?‘

Luvendashyll sagt: ‚Ich habe ein wenig Weisheit, mein Kind, aber ich kann sie nicht so leicht weitergeben. Ihr werdet meine Jüngerin werden und alles, was Ihr besitzt, jenen geben müssen, denen es schlechter geht als Euch, und Ihr müsst mit mir an die Enden der Erde reisen und hören, wie ich mit anderen Trevanion debattiere; und in zwanzig Jahren kann ich Euch vielleicht ein wenig Weisheit geben. Oder es mag sein, dass die Weisheit anderer Trevanion besser scheint und Ihr mich verlasst und bei ihnen für zwanzig Jahre in die Lehre geht, sodass sie Euch vielleicht Weisheit geben.‘

Die Frau wird wütend und sagt: ‚Das ist lächerlich! Warum sollte ich all das tun, um ein wenig Weisheit zu bekommen?‘ Also ist Luvendashyll beleidigt und sagt: ‚Ungeduldige Frau! Ihr wisst nicht, was ich durchmachen musste, um die Weisheit zu erlangen, die ich habe. Ich habe von frühester Kindheit an bei meinem Lehrmeister gelernt, um seine Weisheit zu erlangen. Ich verbrachte viele Tage liegend an einem dunklen Ort und lauschte den sieben Geschichten von Jish, wiederholte sie für meinen Lehrmeister, bis ich sie auswendig konnte, um seine Weisheit zu erlangen. Ich darbte und schlug meinen Rücken mit einem verknoteten Seil, und dennoch war mir am Ende nur ein wenig Weisheit vergönnt, denn mein Meister trennte sich nicht gern von seiner großen Weisheit.'

Die Frau sagt: ‚Seht, ich will nur Weisheit, denn die, die ich habe, hat ein Loch, und meine Eicheln fallen immer raus!"

„Hä?", sagte Schmied.

„Der Trevani Luvendashyll hatte die Frau missverstanden", erklärte Weidenspeer. „Auf Yendri ist es eine lustige Geschichte, denn er denkt, sie hätte ihn um Weisheit gebeten, Trev'nanori, obwohl sie eigentlich die ganze Zeit um einen neuen Korb gebeten hatte, 'tren atnori'e."

„Oh", sagte Schmied.

„Eure Verwirrung fügt der Parabel eine weitere Ebene hinzu, denn Ihr sprecht gar kein Yendri", sagte Weidenspeer, der in seiner Begeisterung große Schritte aufwärts machte, „und zum ersten Mal sehe ich die verborgene Bedeutung darin!"

„Ich fand sie nie so besonders lustig", sagte Ermenwyr mürrisch, der sich hinter ihnen her kämpfte. „Ich meine, der Trevani ist also taub, na und? Oder vielleicht fehlen der Frau ein paar Zähne."

„Es geht darum, dass die Frau etwas Einfaches brauchte", sagte Weidenspeer, „aber der Trevani verstand Einfachheit nicht, und so hat er ihre Zeit verschwendet ..." Er kletterte auf einen breiten, flachen Absatz und drehte sich um, um Schmied hochzuziehen. „Er verschwendete ihre Zeit mit einem Rat, wenn er einfach hätte Schilf nehmen und ihr einen Korb flechten sollen, und ich, Schmied, werde Eurem Volk Körbe flechten. Allegorisch gesprochen."

Er zog auch Fürst Ermenwyr hoch, wandte sich um und zeigte triumphierend auf den Bergrücken, den sie gerade erreicht hatten. „Wenn wir da hinaufgehen, Schmied, werden wir über den Garten von Rethkast blicken, und ich werde Euch Eure Zukunft zeigen."

„Gut", sagte Schmied. Er ging Weidenspeer plattfüßig hinterher und beneidete den jüngeren Mann um seine Energie.

„Die Tür ist da lang", rief Fürst Ermenwyr ihnen hinterher und zeigte auf eine Höhle.

„Einen Moment, mein Fürst", versprach Weidenspeer. Er kletterte zum Gebirgskamm hinauf. „So, Schmied, seht den ..."

Schmied kletterte neben ihn, richtete sich auf und sah in ein weites Tal am Fuße des Berges. Er runzelte die Stirn. Gleichmäßige, grünende Reihen, die sich bis zum nahen Horizont erstreckten …

„Das sind Zelte", bemerkte er.

„Aber das war ...", begann Weidenspeer, und seine Augen weiteten sich alarmiert, als er die Stapel gefällter Bäume weit unter sich sah, die einst die Lauben von Rethkast gewesen waren und sich jetzt rasch gelb färbten.

Ein leichtes Stechen in seinem Fuß lenkte Schmied ab. Er verlagerte genervt sein Gewicht und wollte die Biene wegtreten. Wie hatte sie ihn durch den Schuh stechen können? Er blickte hinab und sah ein Büschel grasgrüner Federn aus seinem Fuß ragen und weiter unten am Hügel den Yendri, der auf ihn geschossen hatte, wie er sich an einem unsicheren Handgriff festklammerte. Andere waren unter ihm, wie eine Reihe Ameisen, die an der Wand entlang kletterten.

Er hatte einen Stein in der Hand, ehe er wusste, was er tat, und hatte ihn hinunter in das boshafte Gesicht des Yendris geworfen. Es folgte eine Art schreckliche, eindrucksvolle Kettenreaktion, aber er hatte keine Zeit, viel davon zu sehen, denn den Pfeil aus seinem Stiefel zu reißen bedurfte all seiner Konzentration. Dann zog Weidenspeer ihn vom Rand weg, und sie stolperten den Weg zurück, den sie gekommen waren. Fürst Ermenwyr war plötzlich neben seinem Ellbogen und zog ihn in die Kaverne.

Da war ein dunkler Gang, der ins Herz des Berges führte, aber nicht weit, denn sie kamen sofort an eine versiegelte Tür. Fürst Ermenwyr hämmerte dagegen und jammerte Verwünschungen oder Gebete. Schmied hörte, wie Weidenspeer hinter ihm weinte.

Eine gelassene Stimme in Schmieds Kopf sagte: „Ein Teil des Giftes könnte im Leder deines Stiefels steckengeblieben sein, und schließlich hast du schon einmal eine viel stärkere Dosis überlebt, und es gibt immer die Möglichkeit, dass du ein wenig immun dagegen geworden bist. Andererseits …"

Aber er war noch bei Bewusstsein. Er war noch auf den Beinen, auch wenn die Ereignisse eine gewisse traumartige Qualität angenommen hatten. Als zum Beispiel die Tür sich schließlich öffnete, erblickte er die größte Frau, die er je im Leben gesehen hatte.

Sie sah aus wie eine leicht strubbelige Göttin, schön auf eine heldenhafte Art, und trug eine prächtige purpurne und scharlachrote Robe. Ein Reif schlängelte sich wie eine goldene Schlange um einen anmutigen Bizeps. Schmied fand, sie müsse in einem Tempelhof auf einem Podest stehen, mit einem Füllhorn mit Früchten unter dem Arm …

„Hast du ihn hergebracht?", fragte sie.

Ein Instinkt, den Schmied seit Jahren nicht benutzt hatte, gewann die Überhand, und er merkte, wie er sich umdrehte und den Weg zurückrannte, den sie gekommen waren, ohne recht zu wissen warum. Zumindest versuchte er fortzulaufen. Tatsächlich schaffte er etwa drei Schritte, ehe er in Weidenspeers Armen zusammenbrach, und das letzte, was er sah, war das tränenüberströmte Antlitz des jungen Mannes.

Schmied lief eine Straße lang. Es war Winter, irgendwo hoch im Gebirge. Der Raureif auf der Straße und der Schnee auf den Gipfeln über ihm waren beklemmend grün wie Türkis, denn es war früher Morgen, und viele Lichtstrahlen fiel durch die Wolken. Nebelschleier hoben sich. Dunstschwaden und Bodennebel regten sich.

Er folgte seinem Vater. Er konnte die Gestalt vorangehen sehen, wie sie erschien und wieder auftauchte, wenn der Nebel sie verborgen hatte. Er erkannte nur den breitkrempigen Hut, den wallenden Mantel; aber deutlich und ohne Unterbrechung hörte er das gleichmäßige Klingen eines eisenbeschlagenen Stabes auf Stein.

Er versuchte zu rufen, seinen Vater dazu zu bringen, sich umzudrehen und anzuhalten. Irgendwie hörte ihn die schreitende Gestalt nie. Schmied rannte, rutschte auf den Glatteisflächen, entschlossen, den Vater einzuholen, ihn zu fragen, warum er nie … nie …

Er verschwand in einer Wolke. Dunkel umhüllte ihn, und alles, was er sehen konnte, war ein dumpfes, scharlachrotes Glühen ...

Er hielt einen Stab. Funken sprühten, wenn er geräuschvoll auf dem Stein aufkam. Er konnte nicht anhalten, er konnte nicht mal langsamer werden, denn er folgte Wahres Feuer, auch wenn er sie nicht sehen konnte, und sie würde nicht auf ihn warten.

Du trägst meinen Namen.

„Tue ich das? Nein, tue ich nicht, es ist ein Deckname. Wie könntest du mein Vater sein? Ich habe meinen Vater nie gekannt. Meine Tante hat immer gesagt, er könnte ein Seefahrer sein. Dies ist ein Traum."

Du trittst in meine Fußstapfen.

„Du hinterlässt keine Fußstapfen! Du hinterlässt nie eine Spur. Kein Beweisstück. Verflucht sollst du sein dafür, dass du nie da bist."

Du tötest wie ein vorbeihuschender Schatten, so, wie ich töten musste.

„Mochte es nie. Wollt es nie. Hatte keine Wahl."

Genau wie ich.

„Die Dinge sind aus dem Ruder gelaufen."

Die Dinge sind außer Kontrolle.

„Ich wollte nur ein ruhiges Leben. Warum können die Leute nicht gut zueinander sein?"

Warum haben sie nichts gelernt? Ich hätte sie besser machen sollen.

„Wessen Schuld ist es dann?"

Du trägst meine Schuld.

„Den Teufel werde ich."

Versuch doch, sie abzulegen.

Schmied versuchte, den Stab wegzuwerfen, denn irgendwie war er zur Schuld geworden, aber er wollte seine Hand nicht verlassen. Stattdessen schrumpfte er, sickerte in seinen Arm, wurde ein Teil von ihm.

„Ich will diese Verantwortung nicht."

Es ist dein Erbe, und jetzt, mein Sohn … bist du bewaffnet.

Er versuchte wegzulaufen, aber seine Füße waren erfroren. Hauptsächlich der rechte. Er rutschte aus, schlitterte nach vorn und krachte in ein schmerzhaftes Dunkel, in dem Stimmen widerhallten …

„Ich wusste nicht, dass du wirklich in Gefahr bist!", sagte Fürst Ermenwyr.

„Ich auch nicht, bis ich zum Fenster hinaussah und sie dort waren“, sagte eine verwirrt klingende Frau. Sie hatte eine Altstimme, eine Stimme wie weinroter Samt. „Die Dinge wurden danach ziemlich furchtbar; aber bis dahin erfreute ich mich an dem Rätsel.“

„Wie bei den neun Höllen konnten sie wissen, dass du hier bist?“, verlangte Ermenwyr mit Panik in der Stimme zu wissen. „Woher wussten sie, dass es hier ist?“

Das Achselzucken der Frau war hörbar.

„Spitzel, nehme ich an.“

„Also, was sollen wir tun?“

„Wir halten sie auf, solange wir können.“

„Sie aufhalten? Du, ich und eine Handvoll Klosterbrüder sollen ein Heer aufhalten?“ Ermenwyrs Stimme schwoll zu einem Schrei an. „Das sind Fanatiker, die alles täten, um unsere Köpfe auf einer Pike zu sehen!“

„Es ist nicht so, als ob wir uns nicht wehren könnten. Wir sind Dämonen, schon vergessen?“ Die Stimme der Frau wurde mürrisch. „Die unnachgiebige Mauer sollte sie eine weitere Woche draußen halten, und wenn der arme Mann stirbt, werden sie nicht einmal bekommen können, weshalb sie hergekommen sind. Wird er das Zeitliche segnen, Weidenspeer?“

„Vermutlich nicht, Madame.“ Weidenspeer sprach ganz in der Nähe, mit einer Stimme, die vor Schreck tonlos war. „Er reagiert auf die Arznei.“

„Immerhin etwas.“ Fürst Ermenwyr schien aufgestanden zu sein. Schmied hörte, wie er auf und ab ging. „Wenn wir schon hier sind, können wir uns auch deinen Zauber ansehen.“

„Es ist ein furchtbar altes Portalschloss“, sagte die Frau, und auch sie schien sich zu erheben, ihre Stimme ertönte plötzlich von viel weiter oben. „Deshalb dachte ich augenblicklich an dich. Du warst bei solchen Anordnungen schon immer viel besser.“

Ihre Stimmen entfernten sich jetzt zusammen mit ihren widerhallenden Schritten. Schmied konnte hören, wie Fürst Ermenwyr sagte: „Ah, aber du warst immer besser im Erforschen." Die Frau sagte verdrossener etwas, als die Echos und die Entfernung es unmöglich machten, mehr zu verstehen.

Schweigen, das Knistern des Feuers, Atmen; einige Leute, die atmeten. Eine zögerliche Männerstimme: „Weidenspeer?"

„Ihr seid?"

„Stechwinde. Ich habe die Pilgerfahrt zum schwarzen Berg vor fünf Jahren gemacht. Ihr habt uns Bettzeug in die Wohnlauben gebracht."

„Ich erinnere mich." Weidenspeers Stimme klang noch immer verzerrt. „Sie hat in jener Jahreszeit Fieberaufgüsse unterrichtet."

„Wird Sie am Ende kommen? Wenn wir tot sind?"

„Ihr müsst dem Wort Ihrer Kinder vertrauen, dass wir diese Belagerung überstehen werden", erwiderte Weidenspeer, aber er klang selbst wenig überzeugt.

„Ich weiß nicht, wie ich ihr noch unter die Augen treten kann", sagte ein anderer Mann mit Tränen in der Stimme. „Wir sind ihrem Vertrauen nicht gerecht geworden. Sie kamen wie ein Grasfeuer, sie wollten nicht einmal mit uns reden, sie haben einfach alles verwüstet! Bruder Glockenblume hat versucht, die Obstplantagen zu retten. Er stand vor der Umzäunung und brüllte sie an. Sie haben ihn mit Bolzen erschossen, dann sind sie über seine Leiche marschiert und haben die Bäume gefällt. Dreißig Jahre Arbeit in einer Stunde vernichtet …"

„Es ist eine Täuschung", sagte eine andere Stimme viel zu gelassen. „Sie wird den Garten zurückbringen. Sie kann derlei. Sie haben keine Macht über uns."

„Sie sind wahnsinnig", sagte eine dritte Stimme. „Man sieht es in ihren Augen."

„Man kann den Kindern der Sonne verzeihen, aber diesen Leute …"

„Wir müssen auch ihnen verzeihen."

„Es war unsere Schuld. Wie hätten wir das Geheimnis vor ihrer eigenen Tochter bewahren können?"

„Betet!" Weidenspeers Stimme brach. „Schweigt und betet. Sie muss uns hören."

Sie verstummten.

In Schmieds Gliedmaßen kehrte das Gefühl zurück. Verstohlen versuchte er, die Finger zu bewegen. Er schielte durch halb geschlossene Lider, konnte aber nichts erkennen außer verschwommenem Feuerschein und Schatten.

Er bewegte die linke Hand nach außen, einen Zoll nach dem anderen, tastete nach irgendetwas, das ihm als Waffe dienen könnte, als er die widerhallenden Stimmen zurückkehren hörte.

„…recht. Ich würde da nicht mal hineinlangen, wenn man mir eine ganzen Woche im besten Vergnügungssalon von Salesh bezahlte."

„Das war wahrscheinlich eine schlechte Idee", seufzte die Frau.

„Nun, ich bin sicher, dass unser armer Schmied es bevorzugen würde, wenn du das in die Hände bekämest anstatt der Waisen", sagte Fürst Ermenwyr lebhaft. „Wir können es viel besser nutzen."

„Ich wollte es nur studieren!"

„Herzallerliebste Schwester, es ist Macht. Man studiert Macht nicht. Man übt sie aus. Ich meine, es zahlt sich aus, sie vorher zu studieren, aber niemand bleibt dabei."

„Ich schon", sagte die Frau ärgerlich. „Du erfasst die Vorzüge objektiver Forschung nicht, oder? Selbst Mama ist nicht objektiv."

„Mama ganz besonders nicht", sagte Fürst Ermenwyr. Seine Stimme kam näher zu Schmied. Es herrschte Stille. „Armer, alter Haudegen, es geht ihm ganz schön schlecht, nicht? Ich nehme an, du kannst ihn auch nicht einsetzen, wenn er ohnmächtig ist, oder? Wenn du nur seine Hand brauchst …"

Instinkt gewann wieder die Oberhand über Schmied, und wenn er seinen Körper dazu hätte bringen können, ihm zu gehorchen, hätten ihn seine Instinkte mit einem Tigersprung aus dem Raum schnellen lassen. Leider waren seine Beine nicht in der Stimmung, von jemandem Befehle entgegenzunehmen, und er warf sich lediglich von dem, worauf er lag, ehe er mit dem Gesicht schwer auf den Boden schlug.

Es herrschte erstauntes Schweigen, ehe Fürst Ermenwyr fragte: „Was war das? Vorzeitiger Rigor Mortis?“

Schmied spürte jetzt Weidenspeer neben sich, der ihn umdrehte, ihn zurück auf das Lager hob und in eine sitzende Position brachte. Sie waren in einer Kaverne, an deren Wänden Büchergestelle mit gebundenen Kodizes standen. Es gab Hunderte von Folianten. Er sah das Licht eines Feuers, Fürst Ermenwyr und die eindrucksvolle Dame, die davor standen und ihn anstarrten. In Roben gekleidete Yendri saßen in Meditationshaltung nahebei im Hintergrund, aber selbst sie hatten die Augen geöffnet und starrten ihn an.

Er starrte ernst zurück.

„Ihr habt mich belogen“, sagte er mit einer Stimme, die schwer vor Anstrengung und Wut war, zu Fürst Ermenwyr.

Der junge Fürst wirkte verlegen, aber er zündete seine Rauchröhre gelassen mit einem Feuerball an und sagte: „Nein, das habe ich nicht. Mir war nur nicht klar, dass ich die Wahrheit erzählte. Hier ist meine Schwester, seht Ihr? Svnae, das ist Schmied. Schmied, Ihr habt die Ehre, die rubinrote Unvergleichliche, die Dame Svnae, zu erblicken – und sie ist in tödlicher Gefahr. Es war eine geheimnisvolle Vorausahnung, meine Herren.“

„Ihr habt uns angelogen“, sagte Weidenspeer leise. „Ihr habt Schmied zu einem bestimmten Zweck hergebracht. Mein Fürst, ich werde nicht zulassen, dass ihm etwas widerfährt.“

Die Dame wirkte bedrückt. Sie kam und kauerte sich neben Schmied, und plötzlich nahm er ihr Parfüm wahr, ihre purpur- und scharlachroten Gewänder, ihren Busen, der vom selben Maßstab wie der Rest und nur mit Worten adäquat zu beschreiben war, die normalerweise der epischen Dichtkunst vorbehalten waren …

„Ist schon gut", sagte sie freundlich, als spräche sie mit einem Tier. „Niemand wird Euch etwas tun, Kind der Sonne. Aber Ihr müsst mir einen Dienst erweisen."

Schmied rang um Atem, während er das Bedürfnis bekämpfte zu nicken. Er glaubte ihr ohne Frage. Obwohl sie wie eine böse Königin gekleidet war, die den alten König vergiftet, ihre Stiefkinder in Ferkel verwandelt und mit dem ganzen königlichen Silberschatz in ihrer Kutsche verschwindet, die von fliegenden Drachen gezogen wird, war doch etwas Wohltuendes an Dame Svnae.

„Erzählt mir …", verlangte Schmied. Fürst Ermenwyr warf seine Rockschöße hoch und hockte sich neben seine Schwester, wobei er im Vergleich wie ein böser Zwerg wirkte, vielleicht einer, den die böse Königin als Pechmaskottchen auf ihrem Kutschbock halten würde.

„In diesem Felsen liegt etwas verborgen, Schmied …", begann er.

„Der Schlüssel der Aufhebung, nicht wahr?", bemerkte Weidenspeer.

„In der Tat", entgegnete Dame Svnae. „Gut geraten! Oder hat Mutter Euch davon berichtet?"

„Ähm … ich hab versucht, es ihnen Stück für Stück zu erklären", sagte Fürst Ermenwyr. „Habe ihnen Tipps gegeben. Schmied, was soll ich sagen? Das gottverdammte Ding ist gerade jetzt viel wert. Ich will ihn."

„Ich will ihn", sagte seine Schwester streng.

„Aber wir können ihn nicht nehmen. Er ist im Fels versiegelt, und nur einer Eures Volkes kann hinein fassen und ihn holen. Deshalb seid Ihr hier, Schmied."

„Ihr bittet ihn, sein Volk zu verraten", sagte Weidenspeer. „Das Volk meiner Mutter, meiner Frau."

„Sei kein Idiot“, sagte Ermenwyr ungestüm. „Das Ding ist hier nicht mehr sicher, verstehst du das nicht? Die standhaften Waisen warten da draußen nur auf ihre Gelegenheit, und wenn sie ihn in die Finger bekommen, werden sie ihn einsetzen, Schmied.“

„Ich will nur herausfinden, wie er arbeitet“, flehte Svnae. „Wenn ich das weiß, könnte ich einen Weg finden, ihn unschädlich zu machen.“

„Nun, lasst uns da nicht voreilig sein …“

„Es gibt ihn nicht“, sagte Schmied schließlich.

Der junge Fürst ließ sich auf die Fersen zurücksinken. „Glaubt Ihr? Dann kommt und seht Euch das an.“ Er stand auf und winkte die Klosterbrüder rüde zu sich. „Tragt ihn.“

Stechwinde trat vor, und er und Weidenspeer hoben Schmied auf und stützten ihn. Sie folgten dem Fürsten und der Dame durch einen in den Fels gehauenen Gang, der nur von dem Feuer hinter ihnen und einem schwachen, tiefroten Licht weit vor ihnen erleuchtet war.

„Eure Leute haben diesen Gang nicht geschaffen“, sagte Schmied.

„Wir haben ihn gefunden“, sagte Stechwinde verdrießlich. „Wir kamen, um einen Garten anzulegen. Die Erde war warm, es gab genügend Wasser … aber in den Höhlen fanden wir aufgestapelt die Gebeine von Kindern der Sonne. Schreckliche Dinge sind hier geschehen, vor langer Zeit, und an der tiefsten Stelle fanden wir das Ding.

Wir haben ihr davon erzählt. Sie gab uns weisen Rat. Wir begruben die Gebeine, wir machten diesen Ort schön, damit ihre Seelen Frieden finden konnten. Wir arbeiteten, wie sie es uns gebot. Dann kam Ihre Tochter und bat uns, das Ding sehen zu dürfen … und wir glaubten, es könne nicht schaden …“

„Es würde auch nicht schaden, wenn die standhaften Waisen nicht gekommen wären“, sagte Svnae, deren Stimme zu ihnen hallte.

„Du solltest etwas wegen der Sicherheit deines Haushaltes unternehmen", sagte Fürst Ermenwyr. „Ich werde deine Hausangestellten befragen, wenn du willst."

„Als ließe ich dich in die Nähe meiner Hausangestellten!"

„Was denkst du, woher die Waisen wissen, wo er ist?"

„Sie haben sich wahrscheinlich hingesetzt und das Buch des Feuers gelesen, so wie ich. Es gibt absolut unverhohlene Hinweise in dem Text, besonders wenn man zufällig an eine Ausgabe gerät, die von Eisenstein von Karkateen transkribiert worden ist. Aber man weiß nur von drei Ausgaben …"

Schmied hörte ihrem Gezänk nicht mehr zu, sondern konzentrierte sich auf die Bewegung seiner Beine. Ungebeten hörte er eine Stimme, die seit vielen Jahren tot war: die des alten, blinden Mannes, der immer am Pier gesessen und die Schrift rezitiert hatte, während er seine Bettlerschale vor sich hielt, und Schmied war nicht frommer gewesen als irgendein anderes Kind, aber der Klang hatte ihn dennoch immer wieder erschauern lassen: „… die Toten auf der Ebene von Baltu wurden nicht betrauert, hunderttausend Schädel wandten ihre Gesichter gen Himmel, hunderttausend Krähen flogen gesättigt davon, in Kast wimmelten die Fliegen, und ihre Kinder erbten Fleisch …

… schmiedete auf dem Amboss der Welt seinen grausamen Schlüssel der Aufhebung, tief in den Knochen verbarg er ihn, bis der Tag des Jüngsten Gerichts ihn ans Licht bringen würde. Eisfeuer bewacht, was Hexenlicht verbirgt …"

„Es gibt ihn nicht", brummte er vor sich hin.

„Da", sagte Svnae, als kämen sie an einem besonders ansprechenden Schaufenster vorbei.

Schmied hob den Kopf und zuckte zusammen, wandte den Blick ab.

Eisfeuer. Hexenlicht. Tag des Jüngsten Gerichts …

Alles, was er tatsächlich gesehen hatte, war ein sich drehender Kreis von derselben beklemmenden Farbe wie der Schnee in seinem Traum, und Funken, die darin flogen, als ob sie von Eisen geschlagen wurden. Aber das Bild wollte hinter seinen Lidern nicht verschwinden. Es wurde noch lebhafter, und zu seinem Schrecken spürte er in seiner Handfläche etwas Festes mit dem Gewicht eines Eisenstabes.

Er öffnete die Augen und starrte. Er war nicht da, aber er spürte ihn noch immer.

„Es ist nur eine kleine Vertiefung in der Wand", sagte Svnae besänftigend. „Die Lichter und so sind nur Einbildung, seht Ihr? Ihr müsst nur mit der Hand hinein fassen und ihn nehmen."

„Er ist kein Idiot", sagte Weidenspeer.

„Oh, die Temperatur fällt", sagte Fürst Ermenwyr. „Kommt schon, Schmied." Er sah zu Schmied, folgte dessen Blick auf seinen Arm, sah, dass die Finger sich um ein Stück Luft klammerten. „Was ist los?"

„Ich – mein Arm bewegt sich von selbst", sagte Schmied.

„Tut er das?" Fürst Ermenwyr wurde bleich. Der Arm und die Hand drehten sich, als führten sie das unsichtbare Stück wie eine Waffe …

Svnae langte in ihren Ausschnitt und zog etwas hervor, das wie ein Monokel aus purpurnem Glas aussah. Sie starrte Schmied damit einen Augenblick lang an.

„Er hat eine Korona des Kintoresken", verkündete sie gelassen, machte einen Satz nach vorn und fing Schmied in ihren Armen auf. Das nächste, was er wusste, war, dass er rückwärts den Tunnel hinaufgetragen wurde und auf Fürst Ermenwyr blickte, der hinter ihnen rannte, die Knie hochwerfend und mit den Ellbogen pumpend. Es wurde plötzlich viel heißer.

Sie gelangten wieder in die vom Feuer erleuchtete Höhle, und Weidenspeer und Stechwinde kamen schnaufend hinter ihnen angelaufen. Die anderen Mönche, die jeden Versuch zu meditieren aufgegeben hatten, beobachteten sie ängstlich.

„Was ist geschehen?", fragte Weidenspeer.

„Wir waren alle kurz davor zu sterben", sagte Fürst Ermenwyr keuchend, als er sich auf das Lager fallen ließ.

„Geh da runter", sagte Svnae und schob ihn weg, als sie Schmied absetzte. Sie holte das Monokel ein weiteres Mal hervor und untersuchte ihn damit genau. „Erzählt mir, Kind der Sonne, erlebt Ihr ungewöhnliche Symptome, die nichts mit dem Gift zu tun haben? Vielleicht Stimmen im Kopf?"

„Nein", sagte Schmied müde. Er sah zu, während sie seinen linken Arm vorsichtig hob und bis zur Hand abklopfte. „Es fühlte sich an, als hielte ich etwas Kaltes. Einen Eisenstab."

„Glaubst du, er war besessen?" fragte Fürst Ermenwyr seine Schwester gedankenvoll. „Wegen der Nähe zum Schlüssel?"

„Ich glaube, ich muss noch einmal das Buch des Feuers studieren", sagte Svnae. „Ich glaube, ich habe etwas übersehen."

„Nun, das ist doch ein wundervoller Zeitpunkt, um das rauszufinden", sagte Ermenwyr verdrießlich, als er nach seiner Rauchröhre tastete.

„Besser jetzt als dreißig Sekunden später, wenn wir alle von einem Feuerstrahl vernichtet worden wären", antwortete sie. „Kind der Sonne …"

„Schmied", sagte er.

„Interessanter Deckname. Nun, Schmied, hattet Ihr kürzlich seltsame Träume? Irgendeine psychische oder spirituelle Konversation mit Euren Vorfahren?"

Schmied war nicht willens, über seinen Traum zu sprechen, aber sie blickte ihm ernst in die Augen. Ihre eigenen waren groß, dunkel und liebreizend. Unwillig hörte er sich sagen: „Vielleicht. Aber sie ergaben keinen Sinn."

„Das war zu erwarten", sagte sie und tätschelte seine Wange. „Das ist in Ordnung. Legt Euch einfach hin und ruht Euch aus, Schmied, und wenn Ihr Euch auch nur ein kleines bisschen seltsam fühlt, besonders in dieser Hand, bitte, lasst es uns wissen. Werdet Ihr das, mein teurer Schmied?"

„In Ordnung“, sagte er, zu benommen, um von ihrer Stimmlage genervt zu sein. Er sank auf dem Lager zurück und schloss die Augen.

Er hörte das Rascheln ihres Kleides, als sie fortging, und das leise Knacken und Knistern von Holz, das ins Feuer flog. Er hörte, wie Fürst Ermenwyr sich vor sich hinmurmelnd niederließ, und ein Geräusch, das ihn an eine Stiefelflasche denken ließ, die man entkorkte …

Die Klänge verschwanden, und er flog über eine Ebene, und er wusste von so vielen furchtbaren Dingen.

Dort unter ihm war Troon. In der Luft über der Stadt brannte die Formel ihrer Zerstörung: eine gewisse Verschmutzung, in die Gerste gegeben, vier Unzen eines gewissen Giftes, in ihren Hauptbrunnen gegossen, ein Brief mit einer gewissen Formulierung, anonym an ihren Herzog geschickt, ein Stein aus dem Fundament eines gewissen Hauses gelöst. Waren diese Dinge vollbracht, würde Troon fallen, und dann …

Hier war Konen Feyy-in-den-Bäumen. Eine Wasserleitung, nebenbei zerstört, und ein Feuerbrand, in einen gewissen moosbewachsenen Baum geworfen, würden die Ereigniskette in Gang setzen, die die Stadt vernichten würde, und ihre Überlebenden würden fliehen, aber nicht nach Troon, und dann …

Hier war Flammenbergstadt, brodelnd, pulsierend, so überreif für Klankriege, dass eine genau formulierte Beleidigung, auf eine bestimmte Wand gemalt, genügen würde, und alle vier ihrer regierenden Häuser würden in Asche liegen, und ebenso der große, zentrale Marktplatz, und ebenso alle kleinen Häuser, die davon abhängig waren.

Hier war Karkateen: ein Stein, durch ein Fenster geworfen. Ein Vorschlag, einem Ladeninhaber gemacht. Ein Gerücht. Ein Gitter der Abwasserkanäle entfernt. Waren diese Dinge in einer gewissen Reihenfolge und zu einem gewissen Zeitpunkt vollbracht, wäre Karkateen verschwunden, und mit ihm die große

Bibliothek, und mit der Bibliothek all die Antworten auf gewisse, verzweifelte Fragen, die man bald in Troon, in Konen Feyy, in Flammenberg stellen würde. Deliantiba und Schwarzfels lagen bereits in den letzten Zügen; es bedurfte nur eines letzten Anstoßes, um ihr eigenes Werk zu Ende zu bringen, und Salesh …

Aber war es nicht glanzvoll, geheimes Wissen um so schreckliche Dinge zu haben?

Sein Arm schmerzte.

Aber war es nicht ein besseres Schicksal, als er je für sich vorgesehen geglaubt hatte, so erhaben und einsam es auch sein mochte? Das auserwählte Instrument der Götter zu sein? Sein Arm schmerzte, aber er flog hoch oben, neben einem scharf gezeichneten Zerrbild seiner selbst, das so abgehärtet und verschlagen war, wie er immer hatte sein wollen, ein vornehmer Fremder aus Diamant und Chrom, der Killer, der aus großem Abstand hämisch auf die Insekten hinab lächelte, die unter ihm krochen. Dumme Bastarde. Prasserisch, zänkisch, gewöhnlich, unwissend und stolz darauf, und jedes Jahr gebaren sie mehr schreiende Bälger, um ihre Anzahl auszudehnen, und jedes Jahr wuchs die urbane Verschandelung des Landes, um sie alle irgendwo unterzubringen. Besser, wenn das ganze Scheißhaus in Flammen aufging. Alle sagten es. Sein Arm schmerzte.

„Himmel, was habt Ihr mit Eurem Arm gemacht?" Frau Schmied starrte darauf.

„Er tut wirklich weh", sagte er ihr mit unbegreiflichem Stolz. „Er ist zu blauem Metall geworden. Ist das nicht elegant und einsam?"

„Ihr solltet ihn unter kaltes Wasser halten, mein Lieber", riet sie.

„Nein!", sagte er. „Denn dann würde er rosten. Es ist besser, in Flammen zu stehen als zu rosten. Alle sagen es."

Sie lachte nur traurig und schüttelte den Kopf.

Schmied setzte sich hechelnd auf, in kalten Schweiß gebadet, und sah Fürst Ermenwyr hastig aufstehen. Die Klosterbrüder eilten aus dem Zimmer. Irgendjemand schrie irgendwo.

„Was ist?", fragte Schmied.

„Die standhaften Waisen haben um eine Unterredung gebeten", sagte Fürst Ermenwyr.

„Was tun wir?"

„Nichts", entgegnete der junge Fürst. „Sie wollen nicht mit uns sprechen. Ich halte es allerdings für das Beste zu lauschen, Ihr nicht auch? Nur für den Fall, dass die Klosterbrüder sich überreden lassen und wir uns dringend zurückziehen müssen?"

„Können wir das?" Schmied stand auf und zauderte. Der Raum drehte sich einen Augenblick lang leicht, und Weidenspeer war an seiner Seite und hielt ihn aufrecht.

„Er sollte ruhen", sagte Weidenspeer zu seinem Herrn, der erzürnt den Kopf schüttelte.

„Nicht allein. Er braucht jemanden, der ein Auge auf ihn hat, nicht, Schmied? Wir gehen nicht weit. Ich habe ein hübsches, kleines Guckloch gefunden, während Ihr schlieft. Hier entlang, wenn's beliebt."

Sie folgten einem der anderen Gänge, die sich durch die Felsen wanden. Schmied lief ohne viel Unterstützung und war überrascht, dass sein Fuß ihm keine Probleme bereitete. Er hatte das Gefühl, dass, wenn er seinen Schuh auszöge, er ihn nie wieder anziehen könnte; aber wer wusste schon, wie viel länger er überhaupt noch leben würde? Sein Arm hingegen pulsierte noch immer.

Sie gingen um eine Kurve, und er wurde einen Augenblick lang von etwas geblendet, das eine grelle Beleuchtung am Ende des Ganges zu sein schien. Als sie näher kamen, löste sie sich zu fahlem Nachmittagslicht auf, das durch eine vergitterte, teilweise verschlossene Öffnung im Felsen fiel. Als sie noch näher kamen, erkannte er, dass hier seit Generationen Tauben nisteten. Die letzten Fußbreit des Ganges waren weißlich von uraltem Vogelkot, übersät mit Federn und Teilen von alten Nestern.

„Puh." Fürst Ermenwyr zog seine Rauchröhre hervor und entzündete sie. „Ekelhaft, was?"

Er steckte die Röhre zwischen die Zähne, verschränkte die Hände unter seinen Rockschößen und stand finster blickend durch die Gitterstäbe. Schmied und Weidenspeer traten vorsichtig näher und sahen auch hinunter.

Sie sahen die Reihen grünlicher Zelte und die versammelten Yendri, die in dichter Formation davor standen, große Gestalten mit ernsten Gesichtern, alle mit dem gleichen Bandelier, und jeder trug einen einfachen Rohrstock. Ein Schimmer in der Luft, eine schwache Trübung, verriet die Anwesenheit der unnachgiebigen Mauer, die sie davon abhielt näher zu kommen; gelegentlich flog ein unglücklicher Vogel oder Insekt dagegen und prallte betäubt oder tot ab. Nahe an der Mauer stand der Befehlshaber der Yendri, gekleidet in ein hellgrünes Gewand, das mit weißen Sternen bestickt war, und sprach sehr lange zu jemandem außer Sicht.

„Ich kann ihn nicht verstehen", sagte Schmied.

„Er spricht Altyendri", erläuterte Ermenwyr. „Seit Jahren hat es keiner mehr benutzt. Es ist abgeschmacktes Gehabe. Sie sprechen es, um zu zeigen, wie makellos sie sind."

„Makellos!" Weidenspeer starrte boshaft zu ihnen hinab. „Nach allem, was sie getan haben?"

„Was sagt er?", fragte Schmied.

„Oh, was man erwarten würde", antwortete Fürst Ermenwyr Rauch ausatmend. „Händigt die Abscheulichkeiten aus, auf dass wir die Welt von ihnen reinigen mögen und so die leidende, getäuschte, verhexte Tochter ihrer geistigen Gesundheit näherbringen können und blablabla. Ich glaube aber, dass er sich nur für sein Hauptanliegen aufwärmt."

Jemand anderes sprach jetzt: Stechwinde, direkt unter ihnen, außer Sicht. Er klang aufgeregt, tadelnd.

„Bravo", bemerkte Fürst Ermenwyr. „Er sagt ihnen ordentlich die Meinung. Fragt den Hochmeister, wie er es wagen kann, den Sternenmantel zu tragen und … jetzt hat er gerade gesagt, dass er die unnachgiebige Mauer nicht fallen lassen kann und … ha! Er hat gerade etwas gesagt, das sich nicht gut übersetzen lässt, aber am nächsten käme: ‚Geht nach Hause und ahmt die Paarung mit einem Pfirsich nach.'"

Das Brechen von Zweigen ertönte. Svnae kam hinter ihnen heran, tief gebeugt und den Saum ihres Kleides hoch über dem Unrat haltend. Sie trug einen Bogen und einen Köcher mit Pfeilen über einer Schulter.

„Ich hätte nie gedacht, dass er solche Sachen sagen würde", sagte sie ein wenig überrascht, als sie über Fürst Ermenwyrs Schulter auf die Szene unter ihnen blickte. „Woher weiß ein Mönch bloß von der siebzehnten schamhaften Ekstase von ..." Sie bemerkte Schmied und brach errötend ab.

Der Mann im Umhang sprach wieder, sanft, mit unerschütterlicher Ruhe. Ehe er geendet hatte, schrie Stechwinde ihn entrüstet an. Schmied hatte noch nie erlebt, dass ein Yendri so kurz vor einem Schreikrampf stand.

„Was ist jetzt?", fragte er.

Ermenwyr schnaubte Rauch. „Er sagt, es sei alles unsere Schuld", entgegnete er. „Wir hätten die Verwüstung des Gartens unumgänglich gemacht, als wir hier Unterschlupf suchten. Sie seien nicht verantwortlich. Stechwinde nannte ihn gerade – nun, Ihr müsstet ein Yendri sein, um die volle Kraft der Obszönität zu verstehen, aber er nannte ihn gerade einen Krieger."

„Ist er das nicht?", fragte Schmied.

„Ja, aber für gewöhnlich heuern sie Söldner aus Eurem Volk an", erklärte Fürst Ermenwyr. „Sie mögen es nicht, sich die Hände schmutzig zu machen. Das ist eine Art Garde, nehme ich an."

„Weißt du, woran mich das erinnert?", sagte Svnae gedankenverloren. „Daran, wie wir die Erwachsenen durch das Treppengeländer beobachtet haben, wenn wir im Bett sein sollten."

„Wenn wir wach blieben, um zu sehen, ob Vater genug saufen würde, um das Auge zu finden, das ich in der Weinkaraffe versteckt hatte", stimmte Ermenwyr zärtlich zu. Dann schwand sein Lächeln. Der Mann im Umhang sprach wieder. Er sprach lange, und der junge Fürst hörte schweigend zu. Ebenso Weidenspeer und Svnae.

„Was ist?", fragte Schmied schließlich.

„Er bittet sie, ihre Streitigkeiten beizulegen und sich gegen einen gemeinsamen Feind zu erheben", antwortete Fürst Ermenwyr schließlich, ohne Schmied anzusehen. „Er meint Euer Volk. Er spricht jetzt von Hlinjerith der nebligen Zweige. Er sagt, es würde entweiht werden, wenn sie nicht handelten, und er … das dachte ich mir. Er weiß, dass der Schlüssel der Aufhebung hier ist. Er sagt, er verschont sie, wenn sie ihm den Schlüssel ausliefern. Jetzt wissen wir, warum er keine Legionäre aus Eurem Volk mitgebracht hat, Schmied."

Stechwinde hatte etwas entgegnet.

„Er sagt natürlich nein", fuhr Fürst Ermenwyr fort. Er wurde ganz ruhig, als die Stimmen unter ihnen fortfuhren. Er drehte sich um und bedachte Schmied mit einem kalten, nachdenklichen Blick. Svnae drehte sich ebenfalls um, und obwohl ein gewisses Mitgefühl in ihrem Blick lag, war auch er schrecklich nachdenklich.

„Was sagen sie jetzt?", stotterte Schmied.

Weidenspeer räusperte sich. „Äh … der hohe Meister der Waisen sagt, die Brüder seien getäuscht worden. Er hat gerade gesagt, dass die ertragreichen Zuchtpflanzen und Heilkräuter, die sie hier angebaut hatten, dazu gedacht waren, den Kindern der Sonne zu helfen und nicht den Yendri. Er sagte, Mutter hätte sie betrogen."

„Warum sollte Eure Mutter uns helfen wollen?", fragte Schmied.

„Sie hat ihre Gründe", sagte Lord Ermenwyr. „Jetzt … sagt er, es habe Zeichen und Omen gegeben, dass der Sternenummantelte in diese Welt zurückkehren würde. Er wird der … hm … Schlichtende sein. Er wird Frieden bringen. Sie sind zuversichtlich, dass er im Zorn kommen und die Ungehorsame beim Schopf packen wird ..." Er hielt bestürzt inne.

„Was?", fragte Schmied.

„Nur etwas wirklich Hässliches über Mama", sagte Ermenwyr hastig, obwohl er sehr blass geworden war, „und ich werde ihn umbringen müssen. Allerdings möglicherweise nicht heute. Teuerste Schwester, ich habe ein Fluchtschiff und sechs große Leibwächter, die darauf aufpassen. Bist du sicher, dass es keine weiteren verborgenen Hintertüren zu diesem Ort gibt?"

„Wir könnten eine machen", antwortete Svnae.

„Ich beherrsche einen Steinschmelzzauber."

„Eine Detonation dürfte schneller sein."

„Das wollte ich auch gerade sagen."

„Wir können nicht einfach gehen!", sagte Weidenspeer. „Was ist mit den Brüdern? Was ist mit dem Schlüssel der Aufhebung?"

„Den Brüdern wird nichts geschehen, solange die unnachgiebige Mauer hält, und was den Schlüssel betrifft – Schmied, alter Junge, es tut mir leid, aber Euer Volk wird das Risiko eingehen müssen. Es ist mein Prinzip, nie etwas zu stehlen, das einem Gott gehört, besonders, wenn er aufpasst."

„Wenn es zu gefährlich für uns ist, den Schlüssel da heraus zu holen, wird es für die Waisen noch viel gefährlicher sein", sagte Svnae. „Kopf hoch! Vielleicht wird doch nichts allzu Schlimmes passieren."

„Außer einem Krieg?“, verlangte Schmied zu wissen.

„Nun, äh –“Svnae suchte angestrengt nach einer Erwiderung, die sowohl beruhigend als auch unverbindlich war, als vor dem Fenster ein Schrei erklang.

Sie drehten sich um und sahen hinaus. Der Schrei war ein Ruf gewesen.

Aus den hinteren Reihen der Yendri schritt ein sehr junger Mann selbstsicher nach vorn. Er hielt vor dem Hochmeister und verbeugte sich tief. Der Mann legte in einer segnenden Geste die Hände auf den Kopf des Jungen. Dann drehte er sich um und sprach zu Stechwinde.

Sie lauschten still am Fenster. Plötzlich legte Svnae erschrocken ihre Hände vor ihr Gesicht. Fürst Ermenwyrs Rauchröhre fiel aus seinem Mund.

„Das war's“, sagte er. „Weidenspeer, Schmied, wir gehen. Ich hoffe, die Klosterbrüder haben so viel Verstand und fliehen.“

„Weshalb?“ Schmied sah hinaus auf den Jungen, der stolz neben dem Mann im Umhang stand.

„Sie werden die unnachgiebige Mauer zerstören“, entgegnete Fürst Ermenwyr über seine Schulter, denn er hatte bereits seine Schwester am Arm gepackt und zog sie mit sich den Gang entlang. „Kommt!“

Weidenspeer schien Wurzeln geschlagen zu haben, wo er stand, also ergriff Schmied seinen Arm und taumelte dem jungen Fürsten und seiner Schwester hinterher. „Lasst uns gehen, Junge.“

Weidenspeer wandte den Kopf und rannte. „Unschuldiges Blut“, sagte er. „Freiwillig geopfert. Der Junge wird zulassen, dass sie ihn töten, und sein Blut wird die Mauer zerbröckeln lassen.“

Schmied fiel nichts ein, was er darauf antworten konnte. Er konzentrierte sich darauf, Svnae zu folgen, gerade nahe genug, um nicht auf die Schleppe ihres Kleides zu treten. Er gratulierte sich zu der Tatsache, dass er so gut laufen konnte, wenn man alles bedachte. Daran zu denken und darauf zu achten, wo er hintrat, lenkte ihn davon ab, dass seine Hand eisig war und sich blau färbte.

Sie hasteten hinunter und durch tiefes, widerhallendes Dunkel, das hin und wieder von Licht durchbrochen wurde, das durch ferne, vergitterte Fenster fiel. Die Luft dröhnte vor Echos. Etwas hallte lauter als ihre Schritte. Etwas, so laut wie die Brandung an einer Leeküste ...

Die Schleppe von Svnaes Kleid hielt an.

Schmied rannte in sie. Sie fühlte sich wie eine warme, herrlich gepolsterte Wand an. Er stolperte zurück und prallte gegen Weidenspeer, der rief: „Was ist los?"

Es dauerte einen Augenblick, ehe ihm jemand antwortete, aber die Stille war reichlich gefüllt mit dem Donner ihrer schlagenden Herzen und dem anderen, dem lauteren Geräusch. Schmied, der Söldner gewesen war, wusste, was es war. Er spürte einen schärferen Schmerz in seiner Hand, und als er hinab blickte, sah er, dass er einen Stein aus der Wand gezogen hatte. Er wog ihn, erfühlte die Balance, wusste genau, wo er abgeschlagen werden musste, damit er eine scharfe Waffe ergab.

„Der Kriegsschrei klingt vertraut", sagte Svnae.

„Bei den Neun Höllen", sagte Fürst Ermenwyr. „Das ist Papa."

Svnae machte entschlossen kehrt. „Hier entlang", sagte sie, und sie folgten ihr einen weiteren Tunnel hinauf, einen mit einer Menge Sonnenlicht am Ende. Es war hell, weil er auf eine Steingalerie hinausführte, niedriger in der Steinmauer als ihr vorheriger Aussichtspunkt, aber noch immer weit über dem Talboden. Sie war eindeutig für Leute aus dem Fels gehauen worden, die eine beeindruckende Aussicht genießen wollten. Die Aussicht war in der Tat eindrucksvoll, wenn auch nicht unbedingt angenehm.

Die Mauer war noch immer da. Die Ordnung, die sich ihnen zuvor geboten hatte, war zerstört, die ordentlichen grünen Reihen wurden aufgebrochen von einem Chaos aus Schwarz und

Silber, das über den Hügel im Süden strömte. Eine Streitmacht, uniformiert und furchterregend, war angekommen.

Eine solche Schlacht hatte Schmied noch nie gesehen. Sie war schrecklicher als eine normale, falls das möglich war, weil viele der Yendri aufrecht stehend zuließen, dass die Angreifer sie niedermähten, aber es schien, dass sie das taten, um es ihren Mitstreitern zu ermöglichen, sich ungestört ihren Zielen zu nähern.

Sie hatten es auf drei Ziele abgesehen.

Eines rannte mit der Dämonenarmee in ihren schwarzen Plattenrüstungen und silbernen Kettenhemden. Es war ein weißer Hirsch mit verästeltem Geweih und hellem Kragen. Er sprang gewichtslos über die Spitzen ihrer Lanzen. Er ging wie ein Blitz auf die Yendri nieder. Wo er traf, rissen seine Hufe Wunden, und sein Geweih durchdrang Körper. Dennoch bekämpften die Yendri einander, um ihn zu erwischen, auch wenn sie blutend unter seinen Hufen fielen und zertrampelt wurden. Er wich den grünen Pfeilen aus und tanzte auf den Körpern der Erschlagenen, röhrte und jubelte in seiner Raserei.

Eines war allein über den Hügel im Norden gekommen, eine einsame Gestalt. Sie trug keine Rüstung, kein Schwert. Sie hatte nur einen langen Stab, aber mit ihrer langen Hand am Ende ihres langen Arms schuf sie sich viel Platz auf ihrem Weg, und wo das stahlbesetzte Ende des Stabes auftraf, fielen die Gegner dieses Kämpen und erhoben sich nicht mehr. Schmied konnte von seinem Standort aus die Schädel bersten hören; dennoch krochen die Yendri über die Toten, um den einsamen Kämpfer zu erreichen, ignorierten die gerüstete Heerschar, von der sie in Stücke gehackt wurden, während sie vorrückten.

Sie alle starben aus freien Stücken, damit sie nahe genug kamen, um einen Schlag zu landen, selbst wenn es vergebens war; aber noch mehr wandten sie sich gegen den, der auf der südlichen Erhebung stand und das kurze Gefecht überblickte.

Der Mann trug Schwarz. Er sah ungerührt zu, wie die Bannergarde ihm seine Feinde vom Leib hielt. Er trug zwei lange Schwerter in einer Doppelscheide auf dem Rücken, und erst am Schluss, als der Hochmeister selbst in seiner Nähe kämpfte, zog er die Klingen über seine Schultern blank.

Er sprach ein Wort, und die Garde teilte sich, um den Mann durchzulassen. Der Yendri sprang vor, Rohr an den Lippen, und ließ seinen Giftpfeil fliegen. Ein Schwung mit der Klinge schlug den Pfeil aus der Luft; der Rückschwung schnitt ihm das Rohr aus den Händen. Dann verschwand er unter der anstürmenden Garde, während er den geheimnisvollen Mann anschrie.

Dann war es vorbei, und auf dem Feld war es still.

Weidenspeer verließ die Galerie. Sie hörten, wie er sich leise in den Gang erbrach.

Niemand sprach.

Ein Wind kam vom Feld. Er brachte das Stöhnen der Verwundeten, aber nur von den gerüsteten Kämpfern; kein Yendri war noch am Leben, der hätte um Hilfe rufen können, außer ihrem Anführer. Die Überlebenden schritten behutsam über die Verwüstung. Nahe der unnachgiebigen Mauer lag der als Opfer auserkorene Junge. Er war kämpfend gestorben, sein Blut war zwecklos vergossen worden, sein heiliges Schicksal unerfüllt geblieben. War sein Tod lauterer?

Der Mann in Schwarz gab mit einer tiefen Stimme Befehle, Tragbahren wurden gebaut, und seine Garde ging und sammelte die Lebenden ein. Aber sie hielt sich weit entfernt von dem weißen Hirsch, der noch immer wie verrückt sprang und trampelte und die Toten mit seinem Geweih umherwarf. Er galoppierte bis zur unnachgiebigen Mauer und prallte dagegen, tänzelte rückwärts, schnaubte vor Ärger und stampfte.

Die einsame Gestalt mit dem Stab war auch auf die Mauer zugegangen. Sie kam an und streckte vorsichtig die Hand aus, hielt kurz vor der Oberfläche inne. Den Hirsch ignorierend blickte sie zur Galerie auf.

Der Mann hatte ein langes, unscheinbares Gesicht, ernst und würdevoll. Er sah mehr wie ein Hohepriester aus als wie ein Kämpfer, und der Blick seiner Augen war bekümmert.

„Svnae“, rief er.

Der Hirsch bemerkte ihn. Er warf überrascht den Kopf hoch und stieg auf die Hinterbeine. Sie wurden länger, das Geweih schrumpfte und verschwand, sein ganzer Körper veränderte sich, und Fürst Eyrdway schritt an der Mauer entlang.

„Was tust du hier?“, verlangte er zu wissen.

„Mama hat mich geschickt“, sagte der andere. „Was tust du hier?“

„Ich bin Vaters Herold.“

„Ich habe nicht gehört, wie du Bedingungen genannt hast.“ Der andere wies auf die angehäuften Leichname.

„Ich habe mir nicht die Mühe gemacht. Aber der Kampf ist vorbei, also kannst du gleich umkehren und heimgehen.“

„Machst du dir überhaupt Sorgen darüber, wie es Svnae geht?“

„Ihr seht, dass keiner von beiden geruht, mich zu bemerken“, sagte Fürst Ermenwyr zu Schmied.

„Ihr geht's gut“, sagte Eyrdway. Er drehte sich um, winkte Svnae, wandte sich zurück und fuhr fort: „Ich weiß, warum du wirklich hier bist, weißt du. Du bekommst ihn nicht. Nicht, wenn Vater ihn will.“

Der unscheinbare Mann sah wieder zur Galerie hoch. „Svnae, lass mich durch. Ich muss mit dir reden.“

„Wer ist das?“, fragte Schmied.

„Das ist unser Bruder, Demaledon. Demaledon ist gut, freundlich, weise, mutig, rein und ehrfürchtig“, murmelte Fürst Ermenwyr. „Er ist nur deshalb kein vermaledeiter Klosterbruder, weil er gelegentlich Leute umbringt. Aber nur böse Leute, da könnt Ihr sicher sein.“

„Du kannst auch sehr gut von dort mit mir reden!“, rief Svnae mit geballten Fäusten. „Das hier geht Mama nichts an!“

„Doch, Svnae, das tut es“, sagte Fürst Demaledon. „Mama weiß, warum du hier bist. Du hättest dich mit ihr beraten sollen.“

„Mein ganzes Leben war eine einzige lange Sitzung, in der Mutter mir Rat erteilte“, antwortete Svnae mürrisch, „und genau wusste, was ich tat und warum, und immer recht hatte, während Svnae immer unrecht hatte.“

„He, sieh mal, ist das nicht, wie war sein Name, Schmied?“, fragte Fürst Eyrdway. „Das Kind der Sonne? Hallo!“

Fürst Demaledon blickte auf und entdeckte Schmied. Er brummte entsetzt etwas.

„Danke der Nachfrage, ich bin wundersamerweise unverletzt!“, schrie Fürst Ermenwyr.

Fürst Eyrdway grinste ihn an und zog mit zwei Fingern an seinen Mundwinkeln, zerrte seine Grimasse einen guten Meter breit, ehe er sie zurückschnappen ließ.

„Hast du eine Fliege summen hören, Demmi? Ich nicht. Aber du kannst genauso gut Svnae und ihre Bagage einsammeln und sie nach Hause begleiten, denn Vater übernimmt hier. Er will den Schlüssel der Aufhebung.“

„Er kann ihn nicht haben“, sagte Svnae mit bösem Blick. „Selbst Vater weiß nicht alles.“

„Hört auf! Svnae, warum ist Schmied hier?“, fragte Demaledon.

„Ich habe ihn herbringen lassen“, gab sie zu. „Ich hatte zu dem Zeitpunkt noch nicht alle Fakten zusammen und habe nicht bemerkt, wie gefährlich es war. Aber wir haben es aufgehalten ...“

„Oh, wen kümmert das? Seht mal, Schmied, es tut mir leid, aber Ihr müsst zugeben, dass Euer Volk seit geraumer Zeit dringend gelichtet werden sollte“, sagte Fürst Eyrdway, „und Papa hat nichts Persönliches gegen die Kinder der Sonne. Aber wenn jemand eine uralte Waffe von grandioser zerstörerischer Macht besitzt, dann sollte es Vater sein. Also lass die verdammte Mauer fallen!“

„Halt den Mund, du Idiot! Du verstehst es nicht!“, rief Fürst Demaledon. „Svnae, wann habt ihr es aufgehalten?“

„Also ...“ Svnae biss sich auf die Unterlippe.

„Wisst Ihr, Schmied, ich glaube, es ist Zeit, dass wir hier schnell verschwinden“, flüsterte Ermenwyr. Er blickte über seine Schulter zum Schlachtfeld hinab und sah dann noch einmal genauer hin. „Oh-oh. Zu spät.“

Der Mann in Schwarz ging ohne Eile zur unnachgiebigen Mauer. Er sah zur Galerie hoch. Sein Blick war leer und gutmütig, wie der eines entkräfteten Tigers. Als er sprach, war seine Stimme sehr tief.

„Tochter, komm herunter“, sagte der Herr des Berges.

Er überragte seine Söhne. Wenn Schmied bedachte, was er über die Jahre alles über ihn gehört hatte, hätte er jemanden erwartet, über dem geheimnisvolle Regenbögen aus Energie knisterten, ein wandernder Schatten des Grauens, gesichtslos. Alles, was Schmied allerdings sah, war ein sehr großer Mann mit dunklem Bart, der die Arme verschränkte, während er auf Svnaes Antwort wartete.

„Papa, ich kann dich wirklich nicht hier rein lassen“, sagte Svnae.

Er streckte eine behandschuhte Hand in einer lässigen Geste aus, und die unnachgiebige Mauer schmolz zu einem Dampfvorhang, der hinweg geweht wurde.

„Dann kommst du zu mir herunter“, sagte er, „und bring den Mann Schmied mit.“

Mit gemessenen Bewegungen nahm sie ihren Bogen und legte einen Pfeil auf. Schmied stierte ihn an, denn es war nicht die Art Sportwaffe, die er in den Händen einer Frau erwartet hätte. Die Pfeilspitze war zum Durchschlagen von Harnischen gedacht.

„Geh, Vater“, sagte sie und fügte im Flüsterton hinzu: „Ermenwyr, verschwinde. Nimm Schmied und flieh so schnell du kannst den Fluss hinunter.“

„Ich kann nicht allein das Loch in die gottverdammte Wand schlagen!“, fauchte ihr Bruder.

Der Herr des Berges lächelte nicht, aber etwas leuchtete in seinen dunklen Augen.

„Du bist die Tochter deiner Mutter“, sagte er.

Svnae knirschte mit den Zähnen. „Das war das Falscheste, was du sagen konntest.“

Sie schoss. Fürst Ermenwyr schrie und griff zu spät nach ihrem Arm, aber der Herr des Berges lächelte. Er hob die Hand und fing den Pfeil einen Zoll von seinem Hals entfernt. In seiner Hand wurde er zu einer schwarz-roten Rose.

„Du bist auch meine Tochter“, sagte er befriedigt. Svnae griff nach einem zweiten Pfeil, fand aber nur einen Köcher voller Rosen. Finster starrend nahm sie den Bogen und warf ihn so fest sie konnte nach ihm.

„Sei verdammt!“

„Hör mit dem Unsinn auf und komm runter“, sagte der Herr des Berges. „Deine Mutter hat dir wegen all dem viel zu sagen.“

Fürst Ermenwyr stöhnte, und Svnae wurde blass.

„Wir tun jetzt besser, was er sagt“, sagte sie.

„Schmerzt es?“

„Ja“, keuchte Schmied. „Es tut ziemlich weh.“

Der Herr des Berges betrachtete Schmieds Arm, der empfindungsloser und blauer war als zuvor. Unterhalb des Ellbogens sah es aus, als würde er zu Stein. Er war allerdings nicht steif oder angeschwollen. Kopfschüttelnd nahm der andere Mann eine Flasche aus einer Kiste und bot sie Schmied an.

„Trinkt, es sollte helfen."

Schmied nahm sie dankbar. „Danke, mein – äh – Fürst."

„Mein Name ist Silberspitze", sagte der Herr des Berges. „Meist. Mein Sohn nennt sich allerdings Eisvogel, nicht?"

„Fürst Ermenwyr?" Schmied nickte. Silberspitze goss sich selbst etwas ein und setzte sich in den Sessel Schmied gegenüber.

„Fürst Ermenwyr", sagte Silberspitze mit nur einer winzigen Spur Ironie. Er starrte zur hängenden Laterne und seufzte kopfschüttelnd. „Er ist ein verschwenderischer Junge. Mediziner, Schneiderrechnungen, Theaterkarten. Freudenhäuser. Kurorte – und ich höre, er hat eine sklavenlose Galeere gekauft."

„Ja, Herr."

„Als ich in seinem Alter war, hatte ich noch nie ein Boot gesehen, geschweige denn eine Großstadt." Er sah Schmied an und hob eine Braue, die wie ein schwarzer Säbel aussah. „Ich besaß nichts. Nicht mal mich selbst."

„Ihr wart Sklave?", erkundigte sich Schmied.

Der andere nickte. „Bis ich meine Eigentümer tötete. Ich sprengte meine Ketten. Ich schulde meine Rettung keinem Wundermann.

Aber ich schulde Euch etwas. Es scheint Euch zur Gewohnheit geworden zu sein, meine Kinder zu retten. Sie waren nicht so dankbar, wie sie sein sollten. Ich würde Euch gern helfen."

„Ich bin nicht sicher, ob Ihr das könnt", sagte Schmied. Er trank. Der Inhalt der Flasche war kreideweiß und linderte den Schmerz etwas.

Silberspitze antwortete nicht sofort. Er nippte an seinem eigenen Getränk und musterte Schmied. Der Pavillon des Fürsten war aus prächtigem Stoff gefertigt, schwarz, mit Silberfäden durchwirkt, aber er war innen dürftig und soldatisch eingerichtet. Draußen hatten die Geräusche des Lagers nachgelassen; nur das Summen der Insekten und der gelegentliche Anruf und Austausch des Passworts der Garde.

„Ich habe Euren Werdegang mit Interesse verfolgt, Schmied. Erzählt mir: Wie lange wart Ihr Assassine?“, erkundigte sich Silberspitze.

„Zehn Jahre, denke ich“, sagte Schmied ein wenig benommen. Er hatte nicht erwartet, dass sie seine Vergangenheit besprechen würden. „Ich habe versucht, Soldat zu sein. Ich habe viele Arbeiten ausprobiert. Aber es endete immer wieder im Morden. Es ist einfach – geschehen.“

„Ihr wart gut“, bemerkte Silberspitze.

„Ja.“

„Ihr habt nie mit einem Waffenmeister geübt. Ihr habt nie den Umgang mit Waffen gelernt.“

„Nein, Herr. Meine Tante hatte nicht das Geld für diese Art der Ausbildung“, erklärte Schmied, während er mehr von dem weißen Zeug trank.

„Aber das erste Mal, als Ihr Euch in Gefahr befandet, habt Ihr ohne nachzudenken gehandelt und ...“

„Sie waren tot“, sagte Schmied verwirrt. „Drei von ihnen, in einer Passage. Zwei Kehlen mit einer zerbrochenen Flasche durchschnitten und den anderen mit einem Fünf-Kronen-Stück getötet, und verdammt soll ich sein, wenn ich mich daran erinnere, wie. Habe ihn wohl irgendwie an der richtigen Stelle getroffen, um etwas platzen zu lassen. Ich weiß nicht, wo ich den Trick gelernt habe.“

„Aber Ihr mochtet die Arbeit nicht.“

„Nein, Herr. Also habe ich mehrfach versucht aufzuhören.“

„Ihr seid Waise, oder?“

„Was? Oh. Ja, Herr.“

„Schmied ist ein Deckname, nicht wahr, den Ihr rein zufällig wähltet?“

„Nun, er ist weit verbreitet, Herr.“

„Gleichwohl eine interessante Wahl. Wie lautet Euer wahrer Name?“

Die Frage kam im Befehlston, nicht laut, aber so flink wie ein grüner Pfeil, und Schmied wusste sehr genau, wie närrisch es war, den eigenen wahren Namen einem Magier zu verraten, besonders einem mit einem Ruf, wie ihn Silberspitze hatte. Aber er spürte, wie die Antwort ganz leicht in ihm aufstieg. Er bekämpfte sie, bis ihm der Schweiß ausbrach, während diese ruhigen Augen ihn die ganze Zeit über beobachteten.

„Ich nenne Euch meinen Vornamen", sagte er. „Wie wär's damit?"

„Ihr seid stark", sagte Silberspitze. „Gut."

„Meine Mutter starb bei meiner Geburt", sagte Schmied. „Sie blickte zur Tür, als sie mich in eine Decke wickelten, und sie sagte, dort sei ein Schatten. Das war das Letzte, was sie jemals sagte. Also nannte meine Tante mich Carathros. So würde ein Priester sagen: ‚Der Schatten ist gekommen.'"

Schmied blickte in die Vergangenheit. Silberspitze musterte ihn. Schließlich sagte der Magier: „Ich habe gehört, was Ermenwyr für die Wahrheit hält. Insofern er in der Lage ist, die Wahrheit zu sagen. Svnae und Demaledon haben mir berichtet, was sie wissen. Jetzt erzählt Ihr mir: Es liegt kein Schlüssel der Aufhebung in Rethkast verborgen, oder doch?"

„Er liegt dort, Herr", sagte Schmied. „Ich sah ihn. Er lag in einem Loch im Fels."

Silberspitze schüttelte den Kopf.

„Das ist das Schlüsselloch", sagte er. „Svnae hat die Wahrheit nicht erkannt, ehe es zu spät war. Euer Buch des Feuers besagt, der Schlüssel der Aufhebung sei verborgen, aber nicht in den Knochen, nicht an einem Ort voller Knochen. Nicht im Ossarium von Kast. Es gibt im Text einen Fehler, seht Ihr.

Was es eigentlich besagt, ist, dass der Schlüssel in einem Knochen verborgen ist, im Sinne von Fleisch und Knochen. Nachkommen. Vererbung. Eine Eigenschaft, die sich mit dem

Blut vererbt. Etwas, das schlummern würde, bis der Vater Eures Volkes beschlösse, es zu benutzen."

Schmied sah auf seinen Arm. Er war aus Metall und Eis und wusste, wie man den Metropolen seines Volkes ein Ende bereitete. Er hatte seine Träume geträumt. Er hatte immerzu für ihn gemordet, sein ganzes Leben lang, hatte ihn aus jeder dunklen Gasse und jeder Not gerettet, in der er sich je befunden hatte, hatte ihm seinen Lebensunterhalt mit dem verdient, was er wusste. Aber jetzt kannte er seinen Zweck.

„Ich bin der Schlüssel der Aufhebung", sagte er.

Silberspitze beobachtete ihn.

„Eine Hilfe für die Kinder anderer Götter", sagte er. „Wenn es zu viele von Euch gibt, wird auf dem Amboss der Welt ein Schlächter geboren. Sein Schicksal ist es, eine Katastrophe herbeizuführen. Was werdet Ihr jetzt tun?"

„Ich will das nicht", sagte Schmied, auch wenn er wusste, dass nicht länger zählte, was er wollte.

„Es ist eine Schande", stimmte Silberspitze zu. „Aber Ihr kommt da nicht mehr heraus, nicht wahr?"

„Könnt Ihr mir helfen?"

„Ich mische mich nicht in die Angelegenheiten der Götter ein", sagte Silberspitze. „Alles, was ich tun kann, ist, Eure Entscheidung zu bezeugen. Aber was immer Ihr tut, tut es bald. Das ist mein Rat, wenn Ihr irgendeine Kontrolle über das haben wollt, was geschieht. Der Schmerz wird schlimmer werden, bis Ihr gehorcht."

„Ich muss wieder in den Raum, nicht wahr?", sagte Schmied traurig.

Silberspitze zuckte die Achseln. Er stellte sein Getränk ab, erhob sich und nahm eine Axt von einem Waffenständer in der Ecke.

„Lasst uns spazieren gehen", sagte er, während er die Zeltklappe aufhielt.

Sie traten in die Nacht, und die Wachen salutierten. Silberspitze nickte ihnen zu.

„Rührt euch", sagte er. „Hier entlang, Schmied."

Er ging zum nahen Pavillon Svnaes. Nachdem er eine Fackel aus ihrer Eisenhalterung genommen hatte, räusperte er sich laut vor dem Eingang.

„Vater?"

„Steh auf und komm mit, Svnae", sage er. „Du wirst gerichtet."

Sie trat einen Augenblick später nach draußen, gehüllt in einen Schlafrock. Sie wirkte anmutig, verängstigt, jung und – neben ihrem Vater – klein. In jeder anderen Nacht wäre Schmied an ihrem weitgehend unbekleideten Zustand äußerst interessiert gewesen.

Sie hielten vor dem nächsten Pavillon, und Silberspitze sagte: „Komm da heraus, Sohn."

Es kam keine Antwort. Silberspitze atmete recht energisch aus, riss die Zeltklappe auf und enthüllte Fürst Ermenwyr. Der junge Fürst war noch vollkommen angezogen und saß aufrecht auf dem Rand eines Klappbetts. Er blickte mit weit aufgerissenen Augen seinen Vater an.

„Du wirst auch gerichtet", sagte Silberspitze. „Komm."

Er führte sie durch die Nacht, über das Schlachtfeld des Tages, wo die Reste eines Feuers noch immer qualmten, und die Knochen der Erschlagenen in ihrer Mitte zu Asche zerfielen. Wachen schwärmten aus und begleiteten sie in diskretem Abstand.

Sie kamen zu dem Felsen, und Silberspitze nickte Svnae zu, die sie hineinführte. Die Kammern und Gänge waren verlassen; die Klosterbrüder hatten sich ins Lager zurückgezogen, um sich um die Verletzten zu kümmern. Sie kletterten durchs Dunkel, und ihre Schritte hallten wie eine marschierende Armee.

Der Schmerz in Schmieds Arm schwand mit jedem Schritt. Er war noch immer so empfindungslos, dass er sich Wellen der

Kälte vorstellte, die davon ausgingen, aber er fühlte sich so geschmeidig an wie immer. Er blickte zum Tonnengewölbe hinauf, während sie gingen, und fragte sich, wer seiner Ahnen diese Tunnel geschlagen hatte. Das Ossarium von Kast …

Was war hier geschehen, dass die Yendri den Ort von Toten erfüllt vorgefunden hatten? Es musste zu Fürst Salzes Zeit geschehen sein, so lange her, dass es beinahe ein Mythos geworden war. Was war der Anlass des Krieges gewesen? Warum waren die Kornkammern von Troon abgebrannt? Das wurde in den Geschichten niemals deutlich; nur über die großen Taten der Helden sang man, wie sie die Besiegten vor sich hertrieben wie Gespenster, wie sie mit ihren Schwertern und Kriegshämmern Wunder wirkten, wie sie am letzten Tag des Ruhmes siegten, ehe die Götter sie leid waren und sie aus dem Dasein strichen.

Nur eine Handvoll Leute hatte überlebt, in Fischerhütten am Rande des Landes, verängstigt von etwas in seinem Inneren, und trotzdem hatten sie sich aus jener armseligen Asche erhoben, oder nicht, und eine edle, neue Kultur auf der alten erbaut, besser als das, was sie davor gehabt hatten. Welches andere Volk konnte so etwas?

Welches andere Volk würde es müssen?

Es stimmte, dass sie sich vermehrten, bis sie neue Metropolen bauen mussten, und es stimmte, dass Verbrechen und Krieg und Hunger ihnen unerbittlich folgten … und jetzt gab es andere in der Welt, andere Völker, die als Erben mehr taugten.

Seinem Arm ging es jetzt gut. Besser als gut. Dem bloßen Fleisch und Blut überlegen. Es war schließlich der Teil von ihm, der den Göttern gehörte.

Schmied hörte das Geräusch rennender Schritten hinter sich, und Weidenspeer schloss zu ihnen auf.

„Wo geht ihr hin?“, schnaufte er. „Was wird er tun?“

Silberspitzes Stimme drang durch den Tunnel zu ihnen zurück. „Nichts, Kind. Ich bin nur hier, um zu beobachten.“

Sie betraten die Kammer. Silberspitze steckte die Fackel in eine Halterung neben der Tür. „Da sind wir", sagte er. „Was jetzt, Schmied?"

Schmied schielte zum Schlüsselloch, zum Feuerwirbel davor. Er wusste, er konnte seinen empfindungslosen, blauen Arm heben und durch das Hindernis stecken und würde keinen Schmerz spüren. Er wusste, er konnte die kaum sichtbaren Dinge dahinter greifen und herausziehen. Es waren nur Giftphiolen und kleine, raffinierte Instrumente, und dennoch, wenn er sie einmal hatte, würde man ihn nie wieder aufhalten können.

Er spürte, wie die Geschichte an ihm zog wie eine Tide, die ihm den Sand unter den Füßen wegsog. Alles, was er gewesen war, all die gewöhnlichen Dinge seines Lebens standen kurz davor, über Bord zu gehen. Wenn er einmal durch das Feuer gefasst hatte, wäre er gereinigt, perfekt, reduziert auf seinen wesentlichen Zweck. Er würde einem entgleisten Volk sein unabwendbares Ende bringen. Es war der Wille der Götter.

Schmied, der alte Schmied, der kurz davor stand, wie ein Kleidungsstück abgelegt zu werden, sah vom Feuerwirbel weg.

Die anderen musterten ihn. Silberspitzes Blick war leer, rätselhaft. Svnae biss sich auf die Unterlippe, der Blick ihrer dunklen Augen war besorgt. Fürst Ermenwyr stand mit verschränkten Armen da und tat sein Bestes, gelassen zu wirken, während er zitterte, und Weidenspeer starrte von einem zum anderen und zum hellen Feuer, und Schrecken breitete sich auf seinem Gesicht aus.

Warum war der Bursche so fassungslos? Ah, weil er eine Frau, eine Mutter und ein ungeborenes Kind hatte. Persönliche Gründe. Die Sorgen normaler Menschen, nicht die von Helden.

Deutlich trat vor sein Auge ein Bild der kleinen Hellbrenn, trostlos auf ihrem Sitzplatz in der Küche, und Frau Schmieds, die in ihrer Rauchwolke sang. Fenallise.

Schmied öffnete und schloss die Hand.

„Ich muss mir Eure Axt leihen“, sagte er zu Silberspitze. Der Fürst nickte ernst und reichte sie ihm.

Schmied kauerte sich hin.

Er legte seinen blauen Arm auf den Felsen und schlug einmal zu, trennte seine Hand und seinen Arm unterhalb des Ellbogens ab.

Für einen Augenblick, in dem der Arm zuckend in der Pfütze seines schwarzen Blutes lag, stand die Zeit still, dann hob sich das abgetrennte Ende wie eine Schlange, und etwas blickte ihn anklagend mit funkelnden, schwarzen Augen an. Es sagte ihm, er habe die Götter enttäuscht. Es sagte ihm, er sei ein gewöhnlicher, unbedeutender, kleiner Mann.

Dann lief die Zeit weiter, und es ertönte eine Menge Geschrei. Svnae hatte die Schleppe ihres Schlafrocks abgerissen und kniete neben ihm, um ihm damit den Armstumpf zu bandagieren, und als sie festzog, brach Weidenspeer den Griff der Axt ab und steckte ihn durch den Knoten der Aderpresse. Überall war Blut. Schmied starrte Svnae geradewegs auf den prächtigen, bloßen Busen, der nur wenige Zoll vor seinem Gesicht war, und hörte Ermenwyr kaum zu, der auf seiner anderen Seite war und sagte: „Es tut mir leid, Schmied, es tut mir so leid, Ihr kommt wieder in Ordnung, ich mache Euch eine magische Hand mit Juwelen drauf oder so was, und Ihr werdet besser als neu sein! Wirklich! Oh, Schmied, sterbt nicht!“

Schmied fiel um.

„Seht Ihr?“, sagte er zu niemand besonderem. „Es war nur ein Gleichnis.“

„Ich bin beeindruckt“, sagte Silberspitze bedächtig nickend.

Schmied verlor das Bewusstsein.

Er verbrachte die folgenden beiden Tage in einem angenehmen Nebel. Weidenspeer verließ ihn nie, wechselte die Bandage an seinem Arm stündlich und sorgte für eine anhaltende Betäubung. Fürst Demaledon kam oft, um Rat zu geben; er und Weidenspeer führten lange, klangvolle Unterhaltungen voller medizinischer Begriffe, die Schmied nicht verstand. Es störte ihn nicht. Er fühlte sich frohgemut und furchtlos.

Svnae brachte ihm Delikatessen, die sie selbst für ihn zubereitet hatte, obwohl sie keine besonders gute Köchin war, und sie entschuldigte sich immer wieder auf demütigste Weise bei ihm. Als er sie fragte, wofür sie sich entschuldigte, brach sie in Tränen aus, und als er versuchte, sie zu trösten, machte er alles nur noch schlimmer, da er vergessen hatte, dass er nicht länger zwei Arme besaß, die er um sie legen konnte. Also entschuldigte er sich, und sie weinte noch heftiger. Alles in allem war es kein gesellschaftlich erfolgreicher Moment.

Fürst Ermenwyr kam mehrere Male, um neben seinem Bett zu sitzen und mit ihm zu reden. Er schwatzte nervös einige Stunden lang und füllte das Zelt mit purpurnem Rauch, und Schmied nickte oder schüttelte den Kopf zur Antwort, aber hätte auch mit einem Schuhlöffel kein Wort einbringen können. Hauptsächlich sprach der junge Fürst über magische Prothesen, ihre Pflege und Instandhaltung und die Vorteile komplizierter, zusätzlicher Besonderheiten wie Korkenzieher, Schneidemesser und verborgener Flaschen.

An einem Nachmittag schwebte Schmied frei auf der Welle eines feinen, grünen Elixiers, das alle Sorgen verbannte und beobachtete durch die geöffneten Zeltklappen das Drama, das sich scheinbar nur zu seiner Unterhaltung davor abspielte. Silberspitze saß auf einem schwarzen Stuhl, die bloße Klinge über seinen Knien. Der Kriegsherr der Yendri stand in Ketten vor ihm.

Es folgten lange Unterhaltungen in Worten, die Schmied nicht verstand. Die meisten Sätze des Yendri-Anführers wurden allerdings schlecht dargestellt, er schien dem Melodrama zuzuneigen, und Schmied hätte gehöhnt und Nussschalen nach ihm geworfen, nur dass er keinen Verkäufer für Knabbereien im Publikum entdecken konnte und ohnehin keinen Arm hatte, mit dem er hätte werfen können.

Dann gab es einen aufregenden Moment, als die Handlung in sein Zelt getragen wurde, alle ihn anstarrten und Silberspitze sehr ernst erklärte, dass der Yendri seinen Plan zugegeben hatte, die Kinder der Sonne auszulöschen. Wie lautete Schmieds Urteil als einziges anwesendes Mitglied seines Volkes? Schmied dachte darüber nach, während alle, auch der Yendri, ihn betrachteten.

Schließlich sagte er, er halte es für eine schlechte Idee.

„Verurteilt Ihr ihn zum Tode?", fragten alle.

Schmied zog die Brauen zusammen und rätselte über der Frage, bis er merkte, dass er frei von all dem war; er würde nie wieder jemanden töten. Er lag nur da, lachte und schüttelte den Kopf. „Nein."

Dann zog sich die Handlung wieder zur Bühne zurück, und eine Menge anderer Anschuldigungen wurden vorgebracht. Das Wort Hlinjerith wurde mehrere Male gesprochen, und der Yendri stand aufrecht und sagte stolz etwas, und ein entsetztes Aufkeuchen vieler Leute, die zusahen, war zu hören. Weidenspeer stöhnte laut neben Schmied und vergrub sein Gesicht in den Händen. Schmied fragte, was los sei, und Weidenspeer sagte, die Waisen hätten etwas Schreckliches getan. Schmied fragte, was sie getan hatten. Weidenspeer, der sich nur mühsam wieder unter Kontrolle bekam, sagte, sie seien sicher gegangen, dass Hlinjerith niemals von den Kindern der Sonne entweiht werden würde.

Also verurteilte man den Yendri trotz allem zum Tode. Die drei Fürsten Eyrdway, Demaledon und Ermenwyr traten vor. Jeder von ihnen trug seine Gründe vor, und Silberspitze hörte ihnen mit zur Seite geneigtem Kopf zu. Dann zeigte er ihnen ein wundervolles Kunststück, indem er drei Stäbe aus blauem Feuer aus der Luft zog und sie in seiner ausgestreckten Faust hielt, und die drei zogen jeder einen. Fürst Demaledon zog den längsten.

Die Leute bildeten einen Kreis, waren aber so rücksichtsvoll, eine Lücke zu lassen, damit Schmied zusehen konnte. Die Ketten des Yendri fielen. Man gab ihm einen Stab. Fürst Demaledon trat mit seinem Stab ebenfalls in den Kreis. Schmied war schrecklich aufgeregt und bemühte sich, aufrecht zu sitzen, damit er besser sehen konnte, aber als Weidenspeer die Kissen hinter ihm gerichtet hatte, war es fast schon vorbei. Klack, klonk, krach, zwei kämpfende Stockinsekten, und dann machte es knack, der Yendri lag mit eingeschlagenem Schädel am Boden, und das war alles.

Schmied war enttäuscht, bis Weidenspeer ihm noch mehr von dem Elixier spritzte und er wieder in die Glückseligkeit schwebte … man trug die Leiche von der Bühne, die Menge zerstreute sich, die Vorhänge fielen und er versuchte, zu applaudieren. Aber das war auch etwas, das er nicht mehr konnte.

Eines Morgens erzählten sie ihm, man werde ihn zurück zum Schiff bringen, und er beobachtete, wie sie ihn auf eine Trage banden und vier von Silberspitzes Soldaten ihn zwischen sich trugen. Ihre Rüstungen und Wappenröcke waren identisch, aber sonst waren sie monströs in ihrer überschäumenden Vielfalt: Schuppen, Fangzähne, Fell, ungleiche Gliedmaßen. Gleichwohl trugen sie ihn sachte durch die Felsen, zum neuen Ufereingang hinaus und auf den Landesteg.

Dort lag die *Nest des Eisvogels* vor Anker, so sicher, als hätten die Belagerung und die Schlacht in einer anderen Welt stattgefunden. Schnitt, Quetsch und die anderen standen wie eine Reihe Hafenpoller am Ufer aufgereiht und schienen stolz auf sich selbst zu sein, soweit ihre Gesichter das ausdrücken konnten. Sie begrüßten ihren Herrn mit Freudengeschrei und warfen sich vor Silberspitze zu Boden, als er zum Abschiednehmen herunterkam.

Er ragte vor Schmied auf.

„Mein Sohn wird Euch nach Salesh zurück bringen“, sagte er.

„Danke, mein Fürst“, sagte Schmied.

Fürst Demaledon und Fürst Eyrdway ragten ebenfalls zu beiden Seiten ihres Vaters auf.

„Ich kann immer noch nicht fassen, was Ihr getan habt“, sagte Eyrdway ein wenig mürrisch. „So viel Macht, und Ihr habt sie weggeworfen! Wisst Ihr nicht, was Ihr hättet tun können?“

„Er weiß es, Sohn“, sagte Silberspitze.

„Ich habe Weidenspeer Arzneien für die Wunde gegeben, Schmied“, sagte Demaledon. „Versucht nicht, sie mit kochendem Pech zu versiegeln, was immer Eure Ärzte Euch sagen. Euer Volk mag des Lebens würdig sein, aber Euer Verständnis von Heilkunde ist … unzureichend.“

„In Ordnung“, sagte Schmied unbestimmt, während er sich umsah und ins Sonnenlicht blinzelte. Andere Angehörige des Dämonenheeres luden Kisten mit etwas Schwerem an Bord der *Nest des Eisvogels*. Silberspitze folgte seinem Blick.

„Goldmünzen“, erläuterte er. „Könnt Ihr überall wechseln. Das sollte Euch über die kommenden Jahre bringen.“

„Oh. Ihr meint … den Krieg und das alles?“

„Nein“, sagte Silberspitze mit einem kurzen, düsteren Blick. „Es wird nicht mehr zu einem Krieg kommen. Nicht wegen Hlinjerith der nebligen Zweige. Auch wird Euer Volk diesmal nicht untergehen, da Ihr den Schlüssel der Aufhebung zerbrochen habt. Aber eine Wiedergutmachung sind wir Euch schuldig, nach allem, was meine Kinder Euch angetan haben.“

„Oh, naja …“ Schmied durchsuchte seinen Hirnkasten nach etwas Höflichem, das er sagen konnte. „Ich schätze, ich wäre früher oder später sowieso hergekommen. Wenn es der Wille der Götter war.“

Silberspitze ließ grinsend Weiß in seinem schwarzen Bart aufblitzen.

„Ja, natürlich, wir müssen den Willen der Götter achten.“ Er beugte sich vor und flüsterte: „Lasst meinen Sohn die teuerste Prothese kaufen, die es auf dem Markt gibt, ja? Wenn er eine kaufen will, die die Uhrzeit angibt und ‚Die Jungfrauen von Karkateen‘ spielt, lasst ihn. Der kleine Teufel erträgt es nicht, sich schuldig zu fühlen.“

Die Rückreise war traumhaft und sehr angenehm für Schmied, der nichts anderes zu tun hatte, als an Deck unter einer Markise zu sitzen und die vorbeiziehende Landschaft zu beobachten. Alle anderen waren entweder beschäftigt – wie Weidenspeer, der jetzt verpflichtet war, am Steuer zu stehen – oder leise unglücklich, wie Fürst Ermenwyr und Svnae. Selbst der Transport zum Becken von Reth hinunter verlief reibungslos.

Als Weidenspeer sie dort durch das grüne, klare Wasser steuerte, sahen sie die ersten weißen Schmetterlinge.

„Oh, seht mal, da sind Eure Geister“, bemerkte Schmied, der auf zwei große Findlinge zeigte. Weiße Flügel flatterten in einem langen Sonnenstrahl wie Mohnblüten im Wind. Svnae, die Kissen und eine Reisedecke für Schmied richtete, blickte auf und hielt den Atem an.

„Ich habe noch nie solche Schmetterlinge gesehen“, sagte sie.

„Weil das Kohlweißlinge sind“, sagte ihr Bruder, der auf und ab ging. Er warf ihnen einen unfreundlichen Blick zu, als er seine Rauchröhre von einem Mundwinkel in den anderen schob.

„Es ist ein gutes Zeichen“, sagte Weidenspeer, als er sie in den Fluss lenkte.

„Sie folgen uns", sagte Schmied, und er hatte recht; denn als das Becken von Reth zurückblieb, schwebten die Schmetterlinge hinter ihnen her oder ließen sich wie Vögel auf den Spieren und in der Takelage nieder.

„Verschwindet, ihr kleinen Mistviecher!", rief Ermenwyr.

„Lass sie in Ruhe. Sie sind hübsch", sagte Svnae. „Was kann ich Euch bringen, Schmied? In Weißwein geschmorte Ortolane? Gesüßte Pfeffertörtchen? Rosenkonfekt? Schwarzen Tee mit Paradieskörnern?"

„Schwarzer Tee klingt gut", sagte Schmied. Sie hob einen silbernen Krug, in den raffiniert goldene Pfauen und Vipern ziseliert waren, und goss mit ihren schönen Händen einen langen Strahl Tee in eine Tasse aus eierschalenfeinem Porzellan, die teuer und selten war. Schmied sah zu, wie sie mit einer silbernen Pinzette Paradieskörner aus einer kleinen, goldenen Schatulle nahm, unfähig, eine Art zu finden, ihr höflich zu sagen, dass er seinen Tee pur bevorzugte.

Einige Tage später, nach einer übernatürlich schnellen Reise, vor dem Schild der Drei Hämmer …

Herr Schmalblech saß an seinem Schreibtisch und kaute am Ende seines Bleistifts, während er seine Geschäftsbücher durchging. Er war nicht besonders gut im Abrechnen – er war mehr ein Mann der Ideen –, aber er hatte seinen Buchhalter fortschicken müssen, zusammen mit seinem Chefsekretär, seinen Stuhlträgern, seinem Masseur und Teilen seiner besseren Einrichtung.

Er hörte Aufregung im Hof unterhalb seines Büros und schielte aus dem Fenster, während er sich fragte, ob er die Tür verriegeln und so tun sollte, als wäre er nicht da. Aber es war nicht der Eintreiber der Bauunternehmer Rotblei und Söhne, auch nicht Herr Schraubenbiss, der Architekt, der ebenfalls seit sechs Wochen unbezahlt war. Es war ein sehr großer Mann in gut geschneiderter Kleidung, der von gleichermaßen großen, uniformierten Dienern begleitet wurde, die am Hofeingang Stellung bezogen.

Schmalblech beobachtete ihn so lange, bis er sicher war, dass der große Mann die Treppen hinaufging, die zu seinem Büro führten, dann wurde er zu einem unscharfen Flecken fieberhafter Bewegung. Unbezahlte Rechnungen flogen in eine Schublade. Drohbriefe verschwanden unter dem Teppich. Andere Dinge, die den Erfolgseindruck mindern könnten, landeten im Spind. Als es klopfte, richtete Herr Schmalblech seine Tunika, atmete tief ein und wartete, bis es ein zweites Mal klopfte, ehe er die Tür öffnete.

„Entschuldigt“, sagte er zu dem Mann, der davor stand. „Mein Sekretär ist gerade unterwegs, um eine große Einzahlung bei der Bank zu tätigen. Ihr Name, Herr?“

„Silberspitze“, sagte der Mann mit einem fremdartig geschmeidigen Bass. „Aden Silberspitze. Ich will Herrn Schmalblech ein Angebot machen.“

„Wirklich?“, sagte Schmalblech. „Das bin ich, Herr! Die Geschäfte laufen derzeit ein wenig hektisch, aber ich kann sicherlich einen Augenblick entbehren – oder zwei ...“ Er ging rückwärts in den Raum und griff hastig nach seinem Geschäftsbuch, um es zu schließen. Silberspitze folgte ihm, und so auch zwei weitere der uniformierten Diener, die eine Kiste zwischen sich trugen.

„Ich, äh, ich würde Euch Wein anbieten, aber wir hatten heute Morgen eine Vorstandssitzung – alle unsere Investoren, wisst Ihr – und haben vorübergehend keine Erfrischungen“, plapperte Herr Schmalblech.

„Ich möchte Schmalblech-Immobilien kaufen“, sagte Silberspitze.

„Natürlich!", schrie Herr Schmalblech. „Das soll heißen – Baugrundstücke verkaufen sich rasch, aber ich denke, wir werden was Passendes für Euch finden – in der Tat ist gerade heute Morgen ein erstklassiges Grundstück im Hafenviertel frei geworden, ein armer Waffenhändler in Deliantiba hat seine Anzahlung eingebüßt, wegen des Friedensabkommens und allem – ja, ich bin sicher, wir ..."

„Ihr habt keine Investoren", sagte Silberspitze. Er sagte es nicht besonders bedrohlich, aber etwas in seinen dunklen Augen ließ Herrn Schmalblech die Haare im Nacken stehen. „Tatsächlich habt Ihr nicht ein Grundstück verkauft und seid bankrott."

Schmalblech sah zum Fenster hinaus und fragte sich, ob er es mit einem Sprung schaffen könnte, erinnerte sich dann aber an die Diener, die unten Wache hielten. Er sah zu den Dienstboten, die mit ihm im Raum waren und die sturen Gesichter von Männern hatten, die in der Lage waren, in ihrem Dienst recht unangenehme Dinge zu tun und hinterher tief und fest zu schlafen.

„Seid Ihr von den Blutfeuern?", fragte er tonlos.

„Vielleicht", sagte Silberspitze mit nur der Spur eines Schnurrens in der Stimme. Er schnippte mit den Fingern, und die Dienstboten öffneten die Kiste. Sanft fiel das Nachmittagslicht auf die Barren um Barren von Gold, die sich darin aufreihten Schmalblech starrte darauf.

„Unmarkiert. Genug, um Eure Schulden zu decken und Eure Reise aus der Stadt zu bezahlen", sagte Silberspitze. „Ihr werdet die Ansprüche auf Bauprojekte auf mich übertragen lassen, hier und jetzt."

Schmalblech sammelte sich etwas.

„Oh, Herr, die Ansprüche sind mehr wert als das!", protestierte er. „All die Ufergrundstücke! Unberührtes Paradies!"

Silberspitze sah ihn nur an. Sein Blick war rätselhaft wie eine Nacht voller Löwen.

„Ich habe Informationen aus Euren eigenen Kreisen, dass Euer Eigentum kürzlich an Wert verloren hat“, bemerkte er ruhig, aber mit einem vorwurfsvollen Klang.

Schmalblech zuckte zusammen, als er an die verzweifelte Nachricht dachte, die er am Vortag von seinen Administratoren erhalten hatte. Er traf eine Entscheidung.

„Lasst uns zum Anspruchsamt gehen, in Ordnung?“, sagte er. „Sie haben einen Notar und Waagen vor Ort. Äußerst praktisch.“

Die Reise ging angenehm und beschaulich weiter. Die *Nest des Eisvogels* musste nicht ihre mechanischen Ruder benutzen und noch nicht einmal ihre gebänderten Segel, sie schwamm durch das blaugoldene Wetter. Aber es kam ein Morgen, an dem Schmied die Nebelwand im Norden aufsteigen sah, rosa im Sonnenaufgang.

„He, seht mal!“ Er winkte mit seinem Stumpf. „Wir werden in einer Woche in Salesh sein. In zweien spätestens, wenn wir auf Nummer sicher gehen und um die Blockade herum fahren. Denkt Ihr, Ihr seid schon Vater?“

Weidenspeer, der den Nebel verzweifelt betrachtet hatte, lachte.

„Sicher noch nicht“, sagte er. „Das wüsste ich.“

„Habt Ihr Euch schon für einen Namen entschieden?“

„Wenn es ein Mädchen ist, Fenallise“, sagte Weidenspeer. „Kalyon, wenn es ein Bub ist.“

Schmied nickte. Weidenspeer sah wieder zum Nebel.

„Ich vermisse sie so“, sagte er.

Fürst Ermenwyr kam an Deck, sah die Nebelwand und stöhnte. Er ließ sich auf einen Schaukelstuhl neben Schmied fallen.

„Ich brauche Schnaps zum Frühstück“, brummte er.

„Das war besser keine Anmerkung zu meinen Kochkünsten“, sagte Svnae streng, als sie mit einem Tablett den Niedergang herauf kam. Sie stellte es neben Schmied und breitete mit eleganter Geste ein Mundtuch für ihn aus. „Ich habe für unseren lieben Schmied etwas Neues ausprobiert. Seht!“ Sie zog die Abdeckung von der Schale. „Es ist eine Meeresfrüchteüberraschung im Topf! Ein Garnelenrelish und Fischeier, in Straj, gekocht, und das dunkle Zeug ist eingerührte Fischpaste.“

„Klingt lecker“, sagte Schmied höflich. „Danke, Madame.“

„Kann ich Schnaps in meinem haben?“, fragte Fürst Ermenwyr.

„Lass das!“ Sie wirbelte zu ihm herum. „Ich habe dir gesagt, es tut mir leid wegen gestern, und woher hätte ich wissen sollen, dass du allergisch gegen Nelkenhonig bist?“

„Erinnerst du dich, als ich mit zehn einen anaphylaktischen Schock hatte?“

„Oh. Nun ...“ Svnae entdeckte die Nebelwand. Sie erbleichte. „Wir sind fast da, nicht?“

Fürst Ermenwyr nickte bekümmert. Sie ließ sich neben ihm auf das Deck sinken. Einen Augenblick später hielten sie einander an der Hand und starrte zusammen in den Nebel. Weidenspeer begann, sanft zu singen.

Schmied frühstückte. Ein weißer Schmetterling ließ sich auf dem Rand seiner Schale nieder. Zwei weitere flogen aus dem Nichts herbei und landeten auf dem Steuerrad, zwischen Weidenspeers Händen.

Die Strömung zog sie sanft mit sich. Innerhalb der nächsten Stunde hatten sie die neblige Welt betreten.

Schmied, der die Wand von seinem Platz aus beobachtete, sah die dunklen Zweige im Röhricht auf den Wellen treiben, ehe er den Geruch bemerkte. Er war streng, beißend, unvergesslich.

„Haftfeuer", sagte er, als er die Luft roch.

„Stimmt", sagte Weidenspeer, der nach vorne blickte, während er steuerte.

Schmied sah den weißen Schaum auf der Flutlinie und erkannte dann, was es war, und als die ersten der schwarzen Skelette aus dem Nebel auftauchten, ballte er seine eine Faust. Allmählich lichtete sich der Nebel weiter, und er sah die Wildnis aus Schlamm und Asche, die einmal Hlinjerith der nebligen Zweige gewesen war.

„Oh, es tut mir leid", rief er.

Fürst Ermenwyr zuckte die Achseln.

„Es waren nicht Eure Leute", sagte er. „Es waren die standhaften Waisen. Sie haben es zerstört, damit Eure Leute es nicht entweihen konnten."

Svnae senkte den Kopf und weinte.

Schmied erkannte die Form des Landestegs vor ihnen. Seine rot-gelben Banner waren fort; ein verstreuter Hügel war alles, was von der Hütte der Verwalter übrig war.

„Können wir anlegen?", fragte er. „Wenn es auch nur eine Chance gibt, dass einer von ihnen noch lebt, würde ich ihn da gerne rausholen."

Weidenspeer steuerte zur Böschung und brachte sie fachmännisch zum Anlegeplatz. Auf Schmieds Zeichen warfen Stich und Qual Anker. Schmied stand unsicher auf und schaute durch den Nieselregen.

„He-he-he!", rief er.

Einen Augenblick später erschallte eine undeutliche Antwort, die von jemandem widerhallte, den sie nicht sehen konnten.

Schmied blickte genauer hin. Allmählich nahm er im Nebel Gestalten wahr, die sich bewegten, bleiche, aufrechte Gestalten in der Landschaft. Ein Wind hob sich vom Fluss, seufzte in der Takelage und dem schwingenden Röhricht, der Nebel teilte sich, und die Szenerie vor ihnen wurde klar.

Dort waren Leute, die sich durch die schlammige, aufgewühlte Asche kämpften, die Erde mit Spaten umgruben, sie mit Harken ebneten, Arme voll schlammiger Wurzeln oder sogar kleine Bäume brachten, die eingepflanzt werden sollten. Ein Mann stolzierte von West nach Ost, bewegte sich in einem geschmeidigen und endlosen Rhythmus, während er eine Faustvoll aus dem Saatbeutel nahm, den er trug, den Arm in einem weiten Bogen schwenkte, Saat wie Regen auf der Erde verstreute und wieder in den Beutel griff.

Die drei stehenden Steine waren umgekippt und lagen in einem geschwärzten Wirrwarr, das einmal Rosenranken gewesen waren, aber eine Gruppe bemühte sich, einen von ihnen mit behelfsmäßigen Hebeln und Seilen wieder aufzustellen. Am Flussufer stand eine Frau, die Hürden aus grünen Weidenstäben flocht.

Sie war eine große Frau, in Weiß gekleidet, obwohl ihr Gewand von der Arbeit fleckig und schlammverschmiert war wie ihre Füße und Hände. Regen troff von der weiten Krempe ihres Hutes. Mit kräftigen Händen wob sie die feinen Umzäunungen, formte mühelos Wände und stellte sie auf, indem sie sie mit einem Schlag in den Schlamm trieb, und wo sie das Holz berührte, da keimte es. Graue Weidenkätzchen standen an den näheren Umzäunungen, grüne Blätter sprossen bereits aus der ersten, die sie gesetzt hatte. Blühten die Wände selbst? Nein; weiße Schmetterlinge setzten sich hier und da darauf.

„Das ist Mutter“, sagte Fürst Ermenwyr mit Geisterstimme.

Sie hob den Kopf und schaute zu Schmied. Ihm stockte der Atem.

Die Frau hatte klare, so klare Augen, und ihr Blick traf ihn wie ein Lichtstrahl. Sie war die schönste Frau, die er je im Leben gesehen hatte, aber irgendwie blieb diese Tatsache von seinem

Fleisch unbemerkt. Sie war frei und vollkommen wie eine Gravierung in Stahl und genauso alterslos. Sie war einfach wie Wasser, unerbittlich wie der rollende, weiße Brecher, geheimnisvoll wie Regen in der Wüste.

Sie gingen an Land und suchten sich einen Weg durch die Ruinen am Ende des Piers, und die Frau kam ihnen entgegen.

Fürst Ermenwyr räusperte sich. „Mama, was machst du denn hier?", erkundigte er sich vorsichtig.

„Ich lege einen Garten an", entgegnete sie. Ihre Stimme war auch herrlich.

Weidenspeer kniete vor ihr nieder, und sie legte ihm eine Hand unters Kinn und gebot ihm lächelnd, sich zu erheben. „Keine Sorge", sagte sie, und die Bedeutung des Satzes schien nachzuhallen und hundert ungestellte Fragen unnötig zu machen. „Lasst mich den Helden sehen."

Schmied fragte sich, ob er knien sollte. Er hatte sich im Leben noch nicht so unbeholfen gefühlt, vage beschämt ob seines verstümmelten Armes und der Tatsache, dass ihn seit drei Tagen niemand rasiert hatte.

„G-guten Morgen, Madame", sagte er heiser. „Da waren ein paar Männer in – in den Trümmern stationiert. Es waren nur Wächter. Sind sie gefallen, als die Waisen den Ort niederbrannten?"

„Nein", sagte sie. „Sie sind ins Röhricht geflüchtet und haben sich dort versteckt. Auch wenn der arme Herr Bolter an einer Pneumonie litt, als wir ankamen." Sie drehte sich um und wies auf den Stein, der sich Stück für Stück in seinem Flechtwerk aus Seilen aufrichtete. Schmied schielte zu den Gestalten, die ihn umgaben, und bemerkte, dass drei davon Kinder der Sonne waren, obwohl sie so schlammbedeckt und ascheverschmiert waren wie die anderen.

„Herr Bolter!“, rief die Frau. „Herr Drill! Herr Kupfermantel! Das Schiff ist zurück. Wollt Ihr jetzt heim?“

Die drei drehten sich abrupt um und blickten herüber. Sie tauschten Blicke aus und kamen über das Feld, aber auf zögernde, widerwillige Art. Nach drei Vierteln des Weges hielten sie an.

„Gehört Ihr zu Schmalblech?“, fragte Kupfermantel. „Sagt ihm, wir kündigen. Er hat uns nicht entlohnt. Es kam nie ein Lieferschiff und sie ...“, seine Stimme brach, „sie hat uns gerettet. Also bleiben wir hier und helfen ihr!“

„Bitte, Madame?“, fügte Bolter hinzu.

„Danke“, sagte sie. „Ich wäre dankbar für Eure harte Arbeit.“ Sie drehten sich um und gingen rasch zu den Steinen zurück.

„Mutter, wie kannst du einen Garten hier planen?“, rief Fürst Ermenwyr. „Sie werden hier eine Metropole bauen!“

Die Frau drehte sich um und musterte ihren Sohn mit milder Strenge. Er zuckte zusammen, und Schmied musste seine Selbstbeherrschung bewundern; er selbst hätte längst auf den Knien gelegen und um Vergebung gefleht.

„Nein“, sagte sie. „Hlinjerith gehört jetzt mir. Dein Vater hat alles Notwendige in ihren Anspruchsämtern geregelt. Wenn der Geliebte wiederkommt, werden sein heiliger Hain und Garten auf ihn warten.“

„Ah. Wie nett“, sagte Lord Ermenwyr, der in seiner Tasche nach seiner Rauchröhre suchte. „Nun, ich denke, ich werde einfach weiter nach Salesh –“

„Die Stadt wird auf der anderen Seite des Flusses entstehen“, fuhr seine Mutter ruhig fort. „Du wirst sie für mich erbauen, mein Sohn.“

Ermenwyr erstarrte mitten in der Bewegung, seine Röhre an die Lippen zu heben. „Was hast du gesagt?“

„Du wirst am Ufer eine Stadt errichten", sagte die Frau. „Wohnlauben, um die Pilger zu beherbergen, die kommen werden. Gärten und Parks, wo Schüler unterrichtet werden, eine große Bibliothek und ein Gasthaus für die Kinder der Sonne, die nicht daran gewöhnt sind, unter freiem Himmel zu leben."

„Aber – aber – Mutter, das kann ich nicht!" Ermenwyr rang panisch die Hände. „Ich weiß nichts über das Bauen, und ich kann hier nicht leben, es ist so verdammt feucht und kalt, dass mir Pilze wachsen werden! Warum lässt du das nicht Demaledon tun?"

„Weil du es besser machen wirst", sagte seine Mutter. „Er geht nicht unter die Kinder der Sonne wie du. Du verstehst ihre Kultur, ihr Geld und ihre Geschäftspraktiken. Du wirst Pläne entwickeln und Schiffsladungen behauener Steine anfordern. Du wirst Handwerker anheuern."

„Ich glaube, ich bekomme Fieber ..."

„Nein. Ich werde nicht zusehen, wie du deine Talente verschwendest, mein Kind. Du bist lange genug in den Angelegenheiten deines Vaters durch die Welt gereist; es wird Zeit, dass du dich um meine kümmerst."

„Aber die Kinder der Sonne werden nicht herkommen", widersprach Fürst Ermenwyr.

„Doch!", rief Weidenspeer. „Ich habe sie das Meditieren gelehrt. Ich kann sie Feldwirtschaft und Medizin lehren."

„Wartet. Lasst uns das objektiv betrachten, ja?", sagte Fürst Ermenwyr, dessen Augen sich in dem Versuch, ruhig und vernünftig zu wirken, weiteten. „Sie überrennen jetzt schon die Welt. Der einzige Vorteil, den wir ihnen gegenüber haben, ist unser Wissen um Medizin, um Landwirtschaft, um, äh, Geburtenkontrolle und so weiter. Also, wollen wir ihnen wirklich dieses Wissen geben?"

Die Frau sah ihn traurig an. „Mein Kind, so etwas zu sagen ist böse und gemein. Besonders vor diesem Mann, der deinetwegen gelitten hat."

Fürst Ermenwyr zuckte heftig zusammen, er verlor beinahe sein Gleichgewicht und fiel hin.

„Schmied, ich habe es nicht so gemeint! Ihr hättet sie schließlich selbst fast ausgelöscht. Schien es dir damals in der Höhle nicht für einen Augenblick das Richtige zu sein? Hätte Massenvernichtung nicht viele Probleme gelöst? Was ich damit sagen will, ist, wenn die Götter selbst es für eine gute Idee hielten, wer sind wir, ihnen zu widersprechen?"

„Möglicherweise sind es keine sehr netten Götter", sagte Schmied. „Wenn sie ihre Kinder ermorden. Vielleicht sollten wir Widerstand leisten."

„Vielleicht", stimmte die Dame zu, „und vielleicht haben die Götter darauf gewartet zu sehen, ob Ihr der Versuchung nachgeben würdet, Eure Welt mit Glanz und Gloria zu zerstören. Es ist immer so viel einfacher, Fehler zu zerschlagen, als sie zu korrigieren. Aber wenn es kein Test war, was kann man dann anderes vermuten, als dass die Götter närrisch sind und nicht besonders mächtig?"

Sie streckte die Hand aus und berührte seine Schulter. Wo ihre Hand auflag, durchfloss ihn Wärme.

„Ich glaube, wenn Euer Volk einen Mann hervorbringen kann, der bereit ist, ein solches Opfer zu bringen, dann ist das ein Zeichen, dass man Euch eine weitere Chance geben sollte", sagte sie. „Ich habe vor, dafür zu sorgen, dass Ihr sie erhaltet."

Fürst Ermenwyr, der erfolglos versucht hatte, seine Rauchröhre in der feuchten Luft anzuzünden, sagte mürrisch: „Dann werde ich diese Stadt halt für dich errichten. Aber wenn du die Art von Deppen erwartest, die sich für Meditationsunterricht eintragen, dann lass mich dich warnen: Sie interessieren sich nicht dafür, etwas Nützliches zu lernen. Sie wollen nur einen neuen Glauben."

„Sie wollen es, weil sie wissen, dass es etwas Besseres geben muss als Unfreiheit und Torheit", versetzte sie ernst. „Ihre Herzen sind am rechten Fleck. Wir werden dafür sorgen, dass ihr

Verstand es auch ist, und es wird einer kommen, der sie hierher führen wird, am Morgen der neuen Welt."

Ohne Warnung drehte sie sich um und blickte Svnae an, die langsam zum Landesteg zurückgewichen war.

„Bist du so erpicht darauf zu gehen, Tochter?"

Svnae lief rot an und schritt murmelnd vorwärts. Sie überragte ihre Mutter, wirkte aber vor ihr irgendwie wie eine linkische Jugendliche.

„Du hattest mir nichts zu sagen", sagte sie.

„Ich habe dir viel zu sagen", antwortete die Frau. „Aber du musst den armen Schmied zuerst zu seiner Familie bringen. Das schuldest du ihm; denn wenn du dich nicht in Angelegenheiten eingemischt hättest, die dich nichts angingen, hätte er möglicherweise noch beide Hände."

„Nein, es war Schicksal, dass das passierte, egal was ich gemacht hätte", sagte Svnae stur, „und der Tod eines ganzen Volkes ging mich etwas an. Ich habe gesagt, dass es mir leid tut. Was kann ich sonst tun, um es wiedergutzumachen?"

Die Frau lächelte sie an. „Du kannst die Stärke deines großen Herzens nutzen, Kind. Du kannst deinem Bruder helfen, die Stadt zu erbauen. Besonders die Bibliothek."

Svnaes Gesicht hellte sich auf. Ihre Mutter musterte ihre scharlachrot-purpurne Seidenkleidung, ihren Schlangenschmuck, ihre bloßen Arme und seufzte.

„Aber bitte, kaufe dir vernünftige Kleidung in Salesh, ehe du zurückkehrst."

Ermenwyr schlich zu Svnae.

„Kopf hoch!", sagte er. „Denk daran, wie viel Spaß wir beim Einkaufen haben werden." Er warf einen Seitenblick auf seine Mutter. „Ich werde außerordentlich viel von deinem Geld ausgeben. Ich sollte eine Entlohnung dafür bekommen, ein guter Junge zu sein."

„Du bist immer ein guter Junge“, sagte seine Mutter ruhig, „was immer du dir selbst einredest.“

Fürst Ermenwyr knirschte mit den Zähnen.

Nach einer Tagesreise auf See entdeckten sie hell gebänderte Segel am Horizont, die stetig fuhren, obwohl sie schlaff in der reglosen Luft hingen.

„Das ist ein anderer sklavenloser Segler“, sagte Schmied, als er Schmetterlinge wegwedelte, die vor ihm flatterten. „Vielleicht sollten wir rufen und nach Neuigkeiten fragen.“

Nach einer Stunde waren sie nahe genug, um das Tönen der Ruder vom anderen Schiff zu hören, lauter noch als ihre eigenen, und nach einer weiteren Stunde sahen sie auf Deck des anderen Schiffes Feiernde tanzen und ihnen zuwinken.

„He – heeeeee!“, rief ein dicker Mann, der sich einen Kranz aus Rosen, der ihm über ein Auge gerutscht war, in die Stirn schob. „Was ist das für ein Schiff? Woher kommt Ihr?“

„Die *Nest des Eisvogels* aus Salesh, vom Rethestlin!“, donnerte Schmied. „Was ist das für ein Schiff?“

„Die *Träge Tage* aus Schwarzfels! Habt Ihr die Neuigkeiten gehört, Freund?“

„Welche Neuigkeiten? Ist der Krieg vorbei?“

„Herzog Skalkin ist an einer Gräte erstickt!“, rief der Mann heiter. „Sein Sohn hat am nächsten Tag das Friedensabkommen zum Abschluss gebracht!“

„Ein wenig Tod kann hin und wieder nützlich sein“, murmelte Fürst Ermenwyr.

„Die Blockade ist vorbei?“

„Sind alle heimgesegelt!“, versicherte der Mann, während er einen Weinbecher von einem gutgebauten Mädchen entgegennahm. Er legte den Kopf in den Nacken und trank, zeigte dann auf die *Nest des Eisvogels* und rief lachend: „Ihr habt ja auch Schmetterlinge!"

„Sie sind mit uns flussabwärts geflogen", sagte Schmied, der sich den weißen Flügeln zuwandte, die auf den Rahen hockten. Er sah zurück zur *Träge Tage*. „Ihr habt auch ein paar. Wo kommen sie her?"

„Das weiß niemand! Sie sind in Schwärmen herumgeflattert!" Der Mann sah genauer hin. „Sagt mal, was habt Ihr denn für eine Besatzung?"

„Wir kommen gerade von einer Kostümfeier", sagte Fürst Ermenwyr.

„Also können wir die Küste entlang nach Hause fahren?", fragte Schmied eilig.

„Ihr könnt den ganzen Weg frei segeln!" Der Mann machte eine weit ausholende Gebärde und verschüttete seinen Wein.

So war es dann auch: Sie glitten über eine See, glatt wie ein Spiegel unter einem Himmel mit Perlmuttwolken. Wenn da nicht die ununterbrochene Küstenlinie gewesen wäre, die neben ihnen verlief, hätten sie im Herzen eines unendlichen Opals segeln können. Vereinzelt fiel warmer Regen, große, vereinzelte Tropfen, und die See dampfte. Sie fuhren durch Wolken aus weißen Schmetterlingen, die über die offene See flogen und scheinbar denselben Weg hatten. Viele ließen sich auf den Spieren und in der Takelage nieder, trotz Fürst Ermenwyrs intensiver Bemühungen, sie fortzuscheuchen.

„Oh, was hast du gegen die armen, kleinen Dinger?", sagte Svnae tadelnd, während sie für Schmied Mohnblütenmarmelade auf einen Keks löffelte.

„Sie stinken nach einem Wunder", brummte ihr Bruder, der an Deck auf und ab schritt, die Fäuste unter den Frackschößen geballt.

Sie umrundeten das Blutkap ohne Zwischenfall und erblickten in der Morgendämmerung des nächsten Tages die hohen Wachkastelle von Salesh, die zur See hinab führenden Straßen und die weißen Kuppeln der Glänzenden Meile, die hell entlang des Strandes aufragten. So ruhig war das Wasser, so gläsern, dass sie den Kessel den ganzen Weg lang voll lassen mussten und nie ein Stück Segel hissten.

Aber als sie die Wellenbrecher umschifft hatten und in den Hafen einliefen, gab Schmied den Befehl, die Ruder einzufahren und nur auf der Strömung einzulaufen. Weidenspeer warf den Sperrhahn herum, und Dampf entwich mit einem Heulen, dass vom Ufer widerhallte. Die schlagenden Ruder kamen zum Stehen; aber als die Echos erstarben, herrschte eine unirdische Stille, und sie hätten ein Geisterschiff sein können, das in den Hafen hinein.

„Oh, oje", sagte Svnae, die ihre Augen mit der Hand beschattete.

Weiße Schmetterlinge waren überall, tanzten in Wolken über den Himmel, flimmerten auf den Zweigen der Bäume wie Schnee zur falschen Jahreszeit. Sie saßen dicht in der Takelage jeden Schiffes im Hafen. Sie erhellten die Köpfe und Arme der Salesher, die wie Träumer dastanden und sie betrachteten. Niemand schenkte der *Nest des Eisvogels* oder ihrer bizarren Besatzung viel Aufmerksamkeit, als sie vor Anker ging und sie an Land kamen.

„Das ist ein Vorzeichen für etwas Gewaltiges", sagte Weidenspeer, während er die Vorderstraße hinauf schritt.

„Es ist die Hitzewelle des Sommers", sagte Fürst Ermenwyr, der finster die flatternden Flügel anblickte, die den Himmel über dem Marktplatz verdunkelten. „Eine abnorme Anzahl dieser Dinger ist geschlüpft, das ist alles. Wartet!“

„Er hat eine Frau, zu der er zurück will, weißt du“, schalt Svnae ihn.

„Wir werden Euch tragen, Herr“, bot Schnitt an.

„Ja, vielleicht ist das das Beste“, sagte Lord Ermenwyr, und als Schnitt sich gehorsam vorbeugte, sprang er auf seine Schultern und saß dort, die Schmetterlinge höhnisch anlächelnd, die um seinen Kopf herumschwirrten. „Vorwärts, Schnitt!“

„Habt Ihr oft eine solche Schmetterlingsbevölkerung um diese Jahreszeit?“, erkundigte sich Svnae bei Schmied.

„Nicht das ich mich erinnern könnte“, erwiderte er atemlos. „Wie lange geht das schon so?“, fragte er einen Ladeninhaber, der die weißen Flügel anstarrte, die sich auf seinem Aushängeschild drängten.

„Sie kamen in der Nacht“, entgegnete er. „Der Wächter sah, wie sie von See her geflogen kamen. Er sagte, es habe ausgesehen, als verließen die Sterne den Himmel und kämen hierher!“

„Es ist ein Zeichen der Götter!“, rief eine Stadtläuferin, die ihre Messingtrompete schwang, um die Schmetterlinge loszuwerden.

„‚Zeichen der Götter‘! Papperlapapp“, sagte Fürst Ermenwyr und dann: „Aaargh!“, als Schnitt ihn durch eine besonders dichte Wolke flatternder Flügel trug.

„Zumindest sehe ich keine Zeichen von Aufständen“, sagte Schmied.

„Nein“, entgegnete Fürst Ermenwyr, der sich auf Schnitts Schultern umwandte, um den Hügel hinaufzusehen. „Ich sehe allerdings, dass das ganze Grünieviertel Hlinjeriths wegen Trauer trägt.“

„Ich hoffe nur, sie wissen, dass wir's nicht waren“, sagte Schmied.

„Oh, sie wissen, wer es war“, sagte Svnae grimmig. „Mutters Leute haben zwar keine Läuferinnen, aber Ihr wärt überrascht, wie schnell sich Neuigkeiten in den Lauben verbreiten. Es ist gut, dass Ihr …"

Sie bogen um die letzte Kurve, die zum Seeblick führte, und dort waren die Schmetterlinge am dichtesten. Sie flatterten und schwirrten zwischen den Häusern und färbten die Gärten weiß. Beim Seeblick selbst schlugen sie gegen alle Fenster, liefen geduldig das Glas hinauf und suchten einen Weg hinein.

„Sie nisten sich besser nicht in meiner Suite ein", sagte Lord Ermenwyr.

„Pssst", sagte seine Schwester. „Irgendetwas Merkwürdiges geht hier vor sich. Seht!"

Sie sahen schon weit vor ihnen Weidenspeer, der die Vordertür erreichte und aufriss. Er rannte hinein, ohne sich darum zu kümmern, die Tür wieder zu schließen, und die Schmetterlinge fluteten hinter ihm her.

„Kommt!", rief Svnae, warf ihren Arm um Schmied und rannte, ihn halb tragend, die Straße entlang. Lord Ermenwyr rief einen Befehl, und Schnitt, Quetsch, Schmetter, Knüppel, Stich und Qual donnerten ihnen hinterher, und die weißen Flügel teilten sich wie eine Wolke, als sie hindurch rannten.

In der Eingangshalle waren keine Gäste, aber jede Menge Schmetterlinge, die in unaufhörlichen Wirbeln sanft die Treppe hinauf flatterten. Ein Mann kam aus der Bar und starrte sie an. Es war der Träger Tiegel.

„Bei den Neun Höllen, Boss, was ist mit Eurem Arm passiert?", rief er.

„Ist eine lange Geschichte. Was geht hier vor sich?", fragte Schmied.

„Alles ist vollkommen den Bach runtergegangen", entgegnete Tiegel düster. „Kaum Gäste. Wir mussten die Meeresfrüchtespezialitäten streichen, weil die Fischer den Preis auf fünf Kronen pro Pfund angehoben haben. Wir wären längst aus dem Geschäft, wenn Balnshik nicht für die Herren in der Bar getanzt hätte."

Seine düstere Stimmung hob sich kurz. „Was für eine Künstlerin – und gerade bekommt Hellbrenn oben ihr Kind. War das der Grünie, den wir raufrennen hörten?“ Er blickte zur Eingangshalle hinaus. „Wo kommen denn die ganzen Schmetterlinge her?“

„Keine Ahnung“, sagte Schmied.

Fürst Ermenwyr kletterte von Schnitt herunter. „Bleibt“, befahl er seinen Leibwächtern. Ohne ein weiteres Wort gingen er, Schmied und Svnae die Treppen rauf.

Sie fegten im Hinaufgehen durch weiße Wolken und kamen zu dem engen Mansardenzimmerchen, wo Hellbrenn und Weidenspeer wohnten.

Hier endlich war die Luft klar; aber nur, weil sich hunderte Schmetterlinge auf dem Bettgestell niedergelassen hatten und dort ihre Flügel öffneten und schlossen. Hellbrenn saß aufrecht im Bett und drückte ein Bündel an ihre Schulter, während sie Weidenspeer küsste, der neben dem Bett kniete und seine Arme um sie geschlungen hatte.

Es gab kein anderes Möbelstück in dem Zimmer, sodass Balnshik und Frau Schmied auf dem Boden saßen, eine Flasche Wolfsmilch zwischen sich.

„Der Kuss dauert nun schon fünfundvierzig Sekunden“, bemerkte Frau Schmied. „Sie müssen früher oder später Luft holen. Oh, mein armer Schmied!“ Sie kämpfte sich auf die Füße. „Euer Arm!“

„Verloren und vergessen“, antwortete er und küsste sie. „Ich werde einen Ersatz aus Silber und Gold mit Smaragden bekommen, und er wird Kunststücke können.“

„Aber Ihr habt mir versprochen, dass Ihr ihn heil zurück bringt, Ihr schrecklicher, kleiner Mann!“, sagte sie zu Lord Ermenwyr. Er zuckte die Achseln und zündete seine Rauchröhre mit einem Feuerball an. Sie wurde ihm augenblicklich von Dame Svnae aus der Hand gerissen, die ihn entsetzt anblickte.

„Du kannst nicht in einem Raum mit einem Neugeborenen rauchen!", rügte sie ihn.

„Also sind wir jetzt auch eine Expertin für diese verdammten Dinger?", wütete Lord Ermenwyr, dessen Augen drohten, ihm aus dem Kopf zu quellen.

„Herr, Ihr sollt nicht schreien", sagte Balnshik, die sich elegant vom Boden hob und ihn ergriff. „Willkommen in Salesh, Herrin", fügte sie an Svnae gewandt hinzu, ehe sie Fürst Ermenwyr in einem Kuss nach hinten bog, der ihn zum Schweigen brachte.

Hellbrenn und Weidenspeer hatten ihre Umarmung schließlich gelöst. Sie kuschelten sich aneinander und blickten auf das winzige, rote Kind, das ungestört in ihrem Schoß döste.

„Er sieht dir überhaupt nicht ähnlich", sagte sie besorgt. „Aber ich glaube, er hat deinen Mund. Und deine Nase. Und vielleicht deine Augen, aber er hat sie noch nicht geöffnet. Soll ich ihn für dich aufwecken? Es tut mir leid, dass er nicht – du weißt – wie du ist."

„Mir tut es nicht leid", sagte Weidenspeer. „Überhaupt nicht. Hallo, Kalyon!"

„Dann wiederum, vielleicht müssen wir ihn nicht als ansässigen Yendri eintragen lassen", fügte Hellbrenn hoffnungsvoll hinzu. „Das wäre schön, nicht wahr? Die ganzen Aufstände und Kämpfe endeten letzte Woche. Haben einfach aufgehört, bumm. Also werden die Dinge jetzt vielleicht sowieso besser werden."

„Psst, Kind, du weckst noch meinen Enkel", schalt Frau Schmied. Der kleine Weidenspeer wand sich in seinen Decken, schob seine Fäuste zum Kinn und verzog mit großem Aufwand sein Gesicht. Er öffnete die Augen.

Es waren bemerkenswerte Augen. Sie waren von nebligem Grün, wie Hlinjerith in all seiner Pracht.

„Oh, seht!", rief Hellbrenn fröhlich. Überrascht streckte der Säugling seine kleinen Arme aus, die Hände wie Seesterne geöffnet.

Augenblicklich erhoben sich die Schmetterlinge und ließen sich wieder herab, Hunderte, die versuchten, sich auf seinen beiden Händen niederzulassen. Sie flatterten durch seine Finger. Sie umkreisten seinen Kopf. Die Erwachsenen sahen für einen langen Augenblick in Stille zu.

„Oh, Ihr Götter", sagte Frau Schmied heiser und begann, zu weinen. „Das arme, kleine Ding."

„Müssten wir nicht alle an diesem Punkt auf die Knie fallen und Hymnen oder so etwas singen?", fragte Fürst Ermenwyr lustlos.

„Nein, nein!", sagte Svnae ungemein aufgeregt. „Siehst du nicht, was all dieses undurchsichtige Zeug bedeutet? Das ist offensichtlich das, wovon all die Prophezeiungen handeln! Das ist der, für den Mutter Hlinjerith wieder herstellt! Das ist der Geliebte, dem seine Unvollkommenheit vergeben wurde!" Sie sah ihn an. „Auch wenn ich überrascht bin, dass er in dieser Farbe zurückgekehrt ist!"

„Ich weiß verdammt genau, was das bedeutet", weinte Frau Schmied. „Besser als Ihr, Mädchen. Er wird nie auch nur einen Augenblick lang seine Ruhe haben. Dieselbe alte Geschichte beginnt von vorn."

„Nein", sagte Schmied. „Hier beginnt eine neue Geschichte."

Er sah auf seinen Armstumpf und dachte: „Verloren und vergessen. Ich würde den anderen auch hergeben, wenn das der Preis für Hoffnung wäre. Der Schatten ist von der Tür gewichen."